黃仲鳴 主編

香港文學大系 一九五〇—一九六九

通俗文學卷一

商務印書館

香港文學大系一九五〇—一九六九・通俗文學卷一

主　　編：黃仲鳴
特約編輯：陳　芳
責任編輯：林雪伶
封面設計：涂　慧
出　　版：商務印書館（香港）有限公司
香港筲箕灣耀興道三號東滙廣場八樓
http://www.commercialpress.com.hk
發　　行：香港聯合書刊物流有限公司
香港新界荃灣德士古道二二〇至二四八號荃灣工業中心十六樓
印　　刷：美雅印刷製本有限公司
九龍觀塘榮業街六號海濱工業大廈四樓A室
版　　次：二〇二三年五月第一版第一次印刷

ISBN 978 962 07 4631 4
Printed in Hong Kong

《香港文學大系一九五〇—一九六九》編輯委員會已盡力徵求文章及相片刊載權。如有遺漏之處，敬請版權持有人與本編輯委員會聯絡。

#《香港文學大系一九五〇—一九六九》人員名單

編輯委員會

總主編　陳國球
副總主編　陳智德
編輯委員　危令敦　陳國球　陳智德　黃子平　黃仲鳴　黃淑嫻　樊善標（按姓氏筆畫序）

顧問

王德威　李歐梵　周蕾　許子東　陳平原　陳萬雄（按姓氏筆畫序）

各卷主編

一　新詩卷一　陳智德
二　新詩卷二　葉輝　鄭政恆
三　散文卷一　樊善標
四　散文卷二　危令敦
五　小說卷一　馮偉才
六　小說卷二　黃淑嫻
七　話劇卷　盧偉力
八　粵劇卷　梁寶華
九　歌詞卷　黃志華　朱耀偉　吳月華　盧惠嫻
十　舊體文學卷　程中山
十一　通俗文學卷一　黃仲鳴
十二　通俗文學卷二　陳惠英
十三　兒童文學卷　黃慶雲　周蜜蜜
十四　評論卷一　陳國球
十五　評論卷二　羅貴祥
十六　文學史料卷　馬輝洪

目錄

夏商周（李輝英）

總序

陳國球

《香港文學大系》之編制體式，源自一九三五年到一九三六年出版的十冊《中國新文學大系》。兩者的關連，實在依違之間；前者第一輯的〈總序〉已有交代。[1] 其中最要重要的一個相同立意，是向歷史負責、為文學的歷史作證。《中國新文學大系》由趙家璧（一九〇八——一九九七）主編，目的是為由一九一七年開始的「新文學運動」作歷史定位，因為他發現「新文學」到了三十年代中期，面對的社會環境已經不同，他深恐「新文學運動」光輝不再；[2] 因此他設計的《新文學大系》由整體結構到每一冊的體式，綜之就是一種歷史書寫；這也是《香港文學大系》以之為模範的主

1 陳國球〈香港？香港文學？——《香港文學大系一九一九——一九四九》總序〉，載陳國球、陳智德等著《香港文學大系一九一九——一九四九．導言集》（香港：商務印書館（香港）有限公司，二〇一六），頁一——三九。

2 趙家璧後來在回憶文章指出當時幾個環境因素：一、一九三四年國民黨軍隊作第五次「圍剿」，又查禁書刊，成立「圖書雜誌審查會」；二、同年有推行舊傳統道德的「新生活運動」；三、湖南廣東等省實行尊孔讀經；三、「大眾語運動」批判五四以後的白話文為變「之乎者也」為「的那呢嗎」的「變相八股」；四、林語堂的《人間世》半月刊，「惡白話文而喜文言之白，故提倡語錄體」；五、上海圖書出版界大量翻印古書，社會上瀰漫復古之風。見趙家璧〈話說《中國新文學大系》〉，《新文學史料》一九八四年第一期（一月），頁一六三——一六四。

因。正如我們以「大系」的形體去抗拒香港文學之被遺棄，《中國新文學大系》的目標也明顯是對「遺忘」的戒懼，盼求「記憶」的保存。[3] 這意向的實踐又有多方向的指涉：保存「記憶」意味着對「過去」發生的情事之意義作出估量，而估量過程中也必然與「當下」的意識作協商，其作用就是開發「未來」的各種可能；這就是傳統智慧所講的「鑑往知來」。因此，以「大系」的體式向「歷史」負責，同時也是向「當下」、向「未來」負責。

3 趙家璧在《中國新文學大系》初編時說：「這十年間寶貴的材料，現在已散失得和百年前的古籍一樣；假如不趁早替它整理選輯，後世研究初期新文學運動史的人，也許會無從捉摸的。」見趙家璧〈編輯《中國新文學大系》緣起〉，原刊《中國新文學大系》宣傳用樣本（上海：良友圖書公司，一九三五），收入趙家璧《書比人長壽：編輯憶舊集外集》（北京：中華書局，二〇〇八），頁一〇六。他後來追憶《大系》的出版時，曾舉出兩個事例，一是劉半農編集《初期白話詩稿》時，女詩人陳衡哲的感慨：「那已是三代以上的事（了），我們都是三代以上的人了」；另一是阿英編《中國新文學運動史資料》時不過離「新文學運動」只短短二十年，但回想起來已有「渺茫」、「寥遠」之感，而且要搜集當時的文獻「真是大非易事」。見劉半農編《初期白話詩稿》（北平：星雲堂書店，一九三三；新北市：花木蘭文化出版社，二〇一六年影印），頁七—八；張若英（阿英）編《中國新文學運動史資料》（上海：光明書局，一九三四），頁一—二；趙家璧〈話説《中國新文學大系》〉，頁一六六—一六七。

一、《大系》的傳承與香港

從製作層面看，《中國新文學大系》可說成功達標，不少研究者都認同它在文學史建構的功績。[4]然而，當我們換一個角度去審視這一抵抗「遺忘」的製作之「生命史」，卻也見到其間別有一番掙扎浮沉。[5]於此我們不作詳細論述，只依據趙家璧的不同時期記憶，配合相關資料，以簡述《中國新文學大系》的「記憶」與「遺忘」的歷史，當中香港的影子也夾纏其中，頗堪玩味：

一、一九五七年三月，趙家璧在《人民日報》發表〈編輯憶舊〉連載文章，提到當年《新文學大系》「先後經過兩年時間（案：即一九三五年到一九三六年），衝破了國民黨審查會的鬼門關才算全部出版。」[6]

---

4 參考溫儒敏〈論《中國新文學大系》的學科史價值〉，《文學評論》，二〇〇一年第三期（五月），頁五四—六一；羅崗〈解釋歷史的力量：現代文學的確立與《中國新文學大系一九一七—一九二七》的出版〉，《開放月刊》，二〇〇一年第五期（五月），頁六六—七六；黃子平〈「新文學大系」與文學史〉，《上海文化》，二〇一〇年第二期（三月），頁四—一二。

5 這是捷克結構主義者伏迪契卡（Felix Vodička）的文學史觀念之借用。伏迪契卡認為文學的過程並非終結於文學作品創製完工的時候；文學的「生命史」在於以後不同世代的閱讀；參考陳國球《文學史書寫形態與文化政治》（北京：北京大學出版社，二〇〇四），頁三三六—三四六。

6 趙家璧〈編輯憶舊．關於中國新文學大系〉，原刊《人民日報》，一九五七年三月十九日；重刊於《新文學史料》，一九七八年第三期（三月），頁一七三。

二、趙家璧在後來追記，《大系》出版後，原出版公司「良友」的編輯部，因應蔡元培和茅盾的鼓勵，曾考慮續編「新文學」的第二個、第三個十年。[7]不久抗戰爆發，此議遂停。

三、一九四五年春日本戰敗的跡象已明顯，他再想起續編的計劃，和全國文協負責人討論先編第三輯「抗戰八年文學大系」，因為抗戰時的材料，「都是土紙印的，很難長久保存；而兵荒馬亂，散失更多」，要先啟動。可惜戰後良友公司停業，計劃流產。[8]

四、趙家璧在一九五七年的連載文章說：「解放後，很多人建議把《中國新文學大系》重印。我認為原版重印，似無必要。」文中的解說是可以另行編輯他早年的構想——《五四以來文學名著百種》。[9]然而，他後來的文章說這是「違心之論」。[10]

7 蔡元培在《中國新文學大系．總序》結尾時說：「對於第一個十年先作一總審查，使吾人有以鑑既往而策將來，希望第二個十年與第三個十年時，有中國的拉飛爾與中國的莎士比亞等應運而生呵！」載胡適編《中國新文學大系：建設理論集》（上海：良友圖書公司，一九三五），頁九。茅盾為《中國新文學大系》的宣傳樣本寫〈編選感想〉也說：「現在良友公司印行《中國新文學大系》第一輯」；趙家璧認為他意指以後應有「第二輯」、「第三輯」。見趙家璧〈話說《中國新文學大系》〉，頁一七一。

8 參考趙家璧〈編輯憶舊．關於中國新文學大系〉，原刊《人民日報》，一九五七年三月廿一日，重刊於《新文學史料》，一九七八年第一期（一月），頁六一；趙家璧〈話說《中國新文學大系》〉，頁一八六—一八八。

9 趙家璧〈編輯憶舊．關於中國新文學大系〉，頁六一。

10 趙家璧〈話說《中國新文學大系》〉，頁一六二—一六三。

五、趙家璧在八十年代的追記文章又說：「一九六二年，香港一家出版社已擅自翻印過一版。」[11]這家出版社是「香港文學研究社」，出版時有李輝英撰寫的〈重印緣起〉，文中引用了蔡元培〈總序〉「十年總審查」以後，還有接着的「第二個十年第三個十年」；李輝英又說：「第一個十年總結過了，留下來豐富的十集《大系》」，然而，「這豐碑式的《大系》，現在海外竟然變成了孤本和古董」，於是出版社「決定本諸傳播文化的宗旨，……重印《大系》，……使豐碑免於湮滅」。[12]這裏有幾個關鍵詞：「擅自」、「海外」、「湮滅」。

六、趙家璧同時又指出「翻印《大系》的那家香港出版社，於一九六八年又搞了一套《中國新文學大系．續編一九二八—一九三八》」，其〈總序〉「居然把上述蔡元培為一九三五年良友版《大系．總序》裏所表示的重要期望，接了過去，自稱為是蔡序《大系》的繼承者，在海外漢學界造成了混亂。……國內學者更不會輕易承認這種自命的繼承。」[13]事實上，香港文學研究社出版《大系．續編》的計劃，早在翻印十集《大系》不久就開始，到一九六八年全套出版；其卷前的〈出版前言〉提到《續編》（一九二八—一九三八）和《三編》（一九三八—一九四八）的構想；完成的話，「中國『新文學運動』的歷史大致完整了」。這個出版計劃不無商業的考慮，〈出版前言〉謂各集編

11 趙家璧〈話說《中國新文學大系》〉，頁一六三。
12 〈重印緣起〉，載胡適編《中國新文學大系：建設理論集》（香港：香港文學研究社，一九六二），卷前，頁一—二。
13 趙家璧〈話說《中國新文學大系》〉，頁一八一—一八二。

者「都是國內外知名人物」，分處東京、新加坡、香港三地，編成後在香港排印。[14] 然而，由後來的相關追述可知，其實編輯工作主要由北京的常君實承擔，再由香港的譚秀牧補漏；二人並無直接溝通協調，加上兩地各有不同的客觀限制，製作過程困難重重。[15] 無論如何，在所謂「正」與「續」之間，不難見到「斷裂」與「繼承」的複雜性。

七、與香港文學研究社編纂《中國新文學大系．續編一九二八——一九三八》差不多同時，李棪與李輝英也在構思一個「一九二七——一九三七年」的續編，並已列為「香港中文大學研究計劃」之一；其中小說、散文、戲劇部分已有四冊接近編成。主編者認為「新文學第二個十年」的編選，「實為必要的也是刻不容緩的工作」。值得注意的是，他們「搜求資料的主要對象」是英國、日本、美國各大圖書館，而不是中國內地。他們也知悉香港文學研究社的出版計劃，視之為「同道者」的「姊妹編」。[16] 可惜，這個計劃所留下的只是一份編選計劃書。

14 〈出版前言〉載《中國新文學大系．續編》（香港：香港文學研究社，一九六八），卷前，無頁碼。

15 參考譚秀牧：〈我與《中國新文學大系．續編》〉，《譚秀牧散文小說選集》（香港：天地圖書公司，一九九〇），頁二六二——二七五。譚秀牧在二〇一一年十二月到二〇一二年五月的個人網誌中，再交代《續編》的出版過程，以及回應常君實對《續編》編務的責難。見 http://tamsaumokgblog.blogspot.hk/2012/02/blog-post.html（檢索日期：二〇一九年六月二十一日）。

16 參考李棪、李輝英〈《中國新文學大系．續編》的編選計劃〉，《純文學》（香港），第十三期（一九六八年四月），頁一〇四——一一六；徐復觀〈略評《中國新文學大系續編》編選計劃〉，《華僑日報》，一九六八年三月三十一日。

八、一九七八年，《新文學史料》創刊，編輯約請趙家璧撰稿；趙家璧婉拒不成，只好提交一九五七年刊發於《人民日報》的文章，文章開首就宣明沒有必要重印《中國新文學大系》。[17]同年末，他知悉上海文藝出版社打算重印《大系》，卻表示「完全擁護」，並撰寫〈重印《中國新文學大系》有感〉。[18]至一九八二年《大系》十卷影印本出齊。

九、一九八三年十月，他寫成長篇追憶文章〈話說《中國新文學大系》〉，次年刊載於《新文學史料》一九八四年第一期。這是後來大部分《中國新文學大系》的研究論述之依據。

十、一九八四至一九八九年，上海文藝出版社由社長兼總編輯丁景唐主編，趙家璧作顧問，陸續出版《中國新文學大系一九二七—一九三七》共二十冊；一九九〇年再有孫顒、江曾培等主編《中國新文學大系一九三七—一九四九》二十冊；一九九七年馮牧、王蒙等主編《中國新文學大系一九四九—一九七六》二十冊；二〇〇九年王蒙、王元化總主編《中國新文學大系一九七六—二〇〇〇》三十冊。

17　趙家璧在《人民日報》發表的連載文章，原題作〈編輯憶舊〉，其中有關《中國新文學大系》的部分，刊於《人民日報》，一九五七年三月十九日及廿一日；後來重刊於《新文學史料》，一九七八年第一期（一月），頁六一—六二；及第三期（三月），頁一七二—一七三。

18　文章正式發表有所延後，見趙家璧〈重印《中國新文學大系》有感〉，《文匯報》，一九八一年三月廿三日。參考趙家璧〈話說《中國新文學大系》〉，頁一六三；趙修慧編〈趙家璧著譯年表〉，載趙家璧《書比人長壽：編輯憶舊集外集》，頁二六五。

以上的簡單撮述，目的不在於表現巧點的「後見之明」，以月旦是非；而是借檢視「歷史承載體」的歷史，重新思考「歷史」的所謂傳承，以至「歷史」的存在與否，大抵是「記憶」與「反記憶」、「遺忘」與「反遺忘」的心與力的爭持。我們都明白，一九四九年之後，無論中國內地還是港英統治下的香港，政治與社會都有一個非常大規模的變易與轉移。以趙家璧的一人之身，歷經世變卻又似斷難斷，在大斷裂之後試圖由「記憶」出發以作歷史（文學史）連接，並且非常着意連接的合法性，而疏略其形神之異。他的舉措很能揭示「記憶」的黏合能力，同時也見到其偏狹的一面。[19]如果論者想把這五輯《中國新文學大系》看成一個連續體，必須面對其間存在一個極大裂縫的問題：第一輯完成於一九三六年，第二輯開始出版於半個世紀之後的一九八四年；更不要說中間經歷天翻地覆的戰爭與政治社會的大變異，第一輯與後來四輯的編輯思想、製作方式與實際環境的千差萬別。考慮到種種因素，香港在上述過程中的參與角色，又透露了哪種意義？《香港文學大系》要作「續編」，又會遇上甚麼問題？都有待我們省思。

19　有關《中國新文學大系》第一輯與後來各輯的差異與區隔，可參考陳國球〈香港？香港文學？——《香港文學大系一九一九—一九四九》總序〉，頁十—十三。

二、「記憶之連續體」在香港

一九四九年以後，香港與中國之間有各種迴斡，其中文學與文化是兩邊關係的深層次展現。在五、六十年代期間，有一些文學現象可供思考。五十年代初從內地南下的馬朗（一九三三？—），在香港創辦《文藝新潮》，推動現代主義創作，引進西方文藝思潮，影響了香港一個世代的文學發展。《文藝新潮》的馬朗，在大崩裂的時刻意識到「遺忘」帶來歷史的流失。他在雜誌創刊不久的第二期就預告要編一個〈三十年來中國最佳短篇小說選〉的特輯。他的想法是：

> 中國新文學運動至今已卅餘年，其間不少演變，然而不論是貧乏還是豐饒，出版不下數萬種的小說倒底〔案：原文如此〕給三十年來的讀者群廣汎的影響，然而這些作品今日都在歷史的洪流裏湮沒了。目前海外人仕〔士〕即使想找一篇值得回味的小說，亦無可能。……〔我們〕借這個特輯來作一次回顧，讓大家看看中國有過甚麼出色的短篇小說，在文化淪亡無書可讀的今日，對於華僑青年，其意義又豈只是保存國粹而已。[20]

一九五六年五月《文藝新潮》第三期特輯正式刊出，收入沈從文〈蕭蕭〉、端木蕻良〈遙遠的風

20 《文藝新潮》，第一卷第二期（一九五六年四月），封底〈預告〉。

砂〉、師陀〈期待〉、鄭定文〈大姊〉、張天翼〈二十一個〉五篇。馬朗在〈選輯的話〉交代編選過程中遇到的困難：

> 中國新文學書籍湮沒的程度實在超乎意料，令人吃驚。譬如，曾經哄動一時的新感覺派奇才穆時英的〈Craven A〉、〈一個本埠新聞欄廢稿的故事〉、〈白金的女體塑像〉、〈公墓〉等等之中，似乎可以選擇一篇的，因為他首先迎接了時代尖端的潮流；還有直追梅里美擅寫心理的施蟄存，他的《將軍的頭》和《梅雨之夕》兩本書；以致〔至〕偽滿時代的「中國紀德」爵青，他的《歐陽家的人們》；再有蕭紅的〈手〉和〈牛車上〉，羅烽描寫瀋陽事變的〈第七個坑〉、萬迪鶴的〈劈刺〉、荒煤的《長江上》、戰後的路翎和豐村……。前者已永遠在中國書肆中消失了，後者卻在香港找不到。[21]

四十年代在上海主編《文潮》的馬朗，來到香港以後對現代小說的記憶，自然與他昔日的閱讀經驗有關。馬朗在《文潮》有個〈每月小說評介〉的欄目，當中就曾評論《文藝新潮》特輯的〈期待〉

21 〈選輯的話〉，《文藝新潮》，第三期（一九五六年五月），頁六九。

及〈大姊〉兩篇；也旁及荒煤的《長江上》和爵青《歐陽家的人們》。[22]由此可見「香港」連結「中國」的軌跡之一，是「文學記憶」在空間（中國內地—香港），以及時間（四十年代—五十年代）上的傳承接駁。這個具體的例子說明，我們看到的不是「中華文化廣被四夷」；[23]而是一種「記憶」的遷徙、搬動。因為這些文學風潮與作品，在原生地已經難得流通了。[24]

此外，六十年代又有一次更大型的「文學記憶」的連結工程。一九六四年七月廿四日《中國學生周報》創刊十二周年紀念，推出《五四·抗戰中國文藝新檢閱》專輯，前有編者的〈寫在專輯前面〉，羅列了一批當時香港讀者會感陌生的作家名字，如卞之琳、端木蕻良、駱賓基、穆時英、施蟄存、錢鍾書、無名氏、王辛笛、馮乃超、孫毓棠、艾青、馮至、王獨清等，指出「他們的聲名給『正統作家』們蓋過了，他們的作品被戰亂的烽火燒燬了。但是，他們對當代中國文藝的影響是永遠潛在的，他們的功績是不可磨滅的」；這個專輯的目標是：

22 蘆焚（師陀）〈期待〉的評論見馬博良（馬朗）〈每月小說評介〉，《文潮》，創刊號（一九四四年一月），頁七五。鄭定文〈大姊〉的評論見馬博良〈每月小說評介〉，《文潮》，第一卷第五期（一九四四年八月），頁九八—九九；當中提到爵青《歐陽家的人們》。再者，評論曉芒〈荒原〉時，曾以荒煤《長江上》作比較，見馬博良〈每月小說評介〉，《文潮》，第一卷第六期（一九四四年十月），頁九七—九八。

23 我們也留意到馬朗提到香港的年輕世代時，稱他們做「華僑青年」。

24 例如三十年代的「新感覺派」，在大斷裂之後，要到八十年代北京大學嚴家炎重新提出，並編成《新感覺派小說選》（北京：人民文學出版社，一九八五），內地的讀者才有機會與之重逢。相對之下，這份「記憶」卻搬移到香港，由五十年代開始一直在文藝界傳承。

分別從小說、散文、詩歌、戲劇、翻譯、批評方面，介紹文壇前衛作家們的成就。……希望能夠提醒今日的讀者們：不要忘記從五四到抗戰到現在這一份血緣！[25]

這個專輯與「現代文學美術協會」的幾位骨幹人物如崑南（一九三五—）、李英豪（一九四一—）、盧因（一九三五—）等關涉最多。例如盧因就以「陳寧實」和「朱喜樓」的筆名，分別討論端木蕻良的小說，和周作人以來的雜文和散文；崑南則談無名氏，同時翻譯辛笛的詩作為英文。至於詩論大將李英豪則以「余橫山」的筆名討論劉西渭和五四以來的文藝批評，更重要的一篇論述是以本名發表的〈從五四到現在〉：

時至今日，一些真有才華和創建性的作者，反而湮沒無聞；作品隨着戰火而被埋葬；……我們只以為，「五四」及抗戰時，中國只有寫實小說，或自然主義品，卻漠視了如以新感覺手法表現的穆時英，捕捉內在朦朧感覺的穆木天，打破沿襲語言辭格的駱賓基，追尋純美的何其芳，寫〈水仙辭〉的梁宗岱，和運用小說「對位法」與「同時性」的爵青。茅盾、巴金、丁玲等都受政治宣傳利用，論才華和穩實，都比不上駱賓基、端木

25 編者〈寫在專輯前面〉，《中國學生周報》，第六二七期（一九六四年七月廿四日）。文中所列舉作家（除了穆木天、艾青、馮至）大部分是當時內地的現代文學史罕有論及的。

蕻良和李劼人；論狂放，更望塵不及無名氏。[26]

如果馬朗是搬動內陸的「文學記憶」到這個島與半島的文化人，李英豪卻是土生土長的本地「番書仔」，他的文化觸覺明顯與馬朗所傳遞的訊息有密切的關聯。但這並不表示李英豪一輩只是被動地接收單向的訊息。從文中可知他一樣看到由郭沫若到王瑤等傳揚的另一種文學史記述。換言之，李英豪等一輩人接收到內容有差異的訊息。顯然他們選擇相信文學的「過去」原本很豐富，但經歷滄桑歲月，「記憶」斷裂；精彩的作家和作品被「遺忘」。

由於對「遺忘」的戒懼，馬朗試圖將被隱蔽的「記憶」恢復。當他的私有「記憶」在易地以後成為一種論述，他高呼「人類靈魂的工程師，到我們的旗下來！」[27]當然是為了招集同道，發揮傳播的力量。至於論述的承受方，如崑南、盧因、李英豪一輩在本地成長的年輕人，緣此擴充了香港教育體制以外視野；[28]另一方面，在地的位置——作為面向世界的殖民地城市——也促使他們以更多元、多層次的思考，面對這些非他們固有的「文學記憶」；他們採取主動積極的態度，

26 李英豪〈從五四到現在〉，《中國學生周報》，一九六四年七月廿四日。

27 新潮社〈發刊詞：人類靈魂的工程師，到我們的旗下來！〉，《文藝新潮》，第一卷第一期（一九五六年二月），頁二。

28 香港的文學教育並沒有提供這部分的知識，參考陳國球〈文學教育與經典的傳遞：中國現代文學在香港初中課程的承納初析〉，《現代中文文學學報》，第四期（二〇〇五年六月），頁九五——一一七。

試圖建構可以上下連貫的文學史意識時，也在衡量當下自身的位置。所以文中說：

> 我們並不願意墨守他們的世界，亦不願盲從他們的步伐。中國現代文學應落眼於開創的一面——不斷的開創。我們不一定要有隻手關天的本領，但我們必得肩負數千年來沈重的中國文化，高瞻遠矚的看看世界，默默的在個人追尋中求建立，自覺覺他。

文章的結尾，李英豪又說：

> 「現代」是「現代」，是不容逃避與否認的，而那必得是個人的、中國的「現代」。[29]

他們心中的「我們」，顯然是由當下的年輕一代的眾多「個人」組成；這一群「我們」為甚麼要「肩負」一個沉重的責任？如果用趙家璧的話來對照，他們「居然」、「擅自」、「自稱」是此一文學與文化記憶的「繼承者」，可謂不自量力地「情迷中國」（Obsession with China）。由馬朗到李英豪，「情迷中國」的基礎並不相同，但在五、六十年代香港共同構建了奇異卻璀爛的華語文化論述。

29 李英豪〈從五四到現在〉，《中國學生周報》，一九六四年七月廿四日。

正如香港出版的《民主評論》，在一九五八年元旦刊載了牟宗三、徐復觀、張君勱、唐君毅等四位流離於中國之外的儒學中人合撰的〈中國文化與世界——我們對中國學術研究及中國文化與世界文化前途之共同認識〉；[30] 這些「新儒家們」的「文化記憶」在中國大地養成，他們的親身體驗，是支撐他們信念的依據。然而香港一個年輕人聚合的文藝團體，也在翌年（一九五九年）元旦發表他們的「文化宣言」。[31] 這個團體的主要成員是崑南（二十四歲）、王無邪（一九三六—，二十三歲）和葉維廉（一九三七—，二十二歲），組織名稱是「現代文學美術協會」；他們高呼：

> 為了我們處於一個多難的時代，為了我們中華民族目前整體的流離，更為了我國半世紀以來文化思想的肢解，於是，在這決定的時刻中，我們都面臨着一個重大的問題；這個重大而不可抗拒的問題，迫使我們需要聯結每一個可能的力量，從面裏〔裏面〕發揮每一個人的勇敢，每一個人的信念，每一個人的抱負，共同堅忍地正視這個時代，共同表現中華民族應有的磅礴氣魄，共同創造我國文化思想的新生。……讓所有人，有共

30 參考陳國球〈情迷中國：香港五、六十年代現代主義文學的運動面向〉，《香港的抒情史》（香港：香港中文大學出版社，二〇一六），頁二六一—三二〇。

31 牟宗三、徐復觀、張君勱、唐君毅〈中國文化與世界——我們對中國學術研究及中國文化與世界文化前途之共同認識〉，《民主評論》，第九卷第一期（一九五八年一月），頁十二—二〇。

同善良的願望的年青人緊密地站在一起，站在一起肩負一個偉大而莊嚴的使命。[32]

由語言措辭以至思想方向看來，他們的想像其實源於南來知識分子的「文化記憶」，是這種「記憶」的承納與發揮。他們建構（虛擬）了一個超過本土的文化連續體，由是他們既能立意開新，又有歷史（上一輩的記憶）的厚重。千斤重擔兩肩挑。香港文學史的這一段，可說是最能大開大闔，最有歷史承擔的一段。[33]更重要的是：他們的確開拓了華語文學的新路，展示了內地環境所未及容納的文學之可能。當然，他們大概不能逆料其勇於承擔有可能遭逢「合法性」的質疑，而這正正是「歷史」之弔詭，與悲涼。

32 〈現代文學美術協會宣言〉，載崑南《打開文論的視窗》（香港：文星圖書公司，二〇〇三），頁一六三—一六四。

33 這是評斷香港文學文化為「淺薄」的外來學者所未及注意的一面。例如陳麗芬曾引用呂大樂指「香港意識」為「淺薄」的說法，普遍化為香港人就是「淺薄」；見陳麗芬〈普及文化與歷史記憶——李碧華的聯想〉，載陳國球編《文學香港與李碧華》（台北：麥田出版，二〇〇〇），頁一二三—一三〇。其實呂大樂之說是專指香港戰後嬰兒組成的「第二代人」自我發明的「香港意識」，是七十年期間快速發展起來的（自欺欺人的）神話，是無力的、排他的、淺薄的；其指涉有具體的範圍，與陳麗芬的想像有根本的差異。參考呂大樂《唔該埋單！——一個社會學家的香港筆記》（香港：閒人行有限公司，一九九七），頁一—三；二〇—三一。

三、歷史的崩裂與文學主體的更替

《香港文學大系》第一輯以一九四九年為編選內容的時期下限，現在第二輯在時間線上作承接，以一九五〇年到一九六九年為選輯範圍。然而，時間上雖然相互啣接，其間的「歷史」進程卻很難說是無縫的連續體。從現存資料看到，一九四五年二戰結束，港英政府從戰敗的日本收回香港，當時的人口約六十餘萬；一九四六年增至一百六十餘萬人；一九四九年一百八十六萬，一九五一年二百三十萬。[34] 由一九四九年到一九五一年兩三年間的人口增長約四十四萬，再計算雙向移動替代的實際情況和趨勢，這個歷史轉折時期香港人口變化極大，政治社會、經濟民生等面貌大有不同；尤其在文化理念或文學風尚，更是裂痕處處，前後不相連屬。

按照最通行的解說，自抗日戰爭結束，國共內戰展開，香港成為左翼文人的避風港，不少人更在此地主理重要報刊的編務，由是這個文化空間也轉變成左翼文化的宣傳基地。到一九四九年國民黨敗退台灣，大批內戰時期留港的文化人北上迎接新中國；而對社會主義政權心存抗拒的各式人等，又紛紛移居香港，或以之為中轉站，再謀定居之地。其中不少文化人在居停期間，書寫

34 參考湯建勳《一九五〇年香港指南》（香港：民華出版社，一九五〇；香港：心一堂，二〇一八年重印），頁八—九；華僑日報編《香港年鑑・第四回》（香港：華僑日報公司，一九五一），頁二；華僑日報編《香港年鑑・第五回》（香港：華僑日報公司，一九五二），頁一。

去國的鄉愁。一九五〇年韓戰爆發，緊接全球冷戰，美國大量資金流入香港，支持反共的宣傳；文藝界受益於「美援」，在應命的文字以外，也謀得一定的文學發揮空間。[35]若暫且依從極度簡約化的「左右對壘」觀念，我們可以說：在一九四九年以前，香港文學由左派思潮主導；一九五〇年以後，右派的影響大增。[36]準此而言，以連續發展為觀察對象的「文學史」，根本無從談起。

再細意的考察，可以《香港文學大系一九一九—一九四九》所載，時代較能相接的重要作家

35 相關論述最有代表性的是鄭樹森幾篇「港事港情」文章：〈遺忘的歷史．歷史的遺忘——五、六〇年代的香港文學〉（一九九六）、〈一九九七前香港在海峽兩岸間的文化中介〉（一九九七）、〈五、六〇年代的香港新詩〉（一九九八）、〈談四十年來香港文學的生存狀況——殖民主義、冷戰年代與邊緣空間〉（一九九四），均收入《縱目傳聲：鄭樹森自選集》（香港：天地圖書公司，二〇〇四），頁二一六—二二六；頁二二七—二五四；頁二五五—二六八；頁二六九—二七八。下文再會論及其中最重要的〈遺忘的歷史．歷史的遺忘〉一文。又參考王梅香《隱蔽權力：美援文藝體制下台港文學（一九五〇—一九六二）》（新竹：清華大學博士論文，二〇一五）；Chi-Kwan Mark, *Hong Kong and the Cold War: Anglo-American Relations, 1949-1957* (Oxford: Oxford UP, 2004); Priscilla Roberts and John M. Carroll, ed., *Hong Kong in the Cold War* (Hong Kong: Hong Kong University Press, 2016)。

36 部分親歷這個轉折期的文化人例如慕容羽軍、羅琅等，也各自有其憶述，他們的說法又與此宏觀圖像並不能完全吻合；大概當中添加了許多更複雜的人事轇轕的追憶，以及個別的遭際感懷。但究竟這些微觀經驗，是否比遠距離的觀察更可信？實在不易判定。參考慕容羽軍《為文學作證：親歷的香港文學史》（香港：普文社，二〇〇五）；羅琅《香港文化記憶》（香港：天地圖書公司，二〇一七）。

為論。《香港文學大系》第一輯所見表現精彩的詩人易椿年（一九一五—一九三七）、編輯兼作者梁之盤（一九一五—一九四一）、文藝理論家李南桌（一九一三—一九三八），均英年早逝；而曾在此地推動「詩與木刻」的戴隱郎又回到馬來亞參加戰鬥，無法在文藝活動上延續影響。至於在文壇非常活躍的「香港文藝協會」成員如李育中、劉火子、杜格靈，又如寫過「香港照像冊」系列的前衛詩人鷗外鷗，《中國詩壇》骨幹陳殘雲、黃寧嬰、黃雨，小說和散文作家黃谷柳、吳華胥、杜埃等，都相繼在一九五〇年後北上，在香港再沒有蕩漾餘波；更不要說奉命來港「工作」的文化人如茅盾、郭沫若、聶紺弩、樓適夷、邵荃麟、楊剛等，他們返國以後，再也不回頭。這些三、四十年代在香港有頻繁文學活動的作家選擇離開，各有其原因，不應究責；後來不少人更身陷困厄。值得注意的是：他們的作品從此幾乎在香港絕跡，不再流傳；換句話說，當初備受讚譽的作品，其「生命」卻未能在此地延續。

回到《大系》續編的問題。《香港文學大系一九一九—一九四九》及《香港文學大系一九五〇—一九六九》兩輯，年代相接；選入的作家理應有所重疊。但比對之下，結果令人驚訝。例如第一輯《新詩卷》收錄詩人五十六家，第二輯共兩卷收詩人七十一家。第一輯詩人在第二輯再次出現的僅有柳木下、何達、侶倫三人。侶倫擅寫的文類還有小說和散文，何達的詩歌創作生涯比較長；至於柳木下，到六十年代詩思開始枯竭。三人以外當然還有一些留港作家，如舒巷城、葉靈鳳、陳君葆等，仍然有在報刊撰文，以不同的文體見載《香港文學大系》第二輯；但相對於五十年代新近南移到香港的文人，以及在本土成長的新一代來說，這些香港前代作家的整體創作量和影響力遠遠不及。再者，新一代冒起的年輕文人如崑南、王無邪、西西、李英豪等，與三、四十年代香港作家的關係也不密切。[37]

這種前後不相連屬的崩裂情況，提醒文學史研究者重新審視歷史的「延續」問題；這又關乎「歷史」與「記憶」主體誰屬的問題。

四、「記憶」與「遺忘」的韻律

《香港文學大系一九五〇—一九六九》的選錄範圍是五、六十年代，正進行中的編纂過程有許多不容易解決的問題；不過，在這個時間範圍採集資料，我們得助於前人的工作甚多。在上世紀八十年代已見到從文學史眼光整理的五、六十年代資料出版，例如鄭慧明、鄧志成、馮偉才合編的《香港短篇小説選——五十年代至六十年代》。[38] 到九十年代香港另一個歷史轉折期前後，

37 在這個轉折時期，有更強韌力可以跨越時代，持續發展的是香港的通俗文學寫作人，如傑克、望雲、周白蘋、我是山人、高雄（三蘇）等；然而他們要應對的環境和寫作策略與前述者不同；在此暫不細論。

38 鄭慧明、鄧志成、馮偉才合編《香港短篇小説選——五十年代至六十年代》（香港：集力出版社，一九八五）。書中〈前言〉特別提到當時搜集資料工作之艱巨繁複。

也有劉以鬯和也斯的五、六十年代短篇小説選；[39]以及黃繼持、盧瑋鑾、鄭樹森三人更大規模的合作計劃。黃、盧、鄭三位從一九九四年開始合力整理香港文學的資料，最先面世的成果如《香港文學大事年表》、《香港小説選》、《香港散文選》、《香港新詩選》等，其年限都設定在一九四八年到一九六九年。[40]三位學者還有其他時段的資料陸續整理出版，決定先推出五、六十年代的部分，應該有深義在其中。[41]鄭樹森在一九九六年發表〈遺忘的歷史·歷史的遺忘——五、六十年

39 劉以鬯《香港短篇小説選：五十年代》（香港：天地圖書公司，一九九七）；也斯《香港短篇小説選：六十年代》（香港：天地圖書公司，一九九八）。

40 黃繼持、盧瑋鑾、鄭樹森合編《香港文學大事年表：一九四八—一九六九》（香港：香港中文大學人文學科研究所，一九九七）；《香港小説選：一九四八—一九六九》（香港：香港中文大學人文學科研究所，一九九七）；《香港散文選：一九四八—一九六九》（香港：香港中文大學人文學科研究所，一九九七）；《香港新詩選：一九四八—一九六九》（香港：香港中文大學人文學科研究所，一九九八）。

41 三人合編的其他香港文學資料還有：《早期香港新文學作品選：一九二七—一九四一》（香港：天地圖書公司，一九九八），《早期香港新文學資料選：一九二七—一九四一》（香港：天地圖書公司，一九九八），《國共內戰時期香港本地與南來文人作品選：一九四五—一九四九》（香港：天地圖書公司，一九九九），《國共內戰時期香港本地與南來文人資料選：一九四五—一九四九》（香港：天地圖書公司，一九九九），《香港新文學年表（一九五〇—一九六九年）》（香港：天地圖書公司，二〇〇〇）。

代的香港文學〉，可說是為其理念及這個階段的工作，作出綜合說明。[42]從題目可以見到「遺忘」也是三位前輩非常關心的問題。鄭樹森在文章結尾說：

五、六十年代的香港文學，雖是當時最不受干預的華文文學，但也是物質基礎最薄弱、生存條件最貧困的。而當時政府圖書館的不聞不問，完全可以理解，但對今日的文學研究者，史料的湮沒，不免造成歷史面貌的日益模糊。任何選集、資料冊和文學大事年表的整理工作，都不得不面對歷史被遺忘後的窘厄，但也不得不去努力重構。而在這過程中，過濾篩選，刪芟蕪雜，又在所難免。換言之，重新構築出來的圖表面貌，不論是有意或無意，不免是另一種歷史的遺忘。[43]

42 〈遺忘的歷史．歷史的遺忘——五、六十年代的香港文學〉一文先在《幼獅文藝》及《素葉文學》發表，也收入《香港文學大事年表》作為書〈序〉；後來三人合著的《追跡香港文學》，也以這一篇文章放在卷首，可見這篇文章的重要性。分見《幼獅文藝》，第八十三卷第七期（一九九六年七月），頁五八－六三；《素葉文學》，第六一期（一九九六年九月），頁三〇——三三；《香港文學大事年表：一九四八——一九六九》（香港：香港中文大學人文學科研究所香港文化研究計劃，一九九六），頁一－八；《追跡香港文學》（香港：牛津大學出版社，一九九八），頁一－九。

43 〈遺忘的歷史．歷史的遺忘——五、六十年代的香港文學〉，《素葉文學》，第六一期（一九九六年九月），頁三三。

鄭樹森提到兩種「遺忘」：一是「集體記憶」的遺落，政府無意保存，民間社會也沒有「記憶」的需求；另一是史家技藝的限制，無法呈現「完全」的「記憶」。後者其實是前者的逆反：因為不滿「記憶」的遺失，所以要填補這缺失；卻因為要勉力拯救所失，求全之心生出警覺之心，甚或憂心。我們循此方向再作深思，或者可以從「記憶」的本質出發。「記憶」本是存於私我的內心，私我要尋求「生命歷程」的意義時，「記憶」是重要的憑藉。「記憶」從來不會顯現完整的「過去」，因為「過去」的每一刻都是無限大、無窮盡的；「記憶」本就是零散經驗的提取，如果要將所經驗的「過去」轉化成有意義的記憶（**making sense of the past**），則編碼（**encoding**）過程不可缺少；於是「現在」與「過去」、「私我」和「公眾」就構成對話關係，過程中既內省、再玩味、更參酌比照，當中自然有選擇、有放下；「遺忘」與「記憶」就構成辯證的關係。[44] 鄭樹森念茲在茲，

44 有關「集體記憶」、「歷史」與「遺忘」，可參考 Maurice Halbwachs, *On Collective Memory*, ed. and trans. by Lewis A. Coser (Chicago: The University of Chicago Press, 1992); Peter Burke, "History as Social Memory," in *Memory*, ed. by T. Butler (Oxford: Blackwell, 1989), pp. 97-113; Patrick H. Hutton, *History as an Art of Memory* (Hanover, New Hampshire: University Press of New England, 1993); Jeffrey Andrew Barash, *Collective Memory and the Historical Past* (Chicago and London: University of Chicago Press, 2016); Guy Beiner, *Forgetful Remembrance: Social Forgetting and Vernacular Historiography of a Rebellion in Ulster* (Oxford: Oxford University Press, 2018)。在參閱這些論述時，我們也要注意歷史學的關懷與文學史學不完全相同，因為「文學」的本質就與美感經驗相關。

是「集體記憶」的公共意義，「歷史」不應被（政治力量或經濟力量）刻意「遺忘」；謹之慎之，是為重構「歷史」過程的成敗負上責任。這種態度是值得我們尊敬的。

然而，當我們要整合思考《香港文學大系》第一、二輯的關係時，要面對的「記憶」與「遺忘」卻埋藏在更複雜的歷史斷層之間。尤其「文化記憶」在兩輯之間的失傳，是否宣明「文學」無力抗衡「現實」？只要政治社會有大變動，文學所能承載的「記憶」是否就必然失效，就此湮滅無聞？

可是，當我們還未在「歷史現實」面前屈膝之前，就發現香港的五、六十年代文人，其實在奮力抗拒「遺忘」，正如前面提到馬朗為三十年代的文學亡靈招魂；李英豪等更大規模的重整文學記憶。這樣的超越時空界限的香港文學事件不一而足，例如：曹聚仁寫《文壇五十年》正續編（一九五四、一九五五）；[45] 趙聰寫《大陸文壇風景畫》（一九五八）、《五四文壇點滴》（一九六四）；[46] 李輝英寫《中國新文學二十年》（一九五七）；構思《中國新文學大系．續編》（一九六八）；

45 曹聚仁《文壇五十年》（香港：新文化出版社，一九五四）；《文壇五十年續集》（香港：世界出版社，一九五五）。

46 趙聰《大陸文壇風景畫》（香港：友聯出版社，一九五八年）、《五四文壇點滴》（香港：友聯出版社，一九六四）。

[47]力匡以新月派風格寫《燕語》的離散心聲（一九五二）；[48]侶倫調整他的浪漫風格，以《窮巷》繼續「五四」以來的現實主義（一九五二）；[49]宋淇借梁文星重現四十年代的詩學觀念（一九五五）；[50]葉維廉用心融會李金髮、戴望舒、卞之琳等的風格（一九五九）；[51]崑南盡意追慕無名氏的小説（一九六四）。[52]應該注意的是，他們刻意重尋的「記憶」，其典範並非源自本土；但這也不是簡單的「情迷」心結，而是將更悠長深遠的「記憶」與當下的生活體驗以至生命感懷作出斡旋與協商；其中文字在文化脈搏中生發的美感經驗，或許更是關鍵樞紐，由是生發出在地的、新鮮的「文學記憶」。至於發生在《大系》兩輯時限之間的斷裂，前後輩作家之不相聞問，的確是我們所關懷且惋惜的現象。不過，我們或許要再放寬視野，只要有能力在崎嶇不平、滿佈坑洞的「歷史」長廊走遠，就會發覺已遺落的「文學記憶」，會乘隙流注，在意想不到的時刻直奔眼前。例如八十年代中段，久失踪影的鷗外鷗翩然重臨，向隔代的本地同道傳遞添加了滄桑苦澀

47 林莽（李輝英）《中國新文學二十年》（香港：世界出版社，一九五七）；李棪、李輝英《中國新文學大系·續編》的編選計劃》。

48 力匡《燕語》（香港：人人出版社，一九五二）。

49 侶倫《窮巷》（香港：文苑書店，一九五二）。

50 林以亮〈詩的創作與道路〉，《祖國周刊》，第十二卷第五期（一九五五年五月），頁二五—三〇。

51 葉維廉〈論現階段中國現代詩〉，《新思潮》，第二期（一九五九年十二月），頁五—八。

52 崑南〈淺談無名氏初稿三卷〉，《中國學生周報》，第六二七期，《五四·抗戰中國文藝新檢閱》專輯，一九六四年七月二十四日。

的「記憶」；以舊作新篇為年輕世代的文學冶煉助燃。[53]「歷史（文學史）」不僅形塑「過去」，它還會搖撼「未來」。

風物長宜放眼量。文學「記憶」與「遺忘」的往來遞謝，或者好比一種即興式的「時間韻律」（rhythmic temporality），時而共鳴交感，時而沉靜寂寞。[54]我們未必能按軌跡預計「記憶」何時重訪我們的意識世界，因為現世中有種種有形與無形的屏障或壓抑。然而文學——依仗文字與文化生發的美感經驗——就有種「反遺忘」的力量，在意識的海洋上下浮潛而汩汩不息，或者衣缽相傳，也可能隔世相逢。年來我們努力梳理五、六十年代香港文學的作品和相關資料，每每驚嘆初遇其實就是舊識；因為，彼此都存活在這塊土地上。

五、同構「記憶」的大眾文化

以上的論述主要從「遺忘」戒懼出發，也牽涉到主體的問題，究竟誰在「記憶」？誰要「遺忘」？簡約式的回應是：南下文人滿懷「山河有異」的感覺，以「文學風景」作為寄寓。至於本地

---

53 參考陳國球〈左翼詩學與感官世界：重讀「失踪詩人」鷗外鷗的三、四十年代詩作〉，《政大中文學報》，第廿六期（二〇一六年十二月），頁一四一——一八一。

54 這是英國學者 Ermarth 討論歷史時間的觀念之借用；見 Elizabeth Deeds Ermarth, *Sequel to History: Postmodernism and the Crisis of Representational Time* (London: Routledge, 2012)。

的年輕「番書仔」，卻以文化源頭的「想像」承接文壇長輩的「記憶」，來抗衡殖民統治下的種種壓抑，以及在「現代性」的苦悶狀態下尋找精神出路。「反遺忘」的對象，就是大環境的政治與社會氣候。這些「抗衡政治」的論述，比較能説明精英文化層面的心靈活動。然而，各種力量的交鋒在更寬廣的民間社會可能有不同的表現，其中顛覆的意義更不能忽略。《香港文學大系》以文字文本的「藝術表現、社會感應，與歷史意義」作為觀察對象，但編輯範圍並不會囿限在新詩、小説、散文、戲劇、文學評論等自「新文學運動」以來的「正統」文學類型。第一輯十二卷在上述文體以外，還包括通俗文學、舊體文學、兒童文學等；編輯團隊認為在香港的文化環境中，這些文學類型能夠提供「額外的」審視角度。相關的編輯理念已在《香港文學大系一九一九—一九四九》的〈總序〉作出解説。在這個基礎上，《香港文學大系一九五〇—一九六九》保持第一輯的各種文體類型，再添加粵語、國語歌詞，以及粵劇兩個部分。歌詞和粵劇的相關藝術形式是音樂和舞台的表演，但其中的文字文本仍然佔了一個相當重要的位置。當然更全面以文字表達的大眾文化體類可以舉出盛極一時的武俠小説與愛情流行小説，以及別具形態的「三毫子小説」。本輯《香港文學大系》兩卷《通俗文學》會適切地反映這個現象。在《香港文學大系一九五〇—一九六九》的架構中，新增的《粵劇卷》和《歌詞卷》有助我們從更全面了解不同類型的文字文本如何融會成大家認識的香港文化。

粵劇本是廣東珠江三角洲一帶開展出來的地方戲曲，其原始功能是作為民間酬神的一種儀式，娛神的作用不少於娛人。隨着二、三十年代省（省城，即廣州）港（香港）澳（澳門）的城市化發展，粵劇演出的空間與時間也相與呼應，重心漸漸從臨時戲棚轉到戲院舞台，並由季候性的農間祭祀活動變成市民日常生活的文娛康樂；演出所本也由固定劇目、排場之程式化與即興混合，進展到文人參與編訂提綱以至劇本。由是，文字的作用愈加重要，文學性質經歷一個由隱至顯的歷程。於今回顧，可知粵劇的文學階段之成熟期正正發生在大崩裂時代的香港；而粵劇的整體藝術表現，也在五、六十年代進入最輝煌的時期。是時，粵劇是這個城市的重要文娛活動，與社會大眾同一呼吸；相對同時其他嶺南地區，香港更有可以迴轉的精神空間，在市廛喧鬧間讓文字的感應和創發力量得以發揮。市民社會本來就複雜多元，在現實困厄中謀存活，難免有保守功利的一面；然而大眾意識中也不乏向上提升、或者挑戰威權的想望。這時期香港粵劇界出現最有駕馭能力的編劇家，在娛樂消閒與藝術錘煉之間游走；部分更蘊藏種種越界之思，乘間衝擊諸如生死、倫常、國族、階級等界限，暗中顛覆舊有的價值體系。[55] 當中文字與現實的博弈，透過不同媒介如電台廣播、唱片，或電影改編等廣泛傳播，植入不同階層的民眾意識之中，成為香港的重要「文化記憶」，在往後世代滋潤了許多文學以至藝術創作。[56]

55 例如《牡丹亭驚夢》（唐滌生，一九五六）及《再世紅梅記》（唐滌生，一九五九）的跨越道德與生死界、《碧海狂僧》（陳冠卿，一九五一）以「老妻少夫」的情節質詢愛情之「常態」、《鳳閣恩仇未了情》（徐子郎，一九六二）以「胡漢戀」撼動國族的界限、《紫釵記》（唐滌生，一九五七）中郡主與歌妓的階級身份置換等等。

56 參考陳國球〈粵劇《帝女花》與香港文化政治想像〉，未刊稿。

由粵劇的劇曲衍生出「粵語小曲」，再而出現受「國語時代曲」感染的「粵語時代曲」，發展到更「現代化」的「粵語流行曲」（Cantopop），是香港文化的其中一條重要發展脈絡。五、六十年代流行文化中的粵語歌未算鼎盛；要到七十年代開始，「粵語流行曲」才成為香港最重要的「軟實力」之一，影響不止遍及華語世界，在整個東亞地區都有其耀眼的位置。《香港文學大系》第二輯開闢「歌詞」一體，其中一個考慮點是為以後各輯的《歌詞卷》先作鋪墊。此外，作為這個時期的文字力量之一，粵語歌詞還有不少可以細味的地方；尤其與當時的「國語時代曲」對照並觀，更能見出在地的語言風俗與各方交涉周旋的意義。「國語時代曲」的原生地應該在上海。一九四九年以後，「樂人南奔」，一大批上海歌手、作曲家、填詞人移居香港；重要的唱片製作人、大型唱片公司也由上海南下，帶來上海先進的歌曲製作技術，資金又充裕，一時間「滬上餘音」瀰漫香江。[57]

香港的語言環境原本以粵語為主，書面語基本上與其他華語地區相通；但歌曲唱詞發聲，以聽覺主導，「國語時代曲」（與「國語電影」）在五、六十年代香港居然可以引領風騷，比粵語歌曲（及「粵語電影」）有更高的社會位置；這是值得玩味的現象。在一定程度上，可以見到香港文化

57 參考黃奇智《時代曲的流光歲月：一九三〇—一九七〇》（香港：三聯書店（香港）有限公司，二〇〇〇）；沈冬〈《好地方》的滬上餘音——姚敏與戰後香港歌舞片音樂〉上、下，《音樂藝術（上海音樂學院學報）》，二〇一八年第一期（三月），頁一二七—一四二；二〇一八年第三期（九月），頁七八—九一。

有一種在殖民統治影響下的寬鬆彈性：有時是逆來順受，有時是兼容並包。若有所抗衡，會選擇比較迂迴或含蓄的方式。粵語歌曲同時經歷「國語時代曲」與「歐西流行曲」的衝擊，再由在地意識浸潤洗練，七十年代以後就能奮起搶佔鰲頭。另一方面，國語歌曲在當時香港的寬廣空間也得以茁壯成長，進入這一種歌唱體裁的黃金時期；這時「國語時代曲」的創作人不止於追詠〈南屏晚鐘〉（陳蝶衣，一九五八），也會欣賞地道的〈叉燒包〉（李雋青，一九五七），漸漸體會身處的〈好地方〉（易文，一九六二）。可見「國語時代曲」也能接地氣，成為五、六十年代本地文化的一環。

粵語、國語的歌詞合觀，可見其中還是以情歌最為大宗。談情說愛在現代社會幾乎是人生的必經歷程，普羅大眾最容易感應；這方面的書寫，在語言鍛煉（或者堆疊）上，可以上承《香奩》、《花間》，往返於風雲月露、鴛鴦蝴蝶，不難造就一種「文雅」的面相。反而其他內容的創作表達與市民接收，更值得注意。流行文化本質上要隨波逐流，寫大眾喜見樂聞，或者憂戚同感的情事。這時期的國粵語歌展示了社會的眾多面相，例如：對富貴或者美好生活的嚮往；[58] 又有為低下階層的勞動生活打氣；[59] 反映大眾的社會觀感、居住環境的差劣；[60] 以至世代轉變帶來的家

58 如〈月下定情〉（張金，一九五一）；〈馬票夢〉（韓棟，一九五五）；〈我要飛上青天〉（易文，一九五九）；〈財神到〉（梅天柱，一九六七）。

59 如〈擦鞋歌〉（司徒明，一九五六）；〈工廠妹萬歲〉（羅寶生，一九六九）。

60 如〈飛哥跌落坑渠〉（胡文森，一九五八）；〈扮靚仔〉，（胡文森，一九六一）；〈一家八口一張牀〉（陳蝶衣，一九五六）；〈蜜蜂箱〉（李雋青，一九五七）。

庭代溝、青春之鼓舞與躁動；[61] 甚至女性主體意識的釋放。[62]《香港文學大系》這一輯統合香港國粵語歌曲的歌詞為一卷，更有助我們對照兩個語言表述傳統的異同，觀察二者在同一文化場域中如何周旋與互動，如何同構這個時段的「文化記憶」。再者，從整個《香港文學大系一九五〇——一九六九》的體系來看，我們也可以留心新增的《粵劇卷》和《歌詞卷》如何補足我們對香港文學文化的理解。

六、有關《香港文學大系一九五〇——一九六九》

《香港文學大系一九五〇——一九六九》共計有十六卷；《新詩》兩卷，卷一由陳智德主編，卷二葉輝、鄭政恆合編；《散文》兩卷，卷一樊善標主編，卷二危令敦主編；《小説》兩卷，卷一馮偉才主編，卷二黃淑嫻主編；《話劇卷》盧偉力主編；《粵劇卷》梁寶華主編；《歌詞卷》分兩部分，粵語歌詞黃志華、朱耀偉合編，國語歌詞吳月華、盧惠嫻合編；《舊體文學卷》程中山主編；《通俗文學》兩卷，卷一黃仲鳴主編，卷二陳惠英主編；《兒童文學卷》黃慶雲、周蜜蜜

61 如〈老古董〉（易文，一九五七）；〈青春樂〉（吳一嘯，一九五九）；〈莫負青春〉（蘇翁／羅寶生，一九六六）；〈我是個爵士鼓手〉（簫篁，一九六七）。

62 如〈哥仔靚〉（梁漁舫，一九五九），〈卡門〉（李雋青，一九六〇）。

合編；《評論》兩卷，卷一陳國球主編，卷二羅貴祥主編；《文學史料卷》馬輝洪主編。

編輯委員會成員有：黃子平、黃仲鳴、黃淑嫻、樊善標、危令敦、陳智德、陳國球。我們還邀請了李歐梵、王德威、陳平原、陳萬雄、許子東、周蕾擔任本輯《香港文學大系》的顧問。

《香港文學大系一九五〇—一九六九》編纂計劃很榮幸得到公私各方的襄助。其中李律仁先生再度捐贈啟動資金，香港藝術發展局先後撥出款項作為計劃的主要運作經費。在計劃醞釀期間，也得到香港藝術發展局文學藝術組全力支持，並提供寶貴的意見。出版方面，續得香港商務印書館高水平的專業支援，解決了不少編輯過程中的難題。中研院王汎森院士盛情鼓勵，為《大系》題籤。香港教育大學中國文學文化研究中心作為《大系》編輯的基地，各位同事和研究生們以最高熱忱協同編務。至於境內外文化界同道的熱心關懷，督促提點，在此不及一一。以上種種，我們都銘記在心，並以之為更大的推動力，盡所能以完成《大系》的工作。

在此還應該記下我對《大系》編輯團隊的無限感激。眾所周知，當下的學術環境並不鼓勵《香港文學大系》一類的工作，團隊同仁犧牲大量時間與精神參與編務，只說明我們認識的這個城市、這個地方，值得大家交付心與力。至於其中的意義，就看往後世間怎麼記載。

凡例

一、《香港文學大系一九五〇——一九六九》共十六卷，收錄一九五〇年（一月一日起）至一九六九年（十二月三十一日止）之香港文學作品，編纂方式沿用《中國新文學大系》的體裁分類，同時考慮香港文學不同類型文學之特色，定為新詩卷一、新詩卷二、散文卷一、散文卷二、小說卷一、小說卷二、話劇卷、粵劇卷、歌詞卷、舊體文學卷、通俗文學卷一、通俗文學卷二、兒童文學卷、評論卷一、評論卷二和文學史料卷。

二、作品排列是以作者或主題為單位，以作者為單位者，以入選作品發表日期先後為序，同一作者入選多於一篇者，以發表日期最早者為據。

三、入選作者均附作者簡介，每篇作品於篇末註明出處。如作品發表時所署筆名與作者通用之名不同，亦於篇末註出。

四、本書所收作品根據原始文獻資料，保留原文用字，避免不必要改動，如果原始文獻中有×或□，亦予保留。

五、個別明顯誤校、字粒倒錯，或因書寫習慣而出現之簡體字，均由編者逕改；個別異體字如無法顯示則以通用字替代，不另作註。

六、原件字跡模糊，須由編者推測者，在文字或標點外加上方括號作表示，如「不以為〔然〕」；

原件字跡太模糊，實無法辨認者，以圓括號代之，如「前赴（　）國」，每一組圓括號代表一個字。

七、本書經反覆校對，力求準確，部分文句用字異於今時者，是當時習慣寫法，或原件如此。

八、因篇幅所限或避免各卷內容重複，個別篇章以「存目」方式處理，只列題目而不收內文，各存目篇章之出處將清楚列明。

九、《香港文學大系一九五〇—一九六九》之編選原則詳見〈總序〉，各卷之編訂均經由編輯委員會審議，唯各卷主編對文獻之取捨仍具一定自主，詳見各卷〈導言〉。

十、本〈凡例〉通用於各卷，唯個別編者因應個別文體特定用字或格式所需，在〈導言〉內另作補充說明，或在〈導言〉後另以〈本卷編例〉加以補充說明。

導言

黃仲鳴

四面潮潮濕濕　海山暗暗灰灰　曉天濃霧尚徘徊　教人昏昏欲睡
霧笛長長短短　輪船逐逐追追　當心碧落焦雷　鐵鳥無端下墜
——調寄〈西江月．霧香江〉[1]

上面那首〈西江月〉，乃慕容羽軍（一九二七——二〇一三）所作；成詞年月已難考。料在一九五〇年代，據林樹勛的解讀：

香港，對了，這就是我們的香港，霧晨的香港，繁忙的香港，二十世紀世界冷戰年代的香港！[2]

一九四〇年代末，神州局勢大變。年輕的慕容羽軍服務於廣州《大光報》，被指派到海南島的分支

1　詞收方寬烈編《二十世紀香港詞鈔》（香港：香港東西文化事業公司，二〇一〇年）頁四十三。
2　林樹勛〈二十世紀香港古體詞巡禮〉，《二十世紀香港詞鈔》序言，頁三十六。

機構工作，作為放棄廣州的部署。當時也，慕容獨立蒼茫，心情甚為複雜，一方面對現實環境感到絕望，一方面又沉迷於虬髯客的海外扶餘之夢。他在赴海南之前，先到馬來亞落腳，尋找更好的夢。隨着海南島局勢又變，他在那裏耽了一年，終於來到香港。[3] 這段經歷，和所有的南來文人一樣，歷經離散，「扶餘夢」做不成，懷着陌生不安的心情，愴然來到香港做個落難文人。

在那彷徨的年代，慕容羽軍某日醒來，看到霧繞香江，「暗灰」的心情驀湧，卻又「徘徊」，恐「焦雷」，怕「鐵鳥」，對冷戰年代「新的世界大戰」是如何的憂心。[4]

但，生活的煎迫，文人的一技之長，就是文心與一支筆，慕容先做中學教師，再而執筆為文，進報社、辦雜誌。他對當時的香港文壇，若干年後「為文學作證」，喻五十年代是個「文壇的戰國時代」。[5] 他的「作證」，是他單方面的經歷和供證，對整個五十年代的文壇，並沒有勾出一幅全景圖。

我曾在一篇關於一九五〇年代香港文壇的開頭語說：

---

3 慕容羽軍《為文學作證——親歷的香港文學史》（香港：普文社，二〇〇五年）頁四一五。

4 林樹勛語，《二十世紀香港詞鈔》，頁三十六。內地學者施建偉、應宇力、汪義生也有此感嘆：「這些人來香港，或許是出於對內地新政權的疑慮、誤解或是對不同意識形態社會存有幻想。原先滯留香港的大批文化人北返了，新來的文化人初到此地還需有個安頓、適應期，香港文壇因而出現一個短暫的沉寂期。」（《香港文學簡史》，上海：同濟大學出版社，一九九九年，頁五十五）

5 慕容羽軍《為文學作證——親歷的香港文學史》，頁四十四。

那是一個風起雲湧的年代。
那是一個左右不相容的年代。
那是一個百花爭妍的年代。
那是一個香港文學最特別的年代。[6]

的確，那是香港文學的一個轉折點，一個值得紀念的年代。它不僅承接了一九四〇年代以前的文學，更開拓了另一番光景。

世變中的香港文化現象

一九四九年神州大地易了幟，大量的人湧進這蕞爾之地，但亦有不少左翼文人北返，形成了所謂「南來北返」的現象。在這世變中，王汎森認為，有一種是所謂政治的世變，而最重要的，還是文化性的世變。[7]於香港而言，文化性的世變對香港的影響尤大，因為在這班南來文人的建

6 黃仲鳴〈異質風景與獨特文學〉，收《追憶我城——香港文學年華》（國立臺灣文學館，二〇二〇年），頁五十三。
7 「世變中的文學世界」系列座談會，王汎森的發言。臺北：《中國文哲研究通訊》第八卷第四期，一九九八年。

樹下，對香港的文化、文學、報學都有一個嶄新的局面。

一九五〇年代的香港報界，大致可分為中原報紙和粵港報紙。[8]這兩類報紙的不同之處是，中原報紙多以白話文為書面語，關注點落在中國政局新聞上，對香港事務，沒多大興趣。反之，粵港報紙，多夾雜粵語方言，行文不拘一格，有所謂三及第、淺白文言、白話文＋文言，這對當時的低下層市民，甚有吸引力，蓋生動也，有趣也；在新聞上，多關注本地新聞。中原報紙主要辦報人多非粵人，如《星島日報》的胡文虎，《工商日報》的何世禮家族，《香港時報》是國民黨的黨報。粵港報紙如《成報》、《紅綠日報》、《晶報》等，一九五九年創刊的《明報》老闆查良鏞、沈寶新雖為外省人，但早期卻以粵港風格為辦報宗旨，也屬粵港報。[9]

南來文人如徐訏、曹聚仁、李輝英、徐速、劉以鬯、梁羽生、金庸、岳騫、林適存、趙滋蕃、南宮搏等，各有政治取向、立場，分據「中原」。不過，有批本在廣州從事報業和寫作的文人，也紛紛移來，與香港本土的行家打成一片，形成一個「粵港派」。[10]在一九五〇年代聲勢甚盛，與「中原派」在文風上迥異其趣，如高雄、陳霞子、怡紅生、靈簫生、王香琴、我是山人、念佛山人等。

8 張圭陽《金庸與報業》（香港：明報出版社，二〇〇〇年），頁十八—十九。

9 黃仲鳴〈一九五〇年代香港報刊的通俗作家〉，收《一個讀者的審查報告》（香港：大文出版社，二〇〇九），頁九十三—九十五。

10 同上註。

報分左中右，最為人所樂道的是有所謂「左右對壘」、「綠背文化」等。在一九五〇年代，香港文壇在南來文人和粵港文人的分頭經營下甚為熱鬧。

通俗文學的定義

何謂通俗文學？這問題常見有人提出，也有分不清的。鄭明娳所述的有幾點特徵：親近讀者、娛樂讀者、內容為讀者所熟悉和嚮往、思考方式為讀者易於接受，甚至作者呈現的人生觀也和讀者相近。[11]這說法大致不錯。茹志鵑論《紅樓夢》：「在中國讀者的廣泛性來說，真是家喻戶曉，而且它文字易懂也不深奧，那麼它是通俗文學？」並確認《紅樓夢》是通俗文學。又指英國女作家夏綠蒂．勃朗特的小說《簡．愛》，「也算是在通俗範圍內」。[12]《紅樓夢》等古典小說本屬通俗小說，但在現代來說，已是「由俗入雅」，茹志鵑也承認「它的深層意義，這樣引人，又是

11 鄭明娳《通俗文學》（臺北：揚智文化事業股份有限公司，一九九三年），頁二十七。
12 茹志鵑〈序〉陳必祥主編《通俗文學概論》（杭州大學出版社，一九九一年），頁二。

如此深遠」，[13] 正如周作人所企望的：「由通俗小說而化正雅」。[14] 陳必祥主編的《通俗文學概論》，對通俗文學有明確的界說，指出特點有三：一、通俗性；二、故事性；三、娛樂性。最特別的，還將它與純文學來作一比較：

（一）純文學是提供思考的文學，通俗文學是提供消費的文學。

（二）純文學是着力於提高的文學，通俗文學是着力於普及的文學。

（三）純文學是作者文學，通俗文學是讀者文學。

（四）純文學側重表現人們的發展需要，通俗文學則側重表現人們的基本需要。

（五）純文學強調反映生活真實，通俗文學多表現非現實的虛幻世界。

（六）純文學注重心理描寫、性格刻畫；通俗文學特別強調故事性，情節性。[15]

這比鄭明娳的界說來得較清楚。本卷所選的作品準則已沒有粵謳、班本這些「俗行文學」；[16]

13 同上註。

14 啟明〈小說與社會〉，《紹興縣教育會月刊》，第五號，一九一四年。陳平原對此有詳細論說，參見《二十世紀小說史（一八九七—一九一六）》，收《陳平原小說史論集・中冊》（石家莊：河北人民出版社，一九九七年）頁六八七—七一七。

15 陳必祥《通俗文學概論》，頁十六—二十。

16 鄭明娳《通俗文學》引李岳南《俗文學詮釋》語，頁十五。

更不認同鄭振鐸等把通俗文學、俗文學、大眾文學等同。[17] 湯哲聲也指出，通俗文學不是平民文學、大眾文學和民間文學。[18]

通俗小說等於流行小說？——這問題值得討論。四川師範大學文學院教授譚光輝說：

> 流行小說與通俗小說似乎被看作可以大致劃等號的兩種文學類別。在許多研究通俗文學的學術著作中，都把追求暢銷看作通俗小說最為重要的品質，而流行小說都被毫無商量餘地納入了通俗文學的範疇。[19]

他指出，作品暢銷就說明讀者眾多，自然是「流行」，受大眾歡迎，當然也就是「通俗」了。這在邏輯上似乎是通了，但實則卻非如此。他為「流行小說」下定義，所根據的是再版次數、發行數量、銷售數量、被作為熱點討論等指標來確定；[20] 由此而觀，一些被目為「通俗」的如《海上繁花夢》、《九尾龜》、《官場現形記》、《二十年目睹之怪現狀》、《老殘遊記》等，都屬流行小說。而

---

17 參見：鄭振鐸《中國俗文學史》（北京：東方出版社，一九九六年）。

18 湯哲聲〈何為通俗：「中國現當代通俗文學」概念的解構與辨析〉，收湯哲聲、張蕾主編《中國現當代通俗文學研究論集》（蘇州大學出版社，二〇二〇年），頁一三六—一三九。

19 譚光輝《中國百年流行小說一九〇〇—二〇一〇》（北京：商務印書館，二〇一八年），頁十一。

20 同上書，頁三。

魯迅的《吶喊》、巴金的《滅亡》、茅盾的《蝕》等，都被視為「嚴肅」的作品，也屬流行作品。

我認為，通俗作品無論是否暢銷，內容既是符合通俗的特質，它就是通俗。金庸的武俠小說，無可否認它是流行小說，但不離通俗元素，所以它始終是通俗作品。而魯迅與巴金、茅盾等人的作品，當屬純文學。它們是流行作品，卻非通俗作品。

本卷所選是通俗作品，但不少是流行文學。

香港通俗小說的類型探索

香港通俗小說的類型探索，是追蹤某些類型有何創新之處，或敍述架構有何特出、文字有何出眾。本卷所收作品，正是建基於此。大致而言，可分武俠小說、政治小說、借殼小說、社會傳奇小說、科幻小說、歷史小說等。所選俱為小說，皆因在歷史長河中，最能代表通俗文學的文體是小說。[21]

21 陳必祥主編《通俗文學概論》，頁七。又：中興大學中國文學系主編《通俗文學與雅正文學》（臺中：興大中文系出版，二〇〇一年）頁七。

一、武俠小說：新舊交會

五十年代的通俗文學，最有成就和吸人注目的是武俠小說。它將武、俠、情的元素發揮到極致，作家群出；在娛樂貧乏的日子裏，它讓大眾走入最佳的精神安慰之所。

一九五四年一月二十日起，梁羽生的處女作〈龍虎鬥京華〉在《新晚報》連載，至八月一日止。論者言，這就是「新派武俠小說」的起點，梁羽生是「開山者」。[22] 翌年金庸出場，由二月八日至一九五六年九月五日，在《新晚報》刊〈書劍恩仇錄〉，同樣一炮而紅。金庸被指是新派武俠小說的「一座高峰」。[23] 既有新派，當然有舊派。所謂舊派，研究者多指民國以來的武俠小說而言，赫赫有名如平江不肖生、還珠樓主、白羽、鄭證因、王度廬、姚民哀、顧明道、文公直等，說部大行其道，備受新文學諸君子的攻伐。[24] 迨至大陸易幟，武俠小說被貼上陳腐、封建、落後的標籤，自此之後，武俠小說幾被封殺。香港「得天獨厚」，左報竟獲「網開一面」，梁羽生、金庸得以超生，「新派」之名遂不脛而走，甚至，梁金二人也自封為「新派」。[25]

22 施建偉、應宇力、汪義生《香港文學簡史》，頁八十二。又羅立群《開創新派的宗師——梁羽生小說藝術談》（上海：學林出版社，一九九六年），頁一七一。

23 林遙《挑燈看劍——武俠小說史話．下》（臺北：風雲時代出版股份有限公司，二○二○年），頁一一七。

24 參：葉洪生《葉洪生論劍——武俠小說談藝錄》（臺北：聯經出版事業公司，一九九四年）頁三—六○。

25 羅孚〈俠影下的梁羽生〉，收《南斗文星高——香港作家剪影》（香港：天地圖書有限公司，一九九三年），頁五十六。

在香港而言，舊派並非指民國。葉洪生是指「香港本地氾濫成災的『廣派』武俠小說而言」，[26]他言下之意是，廣派武俠小說是舊派。這亦言之成理。不過，根據他的定義，所謂「廣派」，是指「雜以『廣府語』（即粵方言）行文而言」，[27]此其實不確。因為那些所謂「廣派」，並非全是「雜以廣府語」的，有採淺近文言、三及第、白話文或文白混雜，若以「派」來分，可呼為「粵港派」。[28]

粵港派技擊小說風行於三〇、四〇、五〇年代，筆下所寫多為少林故事。至梁、金一出，粵港派亦式微，不敵新派神功。

粵港派的技擊小說鮮有神怪色彩，多是實橋實馬，一招一式都有所本，如朱愚齋（齋公）、我是山人、念佛山人等，行文亦非純白話文，夾雜文言方言。新派之所以新，之所以與民國舊派、粵港舊派不同，林遙謂主要有三方面，特概括如下：

（一）文體上，既傳承和發揚了傳統章回小說的優點，又對西方小說進行了借鑒，心理描寫增多，表現手法中的結構、視角、層次等也由單一向多方位發展。

26 《葉洪生論劍》，頁六十二。
27 同上書，頁六十。
28 黃仲鳴〈我武維揚：粵港派技擊小說的興衰〉，收蒲鋒、劉嶔《主善為師——黃飛鴻電影研究》（香港電影資料館，二〇一二）頁四十—五十五。

（二）在人格追求上，新派武俠裏的主人公嚮往獨立精神。
（三）在思想上，儒釋道等各家學說被大量引用，使俠客有了精神支撐，中國傳統文化在武俠世界中生機勃勃。[29]

梁羽生、金庸在五十年代所寫的大部頭著作，本卷篇幅所限，難以摘錄，俱予存目。至於粵港派，則選錄了我是山人的《佛山贊先生》；齋公的寫作方向亦變，所選已非黃飛鴻少林故事。值得一談的，反而是念佛山人的武俠筆記小說。

香港的武俠小說，無論新派舊派，多是長篇，短篇不發達，筆記體的更少。所謂武俠筆記小說，我看過的只有念佛山人在五十年代《小說世界》的「技擊短篇」。

筆記小說受到史書體例的影響，多標榜記事的真確，以史家的態度來記事。魯迅的《中國小說的歷史的變遷》將它分為「志人小說」和「志怪小說」。[30]在武俠小說上來說，「志人」是「志」俠客，「志怪」是「志」劍仙。在寫作方法上，大都採直敍式，也即是現代新聞學上的正三角（又名正金字塔）的寫法。

念佛山人的「技擊短篇」，無論內容是真是假，就是筆記式。且看這篇起首：

29 同註23，頁二十三。
30 魯迅《中國小說的歷史的變遷》（香港：中流出版社，一九七三），第二講頁八——十三。

蘇秋霜為蘇乞兒之妹，蘇乞兒為廣東十虎之一，初到廣州之時，即與秋霜偕，兄妹二人，每日以賣藝為活。[31]

將它來與清．梁紹壬《兩般秋雨盦隨筆．阮王二宮保撰聯》來作一比較：「劉文情公在相位，太夫人九十誕辰，仁廟賜壽，備極恩榮……」只要翻開古時的筆記文，多是這種直敘寫法；《聊齋志異》各篇，內容新鮮而具吸引，但敘事亦緊步筆記行文。

二、政治小說：左右之外

一九五〇年代，有所謂左右對壘之說。但究其實，兩派可沒正面交鋒，也沒有掀起大筆戰之類，何來「對壘」？只能說是「對陣」。

趙稀方說：「二十世紀五十年代以來香港『左』『右』對立的文化格局，是二戰以來世界兩大陣營冷戰的產物。」「對立」這詞是準確的。他又說，五十年代上半期，綠背文學在香港文壇佔據了主流，[32]這也是對的。

「綠背」指美國大灑金錢，在香港支持右翼文化人開辦報刊、出版社、研究所。出版了不少

31 念佛山人〈雨傘破擔杆〉，香港：《小說世界》第六期，一九五一年三月十四日。

32 趙稀方〈從報刊角度重述香港文學〉，《世界華文文學論壇》，二〇一九年二月。

「難民文學」，[33]知名的有趙滋蕃的《半下流社會》、張一帆的《春到調景嶺》等。左派有洛風的《某公館散記》（成書時改名《人渣》）、唐人的《金陵春夢》等。這些作品只是左右作家的自說自話，自我發泄，並無明刀明槍的交鋒。只南郭後來在臺灣《文訊月刊》第二十期（一九八五年十月）寫了篇〈香港的難民文學〉，說在《香港時報》寫〈紅朝魔影〉是為了對抗唐人的《金陵春夢》。[34]

一九八五年四月，劉以鬯在一個研討會上說：「『綠背文化』形成浪潮，為數相當多的香港寫作人都甘願做政治揚聲筒。」[35]這說法是一葉障目，他不深入研究，看不到「綠背」下出版的書籍，所辦的報刊如《中國學生周報》、《大學生活》，對新一代的香港青年所起的影響和作用。他還指，「五十年代初期寫香港現實生活的文學作品，不是沒有，只是像《窮巷》和《酒店》那樣寫『人間疾苦』而不作政治揚聲筒的小說，很少。」[36]《窮巷》的作者是侶倫，曾連載於左派的《華商報》；《酒店》的作者是曹聚仁，刊於「中間

33 南郭〈香港的難民文學〉，臺北：《文訊月刊》第二〇期，一九八五年十月。又：趙稀方〈五十年代香港的難民小說〉，《甘肅社會科學》，二〇一四年第三期。

34 引自陳智德《根著我城——戰後至二〇〇〇年代的香港文學》（臺北：聯經出版事業股份有限公司，二〇一九年），頁一七四。

35 劉以鬯〈五十年代初期的香港文學——一九八五年四月二十七日在香港文學研討會上發言〉，《香港文學》第六期，一九八五年六月。

36 同上註。

偏右」的《星島日報》。鄒芷茵說：「可見一九五〇年代文學出版實難完全脫離政治語境。」[37]旨哉斯言。侶倫雖沒有明確的表明是「左」，但混跡其間，傾向不容置疑；曹聚仁是活在政治圈裏的文人，深懂得政治圈內的人脈關係升沉得失。[38]

曹聚仁是「中間派」，[39]是左右之外的人物。他一九五〇年來港，就在《星島日報》寫《南來篇》，以史家之筆自命，褒貶內地形勢，被左派痛擊，指他是「反動文人」，大發「反動謬論」；右派對他「戒懼而存疑」，因他筆下並非如一些反共文人般「只作誣衊謾罵」，「忠貞成疑」，自是「非我族類」。[40]本卷選了他的《雙城新記》，是他身為「中間派」的政治小說。他也有自知之明，認為「吃力不討好」，是「挨罵」之作，[41]而「火力」更不及唐人的《金陵春夢》和南郭的《紅朝魔影》、《南雁北飛》。

不過，純粹「政治掛帥」的作品，藝術成份實不足；不及有些在「綠背」支撐下的作品。

37 鄒芷茵《一九五〇年代香港殖民政策與華文文學生產》，收《媒介現代：冷戰中的台港文藝國際學術研討會論文集》（臺北：里仁書局，缺出版日期。據樊善標教授告知，乃出版於二〇一六年）。

38 慕容羽軍《為文學作證》，頁四十四。

39 計紅芳〈香港的愛與恨——南來作家的敘述轉變〉，《中國文學研究》第四期，二〇〇九年。另見趙稀方〈五十年代香港的難民小說〉。

40 羅孚《南斗文星高》，頁四。

41 曹聚仁《魚龍集．挨罵記》（香港激流書店，一九五四年），頁一九〇—一九七。

總括而言，「左右」之外，還有一些「中間派」，曹聚仁後期已經不「中」，傾「左」了。真正的中間派，是只顧為稻粱謀的一些粵港派。

三、借殼小說：置換的故事

上個世紀四〇、五〇、六〇年代，報刊掀起一股「借仙風」。所謂「借仙」，是「借」來滿天神佛，如孫悟空、豬八戒、八仙等，飄然下凡，置換於一個現代社會如香港，將他們的經歷，演成小說。作者包括陳霞子、梁厚甫、高雄、林壽齡等，競相刊載的報刊有《新生晚報》、《成報》、《香港商報》、《晶報》，極一時之盛。除了「借仙」外，還有「穿越」，將古人、古典小說的人物也「借」來現代社會，戲耍一番。這可說是通俗小說最特別的一種類型。

這股風氣，實沿自晚清的「擬舊小說」。這名稱，我曾異議，並改名為「借殼小說」。[42] 無論「借仙」、「穿越」，俱是「借殼」。

陳平原說：「開掘某一小說類型基本敘事語法的文學及文化意義，才是類型研究的中心任務。」[43] 這類小說都有一個共通的敘事格局，所謂「文化意義」，每部作品都有它的含義和所指，值得深入研究。

---

42 黃仲鳴〈「文壇殼王」高雄〉，香港：《成報》，二〇〇六年八月一日。

43 〈千古文人俠客夢〉，收《陳平原小說史論集·中冊》，頁一一三三。

我封高雄為「文壇殼王」。[44]這封號，他確受之無愧。他喜讀晚清小說，吳趼人、劉鶚是心儀的作家。他的「借殼」，是否受到吳趼人《新石頭記》的影響，不得而知；但他之所以執筆寫起這類小說，是接陳霞子的「棒」而開始大寫特寫的。

一九四七年八月二十八日起，至同年十二月三十日，陳霞子以阿夏的筆名在《成報》撰《八仙鬧香港》，根據資料，這可能是陳霞子撰借殼小說之始，跟着在一九五二年十月十一日起在《香港商報》以夏伯筆名連載〈大話西遊〉；一九五三年六月一日起，夏伯再於《香港商報》連載〈海角梁山泊〉。本卷選錄的《濟公新傳》，是他於一九五一年十一月一日至三日及五日的《成報》刊載，直至一九五六年九月三十日，夏伯突然擱筆，《成報》只得找來高雄續寫，至一九五八年七月十五日刊完。這是高雄接「濟公」之棒，初署名禹伯，後於一九五七年五月三十一日才改署小生姓高。[45]

此後，高雄在《成報》寫〈八仙鬧香海〉（署名小生姓高，由一九五八年七月十六日至一九六四年十二月三十一日），這也是陳霞子《八仙鬧香港》的題材，不過，高雄比陳霞子更為「現實」，即是將眾仙置換於現代香港，反映現實更濃。一九六八年八月一日起，至一九六九年九月三十日止，在《成報》寫《豬八戒遊香港》，這是他「借殼」的壓台之作。

同時期，競寫借殼的，大不乏人，如後來以撰述美國通訊稿件頗具聲名的梁厚甫，便以馮宏

44 同註42。
45 慕容羽軍〈少產作家和多產文人〉，香港：《作家》第五期，一九九九年十二月。

道筆名在《新生晚報》寫〈孫行者遊香港〉，本卷有摘錄，但與陳霞子和高雄寫的相差遠甚。另如筆聊生（林壽齡襲陳霞子筆名）於《晶報》撰〈西遊回憶錄〉；惜《晶報》散佚不全，我只看過七十年代若干連載。

本卷選錄了陳霞子的《濟公新傳》，和他的「穿越小說」《海角梁山泊》。其中，《海角梁山泊》將梁山好漢「請來」香港這海隅，頗為可觀。高雄的《八仙鬧香海》，亦是一部置換喜劇，可睹當時香港社會的縮影。

四、社會傳奇：不僅言情

劉登翰主編的《香港文學史》說：

> 從廣義上說，所有的文學作品都是言情的，都表現人類之間的情感糾結。狹義的「言情小說」，則是一種消費文類，主要給人們提供關於兩性間的或詩意或本能的想像空間……[46]

不錯，無論是廣義抑狹義，言情小說都屬社會傳奇。倪匡來港初期，便寫過一篇〈不是傳

46 劉登翰主編《香港文學史》（香港：香港作家出版社，一九九七年），頁二三一。

奇〉，[47]是典型的愛情小說，題是「不是傳奇」，其實是「社會傳奇」。至於他的〈王桂菴——聊齋故事新編〉，[48]是演繹自《聊齋志異》，也是那個時代的社會傳奇、愛情小說。

五十年代初葉，慕容羽軍形容那是個「文學真空期」，是孟君和碧侶「填補這一瞬的真空」，[49]這說法有武斷之嫌，因為還有一支粵港派，如慕容文中所提的靈簫生、怡紅生、王香琴、周白蘋這一類「老式文人」，與「四十年代南來的左派文人共存」，[50]這說法不知有何根據。總之，他認為孟君是新派作家，也不是什麼通俗作家。孟君或不是，碧侶那肯定是了，他也這麼認為。[51]

孟君活躍於五十年代，據說產量達三十本之多，六十年代開始不再受歡迎，銷量急降，便不再創作小說。[52]黎秀明指她：

47 衣其〈不是傳奇〉，一九五八年六月三十日，香港：《工商日報》。
48 倪匡〈王桂菴——聊齋故事新編〉，一九五九年十二月二十一日，香港：《工商日報》。
49 慕容羽軍《為文學作證——親歷的香港文學史》，頁六。
50 同上註，頁八—九。
51 同上註，頁七一八。
52 黎秀明《文化雜交——一九五〇年代香港言情小說》（香港：天地圖書有限公司，二〇二〇年），頁二〇六。

她小說裏的獨自漂流異鄉的女主角也許是她某部分經歷的反映。她獨立、堅強、有才華、聰明、勇敢、從中國大陸移民到香港，就恍若她小說裏那個歌德式逃亡的少女（maiden in flight）一樣，在漂流中尋找愛情和感悟，也許孟君在這些之外，還要尋找她的創作靈感、金錢利益、和生存空間。[53]

黎秀明將同樣崛起香江文壇的鄭慧和她相比：

鄭慧也創作歌德式的現代黑色愛情故事，不過鄭慧的歌德筆觸比孟君來得温和，而且這類歌德式小說的數量沒有孟君那麼多。二人寫作風格雖不盡相同，但卻有一個共通點：主要描寫刻畫現代都市的摩登女性。[54]

相較而言，鄭慧的小說更為吸引一般女讀者，她加入羅斌出版集團，成為力捧的重點作家。本卷所收乃她一部三毫子小說《歷劫奇花》，列為「環球小說叢」第一種。

孟君和鄭慧的小說，其實不僅限於言情小說，在言情之中，有極其重要的社會因素。孟君是

53 同上註，頁二〇七。
54 同上註，頁二〇七。

通俗作家嗎？我認為是。其實，五十年代出現的三毫子小說，不少屬通俗小說、社會傳奇。至於碧侶，則顯「媚俗」。

高雄撰寫社會傳奇，在抗戰勝利後已漸見風格，雖然他所寫的文類極廣。他曾說：

> 我平日寫的東西，在取材方面，與別人有所不同，我認為，日常發生的事，以及社會的變化等等，都可以是我的寫作材料。所以我不必抄襲別人的東西，亦無需抄橋，我只需注意世界不斷發生的事事物物，就可以用它做題材來寫稿了。[55]

這是文隨世變，證諸他四十年代在《新生晚報》寫的「怪論」、〈經紀日記〉。五十年代，在《大公報》以旦仃筆名連載的〈天堂遊記〉，在《新晚報》以石狗公筆名連載的〈石狗公自記〉、在《明報》以凌侶筆名連載的〈香港靚女自記〉，都是取材自社會的人生百態。而他所寫的借殼小說，極盡反映現實的能事，更是傳奇中的傳奇。

若說緊貼香港社會的變遷而寫作的作品，非林壽齡的《懵人日記》莫屬。這篇作品自一九五五年八月一日起在《大公報》刊載，直至一九六九年十二月三十一日止，堪稱長命連載，署名「夢中人」。

55 〈高雄訪問記〉，香港：《純文學》月刊總第三十期，一九六九年九月。

林壽齡以日記形式書寫，他的策略是有何新聞，即寫入「日記」，透過「懵人」這角色，演成故事，如拆舊樓有補償，如持有木屋區居民身份證的「白咭」，可領地起沙磚屋，可住七層徙置大廈；如當年申請電話之難，有了電話可轉讓賺錢等等，全是五十年代香港社會的反映。更有借「回穗參觀」而大做文章，大談廣州景象和彈讚飲食。「懵人」是普羅階級、市井中人，題材涉下層民生，以三及第文體寫成，分外生猛。

懵人亦涉男女情事，夢中人娓娓寫來，趣味盎然。對「懵人」研究甚深的張詠梅說，《懵人日記》的「接龍式」敘事結構，作者以「懵人不斷轉換住處和職業，每到一個新地方工作或居住，作者就隨之轉換一批圍繞主角身邊的人物，這種結構方式其實是把多個短篇小說串聯成為長篇。」[56]當然，這是不能稱為真正的「長篇小說」，只能當作是懵人的生活記載，此之謂「日記」也。與社會互動、批判香港社會，正是林壽齡這「長壽鉅製」的特色。

林壽齡另以「香港阿Q」的筆名，在《文匯報》連載《港Q自傳》，亦屬「長壽鉅製」，自一九五九年二月八日至一九六七年四月三十日止。這篇作品反映了香港人的身份問題，政治性較強。[57]

56 張詠梅〈從文化生產模式分析夢中人《懵人日記》〉，見《醒世懵言——懵人日記選》（香港：天地圖書有限公司，二〇〇一）頁三一八。

57 張詠梅〈溫和與激烈——論《港Q自傳》中的「反殖」與「反美」策略〉，收游勝冠主編《媒介時代：冷戰中的台港文藝國際學術研討會論文集》，頁一六九—一九二。

傑克在四十年代末至五十年代大量生產小說，報上連載，出書頻繁，在所有通俗作家中，他也屬正宗的「爬格子動物」。不過產量雖高，卻不乏佳作，如《一曲秋心》、《春影湖》、《名女人別傳》、《珊瑚島之夢》等，寄寓了他的理想、悲憤和人生觀。袁良駿對他口誅筆伐，指他「直到六〇年代初，這位香港新文壇前輩才金盆洗手。不再寫這種毫無價值的『港島傳奇』了。」[58]既「毫無價值」，袁教授何必再浪費筆墨？

在芸芸著作中，傑克的《名女人別傳》在五十年代最為有名，描述了都市中一個交際花，如何從「低級女人」成為「高級女人」的故事。她玩弄愛情，玩弄政治，玩弄商界名人，甚至軍方權貴，這種情節匪夷所思。天馬行空，下筆放恣，喜讀這類小說者，莫不滿足。《名女人別傳》是通俗小說，也是當年的暢銷、流行小說，豈非「毫無價值」？

五、小結

香港通俗小說的類型尚多，如偵探、間諜、歷史等，惜資料嫌少；亦無特別出色之作，故從略。至如周白蘋鬥智打鬥的「好漢小說」，五十年代仍大量出版，《香港文學大系一九一九—一九四九·通俗文學卷》已選錄，此處亦不再收。

58　袁良駿《香港小說史》（深圳：海天出版社，一九九九年），頁一三三。

廉紙小說：由兩毫到四毫

四〇、五〇年代，有所謂廉紙小說、三毫子小說，風行一時。這不屬類型學的範疇，所謂「廉紙」、「三毫子」只是一種載體，一種可容納各文類的生產模式。

一九五五年三毫子面世前，香港市面便遍佈廉紙小說的單行本，時人叫「書仔」。文類包括武俠技擊、偵探鬥智、間諜打鬥、民間故事等，售價低廉。周白蘋一九四七年出版的《中國殺人王大戰乾淨黨》（紅綠出版社），薄薄一本售價港幣兩毫，在版權頁鄰還有《牛精良大亂寶安》的預告，也是每本兩毫，[59]不過，它的「廉」，卻是印製粗劣，內文排版密密麻麻，每錯漏百出；比較厚的，售九毫、一元。[60]這都屬廉紙小說。

容世誠說，廉紙小說是一種中國文學，不過從來在中國找不到。[61]而從排印密密麻麻到後來美觀的三毫子小說，在大陸也是不存在的。它只生存於香港、東南亞。意外的是，它擁有強大的生命力，讀者多，不少作品還被改拍成電影，流行於民間。

59 字數約二萬，頁數十六，或分為多冊成一故事。《中國殺人王大戰乾淨黨》頁一正文前告白，所列書還有《中國殺人王偷渡太平洋》、《中國殺人王初到三藩市》、《牛精良大亂中環》、《牛精良大亂西環》、《中國殺人王大戰機械黨》，「本本精彩、均售二毫」。

60 見《中國殺人王大鬧莫斯科》（香港：新光出版社，缺出版日期）書後廣告。

61 容世誠〈文化冷戰與廉紙小說工業〉（香港：百家文學雜誌，第三十三期，二〇一四年三月）。

三毫子小說的創造者，不少人歸功於上海來港的羅斌，說他是「三毫子小說之父」，[62] 這說法是錯的。據潘惠蓮的考證，在一九五四年，香港的美新處曾全面調查香港的書業情況，報告認為香港及海外華人對於購買嚴肅書，不感興趣，於是計劃推出廉價的通俗小說，俾能「更有效在香港推廣反共訊息」，因而催生了「小說報」。[63]

這即是容世誠所說的另一種廉紙小說，也叫廉紙文學。「小說報」的主辦人為黎劍虹，其夫是國民政府政要梁寒操。容世誠引黎劍虹的回憶說：

> 當時美國新聞處對出版事業十分有興趣，出版《今日世界》之外，更出版無數的單行本書籍，我就請一位與他們美國人認識的朋友，介紹認識當時主持出版的高級美國職員，也就是主持出版單位的主管，和他細談我的計劃，他認為很好，於是我就創辦了虹霓出版社，出些他們希望出的書籍，同時也着手籌辦「小說報」，得他們協助後就無後顧之憂。[64]

原來「小說報」也即是「三毫子小說」的概念出自黎劍虹。黎才是「三毫子小說之母」。

62 鄭明仁〈劉以鬯與《三毫子小說》〉，香港：《明報》，二〇一六年十月二十六日。
63 潘惠蓮《香港的「三毫子小說」何時誕生？》https://paratext.hk/?P=2940。
64 同註61。

「小說報」出的三毫子小說，以「一份報紙的價錢，一本名作家的小說」[65]為號召，豔麗的封面，內有插圖，「一次過刊完，共六萬餘字」，「堪稱最廉價的讀物」。潘惠蓮文章附有當年的出版消息，標明「小說報」第一號的作品為傑人的《金碧露》，一九五五年二月已出版。[66]

有美新處的撐腰，黎劍虹拉了不少名家執筆，如劉以鬯、黃思騁、上官寶倫、潘柳黛、董千里等。不過，由於出版社的政治立場，要求作家寫反共小說，或在主題和行文中加入這元素。[67]

本卷收虹霓版傑人的《金碧露》、董千里的《雪山情》和劉以鬯的《蠱姬》。傑人和董千里的政治立場較為明顯；最可笑的還是劉以鬯的《蠱姬》，這部驚險奇情加上男女愛情的小說，到故事結尾時，有筆五萬元的錢，男主說要買鑽戒送給情人顏雙梅時，劉以鬯這麼寫：

> 雙梅不要，雙梅認為應該捐給從大陸逃出來的難胞。[68]

突兀吧？這句與全書沒關聯的說話，就是劉以鬯敷衍出版社的「反共話語」。[69]

---

65 這宣傳語有謬誤。五十年代中，報紙售價最多為二角，普遍為一角。
66 見香港：《工商日報》一九五五年二月三日簡訊。潘惠蓮文附圖。
67 同註61。
68 《蠱姬》，頁十二。
69 據鄭明仁訪問劉以鬯太太的話，見〈劉以鬯與《三毫子小說》〉。

董千里的《雪山情》，背景是西藏，是個淒豔的愛情故事，女主珠朗瑪受到范將軍威迫下嫁，她和情人昂巴分別服藥而死。這個范將軍是誰？當然是共軍中人。小說描繪漢藏兩族的肉搏戰，共軍展開血腥大屠殺，「共軍的壓力愈來愈甚，戒嚴、逮捕、屠殺，恐怖行動層出不窮。拉薩成了一座血洗的死域。」[70]

俊人的《金碧露》，作為「小說報」的第一號，描述雖然沒《雪山情》那麼露骨，但由上海逃來當舞女的金碧露，帶着一個小兒子，卻受到內地「愛人」追尋而來，金碧露卒之莫名其妙的墜樓死了。男主遵金碧露的囑咐，設法將小兒子送到臺灣讀書。立場昭然可見。而男主的妻子終於經澳門逃來香港，訴說在內地的遭遇：

> 我們認識的某一個人，被清算了，怎樣犧牲了，或是變成了叫化子；另一個人，怎樣突然做了人民官，舊時和他有過嫌隙的人，如何遭殃。[71]

這段「狗尾」，比《蠱姬》更長，更囉嗦。奈何！

70《雪山情》，頁十一。

71《金碧露》，頁十二。

「小說報」每期銷路不錯，由最初的六萬，上升至近十萬本。[72]有此成績，那才引起羅斌的「垂涎」，於是也籌劃出「環球小說叢」，同樣的彩色封面，同樣的有內文插圖，同樣的三毫子，同樣的網羅了香港當時一些勁筆加盟，如鄭慧、楊天成、龍驤、史得、王樹、黃思騁、司空明、依達、上官牧等，由這名單可以看出，羅斌「爭取」的作家，除了「老將」外，還「培養」了不少後起之秀，如在六十年代風行的依達。這些作品，已沒有「小說報」濃濃的政治色彩，多屬社會言情、奇情小說，商業味道十分濃。從本卷所收的司空明、鄭慧、依達的作品可見。

至一九六一年，十六開的「環球小說叢」改為「環球文庫」，三十二開本，售價提升至四毫。後人研究，大多仍以「三毫子」來统稱。

黎劍虹是「三毫子」的開創者，羅斌則是發揚光大者，這可以肯定。這些「三毫子」以至後來的「四毫子」，是一些文人的收入來源，司空明便說，他一雙子女是靠這些小說的稿費養大的。[73]一部三、四萬字的「三毫子」，稿費一次過三、四百元，是可觀的報酬了。

在開篇時說，廉紙、三毫子小說是一種出版形式，是載體。既是載體，自是可裝「雅」，可裝「俗」。換言之，要檢視，那才可以判定它是雅是俗。這種檢視，我覺得很無聊，但也很無奈。四〇、五〇年代的「廉紙」，多是「俗」的，到了三毫子以至四毫子，作品便有雅有俗。有說司空明

---

72 同註63。

73 黃仲鳴〈師門辱教記〉，香港：《星島日報》，一九九七年七月十七日。

是「雅」的，本卷選了他的《烏衣劫》，是個典型的通俗小說，講述一個女傭，為了幫助擺菜攤的情郎籌錢而誤入火坑，出賣肉體，最後逃離淫窟，男主也原諒了她，大團圓結局。無論是故事主題，敘事結構都是通俗格局，也沒什麼新意，是「讀者文學」，非「作者文學」；是社會奇情、愛情小說。

夏商周的《香溪奇緣》，是言情，沒有什麼突兀的情節，男女由誤會而冰釋而結合。李輝英來港前，已是名作家，為了解決生活，唯有寫賺稿費的通俗小說。

嚴肅作家「下海」寫三毫子小說，一些新作家亦紛紛出現。羅斌發掘、捧紅了不少新起的作家。在五十年代中期，鄭慧已在《西點》大寫通俗小說。本卷選錄的《歷劫奇花》，列為「環球小說叢」第一期，可見羅斌對她的重視。這部中篇小說，鄭慧雖然寫的仍是言情，一個舞女歷經滄桑而最終得愛情的故事。鄭慧用了很長的篇幅，舞女以自述的方法，來訴說她的悲慘遭遇，在情節的推展上，沒有什麼曲折、驚奇的描述，是個典型的大團圓故事。

另一個在六〇、七〇年代大紅大紫的依達，在五十年代，在羅斌的慧眼下，也冒了起來。他的《雪地情仇》，兩個鍾情的男女，揭開了他們上一代的仇恨；背景是加拿大中部，一個白種少女和黃種青年的愛情故事，依達敘事能力已嶄露頭角，由開篇到結尾，層層推進，到最後掀起的高潮，扣人心弦。這異域故事，突顯了年輕依達的才華，後來能大紅，不無原因。

有論者說，依達和傑克、望雲等人是「受當時香港傳統文化氛圍的影響，他們的言情模式大多脫胎明清兩代的『才子佳人』小說，主題披露與人物描寫有着較趨同的『套板』。」[74]將依達抬高到明清「才子佳人」故事，值得斟酌。依達的言情故事，無疑是受到歐美小說的影響較大些。

不是多餘的話

自從編選《香港文學大系一九一九—一九四九．通俗文學卷》後，許定銘為我作出一個統計，節錄有十七種，存目十一種。他說：「黃仲鳴和我一樣：不喜歡『節錄』，卷內此舉實在是迫不得已。」[75]好一個「迫不得已」！知我者莫如許兄也，他又說「『存目』是份文獻資料，好讓有意更進一步的研究者『按目索書』，這算是進入殿堂的一塊踏腳石！」[76]是乎？「踏腳石」不敢當，其實也是我太愛那些「存目」了，也不想節錄和割愛也；為了篇幅，也是「迫不得已」。

一進入五十年代，那種「迫不得已」更甚。只要掀起那年代的文獻，一個世變新時代，一個新舊交替的時代，一個精英雲集的時代，他們的作品，出奇的「長篇大論」，在篇幅限制下，不節錄不存目怎行！而且，無論節錄了或者存目了，都有遺珠之感。

74 劉登翰主編《香港文學史》，頁二三二。
75 許定銘〈節錄或是乾脆不錄〉，香港：《大公網》，二〇一五年九月二十六日。
76 同上註。

且看三毫子小說部分，每部三、四萬字，如何選擇？選了幾部，已超過本書字數限制，還能選其他嗎？但不選又不行，如劉以鬯，如李輝英都是初到香港，為了生活，莫不握管寫通俗小說，又如俊人、司空明等，都是為生活所迫，俯首甘為爬格牛。至於報上連載，長年累月的「鉅製」，也非節選不可。若不選，他們便缺席我這「鉅製」了。而我之節選原則，或選那篇的起首，可吸引讀者索而讀下去；或選中間精彩片段；或選結尾部分，讓讀者看後有「哦」一聲，解決懸惑。

至於「存目」，或真的可以指出一塊「踏腳石」，可讓讀者據而索書。不過，我為何要「存目」呢？為何要「存」這不「存」那呢？在這裏且列出一個表，表明我喜歡「存」這個的原因。

存目一覽表

作者	書名	刊出日期	存目原因
洛　風 即唐人 1919-1981	人渣	香港：求實出版社，1951	這部以調侃筆法寫的國民黨前「戰區司令兼省主席」流落香港的生活情景。《新晚報．下午茶座》連載時署〈某公館散記〉，筆名「本宅管事」成書時才改為《人渣》。本卷已選錄作者另部《金陵春夢》，故存目。
高　雄 1918-1981	天堂遊記 署名旦仃	1951.8.10-1954.8.31 大公報	社會傳奇小說。高雄以他慣有的敍述策略，走《經紀日記》固有路線。反映現實的力作。本卷已選了他的《香港靚女自記》，故存目。
	石狗公自記 署名石狗公	1954.2.12-1966.9.30 新晚報	
孟　君 1924?-1996	瘋人院	香港：星榮出版社，1952	刻畫女性求生的故事，描述恐怖、淒厲。
南　郭 1914-1997	紅朝魔影	1952.3.1-1953.7.31 香港時報	作者自云這是對抗唐人的《金陵春夢》才寫的作品。本卷已選他的《北雁南飛》，故此文存目。
徐　速 1924-1981	星星、月亮、太陽	香港：高原出版社，1953	徐速最著名的長篇小說，描述抗日時期三個女性的愛情故事。1961 年曾改拍成電影。篇幅關係未能全錄，也不忍割捨節選。

作者	書名	刊出日期	存目原因
梁羽生 1924-2009	龍虎鬥京華	1954.1.20-1954.8.1 新晚報	梁羽生處女作，自此掀起所謂「新派武俠小說」的潮流。
	七劍下天山	1956.2.15-1957.3.31 大公報	梁羽生五十年代第三部作品，已趨成熟。自言深受愛爾蘭女作家伏尼契《牛虻》的影響。與開山作坊間易尋，故存目。
金　庸 1924-2018	書劍恩仇錄	1955.2.8-1956.9.5 新晚報	金庸初試啼聲，一鳴驚人。
	射鵰英雄傳	1957.1.1-1959.5.19 香港商報	這書奠定了金庸的江湖地位，是「新派武俠」的發揚光大者。
	雪山飛狐	1959.2.9-1959.6.18 新晚報	最具特色之作，敘事結構確稱得上是「新派」。與上列兩書，坊間俱易尋，故存目。
鄭　慧 1924-1993	紫薇園的秋天	香港：環球圖書雜誌出版社，1955	一個家庭教師改變了一個暮氣沉沉的大宅的故事。是鄭慧最知名的作品。有巴金《家》的風味。1958年曾改拍成電影。篇幅關係，故存目。
香港阿Q，即夢中人，1921-1986	港Q自傳	1959.2.8-1967.4.30 文匯報	與《憎人日記》一樣，俱屬文隨世變、反映社會、政治現實之作。連載橫跨至六十年代，是長壽之作，既選《憎人》，此篇唯有存目。

八仙鬧香江

小生姓高著

第一章 救佳人純陽偷渡

是回：面命耳提老君傳旨 口非心是道士請纓

濟公新傳

夏伯著

繪畫

第一回 杏花深處酒保談禪 狗肉香中活佛再世

（詩曰）

• （上）小生姓高是「文壇殼王」，夏伯停寫後，他續寫不休，直至六十年代末才收山。

• （下）夏伯的《濟公新傳》是借仙小説，刊於《成報》。

第七十三回：潘金蘭宮砂酬愛 武二郎削髮逃禪

·夏伯著·

濛濛的重壓的霧，現在是更有名了。有人因此把也當做教的霧，認爲霧的迷茫，鍛鍊了英國人的堅毅和沉靜。然而霧之對四川人，據說是一種否定的力量，它是一種障礙，遮阻了許多人的視線，數千年累積的結果，影響着四川人的保守性格，限制了他們事業及活動，只許在霧的天地內摸索。

但是也有例外，這裏寫的，便是一個突出了霧的重圍的人的故事。最後他又隱匿霧，卻埋葬在霧的深圍中。

揚子江和嘉陵江的水流，帶着西國高原泥土原始的芬芳，蜿蜒曲折，穿過羣山嶺，奔騰澎湃的衝出邱谷平原，以一種低啞的音調，配合了急旋律的步伐，在地面上尋到了他們的軌跡。這漫長而又驟急的樂章，漸漸地柔和了，當他們被圍困在這座山城之下，幾乎如一對感到倦乏了的情人，作着溫柔的擁抱。透過這座雄峙的古城，以後見的是第二章的合奏，兩個樂節揉和後，各自貢獻他活力，大江東去，共同創造了未來的廣闊洶湧的前途。再以後，他們入了海，向着浩瀚的海洋征伐。

這個作爲主角的四川人，他是生長在嘉陵江的一畔的，突破了霧的包圍。他以揚子江的水流寫好了自己的傳記。直到他看到海，想在海之上再加一頁記載。可惜，命運便有了無情的變折。直到今天，他被困於海，蝸居在海之一隅。像揚子江的流水一樣，渺小地迷惑於海的浩瀚。

現在，香港住了近年的盧作孚，他化了一個名字，祕密地住在一所酒店裏。由房間的窗子裏望出去，藍色的海面上，七艘巨輪四散地停泊着。——龍門、石門、玉門、虎門、劍門、雁門，這七條船，是他兩年前以置客輪，以他的一千二百萬美元由加拿大購回的，再加上南海瀚海黃海和懷遠定遠這六艘海輪，盧作孚的野心，應該有一番擴展。可惜，一年之前大陸急劇地變色了，發光的銀灰色的船隻也變色了。而今，十多艘巨輪，黑黝黝一樣的懸在他的胸上。太陽照着銀灰的船殼，卻閃爍刺人的紅色的光芒，絞着他的腦子陣陣作痛，忽然，他看見窗下的一輛汽車，車門開處，他更失去鎮靜了。

（一）

• （上）《海角梁山泊》是穿越小說。借仙與穿越統稱借殼小說。

• （下）「南雁」中國實業家、船王盧作孚在港受到國共雙方的爭邀，他終於「北飛」，最後自殺的故事。

第九頁　工商日報　星期一

・南宮搏以歷史小說知名，多連載於報刊，短中篇少見。這是他發表於《工商日報》的一日完小說。

中華民國四十七年六月三十日　星期一　工商日報　農曆戊戌年五月十四日　第九頁

不是傳奇

她每天都在一定的時間和我搭一輛巴士。

• 倪匡（署名衣其）的〈不是傳奇〉，是他以香港為背景的第一篇小說。

楔子：夜雨空山　深宵來怪客　白雲蒼狗　古刹話前緣

弱水萍飄，蓮台葉聚，卅年心事憑誰訴？劍光刀影燭搖紅，禪心未許沾泥絮！

絳草凝珠，曇花隔霧，江湖兒女緣多誤，前塵回首不勝情，龍爭虎鬥京華暮。

——調寄踏莎行

這幾天來，街頭巷尾都聽見談論吳陳拳賽，昨天又在新晚報上讀到白鶴派宗師吳肇鍾老先生的「踏莎行」詞，詞意幽怨，寄托遙深，想見在血濺擂台前夕，這位老先生的心境。筆者雖非武林中人，少年時也曾浪迹江湖，耳聞目睹過一些武林爭雄之事，至今垂垂暮矣，回想起來，尚不勝感慨之至。恰好編者要我將耳聞目睹之事，寫成一部武俠小說，遂也東施效顰，先填一首踏莎行詞以作引子。

列位看官，這首踏莎行詞，不是沒來由的，其中包含有武林中風華絕代的一位奇女子的辛酸故事，包括有武林中龍爭虎鬥的一幕，而這位奇女子也正是「龍虎鬥京華」中的主角之一。筆者曾在一個偶然的場合中，和這位女主角作過長夜之談，說來豈寧非奇遇？

那是三十多年前的事了，筆者因事到塞外訪友，獨自僱了一輛騾車，騾軸在關外的斜陽古道之上，那時正是涼秋九月，塞外草衰，漠漠荒原，遙接天際，那天行了幾十里路，錯過宿頭，天將垂暮，尚未見炊煙。寒風括地，荒野無人，正在心裏嘀咕之際，忽聽背後蹄聲得得，驃的兩騎馬飛馳而來，將近身旁之際，忽地又蹄聲一緩，不見馳過。自己那時年青膽淺，平素又愛看武俠小說，不禁想起在荒原野道劫殺行旅的綠林好漢，打了一個寒噤，在騾車上回頭一望，只見這兩乘騎客，一個是四十餘歲的中年人，一個是卅多歲的壯漢，都生得魁梧奇偉，腰間隱隱現出劍鞘，心想莫不是假的「那話兒」來了？正在犯愁，驀地一股寒風驟然掠過，兩騎馬已搶過騾車前面，兩個騎客還回頭看看我們，面容似微現詫訝之色，但旋即又騎馬奔馳，漸漸在荒原上只剩下兩個黑點，沒入寒風捲起的黃沙之中去了。

我們又約摸行了十多廿里，還是不見人家，這時天色已暮，在暮靄蒼茫中，塞外的荒原特別顯得荒涼，又因為途中遇見過兩騎怪客，心中正是十五個吊桶，七上八落，不知如何過這一晚。忽然騾夫歡呼指點道：「你看那邊」。原來在他指點的那邊，有一座樹木稀疏的小山，在山畔有著一間古寺。我們連忙將騾車繫在山傍的小樹上，反正荒野無人，塞外又民風淳樸，不怕有人偷去。將騾車繫好後，我們就爬上半山，做月夜敲門的不速之客，敲了半天，才聽見裏面有一個蒼勁的老年婦人聲音：「寺門沒有關上，你們自己推門進來吧！」（一）

一九五五年二月八日

一、塞外古道上的奇遇

「將軍百戰身名裂，向河梁，回頭萬里，故人長絕。易水蕭蕭西風冷，滿座衣冠似雪。正壯士悲歌未徹。啼鳥還知如許恨，料不啼清淚長啼血。誰共我，醉明月。」

這首氣宇軒昂、志行磊落的「賀新郎」詞，是南宋愛國詞人辛棄疾的作品。一個精神矍鑠的老者，騎在馬上，滿懷感慨地低低哼着這首詞。這老者已年近六十，鬚眉皆白，可是神光內蘊，精神充沛，騎在馬上一點不見龍鍾老態。他回首四望，只見夜色漸合，長長的塞外古道上除他們一大隊騾馬人伙之外，只有陣陣歸鴉，聽不見其他聲音。老者馬鞭一揮，縱騎追上前面的騾車，由於滿腹故國之思，意興十分闌珊。

那是清乾隆二十年的秋天，安邊將軍李可秀在平伊犁一役中有功，清朝皇帝慰勉有加，調任浙江。李可秀久歷行伍，在甘肅新疆一帶居官多年，所以家眷都在官衙居住。他接到調任浙江的命令後，帶了隨從輕騎先行，家眷以及他歷年來宦囊所積，隨後跟去。李可秀軍功卓著，官越做越大，自然是春風得意。他生平惟一遺憾的是膝下無兒，僅有一位十九歲的女兒。女兒名叫李沅芷，那是李可秀在湘西做副將時所生，所以名叫沅芷，是紀念生地的意思。李可秀只有這個女兒，自然是愛如掌珠。這位小姐雖然生於武人之家，但相貌清秀絕俗，明艷萬狀，李可秀見女兒越長越嬌，越長越美，更是不敢多呵責一句。李沅芷容貌似母，性格卻似父，父親在練武場上彎弓跑馬時，這位小姐一定隨從在側。李可秀見她好武，部下武藝好的屬將有的是，除了自己興緻來時教教女兒一刀一槍之外，還常命屬將予以點撥。部將們見是上司的小姐，那敢不盡心巴結，傾囊相授，所以李沅芷到十三四歲時已學得一身很不錯的武功，普通一二十人已輕易不能近她身了。李可秀在練武場中常見女兒把部屬的刀槍打飛脫手，一面笑罵部屬膿包無用，一面也不禁暗自得意。可是有時大笑一場之後又不免暗暗嘆息，這樣能文能武的一個孩子可惜不是兒子！

從十四歲那年起，李沅芷忽然不到練武場去了，李可秀總以為女兒年紀漸大，不願意再和男人混在一起，心中也不以為意。那知道這位小姐偷下功夫，五年之間，竟已學得了內家的上乘功夫。她師父就是上面所說那位老者陸菲青。陸菲青是武當派中數一數二的前輩好手，他所以成為李沅芷的師父，說來有一段機緣巧合的故事。（一）

- 梁羽生的《龍虎鬥京華》、金庸的《書劍恩仇錄》先後於《新晚報》首刊（《龍虎鬥京華》一九五四年一月二十日，《書劍恩仇錄》一九五五年二月八日），掀起所謂「新派武俠小說」的潮流。一「流」就數十年。

金陵春夢

唐人

第一部：蔣介石正傳

楔子

「老妻寄異縣　十口隔風雪　誰能久不顧　庶往共饑渴　入門聞號咷　幼子餓已卒　吾寧捨一哀　里巷亦嗚咽……。」

列位看官，在下所引之詩，是距今一千一百九十七年前（紀元七五五年，天寶十四年），愛國詩人杜甫攜眷避他的故鄉河南大災荒，自長安遠道奔走還家後所寫的，他替千多年前中國人民慘苦的生活描繪了一副悲痛的畫圖。

乾元二年，（紀元七五九年）這位大詩人又在逃荒之中拾橡栗，斸黃精挨着慘苦的日子，他悲歌當哭道：

「有客有客字子美，白頭亂髮垂過耳。歲拾橡栗隨狙公，天寒日暮山谷裏。中原無書歸不得，手足凍皴皮肉死。嗚呼「一歌兮歌已哀，悲風為我從天來！」（同谷七歌）

中國人民已往悲慘的生活真是血淚斑斑，罄竹難書。尤以水利不修，黃河、淮河流域等地經常鬧着災荒。距今五十七年前，（一八九五年、清光緒廿一年）河南又鬧旱荒，赤地千里，寸草不生，千千萬萬的老百姓不是活活餓死，就因吃了樹皮、觀音土後慘斃。這一次災荒不打緊，却引出了中國近二十多年來的一連串災荒，——蔣介石爬竊[illegible]，製造了中國更多、更慘，史無前例的、各式各樣的災荒。

可是蔣介石的籍貫，自稱是浙江奉化的，他這個秘密的暴露，恰巧也因河南大災荒而揭穿：他的胞兄曾於一九四一年（民卅年）自豫入川投過他。

杜甫面對災荒只好以歌代哭，但當時的蔣介石是有足夠條件制止災荒。但事實相反，蔣介石助長了中國的各種災荒，並且在廿多年中，替中國人民製造了難以計算的禍患。

正是：「將軍貼上一把草，將軍肚裏一團糟。」

却說蔣介石的名字及其綽號，算算真有一大籮：名中正，字介石，少年時叫做蔣志清。蔣家家譜上對於他的名字說法頗不一致：一說「原名周泰，字瑞元」；（「民國十五年以前之蔣介石先生」）一說「初名周泰，字志清」；（「蔣介石先生傳略」）一說「幼名瑞泰」；（「偉大的蔣介石」）一說「幼名瑞泰，後秉太夫人命名，更名中正，字介石」；（「蔣介石先生傳」）一說「原名周泰，現名及字均蠶叢自取。」（「[illegible]」）香港若干報紙稱他為「總統」或「草山老人」，相反的稱呼是「蔣光頭」，「蔣二禿」，「蔣該死」。特務稱他為「大老闆」（「軍統局內幕」）侍衛們稱他為「先生」（「侍衛官雜記」），最有趣的是羅斯福把他叫做「花生米」，（美國俚語，意即小人物、低能者。見「史迪威日記」）而史迪威却加送了幾頂帽子：「小雜種」、「諂長」、「大困崽」、「馬浪蕩」、「響尾蛇」。（「中國震撼着世界」）

其實蔣介石的真名是什麼呢？——他叫做「鄭三發子」。（一）

人海孤鴻

歐陽天 著 ◦ 關山美 圖

(右)歐陽天的《人海孤鴻》曾改拍成電影，風行一時。成書後改名《親情深似海》，敗筆。

(左)《金陵春夢》一九五二年十一月起連載，是反蔣小說最有火力的作品。

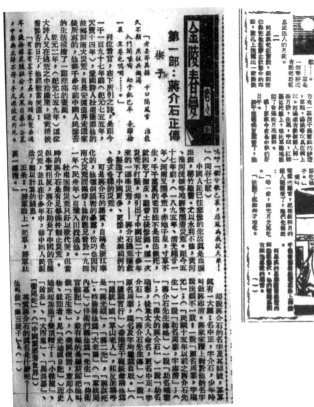

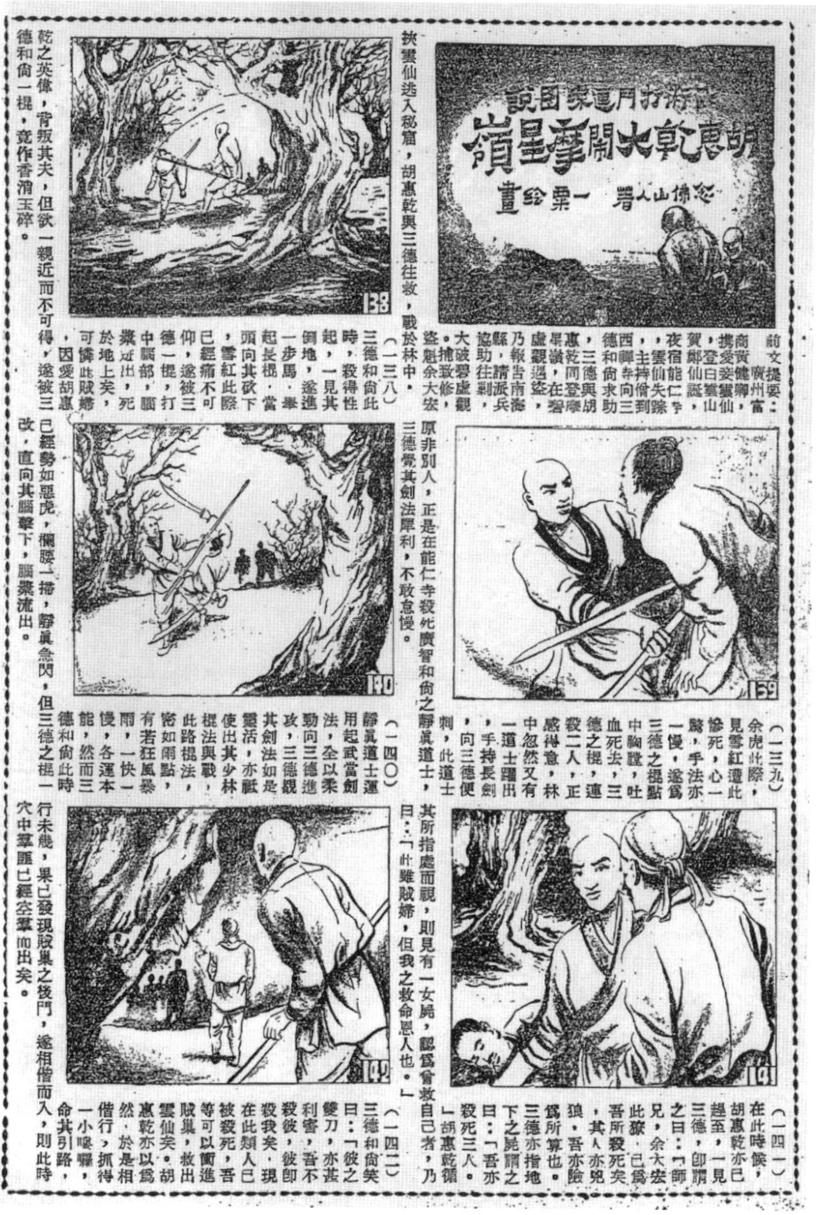

• 連圖小說流行於報刊。念佛山人在《小說世界》的連載。

建國卅六年三月初版

中國殺人王
大戰乾淨黨（全集）

著者：周白蘋　出版：紅綠出版社
發行：任護花　承印：安華印刷所
代理：陳富記　定價：港幣二毫
陳富記報社：四方街二號二樓
安華印刷所：歌賦街廿四號地下

擁有十萬讀者之周白蘋先生巨著
牛精良大亂寶安 全集
在排印中．不日出版
九彩印刷．每本二毫．

美容乃女人的資產
貌樣是幸福的財源
你有：雀斑，白髮，鵪紋，粉刺，疤痕，白蝕，脫髮，膚粗，以及胸部平坦嗎？
請到美容醫師 石新生 保證美心所欲化醜爲妍
婦女新藥 月月紅 專治婦科經期不止一服見效
醫所：中環永樂街四十四號二樓

勞半生先生生平巨著
桃紅都會 本報發行 不日出版
插圖生猛．橋段緊張

飛飛電版公司
日夜電光　製版工作　妥當依期　起貨快捷
地址：中環街市十八號三樓
電話：二〇二三六

一、賣貨生涯

「凌姑娘，你替自己設想，亦要替我地設想下也。」我急曰：「我並非走去第二處做，我實在覺得自己收入不足應付，冇法子。」老板曰：「你來之時，亦已經想過者矣，當時不見得你冇負担，現在亦未有增加負担，所以我覺得你現在辭職，有的不近人情，你唔好多心矣，俾心機在此處做啦。」

我雖不滿老板居然唔客氣我辭職，當堂將我打回頭，我真係俾佢激瘋。點辦好？我還諗一下，曰：「經理，你搵人好容易者耳，而且我在公司，亦冇乜成績，你不如搵過個人嘛。」老板曰：「我地搵人自然得，不過我替你設想，你無謂走。自然，你可以再考慮一下，你決定左至話我知。」

我吟沉曰：「我差不多已經決定者矣？」老板曰：「然則你想在下個月走耶？」我曰：「想過兩日就離開公司。」老板曰：「過兩日？冇咁容易也。」

我又覺得大為奇怪，曰：「經理，點解會冇咁容易呢？」老板曰：「當然，我地照正勞工規矩者，要辭你，早一個月通知，你辭我，亦係，冇話可以叫起手就走者也，你唔明白這一條法例耶？」

我實在冇想到會有這個問題，我以爲辭職就係辭職，我唔做，乜事都冇。至於人工，則見一日計一日耳，原來重有甚麼勞工法例，真係想唔到。我曰：「經理，你地如此規矩者耶，何以我上工之時，你冇講？」老板笑曰：「唔使講丫！便係咁者，此乃勞工司之定例，個人事頭是打工仔都知道，不必特別聲明者也。我辭你，如果想你即刻走，則我可以補一個月人工俾你，即係當作一個月前通知。你走，亦要早一個月通知我，否則，照例你要補番一個月人工俾我，大家一樣，此之謂爲公道也。」

我聽見這一句話，成個傻左。我真想唔到伙記向老板辭職，要補番錢俾過老板者，真係聞所未聞。老板開除人要補一個月人工則時時聽見耳。

老板望下我，微微笑曰：「你不信我所講之嘢話耶？你可以去勞工司查一下，睇下有冇這一條例。」我真係氣死，我曰：「你既然咁樣講，梗係有這個例矣，重使乜我查。」老板曰：「我地冇話欺負你者也。你問下人，如果你幾時決定走，你一個月前通知我。現在我未算你通知。你返去諗過先。」我重想講說話，則老板已經飲一口茶，同會計老爺講嘢，送客矣。

我行番落來，一肚氣。走去找妙玲，將此事告知。妙玲曰：「咁抵死耶！佢不想你走耳。」我曰：「佢點係咁，我就要走。」妙玲曰：「你無謂同佢鬥氣，你們唔通佢者也。」我曰：「以前有冇人辭過職？是否真係要補番一個月人工俾佢？」妙玲曰：「似乎未試過，所以我話佢有心唔俾你走而已。」

（三三）

•（上）潘柳黛不甘人後，在《香港時報》的連載。

•（下右）《明報》一九五九年創刊，高雄力挺，以凌侶筆名撰寫的現代社會小說。

•（下右）四十年代末五十年代初的廉紙小說，只售二毫。圖為《殺人王》的版權頁。左《牛精良》預告亦售二毫。

•（右上）司空明的三毫子小說，描述低下層的生活和戀愛的故事。

•（左上）俊人的《金碧露》，是打響三毫子的第一炮。

•（左下）依達五十年代冒起，已見不凡。

•（右下）鄭慧的《歷劫奇花》，敘述頗有新意。

•（右上）《詠春拳王贊先生》後改名《佛山贊先生》刊行，是我是山人五十年代最受歡迎的三及第技擊小說。

•（左上）劉以鬯的三毫子小說，結局可笑而驚奇。

•（左下）《小說世界》一九五一年登場，幾羅畫當年紅極一時的粵港派作家。

•（右下）《侍衛官襍記》是部政治暴露小說，風行一時。

洛　風（唐　人）

人渣

〔存目〕

洛風《人渣》，香港：求實出版社，一九五一

金陵春夢〔節錄〕

楔子

「老妻寄異縣　十口隔風雪　誰能久不顧　庶往共饑渴
入門聞嚎啕　幼子飢已卒　吾寧捨一哀　里巷也嗚咽……。」

列位看官，在下所引之詩，是距今一千二百年前（紀元七五五年，天寶十四年），愛國詩人杜甫獲悉他的故鄉河南大災荒，自長安遠道奔走還家後所寫的，他替千多年前中國人民慘苦的生活，描繪了一副悲痛的畫圖。

乾元二年，（紀元七五九年）這位大詩人又在逃荒之中拾橡栗，鋤黃精挨着慘苦的日子。他悲歌當哭道：

「有客有客字子美，白頭亂髮垂過耳。歲拾橡栗隨狙公，天寒日暮山谷裏，中原無主歸不得，手足凍皴皮肉死。嗚呼一歌兮歌已哀，悲風爲我從天來！」（同谷七歌）

中國人民已往悲慘的生活，眞是血淚斑斑，罄竹難書。尤以水利不修，黃河，淮河流域等地經常鬧着災荒。距今六十年前（一八九五年、清光緒廿一年），河南又鬧旱荒。赤地千里，寸草不生。千千萬萬的老百姓不是活活餓死，就因吃了樹皮、觀音土後慘斃。這一次災荒不打緊，却引出了中國近二十年來的一連串災荒，——蔣介石逃荒獲救，製造了中國更多、更慘，史無前例的、各式各樣的災荒。

可是蔣介石的籍貫，自稱是浙江奉化，他這個秘密的暴露，恰巧也因河南大災荒而揭穿：他的胞兄曾於一九四一年（民卅年）自豫入川找過他。

杜甫面對災荒只好以歌代哭，當時的蔣介石，是有足够條件制止災荒；但事實相反，蔣介石助長了中國的各種災荒，並且在廿多年中，替中國人民製造了難以計算的禍患。

正是：「將軍頭上一把草，將軍肚裏一團糟。」

却說蔣介石的名字及其綽號，算算眞有一大籮：名中正，字介石，少年時叫做蔣志清。蔣家家譜上對於他的名字說法頗不一致：一說「原名周泰，字瑞元；」（「民國十五年以前之蔣介石先生」）一說「初名周泰，字志清；」）「蔣介石先生傳畧」）一說「幼名端泰；」（「偉大的蔣介石」）一說「幼名瑞泰，後夫人命名，更名中正，字介石；」（「蔣介石先生傳」）一說「原名周泰，現名及字均總裁自取。」（「總裁言行」）香港若干報紙尊稱他爲「總統」或「草山老人」，相反的稱呼是「蔣光頭」，「蔣二禿」，「蔣該死」。特務稱他爲「大老闆」；（「軍統局內幕」）侍衛們稱他爲「先生」；（「侍衛官雜記」）。最有趣的是羅斯把他叫做「花生米」，（美國俚語，意卽小人物、低能者。見「史廸威日記」）而史廸威却加送了幾頂帽子：「小雜種」、「酋長」、「大西崽」、「馬浪蕩」、「響尾蛇」。（「中國震撼着世界」）

其實蔣介石的眞名是什麼？——他叫做「鄭三發子」。

第一回：逃荒年鄭家拆骨肉
找奶媽蔣府迎新人

在下說這本書，要從一個小小的頑童說起。此人姓鄭，名三發子，河南省許州（今許昌市）繁城鎮後鄭莊人氏。清光緒十三年（民元前廿五年，一八八七年）十月卅一日他誕生時，堂上雙親健在，還有兩個兄長。大哥名叫鄭紹發，比他大七歲；二哥叫做二發子，比他大四歲。他父親克勤克儉，積得十幾畝薄田，還附帶開了一個磨坊；他母親長得面目姣好，一手女紅乾淨利落，全家五口種種地，磨磨麵粉，縫縫衣裳，扎扎花鞋花兜兒，日子倒也過得去。三發子是最小的一個，格外得到雙親疼愛，鄭紹發打從五歲起就替人放牛，二發子五、六歲時也已趕着大犍牛滿山轉，獨獨三發子到七、八歲還幹些輕活。原來後鄭莊三里地外就是前鄭莊，鄭莊一分前後，情形也就不同。前鄭莊高牆大院，住的大都是地主鄉紳；後鄭莊却是些貧農僱農，有一頓沒一頓，顯得非常寒傖。像三發子一家的生活，在後鄭莊已經算是尖兒頂兒了。三發子他媽老是跟她丈夫嘀咕道：「咱三發子也去上個學，將來弄個功名，省得咱幾輩子做牛做馬。人向高處爬，水往低處流，瞧前鄭莊哪一家不是體體面面的，養一條狗，都比咱後鄭莊的人強。」

三發子他爹是個老實莊稼漢，含含糊糊也就對付過去：「嘿嘿，這該怨咱沒長好命，上學堂？咱一年有多少收成？拋去完糧納稅，束緊褲帶也不夠他化銷的，年頭兒荒亂，咱就認命，湊合湊合算啦！」

這麼着，三發子便嬌養成性。三兄弟吵架，無論如何佔便宜的只有他。偏偏他的惡作劇也特別多，寒冬臘月，冷不防淋人家一頭冷水，把鄰童凍得臉青唇白，直打哆嗦；黎明薄暮，冷不防裝一個白頭妖怪，把兄長嚇得驚叫暈厥，直說胡話。又如酬神演戲，河南鄉下當時只有窮藝人的草台戲，刀刀槍槍、打打唱唱，事後三發子便糾集羣童，要他們尊他爲王，摘葉作帽，折枝爲槍，你得聽任他大叫大罵，挨殺挨打。前面表過他家在後鄭莊是尖兒頂兒的，左鄰右舍不免有求於他，所以明明是三發子欺侮人，也只得把自己痛哭流涕的孩子悄悄地拉回家裏吃個啞巴虧。但是這些孩子們包括三發子的兩個哥哥在內，有時一瞅他媽不在跟前，便一聲吆喝，向三發子展開總攻擊。

那當兒三發子總是雙手抱緊腦袋，殺猪般的哭叫求饒，孩子們也不敢傷他，一個個抓起泥沙沒頭沒腦往他身上撒。三發子的頭髮漩渦在正中間，深深陷下去一個坑，孩子們也常常按住他的頭撒把泥沙摸摸平，可是還留着大量泥沙在那個坑裏，邊擦邊笑作爲報復。但一待母親回來，哭訴一陣，挨頓毒打的，便是紹發兩個了。

三發子在他母親溺愛下瞧不起起早摸黑、下地上山、一身汗臭、兩腳泥巴的哥哥，又羨慕着前鄭莊養尊處優、白白胖胖、衣來伸手、飯來張口的地主鄉紳家的兒童，反正他閒着，便忍受欺侮找他們一起玩。農忙時他也上田塍送送飯，燒燒水，碰到這時候有富家兒童在縱橫阡陌上玩耍，他就寧可下田在泥漿裏繞道而過，不願給他們看見譏笑他「沒出息」。可是他媽却認爲三發子志氣高，老是跟她丈夫吵着要把他送上學，無奈當時上學不是件簡單事情，他父親給逼得又氣又惱。直到三發子八歲時光（清光緒二十年，一八九四），許昌一帶鬧開了大災荒，赤地千里，寸草不生，老百姓逃命要緊，天大的事情也得壓下來。三發子全家眼看前鄭莊有錢人家早已搬個光，牲口細軟一連串；後鄭莊一部份也已逃荒，剩下一些眼巴巴盼望衙門發賑糧。三發子他爹主張逃洛陽，勸他妻子道：「別捨不下這個家啦，呆下去一命見閻王！盼賑糧要盼到哪一輩子？樹皮草根都快吃光，大家在把觀音土搶。早上咱出門看見十來個死屍，俺剛才回家數一數，死屍又加了好幾個，瘸子他媳婦長得多結實？兩天觀音土下肚，現在滿地打滾，眼看又是活不成！走罷，趁咱還有點氣力……」

「三發子跑不動路，你說咋辦？」

「跑不動俺揹着，要活一起活，要死一塊兒死。」

「不行哪！」她還反對：「咱得帶點穿的蓋的，還有些零零碎碎捨不得，你同紹發、二發子揹不完，再要揹上三發子，咱咋上路？難道啥都不帶嗎？再說在路上還是沒吃的，沒吃的你就揹不動三發子，三發子也餓得走不動，天哪！」她哭着：「還是死在家裏罷，俺同三發子不逃啦，要逃，你爺兒三個逃罷！」

「毬！」三發子他爹咒罵着，餓得癱軟在床上，頭昏眼花一個勁兒乾嘔。第二天再也熬不住了，跪在他妻子面前乾號：「走罷，走罷，再不走，咱全家都完啦！」但是她不肯走，邊哭邊嘟囔道：「要是像前鄭莊多好哪，金子銀子一大把，東邊鬧荒年，西邊躲一躲，咱窮人家就沒路！……」

聽兒妻子這樣埋怨，三發子他爹也就橫了心，從地上爬起來號哭着道：「紹發，二發子，三發子，你爹可要走啦，誰跟俺，就走；誰跟媽，聽她的話，……誰跟我走啊？」結果老大鄭紹發哭哭啼啼跟他爹走了。二發子也想跟他爹上路，可是一扭頭又躺回床上去，用被子蒙住臉直哭。第二天，有人到災區裏買女孩子當丫頭、妓女；買壯丁去做苦工、當兵，二發子再也忍不住就去當了兵，換到一塊大餅兩個蒸饃，往家裏一放便向天津出發，鄭家於是就剩下三發子和他媽。

「饑餓」本身在吃人，它吞噬了千千萬萬的生命，草根樹皮蕩然無存，觀音土被視爲珍品。衙門裏的賑糧用來收買黃花閨女當丫頭娼妓，收買壯年漢子做工當兵，廣大的災民絕少可能分到一塊餅、一碗粥。兩個多月後，易子而食，慘絕人寰的故事也在鄭莊重演了，三發子他媽開始絕望，軟弱地牽着他：「怨你爹不等等咱，他倒先逃啦，咱娘兒倆也走罷，天可憐別在路上餵了老狼。」

同村的人差不多全已逃光，也有三三兩兩跑得晚一點的，三發子娘兒倆便同他們一起上路。寒風刺骨，灰沙漫天。這一帶逃荒的行列如百川匯海，曉行夜宿，自許州出五女店、經鄢陵、過柴莊、到尉氏、入朱仙鎮、越杏花營，天上飄着鵞毛大雪，地下災民就像滾雪球似的越滾越多，越滾越大，羣向開封逃生。

且說在一路逃荒的災民之中，只剩下一個渾名叫做姜二拐的老光棍是後鄭莊人氏，三發子娘兒倆虧得他一路照料，沒有在途中倒斃。到得開封，那時光既沒有「難民集中營」又沒有「收容所」那些花招。衙門找幾條街口施施粥，災民到店舖住戶要要飯，入晚找個破廟、馬廐睡一覺，生命的威脅暫時解除，可是長此以往終非久策。有一晚他們在破廟裏烤火，三發子不知從那裏偷來隻老母鷄，姜二拐便把鷄開膛破肚塗上泥，正好那天廟裏有人拜神，破桌上還供着一碗黃酒，三個人邊吃叫化鷄邊喝酒，緊挨着火瞪住院子裏白茫茫大雪一片，禁不住悲從中來。二拐拉開嗓門淒涼地唱道：「嘉慶無道登了基，老百姓逃荒亂唧唧，逃來大車並小輛，逃來驢馱擔擔的……」

「小心！」三發子他媽抹抹眼淚警告道：「給捕快聽見要砍頭的！」

「捕快有這麼大本事？」三發子大感興趣：「俺長大以後要做捕快，不讓人欺侮咱！」

「俺八他捕快八輩兒的！」姜二拐長長地嘆口氣道：「鄭大娘，俺說實話，三發子他爹一去無音訊，咱們這幾天到處要飯打聽都撲了空。你還年輕，今年不過三十出頭，三發子又太小，沒法養活你，咋說你都該找個人，要不你將來日子咋打發？」

「二拐，」三發子他媽垂下頭來：「如今咋談得上這個。」

「你人品長得好，一手女紅乾淨利落，怕沒人要？」

「二拐，」她瞅一眼三發子，已經躺在稻草上呼呼大睡，給他蓋上一條破棉絮，凄然說道：「你不懂。」

「鄭大娘，」二拐也嘆氣道：「今天俺在相國寺後邊那條街上要飯，聽說有一家姓蔣的老爺要找個奶媽什麼的，要是還沒有找妥人，你幹不幹？」三發子他媽怦然心動道：「二拐，反正閑着也是閑着，俺咋不幹？」

第二天一早，姜二拐便帶着三發子娘兒倆找到那家烏黑黑的門堂。只見門口掛着素燈籠，上面貼着幾個青蓮色的扁仿宋：「候補道蔣」，一望而知那家人家有了喪事。三發子他媽鼓足勇氣，示意二拐帶着三發子避開一邊，整一整棉襖摸一摸頭髻，好在她到得開封，半個多月的休息已把幾個月挨餓的憔悴臉色變了過來，衣服上也沒補綻，倒不像一個逃荒的。一敲門就聽得裏面狗兒亂吠，再敲門啊的一聲跑出來一個老媽子，三發子他媽說明來意，那老媽子朝她打量半晌，嘟囔道：「咱老爺找奶媽，也不知道哪個爛舌頭的傳了出去，害得俺一天到晚盡開門，好好，瞧你樣子比她們强，跟俺進來試試罷。」那老媽子邊說邊挪動圓規脚，一扭一扭，穿房越屋走向書齋。

且說蔣老爺正爲找不到合適的奶媽在發愁。老婆雙腿一挺，兩眼一瞪，遺下來兒子蔣錫侯、錫春、瑞春，女兒瑞蓮、瑞菊大大小小五個孩子，簡直叫他沒有辦法。他自己是個鹽商，捐了個候補道官兒光光門楣，閑來也替人寫寫狀子，打打官司。酬酢一忙，家務也就更沒法管理。那天他正在打算從浙江奉化故鄉介紹個女人來管管孩子，做個續絃。一想年頭荒亂交通不便，正爲難間，只見門簾起處，老媽子帶來一個面目姣好，身體結實的娘們進來。蔣老爺心裏一緊張，禁不住捻住幾根老鼠鬚，捧住一個水烟筒，一傴腰把狐嵌皮袍一擺，往棗木太師椅上一屁股坐下，剛剛抽出紙捻，三發子他媽一邁步便拿起茶几上的火石替蔣老爺擦擦兩聲點燃。這一手把立在門口的老媽子看呆了，蔣老爺咕嚕咕嚕一個勁兒吸水烟，他的嘴是有名的能言善辯，可是一時也說不出話來。「你姓啥？」蔣老爺學着一口河南話。

「俺娘家姓王。」三發子他媽垂着頭答道。

「就叫你王媽罷。」蔣老爺打從心底兒中意她：「你比她們强得多了，這麼着，你今天就搬過來。」接着問了問王媽逃荒的大概情形，知道他還有一個八歲的兒子要帶來，蔣老爺不覺一怔，咕嚕嚕又吹了筒水烟，這才立起來拍拍馬褂：「好罷，不過我家孩子多，吵吵鬧鬧你可要多費點精神。」

「老爺您放心。」王媽恭恭敬敬欠欠身：「俺就剩下這個命根。只要老爺肯收容，俺來生做牛做馬也忘不了您的大恩。」

這麼着，三發子娘兒倆就進了蔣家，姜二拐頭先還常常到蔣家找王媽要飯，三發子他媽起初也讓三發子偷偷地塞幾個饃，夾幾塊肉。可是二拐因爲爲人爽直，脾氣又彆扭，同時災民衆多，人浮於事，始終沒有找到工作，三發子娘兒倆就討厭起二拐來。加上怕他心直口快揭露她的身世，便不再幫助他了，可是二拐並沒作聲，再也不到蔣家要飯。正是：過河就抽板，氣走姜二拐。欲知後事如何，請聽下回分解。

第二回：隨後爺三發改姓蔣 歸奉化奶媽作夫人

書接上回。在下要補叙一番「蔣老爺」這個人物，此人名肇聰，字肅庵，浙江省奉化縣禽孝鄉溪口鎮人氏。世代務農，到肅庵的父親蔣玉表時才開始經營鹽和茶的批發生意，此外還兼作郎中，肅庵是個獨生子。蔣玉表一輩子並沒有絲毫功名，因此在世時受盡欺凌，肅庵看在眼裏，記在心頭，終於用錢捐班，買了個假功名：候補道。帶着他妻子徐氏寄居開封，一方面克紹箕裘，經營鹽業，同時在一家銀樓裏投資當股東；一方面以候補道的身份出任訟師，套句時髦話，他這個刀筆吏是屬於「業餘性質」的。當時鹽商是一種特殊行當，沒有衙門撐腰休想經營，獲利豐厚無比。肅庵在河南賣鹽，而豫西北一帶老百姓因爲吃不起鹽，缺乏碘質，在頭頸間長個大肉瘤，擱在肩上好似擱着個西瓜，這種苦人兒到處可見，毫不稀奇。鹽價之昂，鄉民之窮，也就可見一斑了。

且說肅庵年逾半百，作客他鄉，功名利祿都有了，却碰上晚年喪妻，尤以五個孩子乏人照料，心中悶悶不樂，葉落歸根，狐死首邱，他頗想回到溪口故里；衣錦還鄉，榮宗耀祖，歸去之志也就更切。可是這個續絃問題却不簡單，娶一個同鄉罷？將來兩腿一蹬之後，一筆遺產難免落在新夫人手中，在他的記憶裏，元配所生的孩子總得吃盡後娘的苦頭，肅庵不放心。在當地討一個塡房罷？他死後那個新夫人把家當一古腦兒帶回河南，那他五個孩子還不是空手一雙？想來想去一無是處，於是生意讓伙計處理，銀樓也懶得走動，訟案暫時不去兜攬，一天到晚悶在書齋裏吹水烟，想先雇一個奶媽把孩子安頓妥當，再進行續絃問題。

這眞是無巧不成書，王媽正在這個時候出現，王媽長得不錯，王媽眉精目企，王媽身體結實，王媽孑然一身！——這是最重要的條件，她夫家婆家都已家破人亡，不怕她在他死後離開浙江。同時又是在逃荒之中收容她的，他有權利要她感恩報答。至於三發子的問題也不難解決，要他也姓蔣就是。

且說王媽自進蔣家以後，小小心心侍候肅庵，謹謹愼愼照料孩子；她怕三發子打架肇事，乾脆把他鎖在下房裏。那一天也該有事，肅庵從外面應酬回來，醉醺醺一進房便倒在床上嚷着口渴；寒冬臘月，原來那個老媽子早已陪着孩子睡覺，王媽便把泡好的普洱茶端將上去，不料豁瑯瑯一聲茶杯給肅庵打翻地下，一騰身便把她連扯帶拉按倒在床上。

從此以後，王媽就不再把三發子鎖在下房裏，讓他同肅庵的孩子在一起玩。暗中再三警告他道：「三發子，咱娘兒倆在侍候人家，處處得低聲下氣，別鬧事，別打架，你替俺爭口氣，俺想辦法把你送上學堂。要是你再惹事生非，那啥都完啦，到時候別怪娘狠心揍你！」

三發子起先還聽話，到後來難免毛手毛脚，把蔣家的孩子跌個四脚朝天，鼻青臉腫的，王媽便把三發子一把按在腿上，使勁打他的屁股，讓蔣家的孩子們平平氣；一面打，自己一面流眼淚。倒反而是那個老媽子過來勸道：「孩子們在一起難免哭哭啼啼的，你又何必怪三發子？三發子脾氣野，你照老樣子把他鎖起來，省得鷄犬不寧，不就得啦！」

王媽肉疼着自己的孩子，又不願開罪人家的孩子。她雖然生長在農家，可是因爲有一手女紅，經常在前鄭莊大戶人家穿來穿去，接接活，啦啦呱，有錢人家的婆媳矛盾、姑嫂糾紛、妻妾鬧架、兄弟爭財，諸如此類這一套她全明白；因此對蔣家的孩子她採取了「懷柔政策」，希望肅庵一家對她母子倆有個好印象。她非常清楚：她將做肅庵的續絃，這是她生命史上異常重要的轉捩點，她要使蔣家對她有一個新的認識：她不是惡狠狠的後母，而是一個溫柔的賢妻。

「都是爲了你啊！」逢到娘兒倆在一起的時候，她便撫摸着三發子瘦弱的胸、背：「娘願意瞧你吃虧嗎？娘願意打你嗎？不這樣做他們會說俺偏心，三發子，你要替娘爭口氣哪！」

直到第二年冬盡春回，肅庵決定回到奉化，王媽也正式做了他的塡房，可是並沒有鋪張。肅庵口頭上說是省幾個錢省點精神，事實上他是怕人家笑話他：蔣某人竟然討一個逃荒的女傭做續絃！回到奉化以後，隨便說一聲王媽是哪一個名門之女，反正路遠迢迢，也沒有人給你調查。可是他給了她一百兩銀子作私房，王媽有生以來沒見過這麼多白花花的銀子，結婚儀式這一套也就無意堅持。三發子當然也改姓了蔣，肅庵替他取名周泰，字瑞元，學名志清。肅庵說：「蔣家是周公的後裔，周公第三子伯齡封於蔣，你今後不再姓鄭，隨着你媽到家祠裏向列祖列宗叩個頭罷！」

三發子從此便姓了蔣，同肅庵的孩子出去玩時，惡作劇特別多，把附近的孩子們氣苦了，大家給他起了個代名詞，叫做「拖油瓶」。列位看官，其實拖油瓶並不可羞，當年中國民生疾苦，多少老百姓骨肉分離，家破人亡哪！

且說肅庵娶了續絃，收了兒子，興沖沖決定開春後便舉家遷回溪口，鹽號與銀樓的股權轉讓他人，手中的訟案一件件料理完畢，加上友朋歡送，應酬繁忙，老頭子累得筋酸骨痛。好在王媽體貼入微，她一來爲了騰出身子照料肅庵，二來怕三發子鬧亂子，得找人看管，但那個老媽子年邁力衰不頂事，同時遷移在即，細紮行李收拾傢具需人幫忙，她急於要找幾個人上家裏來打打雜。可是她立定主意不找災民，那時光也沒有「薦人館」任憑挑選，在開封只有「老婆行」，專門介紹老媽子、乾工，竟沒有合適的。於是她眉頭一皺，計上心來，要求肅庵把他鹽號裏的伙計找來幫忙：「肥水不落外人田，將來謝他們幾個茶錢，還是你當老闆的賞伙計，讓他們也常常記得你的好處。」

肅庵眼看新夫人精明能幹，把家務處理得井井有條，尤其是非常疼愛前妻所生的孩子，心中大爲得意。成天忙應酬，黑夜擁着溫柔體貼的新夫人，難免如此這般一番，這個老頭子到行將啓程的個把月，已經累得痰中帶血，喘病突發，滿身瘦得像一把柴了。

且說肅庵選定黃道吉日，諸事俱備，只等出發。新夫人不讓他再外出應酬，秦樓楚館到處胡跑，端了把太師椅放在院子裏要他曬曬太陽，在家休息，監督伙計們打點箱籠什物，肅庵悶得慌，找一個機會跟三發子娘兒倆說道：「到了奉化之後，你倆得學學浙江話，不論在家出外，應酬買物，就不致於受人欺生，說你們是北方侉子。」他捻捻幾根老鼠鬚笑道，「想當年我到開封來，聽你們河南人說『俺』，心裏又好笑又不懂，原來河南的『俺』就是北方話『我』，在我們浙江叫做『阿拉』。河南的『咱們』就是『我們』，在我們浙江叫做『唔尼』。河南的『咋着』就是『怎麼的』，在浙江叫做『柴啦』。可是，」肅庵嘆口氣道：「我到河南來沒有受到多大的欺侮，小小語言的誤會是有的，你們河南人厚道得多，在奉化我家裏，放一個屁都得小心，你們可要小心啊！」

肅庵一番勸告，到後來果然兑現，這是後話，按下再表。且說三發子自從被人叫做「拖油瓶」

以後，既恨且惱，可也沒有法子。蔣家幾個孩子到後來聯同鄰童嘲笑他，欺侮他，他只有跟他媽哭訴，他媽也只得要他忍耐，除了忍耐，毫無辦法！因此三發子從小就有一種深厚的自卑感，這種自卑感「一朝得勢」，便變成了無端的猜忌與仇恨。因此他雖姓了蔣，自己起個名却叫做「宗鄭」——「中正」，他牢記着蔣家對他的鄙視哩！

話說三發子娘兒倆跟着肅庵去奉化之前，未嘗沒有考慮過一個問題：這次走後，就永遠別想回故鄉了。回不了故鄉，三發子他爹和兩個孩子當然也永世不再相見了。王媽再一想，後鄭莊那十幾年生活比不上在肅庵家裏一天的享福，而且她已做了一個相當富有的主婦；再說她丈夫和兩個大孩子，會不會尚存人間？如果見了面，一個是窮途潦倒，一個是錦衣玉食，但最糟糕的是她已經變成蔣家的續絃……。王媽不能再往下想，再想下去却埋怨她的丈夫道：「三發子，你想想，你爹好狠心，沒吃沒喝，拋開咱娘兒倆帶着紹發去逃荒，二發子呢？也是個孬種，丟開咱倆去吃糧！」

「鵞吃礱糠鴨吃穀，各人自有各人福。」三發子飽受鄰童譏笑，恨不得早點離開河南：「咱走咱的，他們走他們的，娘別多想啦，走得越快越好！」三發子從心底裏厭惡他的父親，因爲紹發和二發子肯幫着他父親下地扎活，他却在母親溺愛下渴望着進學堂弄個功名，因此他父親當着妻子雖然不便發作，背着妻子可對三發子沒有好面孔：「你投錯了胎啦！高樓大院你不去，偏要到咱窮人家來……」紹發和二發子呢？前面表過，也經常同後鄭莊的孩子們瞅着他媽不在跟前，一聲吆喝向他展開總攻擊，塞把泥沙在他頭髮漩渦使勁擦着，因此三發子對他的老家毫無好感；改姓蔣後又給開封的孩子們譏笑，他聽說要搬個新地方，管他浙江也罷、雲南也罷，天南地北，只要沒有人知道他的底細，他都幹。

開春之後，蔣家終於回到奉化溪口。爲了實踐諾言，肅庵把三發子送到一家私塾，讓他跟一個叫做「介眉先生」的讀書，可是三發子實在太野，把那位老夫子氣得沒辦法，一再表示不堪造就，沒幾個月三發子只得轉到了族人蔣謹藩開設的私塾去。三發子他媽只要她兒子有書讀，也顧不得他讀得地道不地道，因爲她正處於一個新的、非常難以應付的環境裏，她要力謀對策。

原來肅庵的父親蔣玉表以鹽商起家，在溪口也算得是大戶人家。可是蔣家人丁稀少，對內對外乏人照料，肅庵這個獨養兒子又去了開封，蔣玉表以八十高齡，渴望他兒子回來主持，不料知道媳婦的出身和三發子的身份以後，蔣玉表便非常反對，可是三發子他媽已成了肅庵的有力助手，蔣玉表也奈何她不得，最後年邁力衰，便在光緒廿年十月間死了。第二年七月間，三發子九歲那年，肅庵也跟着去世，三發子他媽光顧哭着肅庵，孰不知在她河南許州後鄭莊故鄉，她的結髮丈夫、三發子他爹，也在那年春天因爲悲傷過度而憂鬱死去了。正是：夫君窮途潦倒死，妾在深閨那得知。欲知後事如何，且聽下回分解。

第三回：鹽商世家長袖善舞
訟師行業足智多謀

却說肅庵自回鄉以迄於死，短短一年多時光中又幹開了「業餘訟師」。他所以要這樣做，首先當然是爲了錢，其次是想利用他同官廳的關係，來保障自己一份財產，從而增加他財產的數字，顯赫鄉里，使鄉人和地方政府，對他人丁稀少的戶口不敢欺侮。

就在這七八年內，光緒十三年中法訂約開龍州蒙自爲通商口岸；十四年康有爲上書論政；十五年慈禧太后還政，德宗親政；十六年中英訂哲孟雄條約；十七年初設北洋海軍；十九年孫中山先生上書李鴻章論國政；二十年中山先生赴檀香山創立興中會；是年甲午之戰，清軍大敗，翌年訂馬關條約，清廷承認朝鮮自主，割讓台灣澎湖；賠欵兩萬萬兩。康梁上書請求變法維新；中山先生第一次革命失敗，陸皓東等遇害。

在這一連串巨大的演變之中，小小的溪口也不免受到波動。肅庵能言善辯，見多識廣，鄉人不免把這些喪權辱國的事情向他請教。肅庵老是嘆一口氣，認爲清廷氣數已衰，但孫中山這批人秀才造反，也不可能有所成就；洋人有洋砲洋槍大洋船，中國人只得認命聽任宰割。他這套理論深深地影響了三發子，致使他以後連洋人放個屁都是香的，這是後話，按下不提。

且說肅庵憑他如簧之舌和一個假功名「候補道」，回鄉一年多時光中倒也發了一點小財。鄉里有糾紛，肅庵總是採用「兩面戰術」，把甲乙雙方的費用逐步提高，彼此「競爭」，而最後的結果他却早已同官府暗中說妥，不是各打五十大板，就是輸贏之間相差無幾，勝訴人固無所得，敗訴人也平了這口氣，在「蔣介石先生傳」中記載肅庵說：「仕於清，……晚（年）……掛冠去，遂終焉。」邵元沖說他「好排鄉里紛爭」；朱大符給他作的墓誌銘說：「錦溪人喜訟，訟輒不休，先生遇有訟者，悉力彌之，使必勝……自先生之歿，鄉人有訟者興，父老往往相與嘆息曰：『肅庵先生在，不至是也。』」蔣介石特准編印的「中國最高領袖蔣介石」一書中也說：「當鄉民要打官司的時候，他們便喜歡到肅庵公那裏去；肅庵公簡直是一個法庭以外的法官，他的判決是被完全接受的。」

肅庵是個鹽商也有可靠的證明：「重振鹽業」，（「蔣介石先生的家庭」）「以貨殖起家，兼居積鹽鹺，」（蔣介石自撰「蔣玉表行狀」）「經營鹽和茶的批發交易，積蓄了相當的財產。」（「偉大的蔣介石」等書）在鹽商與訟師的家庭中，三發子受了多大的影響，是不言可喻了。

肅庵在世時憑着他同官廳的關係，接攬了不少訴訟生意。天高皇帝遠，窮鄉僻壤根本談不上什麼法律不法律、公道不公道。何況清朝的皇帝一塌胡塗？於是一些地方士紳，幫會人物，便變成了老百姓的「父母官」，直接掌握了鄉民的生死之權，而肅庵就變成了統治者的代表，他是「一個法庭以外的法官。」但這種人與人之間的往來，是完全建立在利害關係上的。肅庵一死，人丁稀少的家庭裏沒有人替代他的「職務」，沒有人承繼他的位置，這種特殊的權力也就跟着肅庵帶進了棺材，——因爲三發子年紀太小，他只有九歲。

肅庵的新夫人早已看在眼裏，可是她沒有辦法，她沒有受過教育，只在婚後短短一個時間中由肅庵教她唸了幾本「孝女經」之類，抵不上用處。她怨恨自己是個女流之輩，嘆息三發子年紀太小，又抱怨肅庵活不到他父親蔣玉表的年齡。要是肅庵也能到八十一歲才死，三發子已是三十多歲的成人了，兒子三十多歲，她就不再有所畏懼。

可是事實是無情的，三發子娘兒倆終得要「節哀應變」，肅庵在世時結交官廳、鄙視鄉民，兜攬訴訟，無事生非。肅庵一死，有錢有勢的人們不再向孤兒寡婦往來了，相反的一切苛捐雜稅同樣分派到了肅庵遺屬的頭上；肅庵一死，無錢無勢的鄉民不再畏懼他的孤兒寡婦了，但他們是善良的老百姓，雖無害於蔣家，可是同蔣家來一個「不合作主義」，用沉默來作爲報復：「肅庵這傢伙在世時你們神氣活現，現在他死了，看你們神氣個屁！」

後來蔣介石陳述這一段日子道：「中正九歲喪父，一門孤寡，煢孑無依。其時清政不綱，吏胥勢豪，夤緣爲虐。吾家門祚既單，遂爲覬覦之的，欺淩脅迫，靡日而寧。嘗以田賦徵收，强令供役，產業被奪，先疇不保，甚至構陷門庭，迫辱備至。鄉里既無正論，戚族也多旁觀。吾母子含憤茹痛，荼蘗之苦，不足以喻。」

在這一段記載中，可以看到三發子娘兒倆自豫入浙，在肅庵死後的日子是如何狼狽了：官廳和「地方勢力」欺侮她，作勞役、奪產業，迫辱備至！可是鄉里們不願出面打抱不平，戚族也都冷眼旁觀。肅庵的同鄉們仇恨他到這個地步，肅庵生前爲人如何，也就可想而知了。

但三發子他媽却想到了一個求助的地方：雪竇寺裏的老和尚。原來雪竇寺和尚當時也在溪口大戶人家化緣捐錢，每逢出動，背後總有孩子們一窩蜂跟着瞧熱鬧。某次有一個孤寒財主不肯「拔一毛而利和尚廟」，同和尚言語不通在大聲說話，孩子們以爲不肯捐錢吵了架，大家在旁吶喊助威，三發子便順口唱着他的河南曲調道：

「家裏糧食吃不盡，手內廣有銀子錢。若有鄰居向他借，如同揭他蓋一般。放賬倶是十分利，他爭人家永不還……」湊巧那個和尚正是河南人，乍一聽大吃一驚，也忘記了化緣這回事，找着這個小同鄉啦起呱來了。

肅庵的父親蔣玉表死後，少不了做做法事；第二年肅庵跟着逝世，免不了又請雪竇寺和尚吹打一番，三發子他媽也就認識了方丈。肅庵既死，戚族絕跡，鄉里反感，官吏壓迫，在這情形之下三發子他媽幾乎要看破紅塵，遁入空門；但一想到三發子的前途，她也就軟了下來，幸虧有個雪竇寺可以去拜拜菩薩唸唸經，訴訴遭遇散散心。和尚們當肅庵在世時便認識她，希望通過這個外省信女，在本地訟師之前說幾句好話，少惹一些是非，多弄一點香火錢；肅庵死後和尚照樣歡迎她，但出發點可就有點不同。其中主要的是肅庵還剩點錢，希望這個外省信女送進廟裏，而這個年輕的外省信女更有着悲慘的遭遇，她一門孤寡，舉目無親；她飽受欺凌，需人援手。當時的和尚在社會上是有他特殊地位的，雪竇寺方丈在可能範圍以內便替她在權鬥中求求情。與人方便，自己方便，三發子娘兒倆就拿雪竇寺作為她的慰藉，而廟裏也從她那裏得到了不少捐助。

因此有人說，蔣介石是雪竇寺方丈和他母親的私生子，根據是只聽說蔣介石奉化掃祭母親墳墓，却不聞他掃祭父墓。而且每當軍國大計不能解決的時候，經常是不帶宋美齡獨個兒和侍衞住在雪竇寺，思索解決的辦法。據說他在廟裏，夜間幽靈似的跪在老和尚骨灰塔前虔誠祈禱。他是個基督徒，這種行動委實可疑，而且如果與宋美齡同行，便決不到雪竇寺去云云。其實這種行為，就是肅庵死後她娘兒倆同和尚往來密切，蔣本人受他母親和方丈的影響太深之故，如要說他是和尚所生，那倒是冤哉枉也，阿彌陀佛！

關於雪竇寺方丈同蔣母的微妙關係，已往在大陸傳說不一。所以有這些傳奇性的故事，主要在於時常聽說「蔣委員長返奉化掃母墓」，而從未聽說蔣去掃「父」墓。同時蔣經常誇耀他的成就係由於「家教」、「母教」，却很少甚至沒有聽見過蔣介石對於他父親的懷念和頌揚，蛛絲馬迹，就因爲「蔣母」被渲染得過份「偉大」，因而顯出了「蔣父」的渺小——甚至不存在，此其一。

父母死後合葬，已往在民間視爲當然之事，而這個風氣在江浙尤甚。「貧窮夫妻百事哀，大難來時各自飛」，連骨頭爛在何處都無從揣測，遑論合葬？但蔣介石是中國的首富，又是當年的「中國第一人」，他爲什麼不把父母合葬在一起呢？你說他不重視「死後哀榮」，那麼關於「蔣母墓」的極力渲染又當何解？見不得人、甚至死後不見墳墓的「蔣父」其中必有奧妙，此其二。

浙東風俗，不但父母死後合葬，而且如果子女早殤，做父母的也得給死者找個「對象」，把生前從未見面的一對年輕「死鬼」合葬在一起，使他倆在九泉之下結爲夫妻。而兩家不幸父母也就成了親家，彼此了却一段心願。蔣介石既自稱爲奉化人，豈有不知這個風俗之理？而「蔣父蔣母」並非陰間姻緣，使之葬在一起更順理成章，但事實上並不如此，蔣使他的父母「死後離婚」，顯然並非「顧此失彼」，內中心有道理，此其三。

香港上演過一部國語電影，裏面有一幕新嫁娘同雄鷄拜堂成親的鏡頭。有錢人家的兒子死了，找一個貧窮的女孩子作「象徵結婚」，那個女孩子當然得守一輩子活寡。生前不能睡在「丈夫」的懷裏，死後却要葬在他「丈夫」的「棺」旁。這種慘無人道的悲劇也正是浙東當年的風俗，它說明了一件事情：在可能範圍以內，不論手段如何殘酷，絕不能讓一個男人做孤魂野鬼。蔣介石滿口忠孝仁愛，却讓他父母死後分葬兩地，對這一件輕而易舉的事情都不能「盡孝」，不能不引起人們的懷疑，此其四。

抗戰勝利以後，蔣介石的「聲望」不可一世，他的一個老師爲了炫耀他與蔣家的關係，編印了一部「民國十五年以前之蔣介石先生」，宣紙仿宋，裝訂華麗，共廿餘本，分裝三函。裏面提到蔣母與肅庵結婚的年齡，說是二十二歲。女孩子二十二歲出嫁在香港算不了什麼，但在溪口却不尋常。有錢人家抱孫心切，「爹十三、娘十四」，早婚風氣甚盛；貧窮如莊稼漢者，因爲需要勞動力，結婚年齡也非常低。女孩子逾十五六沒人說親，她父母就開始擔心；到十七八還找不到婆家，她父母要急得拜託三姑六婆，代爲作伐；女孩子逾二十歲還在待字閨中，那這個姑娘一定出了「大毛病」。

所以，當時逾二十歲才出嫁的女孩子，如非長得實在太醜，就因爲私奔潛回、寡婦再醮那些原因。肅庵的續絃並不醜，而到二十多歲才結婚，證明了她的嫁給肅庵是有其不平凡的經歷的，因此也使人不能不懷疑，此其五。

後來這部「民國十五年以前之蔣介石先生」被蔣介石禁止出售了，有人認爲，把她母親出嫁的年齡「公諸於世」，把當地的風俗戳了個大漏洞，是禁止這部書銷行的主要原因。雖然這部書是歌功頌德、拚命讚揚的，而且作者又是蔣介石的老師。

上列五點，以及所有種種傳說，證明了肅庵的續絃絕非普普通通的奉化女孩子，而蔣介石家譜中「肅庵」其人者，也絕非蔣介石的生父。列位看官，寡婦再醮，是值得人們同情的，寡婦帶着她兒子改嫁，也絕無半點可笑之理。吃人的「禮教」應該摧毀，吃人的封建社會應該推翻，在下垂垂老矣！絲毫沒有揭人陰私的念頭。所以要把蔣介石的那段歷史公諸於世，目的無非如此，蔣介石幼時顛沛流離，逃荒討乞爲生，總該瞭解民間疾苦了罷？其母遭遇如此不幸，總該瞭解中國婦女的痛苦了罷？但當他登台以後，又怎樣去統治中國呢？正是：欲言語又止，搔首問蒼天！欲知後事如何，且聽下回分解。

選自唐人《金陵春夢》，香港：楊鏞（出版者），一九五五年初版，本文據一九五七年十二月五版

龍驤

紅睡蓮〔節錄〕

五　春閨夢裏人

當時我立刻以非常敏捷的行動搶了上去，「豁——」地一聲潑翻了她手中那杯飲料，她倒並沒有發火。祇以驚詫的目光呆怔怔地瞧着我。我知道她的心裏一定懷着某種不可告人的鬼胎，極大刺激的影響，形成了反常的脆弱心理，始終疑神疑鬼地有所驚惕，祇有揭開事實後，才能治療那心理上的病態。所以我毫不思索地打開了門——門外站着一個穿制服的軍人和一個茶役，這時候的天津旅館裏常常有「查房間」這一套。我剛想到這無非給我們一點小麻煩的事情，忽然聽見自己身後：

「訇——」然一巨響，回過頭來，發現她整個身子倒臥在長沙發旁的地毯上，面色蒼白得有一點發青，緊閉雙眸——

我知道事情不妙，準是她把另一杯裏的毒汁喝下去了，趕緊奔上前去，扶起她的身子。把屋子裏另外二個人看呆了，拚命問我：「怎麼一會事？」

我並不理睬他的話，却納罕這藥力的發作何其迅速，照此情形恐怕連立刻急救灌腸也不見生效。

「是酒，」那個軍人正把一隻注滿了那隻白色的粉末毒藥杯，從鼻子邊放到檯子上去，皺了皺眉頭。這時候我才吐出一口輕鬆的氣。因爲看到這隻杯子裏滿滿地分明沒有喝過什麼，而另一杯是被我潑翻了，濕得地毯上一大塊。那麼無疑地她並沒有喝下什麼毒汁之類了，而是尋常的暈厥。

果然，這個查房間的開始覺得很奇怪，對我作嚴厲的盤詰，而我索性撒謊裝癡到底。告訴他是這個女人喝醉了酒，同時又出示了自己商人的身份證件。一邊僞裝成一個紈褲子弟的愛荒唐模樣。他在屋子裏搜查一番，我任他去查，顧自設法弄醒高恨秋。他查不出什麼可疑的東西來，也就走了。

我把開水在她嘴裏灌了下去，手指掐着她的上唇，使她慢慢地醒了過來。她微張開眼看見了，忽然全身引起一陣痙攣，繼之又嚶嚶的啜泣起來。雖然我不明白她爲何這樣不容易接受打擊，但是却已體味到她的悲鬱哀愁的情緒，所以儘力地勸慰她，撫恤她，並且告訴她剛才到屋子裏來的不過是一個「查房間」的丘八而已。她聽到這樣的話驀地坐了起來，以奇異的神情與淚水未乾的眼睛看看屋子的四週——而證實了我的話，除了我以外沒有第三個人，立刻又高興地投到我的懷裏來：

「雁，他們沒有捉我去嗎？這些警察。」

「沒有，他們不過是來查房間的。」我感覺她像斷了肢腿的麻雀。

這一個夜晚，我睡在她身畔，聽了她整晚的夢囈，雖然我聽不眞切她夢中在說些什麼話，然而總輾轉翻覆地感覺到她夢中也是恐懼與不安，而且不時叫着「雁，雁，」的名字。

當然我是始終問不出她到底怕的是什麼？不過這樣每天見神見鬼的緊張生活，我也覺得有點受不住了。因之翌日我向她提議一起去北平遊覽一週再說。開始她反對，可是在「起士林」飲下午茶的時候，忽然間却又贊成了。當日黃昏，就和她一起搭列車北上北平。臨行時候，我祇有打電話給炎武，並且託他代我辦理部份未了的事務。

在燈火萬家的時分，我們抵達了這個古老的城垣。

直等我開定了一個在西單的花園飯店房間後，就覺得一切就非常安穩與妥貼的了，而她也如此，恐懼的心理因空間的距離而消失了。洗浴後的睡眠尤感舒適，一覺醒來，已是滿窗陽光的時分，靜寂的庭院與胡同，但聽見鳥鳴與梧桐落葉的瑟籟聲，秋高氣爽，懶洋洋躺在床上，我有無限暢適，同時眼看恨秋顧鏡梳粧，眼波微轉，睡蓮初醒。忽然間深深體味到新婚蜜月的閨房樂趣。我知道自己的感情已經陷入不可收拾的地步。

這壹天我們去遊北海公園，站在白石橋邊的欄杆旁，眼望平靜如鏡的湖水，我感到生命的美麗。

「雁，你記得上次和我看雪景的那一次嗎？」她這樣問我，而我回答她的是迷茫的一笑。

「還有你記得我們在那地方合攝過的一張照片嗎？」她指一指矗立湖邊的白塔石階。

「唔，」我發覺她是滿面春風，嘴角掛着像征服了這整個世界般的微笑。

忽然間她又像想起什麼似地拉了我就走！「親愛的，你的記憶眞太壞了，現在我想了起來。」跑過漪瀾堂，在剝落朱紅欄杆旁，發現了一個「北海攝影室」，她是那麼熟悉地跑了進去。裏面迎出一個穿着棉袍的中年男子來——以爲來了顧客。

「麻煩你，請你給我們看看你貼好的那冊厚厚的照相簿可以嗎？」

那個人竟非常客氣地捧出一疊灰色布面的照相簿來。

「是了，是這一冊。」她像如獲至寶一般雀躍三丈。立刻打開這簿子，急遽地翻着，翻着，驀地裏又叫了起來：

「雁，我尋着了，雁，你看，你看。」她把我的臂膀簡直要拉斷了。我跟着俯下頭，耳鬢厮磨着她的髮鬢。

而我看到一張使我覺得寒慄的照片。世界上想不到竟有這麼湊巧的事情，那簡直像是造化的弄人，實在匪夷所思。照片上是一男一女二個人，背景就是白塔的石階。女的就是現在這個高悵秋，而那個男人呢？明明是我啊！衹不過比我稍肥些，衣着也較臃腫，如果我的記憶壞一點的話，我竟會疑心到自己患了「失去記憶」的病症。這是怎麼一會事？我無法想像，始終她把我看作是那個「雁」呢？

「雁，親愛的。」她把這張相片褪了下來：「我們買回這張照像去吧。」

當然我是同意的，可是這個中年人却一定不肯收我的錢，於是我衹好茫然納入那張像片……

那時的我是清醒地記得那並不是一個「夢」的夢。

六　永恒的一夜

十月的北京，已是秋的尾聲，夜深胡同裏有賣「窩頭」的小販擊柝聲敲破寒巷的寂靜。而綺麗的愛情日子却在輕顰淺笑裏悄悄溜過，我永遠不會忘記這個古城，因爲她給我有太多相思的回憶。

西山的紅葉，片片滿含着詩的氣息，萬壽山的宮闕，鐫刻了我心底的陰影。一壺「茉莉雙薰」的香片茶，我和她會在「來今雨軒」消磨了整個下午，談說着無窮盡旖旎瑰麗的美夢。半夜的「北來順」涮羊肉館子燃着通明的門燈，清涼的街頭，我們細數着王府井街的青白石板。

這樣無分晝夜地度過了卅七天傳奇性的日子。

這一天早上是我第五次和炎武通平津長途電話了，他要我立刻回天津候船去香港，不然的話他將立刻會拋棄了我一個人動身。當然在這個時候我什麼都會不顧慮到的，可是壞就壞在我的經濟權完全落入他的手裏，又逢到支出的浩大，我叫他把貨脫手換錢匯給我，他却硬是反對。十年的好朋友幾乎因此反目。

我把這些情形完全告訴了高恨秋，叫她一起和我回天津，她却冷冷地對我說：「要回去，你一個人回去吧！」

「但是沒有錢我們就無法生活下去的。」我把事理分析給她聽，可是這些她極無所動：

「如果你要我回天津，那麼我會死在天津的。」

我能說點什麼呢？從此感情却起了裂痕。我終日坐立不安——倒並不是爲錢而煩燥，因爲她把自己手邊的首飾變賣了，也有相當可觀一筆數目。然而我不能長期留在那邊的，在上海我有一個家，香港我將有事情謀發展，天津還有未了却的事務……一連串像是一蓬亂絲。

於是我就陷入極度的苦惱中，幾次我勸她隨我回去香港，共同寄跡天涯，她却捨不得自己的故鄉。我又幾度想毅然拋棄她一走了之，却又流連她那雙如醉如癡的眸子，因循坐誤，泥足是越陷越深。

這是第五次通話了，炎武給我作三天的考慮。考慮的結果我決心第二天回天津，以我極大的勇氣把自己的決心告訴了她，她驟然聽見了我的決定不禁一呆，同樣地我們都覺得有點黯然，但是陷缺往往是無法彌補的：

「雁，現在我相信命運這件事了，我……我祝福你快樂地度着以後的日子。」她沒有哭，却始終紅着眼圈。

「……」我心裏一軟，但是立刻又驚惕地覺得不再改變自己的主意，復變得心堅如鐵：「也許是我錯了，親愛的，不過這是暫時的，在你想到需要我們在一起的時候，打電報告訴我，也去香港，那時候我們不是又可以在一起了嗎？」

她不再說什麼，衹是朝我苦笑。

不一會之後，忽然她變得非常高興起來，說一定要盡情歡樂地度過這最後的一天，何必作無謂的煩惱呢？一邊是記念，一邊是替我餞行，她竟出乎我意料的體貼溫存起來，這一點我也感覺得很高興。

繼之我們就商量這一整天的節目，划船，重遊萬壽山，逛東安市場，去天橋聽大鼓……以至晚宴，夜宵，直喝得醉醺醺地回居所。

這晚上她穿了一襲古色古香的緞子短襖，粉紅色的底子，嵌鑲了金色的花邊，在淳厚東方色素中她具有健碩豐腴的體格。我深感時光的短促，因之貪婪地作無窮盡的要求。

像一團火，我就在這烈火中焚燒。

像風捲殘葉，我隨着作無涯而虛渺的飛揚。

春宵苦短，但是我們都領會到了這一刹那間生之眞諦，昏昏沉沉地我終於在六月蓮花池中睡去。

「雁，這是我們的終結，也是我們的開始。」她在我耳畔反覆地低訴着，直至模糊輕微……這一昏沉，就像昏沉了半個世紀。

我蹈在雲端裏，雙腿是軟棉而乏力，趺趺撞撞地來到另外一個境界，那裏是一片茫茫，無涯的蒼白，混沌，恍惚中衹有氣體，是雲，是霧，是煙。

摸索着，摸索着，我繼續在雲端裏打滾，漸漸感覺到有點恐慌。驟然間我抬頭時看見煙霧裏露出一個青面獠齒，眉目猙獰的怪物……

「哈，哈，哈，」忽然世界邊緣的遠處傳來一陣洪亮的笑聲，遙遠而沉重，我一驚一掙扎，才發覺自己原來躺在溫馨的棉被裏。四週是一片深夜的靜寂，屋子裏還開着燈。

「秋，親愛的，你……」我驚住了，發現她站立在門畔，一手撩着錦帘，眼睛裏滿含了疑惑與恩怨，靜靜地却又可怕地瞪着我，不言也不語，下意識我感覺到有變化來臨：

「你……你……親愛的，過……」

我的呼吸立刻窒息起來，因爲看到她緩緩地舉起右手，手裏執着一柄烏光水滑的短槍，槍口的小孔對準了我，雖然她執槍的手在顫抖着。

「怎麼了。你……你怎麼了，」我坐了起來，手心在沁着汗。

「我愛你，」她，開口了，是那麼堅强的：「愛你，永遠愛你……」

這是她說的，我清楚地聽到。可是；

「砰——」然一槍聲。我發覺自己身上一陣辣，祇看到四週一黑，勉强睜一睜眼睛——她那亭亭玉立的倩影，隨着昏黃的燈光在逐漸淡了下去。

七 不可思議的身世

是深邃的「協和醫院」病室，陪伴着我的祇有炎武一個人，他告訴我這一次槍傷實在是僥天大倖，槍口稍偏了些，否則洞穿心房就休想活命，然而左脅下的傷口也不輕，足足昏迷了七十多小時。

「而她自己也終於爲愛而犧牲了。」炎武說着，也頗有惆悵之感：「槍彈在她的左太陽穴穿了進去，在右太陽穴出來。」

我不說什麼，祇是心裏覺得一陣空虛。

黃昏的斜陽漸漸地從百葉窗上爬了起來，庭院是一片秋的蕭瑟之氣，匆匆的四十多天光陰像是一個夢，而這個夢却留給我無窮的痛苦，痛苦……我後悔自己應該在她的子彈下死去，讓我們永遠可以在夢裏過最美麗的日子，而又得到安息。

一個星期後，我的體力已經完全恢復了，可是精神上的刺激却留下了不可磨滅的創傷。

炎武給我看一段關於這件事情的新聞報導——以前沒有給我看怕我受不起打擊。讀了這一段刊載，我全身是無法尅制而顫慄，尤其是這段新聞上「楊雁冰事件重演」這個標題使我驚震。新聞的內容極盡渲染誇張的能事，說是一對癡情的男女在逆旅爲殉情而槍殺，男的傷勢嚴重，女的當堂斃命。血流滿地，案情複雜之類字眼使我怵目驚心，而女死者高恨秋更是一個殺人積犯。由這一件事情引出一條所謂「楊雁冰血案」來。大致情形是這樣的：

……按死者高恨秋，原名高秋月，原籍青島，寄居北平，現年廿六歲，於一九四三年與××輪船大副楊雁冰同居於天安門××胡同×號。在去年冬雙方忽然發生變裂。楊雁冰秉性粗獷，一言不合，輒鞭打足踼，橫加虐待。但歡喜寃家終未仳離。然於去年冬末楊雁冰突遭謀殺，身中數刀，血滲重衾……疑兇高秋月又告失蹤，飄然不知所向，當時轟動古城……云云。

炎武把這段新聞給我看完後，又與我談起曾有不少新聞訪員來探詢過，都是他代我應付了過去，同時又把一件匪夷所思的事情向我透露：

「你實在不應該爲她負這樣大的感情上損失。」他向我慰撫着：「當然對於愛情這件事，原來沒有第三者的插言餘地，不過你如果能夠瞭解得多一些有關她身世的話，也許你的情感會沖淡。」

我朝他笑笑，沒有表示什麼意見，心裏却覺得他好像在對我說教。

「你猜想她是一個怎樣出身，怎樣身份的女人？」他問我。

「一個變態心理的女人，却同時具有火般熱情。」

「這是她的性格，我問你是關於她的出身。」炎武像藏着滿肚子的葫蘆藥：「告訴你，她是一個妓女。」

我簡直要從病床上跳了起來：「你說什麼！」

「一個妓女。」他重說一遍：「在這裏的一個老記者告訴我的，她的出身就是名聞遐邇的八大胡同。」

「唔——」我回到記憶中去了，相信這是眞實的：「還有呢？」

「她在五年前嫁給了一個來自南方的富商，那個富商揮金如土，一眼看中了她，就把她贖身脫離火坑。開頭當然是過着非常奢華舒適的生活。富商把她帶到南方去，無疑地她是變成了那富商的第幾房太太。但是奇怪的是不到半年，她單獨悄悄地溜了回來，重在古城出現。手邊似乎也很有錢，可是更奇怪的，她又回到八大胡同老家去重操舊業了。沒有人瞭解她爲什麼要這樣做，也有人說她是自甘墮落。」

我靜靜地聽他把這故事說下去：

「風塵裏的女人終究又回到風塵裏去了。可是她這階段的生活過得並不好，因爲怪僻的脾氣使嫖客望而生畏，她喜歡你就像要把你生吞活剝下去一般，她不歡喜你就乾脆把你拒於千里之外，雖有財富，她也置之不理……」

「這是奇女子的性格。」我不禁喟嘆着。

「確實沒有人能瞭解她的性格，可是一年後，她忽然結識了那個叫楊雁冰的水手，一切情形就變更了。

「那水手粗獷野蠻，據說像是一頭蠻牛。她一結識他就立刻拋棄了其餘一切，二個奇怪的人就在一起過着使人不能相信的日子。

「水手常常要隨着船飄盪到海洋裏去，可是他一離開她，她立刻曾變得像瘋了一般。吵鬧儘管吵鬧，若卽若離，他們之間結果誰也不能離開誰。

「有一次她被水手摔到大街上，衣服被撕得變成一片一片的布條，無數頭髮被擰了下來，滿臉都被抓得血肉糢糊，可是她還是雙手緊抱着水手的大腿不放……。

「諸如此類的事情是常有發生，後來人們知道她有一種被虐待狂的變態心理。

「她不喜歡一個男人對她溫柔體貼，她要一個男人能儘情的虐待她，鞭打她，侮辱她——」。

我癱瘓在病床上，眼底現出她那皎好的皮膚上滿佈着像雨後泥濘道上軌跡似的傷痕，不禁吶吶而說：

「爲什麼會形成她這樣的變態心理呢？」

「沒有人知道，也是永遠沒有人知道的。」炎武以銳利的目光瞪着我，想從我的臉上找到答案。

可是我所知道的又是什麼呢？是一片更糊塗的迷惑。

八　湘雲園話舊

我們沿着一塊一塊高底不平的石板地，在這所謂「八大胡同」的小巷裏兜來又兜去。

那是我出院的第一個夜晚。

「是了，是這裏。」炎武叫我抬起頭來，指着一塊蒙着塵垢的直匾，發黯的紅木底上寫着褪了金的字：「湘雲園。」

我第一個跨了進去，那地方給我第一個印象，就是破敗衰落不堪，院子裏堆滿零零落落的雜物。

一個曲着背的老頭驀地一陣吆喝，倒嚇了我一跳，未知道原來是所謂逛窰子的氣派。可是我却敏感地覺到那地方是「門庭冷落車馬稀」。也許過去有過冠蓋雲集車馬流水的日子。

門帘掀處，一個髮髻上插着綠簪的中年婦人把我和炎武像奉財神似地迎了進去。

屋子裏雖不富麗，却還收拾得乾淨利落。那婦人慇懃地要把手下最美麗「姑娘」介紹給我們。可是炎武搖搖頭，告訴她們要見柳依依，她立刻覺得不勝詫異的樣子。直到柳依依出來的時候，我方才明白她所以要詫異的原因。那個妓女實在是已達必要「退休」的年齡了，匆促抹拭的脂粉掩飾不了她臉上的皺紋。

我們摒退了左右，炎武足足花了半小時工夫和無數口舌，才把談話還兜轉地接近了核心：

「……這樣説來，你和高秋月很熟的了。」

「我們可以説得上是同道的姊妹。」這個女人却是道地的具有北方人爽直的性格：「我和她是同一時候賣到這裏來的，那時她十歲，我十二歲。」

言下却又不勝滄桑之感，多少苦難的日子都忍受過來了。

「那時候我們的媽媽叫金三姐，現在已死了，可是當時她是以兇狠毒辣出名的。」她繼續告訴我往事：

「五妹（指秋月）個性倔强，而媽媽那時候又最易發脾氣，所以結果還是苦了五妹她自己，每天晚上逃不過媽媽的生活，不是鞭子抽，就是火烙燙。小身體上沒有一塊完整的地方。我常常撫她的傷痕哭，但是她自己却從來沒有掉過一滴眼淚……。」

聽着她的話，我的喉頭覺得一陣哽咽難受。

「我們都擔心她受這樣虐待怕會活不長久，可是誰知道到她十五歲那年竟是出落得非常動人，雖然沒有成人，却已約略曉知人事的了。我清楚的記得那一年的慘事……。」

說到這裏她自己也有點黯然：

「然而狠心的媽媽竟把她的童貞，以三百元現洋賣給了一個長得像金剛般巨碩的軍長。這一晚她在軍長野獸樣摧殘下昏死了過去，血流滿坑……人事不知。

「軍長還說這樣小鬼丫頭人事不知，毫無樂趣，下次決不再上門。這句不打緊，却動了媽媽的肝火。

「就等那軍長一走，五妹剛在昏迷中醒過來時候，就把她赤裸裸地一陣皮鞭亂抽，大冷的天，再用冷水把她潑醒過來，幾醒幾厥，五妹就此害了重病……。」

說着這些話，我看到這個女人的微暈眼眶裏，隱隱含着淚光。

××× ××× ×××

我默默地踏上最後一班平津列車。

天很陰，滿佈烏雲，寒風凜洌，直刺骨髓——炎武替我翻起大衣的領子。

車廂雜亂，却有人憑窗假寢。

心裏是一片空白與不知所以的惆悵。我清楚地相信這是一個無法遺忘的噩夢。
汽笛長鳴，我回頭過去，正看到古城的樓臺被水蒸氣散發出來的煙霧所湮沒。

——一九五〇年殘冬脫稿於香港旅次

選自一九五一年一月一日香港《偵探世界》半月刊第三期

林　瀋

醉臥送春歸

宋華年鵠同居之趙四姑娘久矣，四姑娘好抹牌，好看戲，宋則忙於爲衣食謀，戀愛須得一個閒字，宋艱於此，悵甚，然美人如明月，稍縱則落他人懷抱，寧廢衣食，亦莫負蟾華，如是對寫字樓工作，輒遲到早退，歸則邀與竹戰，休沐日更爭取光陰，幾欲二十四小時內不離四姑娘，若送戲票，送尼龍襪，此猶餘事耳。四姑娘亦知宋有深意，但若即若離，每回眸作會心微笑。形骸漸狎。花到開時，宋爲明白四姑娘之態度，則約作郊遊，細訴衷曲，四姑娘又目之一笑。宋泫然欲啼曰：『我將爲你之一笑而斷腸矣，汝何不一答而解我心』，四姑娘始執其手而告之，原來東園紅杏，已許字丁家郎矣，丁有葭莩親，夙年主於母命，丁氏子隨父遠處外洋，祇候鴻歸，即迎燕去。宋聆此，喪然欲絕，幸四姑娘解語知人，溫若春風，婉言慰之曰：『郎何悲，願生生世世仍爲朋友，精神之愛，情重於金也』。自是四姑娘對宋益親切，然宋則每爲于悒不止，曾幾何時，四姑娘果與丁氏子婚，宋不欲觀，宿友家數日始歸。四姑娘嫁後，曾幾次歸寧，謀與宋一面，都以參商不遇，則以電話致寫字樓，宋慚然曰：『你好，鴛鴦水暖，尚憶此冷鰥耶？』四姑娘曰：『父母之命，汝亦諒我，當于歸之日，亦知我爲你悒悒終日耶？』宋曰：『然，洞房之夜，一般新嫁娘皆乍喜乍懼矣』，四姑娘嗔之曰：『長舌鬼，尚說風涼話耶！憶予嬪之日，汝竟失踪數日不歸，使予心旌懸懸，慮汝爲我而輕生，翌晨卽命傭購報紙查閱，恰載有少年假酒店飲鴆者，乍見之，心幾爲碎，後閱姓名地址，儂始釋然，個中情緒，異日可稽之傭婦阿二，非阿清也』。宋聆此，乃知四姑娘雖落他人懷抱，然對己實未忘懷，因重敦舊好，且致歉忱，固四姑娘嫁後光陰，泰半陶醉于蜜月中，偶或歸寧，宋亦鮮與相逢，惟於電話中，時得佳人溫言慰藉已。既及春回大地，慶飲屠酥，宋亦偷得春閒，居家宴樂，方爲同居抹牌爲戲，則有叻叻鶯聲，迎門而至曰：『恭喜各位得新年財也』，宋聞音愕然，蓋四姑娘歸寧賀歲也。嫁後海棠，別是一番風韻，春橫眉黛，微眼含羞，羅綺生香，酥胸欲綻，宋以久別春鶯，此日重瞻聲色，撫今慨往，爲之慨然，四姑娘爲母祝歲後，見麻雀而手癢難禁，宋知其意，顧謂之曰：『四姑娘嫁後自有一番春景，不如讓汝落塲，或藉汝鴻福，能爲我收復失地也』。四姑娘赧然曰：『落塲便落塲，怕汝多言矣』，宋袖手旁觀，時覺幽香刺鼻，魂馳心往，如失主神，四姑娘幾度問其此牌可放否？宋竟置若罔聞，但呆望柔荑，凝眸不瞬，四姑娘顧而睨之，暗撥其足，宋始恍然。四圈旣罷，母以團年鷄邀女食，蓋外嫁女歸寧拜年，習俗以食冷飯爲兆祥云。四姑娘知宋之念己，特傾酒邀宋共酌，宋笑謝曰：『汝爲外嫁女，應享此已，我非外嫁郎，不敢分沾杯羹矣』，女母則曰：『宋先生，渠嫁時，你不暇歸來飲一杯，此時算作補請已，』宋强辭不獲，四姑娘牽之入室，且飲且談，眉飛目送，因知丁氏子最近得父電，馳歸海外，故今日賀年，亦孑然而歸也。宋得此消息，頗涉遐念，乘母出，趣語四姑娘曰：『今夜不歸去，可乎？』四姑娘目之曰：『有機會，過幾日我歸來與汝作竟夕談，今夕未暇矣，』撥其足曰：『遲幾日我亦恢復工作，汝且將作海燕雙棲，不復相見矣』，四姑娘曰：『我要候出國手續，尚有多天留連，何亟之爲，』宋曰：『如此好春光，萬難辜負，倘今夜不獲聚首，將索我于枯魚肆中矣』。四姑娘以其痴，則一笑頷之，宋大喜，舉杯相慶，暢飲至醉，酒腸豪放，笑語可掬，四姑娘知其有醉意，扶之臥於榻中，細語之曰：『休息片時，俟酒氣過，與汝看戲去』，宋唯唯，半眠半醒，兩目惺忪，實則四姑娘俟其睡靜時，欲乘機兔脱已，及整雲鬢，悄然將別，細視其母整備之生菜茨菇，似曾移動，近而檢之，僅得茨菇一枚，念其母於整備時，有兩枚者，以爲墮地，覓之，又不見，及回顧宋，見宋雙目微翕，含唇竊笑，心乃恍然，前而撻其手曰：『汝匿我之茨菇，快還來，』宋惺忪微笑曰：『汝何處有茨菇，有亦不會在我處也』，四姑娘赧然失笑曰：『在汝身上，汝勿詐矣』，宋又吃吃笑曰：『有是有，但并非汝所有』，四姑娘乃探手搔其癢處，堅要還茨菇來，宋曰：『汝祇管搜之，有便取去用』，四姑娘又掩唇羞笑，念宋於酒後未離開，當必匿於懷中，則遂引手索之，四姑娘酒後顏酡，香喘絲絲，在此掙扎間，但聞宋有休休莫莫之聲，而四姑娘則含睇流騷，欲嗔還笑已。有頃，宋細問之曰：『汝不歸又歸，何以對我』，四姑娘曰：『丁郎雖去，有姑在，今日出時，未有告姑不歸者，越二日：我當有好消息報汝矣』，宋曰：『眞乎』？四姑娘細語曰：『新年流流，豈要我當天誓願，才足信耶？』宋乃含笑握手，笑以茨菇還之曰：『當卿懷歸日，是我相思時也』，四姑娘笑納之，乘母不覺，趣與宋一吻而別，越二日如何，此非筆者所欲知矣。

選自一九五一年二月二十一日香港《小說世界》第三期

閉門造車

殷若豪多疑善妒，三十未娶，恥談女色，其恥於談者，非謂心如止水，若柳下惠，乃以女性爲禍水，彼長裾而盛鬋者，皆朝秦而暮楚，不足與終老也，然若豪門衰祚薄，鄉黨以無後爲大而責之娶者，若豪則長太息曰：「惟女子與小人爲難養也，昔者秦莊襄之妃，先私呂不韋，繼私嫪毒，漢館陶公子，五十而寡，猶戀少年董偃，若貴妃之於安祿山，宋朝之於襄夫人，此皆見於史乘，斑斑可考也，娥眉喪國，穢亂春宮，夫以帝皇之尊，朝庭之凜，猶不免於帷薄之辱，而女子莊重其外，艾豭其心者，則於今爲烈也，吾復敢蹈前人之轍，而自辱其耶，雖然，吾非不娶者，苟得貞如裴淑英，烈如項氏女，吾當不惜贗幣揖而迎之，不過今之世而欲得此者，除非俟河之清耳。」人以其迂且妒，不可與理喻，咸哂置之，若豪既欲鰥終其身，則日事於遨遊紅塵之外，蓋謂田陌之間，無脂粉氣之污人也，日者徜徉於山水之間，天油然作雲，沛然雨至，若豪蒙袂蹌踉奔，止於一田家之外，顧而視之，有老者方把盞獨酌，衣袍曳履，不類老農，若豪竊念田壤之間，亦有龍隱者乎，正瑟縮顧盼，老者覺，出而笑迎曰：「難逢風雨至，獨酌無相親，子盍不來一醉？」若豪以其談吐風雅，亦樂而就之，一揖以入，與叟談笑甚歡，叟謂其雅人深緻，與己有同好，若豪乃侃侃談其抱負，叟亦擊節嘆曰：「君眞知交也，予實爲太史公，喪偶不續絃，亦惡十丈軟紅，無足留戀，故避居於此，以娛暮景也。」若豪喜得同調，笑曰：「禮失求諸野，古人不我欺也。」談頃，微聞室內有女子嘆息聲，若豪以叟既云獨善其身，何來嬰宛聲息，乃訝而問之曰：「翁其有同居耶？」叟曰：「否，是爲弱女紅絲，亡妻所遺孤也，弱女亦孤芳自賞，不爲世俗推移，尤惡近男子，去年嘗爲賊刼，欲奪其色，吾女大怒，智殪賊，得以保圭角，乃隨予隱於此，謂將丫角終老，予嘗願之有家，而彼則謂良人難得，故今茲年逾花信，猶深守閨中，杜門不出也。」叟言已，呼紅絲出見客，紅絲曰：「吾怕見客，阿父豈不知耶？」叟曰：「此清客，與濁世者殊也。」女終不出見，若豪以彼姝孤僻，正合所懷，乃力讚婦德之難得，與叟甚相投，叟留之小住，若豪亦不辭，居數日，乃獲偷窺紅絲，驚爲絕色，乃乞叟聯秦晋，叟笑曰：「予女固畏近男子，且謂丫角終老者，恐難如願也。」若豪曰：「令愛之欲獨身，正如我之欲鰥寡，乃以未得其人耳，今以我之材之品，令愛或不遐棄，想翁亦以孺子爲可教也，乞爲我成之。」叟曰：「容俟之，看弱女如何。」他日，叟果以喜訊報，並得與紅絲相見，紅絲涕陳曰：「予與阿父，相依爲命，實不能稍離者，今蒙君不以蒲柳見棄，復惑於阿父之殷殷敦促，故願從君，不過我于歸後，父將茫茫無所託，請以五千金爲阿父贍老，使吾無後顧之憂，則可與君盡唱隨之樂也。」若豪諾之，遂卜吉迎歸，經營金屋於島上，紅絲于歸後，日夕匿閨中，而若豪猶有疑忖心，謂三姑六婆爲淫盜之媒，則屏婢僕不用，間有客來，若豪亦不使紅絲出見，一若恐爲他人垂涎者，若豪有外出，則慮賓友到訪，乃問計於紅絲，紅絲曰：「汝外出，可內外閉戶，有訪者，當望門而去，而汝歸來時，則扣戶三聲爲記，予自啓門也。」若豪亦以爲然，遂外出無慮，且常以得賢妻爲人炫耀也，夕者若豪歸，未扣戶，忽有男子出，若豪愕然，問此漢何來，紅絲曰：「頃有扣戶三聲者，予以爲君歸，開戶視之，則爲稅收者，予正以男子不在遣之去也。」若豪又信之，詎自是恆有里人向之側目訕笑者，若豪欲探蜚語，一夕歸時，佇立門前細聽，聞有笑語曰：「有妻閉門造車，吃着不盡矣，」若豪大訝，登樓扣戶，驀見紅絲首如飛蓬，亟趨入室，不見有漢，方錯愕，忽聞有履聲自厨出，狼狽下樓，返奔視之，則爲一夷服者，若豪追不及，問紅絲，紅絲曰：「吾已閉門，何來外人者，」若豪知紅絲亦爲一艾豭也，乃出之，不復言娶。

選自一九五一年八月二十九日香港《小說世界》第三十期

等閒少年

活火烹魚記

予新婚未及週年，與婦雙棲於九龍旺角窩打老道，未幾，泰山其頹，婦須返鄉營齋奠，家中事，悉以委托傭婦亞蝶，亞蝶初受僱於家時，不斤斤計較工金之厚薄，但提出一條件，謂故鄉鳳城自淪陷後，鄉間姊妹，不少來港僱工，若輩皆有金蘭之好，偶或過訪，勢難拒人於千里之外，祇求主人許以留宿，其他皆不成問題矣。予婦初不悅，予則以全層洋樓，祇予夫妻居之，不免寂寞，横豎尚有餘地，得亞蝶姊妹時相過訪，大可破除寂寞。婦徇予意，遂頷可之。亞蝶年正十八九間，膚色微黃，則微微敷粉，雖爲傭，然稍好修飾，夏日縫黑膠綢衣一套，尺寸有幾微之不適，寧竟夕不睡，亦終宵改之，至合度乃已。亞蝶善迎人意，頗得予婦歡，遇亞蝶有姊妹到訪，欵待一如賓客，亞蝶以是對人稱之爲女孟嘗焉，及予婦返鄉之前夕，丁寧亞蝶，須加意照料予之飲食起居，亞蝶唯唯，予所居爲新建洋樓，廳房均以牆壁間隔，工人房之後即爲厨房，予每外出歸家，輒見工人房中，有亞蝶之姊妹慵然臥於亞蝶牀上，覩予過工人房外，牀上人必彎身起呼少爺，曰：『又來打攪矣。』予睨其貌，比亞蝶尤妍，出廳外，詢亞蝶以房中女子爲誰？亞蝶曰：『我之同村姊妹，名亞五者，近甫辭工，我因寂寞，故留之小住作伴耳。』一日，予爲九龍塘一友人約往竹戰，去時曾囑亞蝶晚間爲予備熱水浴身，無須候予晚飯矣。亞蝶曰：『今夕亞五或不來，我一人守戶，請少爺提早歸來，免我太靜也。』詎是夜爲友强留至深夜始得脱，歸途又值大雨，爲雨水淋至落湯鶏，寒氣侵肌，比抵寓外，敲門呼亞蝶，顧久不聞應聲，歷十五分後，始見戶內有電手筒光射出，旋聞木屐細碎之聲出自工人房，亞蝶甫出啓關，即瑟縮奔囘房內，予初猶以亞蝶畏夜寒而已，自將濕衣脱下，覺雙足僵冷如冰，擬取熱水濯足，然後就寢，又不欲驚動亞蝶爲予取水，乃自取毛巾入厨，詎爐中活火熊熊，始憶出門時曾囑亞蝶爲予燒水備浴，默忖亞蝶迨入睡未久也，詎以銅壳入水鍋，竟有物浸於水鍋中，取出視之，狀如食肆中出售之紮蹄，長五六寸，大小盈握，以從未見此物，持向燈下細驗，驗出此狀似紮蹄之物，乃用舊薯良膠綢縫成，撫之，滑不留手，其中則充滿作齋料之雲耳，經沸水浸透，取出猶有微溫，嗅之，則其味竟同鮑魚之臭，不禁大惑，欲呼亞蝶詢以此物究竟作何用途？殊行近工人房外拍門呼亞蝶，亞蝶竟不應，久之，始惺忪出，予隱約見其臥榻下另有木屐一雙，知榻上尚有人鼾睡，其人不問而知必爲亞五矣。予呼亞蝶入厨，以火鉗夾取該物示之，亞蝶一見，急伸手欲奪之去，予堅執不放，亞蝶急極至於流淚曰：『此乃亞五之物，偶然遺落厨中者耳。』予詢此爲何物，有何用處？亞蝶赧然不答，予曰：『果屬亞五之物，汝何必如許着急，明日俟其睡醒，我當還之可已。』亞蝶愈急，屢欲從手中奪囘，於彼此爭奪之中，亞蝶自忘其身爲女性，且忘尊卑之別，其狀恍若小孩索食物於長者，大發嬌嗔，有不肯罷休之勢。予漸疑該物爲屬於女性用以慰情之具，念此種穢褻之器，亞蝶竟置於銅熱鍋水之中，若非予此夕親自入厨取水，將無從知其中秘密，苟昧然以鍋中水作洗面用，豈非大不吉利，因而對亞蝶之請，不允通融，非彼説出該物之名稱與用途，決不返璧，亞蝶情急，赧然曰：『此乃女性專用之工具，我亦莫識其名，少爺奈何咄咄迫我乃爾。』予至是知所測非假，謂之曰：『汝以此穢物放置銅鍋中，難保無放毒嫌疑，汝不能充份説明此物之用途，予爲性命安全計，惟有將此物交警署化驗矣。』亞蝶聞予言，面無人色，牽予袖作哀懇聲曰：『少爺頃歸因敲門，我方以此物持至廚中洗濯，倉卒間遺落於銅鍋中，不及檢囘，遂被少爺發現耳，至此物之用途，實不能明告少爺，少爺非愚昧，寧待我畫公仔畫出腸耶。』予仍佯爲弗悟，作欲携物報警狀，亞蝶縱聲號哭，房內之亞五聞哭聲，入廚問底事？亞蝶且哭且語曰：『我儕秘密之事，已爲少爺取得物証，設一旦宣揚出外，爾我皆無面目見人矣，爲今之計，爾我須向少爺進言解釋，或能邀其諒解，不以此事告人，斯爲策之最上者也。』亞五輕顰淺笑，行近予前，並牽亞蝶一齊雙膝跪地上曰：『少爺欲知此物之用途，請視其形象，自不難領會得之，我儕身爲少女，且屬自梳不嫁人者，形格勢禁，不能得異性之慰藉，乃假此聊以自娛而已，今秘密已爲少爺所窺，如不以我輩陋質爲嫌，但能以物還我，則一身所有悉屬少爺可矣。』言時媚目流騷，厥態甚蕩，予心旌搖搖，正欲一試土鯪風味，詎方離厨入室，突聞門外剝啄聲甚急，乃暫捨二人，出外覘之，門隙中看見予婦已立於門外矣，婦歸見爐中熊熊活火，問亞蝶深夜舉夜胡爲？予在旁答之曰：『夜寒料峭，欲蒸魚作消夜耳。』亞蝶亞五，不期睨予作會心之微笑。

選自一九五一年二月二十一日香港《小說世界》第三期

伯仁由我而死

一夕爲殘臘之寒夜，少年伍文熙獨坐書室中，挑燈夜讀，而心如游絲，渺渺然弗屬，目光雖注於書卷，爲狀乃如居大夢，忽小僮將一名刺入，上印馬維屏三字，此馬維屏者，爲文熙兒時至友，曩時在蒙塾中，同學同游，相愛如親兄弟，雖睽違數載，而心坎深處，初未忘懷其人，文熙聞維屏寒夜造訪，亟命延入，馬維屏入室，互相握手話別況，維屏自陳已承襲先人遺產，可二十萬金，年來行商南洋，所獲亦不貲，會以商務歸國，適至鄰邑，知兄卜居於此，因順道過訪等語，二人促膝閒談，兩心皆樂，維屏謂文熙曰：『兄尚憶當年同讀蒙塾時，同窗見吾二人親暱之狀，咸戲以小鴛鴦相稱，今雖鬑鬑然長大，未能常聚，而每一迴想，尚覺兒時天眞爛漫，不可多得也。』文熙曰：『吾性善忘兒時事已多不能復憶矣，君獨能强記，足徵腦力之强，今既遠道而來，曷不在舍下小住數天，俾稍舒積悃也。』維屏慨然應諾，乃呼僮往旅邸爲維屏取行李至其家，是夕，二人促膝而談，夜已過半，而談興飈舉，初無倦意，文熙忽問維屏曰：『馬兄曩在中學校讀書時，好言情愛，年來奔走風塵，想早已覓得意中人矣。』維屏笑曰：『兄卽吾意中之人，外此胡有者』，文熙曰：『兄勿恣爲諧語，曷明以告吾』，維屏正容答曰：『所謂意中人者，就指意中時時繫念之人，初無別於男女，今兄所問，就指情人耶？』實告兄，年來足跡雖遍半球，所見已匪少，而螓首蛾眉，無有當吾意者，吾兄如何？舍圖書以外，亦有美人眼波，攝兄心魂否？』文熙躊躇未應，以他語亂之，然維屏偏再問，文熙曰：『吾窮年兀兀，埋首書中，迂腐類老儒，處茲男女交際競尚摩登之世，安有美人贈吾以眼波者』。維屏含笑曰：『此間多田舍富翁，良田肥牛而外，必有如花之掌珠，兄曷留意及之，苟有所得，吾必力爲兄玉成好事也。』文熙曰：『吾意兄當以自謀爲得，兄年亦非輕矣。』維屏曰：『吾今年二十有五，在理固當娶妻，然飄泊四方，行踪無定，今次返國，亦思室之樂，果家有瓊花璧月之女郎，愜吾心意者，吾必量珠爲聘也。』文熙曰：『若使吾化身爲女郎者，則男子中唯兄差當吾意耳。』是夕二人長談達旦，歡洽無間，翌日，文熙以馬同出，遍覽邑中名勝，凡能博維屏歡者，無所不至，冬日苦短，而良友在側，益覺光陰之易逝，文熙復介紹所有戚友，一一與維屏相識，獨有愛人湯明珠小姐，則不敢引維屏與見，蓋文熙自私之心綦重，雅不欲舉其至愛之人使維屏見之，良以維屏丰度翩翩，髮黑如漆，煥然有光澤，身亦魁偉，端嚴直若天神，二巨眸奕奕作光，如岩下電，此種風貌，固足令一般女子傾心者，文熙自嘆弗如，故始終未在維屏之前，提及湯明珠小姐其人，維屏亦以爲文熙仍未覓得意中人與己同也。

一日薄暮，文熙偕維屏行經市集，遇湯明珠小姐隨其父購物歸，文熙欲浼避，已爲明珠小姐所見，而維屏乍覩麗姝，目光立着明珠小姐之面，驀然作失驚狀，其所以驚者，蓋驚明珠小姐之姿容秀艷，有如天仙化人也，明珠小姐之父一見維屏，即停步注視，依稀相識，緣維屏肄業中學校時，明珠小姐尊人正主國文教席，雖隔別數載，尚能依稀識之也。即揚聲呼曰：『子非馬維屏耶？吾輩濶別久矣』！維屏立回顧，識爲曩時國文教師，遂亦磬折爲禮，寒暄數語，湯老師始偕其女去，維屏在歸途中，問文熙曰：『吾儕當肄業中學校，湯老師女公子髮纔覆額，別僅數載，不圖竟變爲一絕世麗姝，伍兄與湯老師居同里，近水樓台，必先得月，得與美入爲友，伍兄誠艷福不淺矣。』文熙但冷然應之，維屏復曰：『明珠小姐玉姿明治，殆卽西人說部所謂安琪兒者，吾生平所見美人，奚止千百，而丰神顏色，端推彼姝爲第一，雖衣飾無華，而傾城傾國之姿，初不以是少掩，似此美人，舉世無匹矣。』維屏在歸途中，力贊明珠之美，語乃滔滔不絕，文熙心益鬱鬱，恐此半生知己，將與己樹敵情塲，正不知最後勝利之誰屬也。因是之故，深悔當日挽留維屏小住之非，維屏語愈多，文熙愈沉默，卽偶一作答，亦唯唯否否，以示中心之鬱恨，既歸寓，維屏以微覺，呢聲語文熙曰：『吾友，君今日似罷，當以早眠爲佳，吾不復以長談相嬲矣』。文熙唯唯，飯後卽就寢，顧乃不能入寢，轉側通宵，亦不自知其何思。翌晨相見，二人仍親暱如故，晨餐既罷，維屏忽曰：『吾擬往訪湯老師，兄能同行否？』文熙聞語微震，悄然應曰：『兄既欲往，吾安敢相却。』文熙之作此語，雖出之自然，而作聲滋怪，顏色亦微變，維屏目光絕銳，似已洞燭其隱，目文熙弗瞬，已而徐至其前，拍其肩曰：『吾友曷告吾以實，君與明珠小姐數年來亦曾有往還否？』文熙知維屏此問，特欲探其心事，特己生性高傲，雅不欲乞憐於人，俾維屏以明珠小姐見讓，因引眸停注其面，岸然答曰：『吾與湯小姐雖常有往還，初無涉於情愛也。』維屏又曰：「然則兄亦愛湯小姐否？」文熙掉首曰：『吾特艷其色而已，無所謂愛。』文熙作是語時，心已立沉，知一生命運，至是定矣。維屏徐下其手，發爲靜默之聲曰：『然則吾輩同去』。因以車至湯老師家，湯老師垂詢維屏近況甚詳，明珠小姐侍坐室隅，維屏之目，時時盤注明珠小姐之面，文熙微睨明珠，見明珠爲狀亦悅，玫瑰雙臉，微暈紅霞兩朵，此狀實爲文熙前此所未見者，維屏在湯老師家亘盤良久，始告別。

自是維屏日過湯老師家，漸與明珠小姐發生情好，每歸欣然有得色，一言一動，亦在在寫其得意，維屏愈得意，而文熙心乃愈悲，從此深陷愁窟，不可自拔，長日埋首羣籍之中，用忘中心之楚毒，情海哀潮，蕩人心坎深處，清夜思維，往往扼腕歎息不已。如是匝月，維屏顛倒情場，畧無行意，文熙心雖惡之，顧仍虛與委蛇，不敢下逐客之令，一日，維屏復造湯老師家，逕向湯老師提出求婚，湯老師曰：『汝誠爲我理想中之東床人選，然明珠與文熙締交已久，兩小無猜，不審彼二人亦嘗有情愛否耳。』維屏曰：『吾曾問之文熙，渠言與明珠小姐不過爲朋友，初未及於情愛，即詢諸令媛，所言亦復如是，否則文熙與我，情同兄弟，我安敢奪彼之愛耶？』湯老師曰：『君明日再來，俟吾試詢明珠，然後覆汝也』。維屏辭出後，湯老師即向明珠曰：『兒於維屏文熙二人中，意以何人爲善？』明珠色赧不答，湯老師復曰：『吾意欲就二人中，擇一爲婿，汝意如何？』明珠又不答，湯老師隨曰：『維屏頃來向我求婚，我見其貌美而多金，且其人品性良馴，亦當爲汝所喜，故已許之矣。』明珠曰：『父既許之，尚向我喋喋胡爲者？』湯老師曰：『汝意有反對否？』明珠小姐曰：『維屏與文熙較，誠以維屏爲佳』，湯老師知明珠屬意維屏，遂不復語，次日，維屏來訪，湯老師即許之。

維屏得湯老師允諾其請，雀躍返文熙家，告以喜訊，文熙聞言大震，全身若受電攝，顧仍力掩其跡，强伸右手與維屏相握曰：『兄得美妻當先謝我，我雖非冰人，亦冰人也』。維屏曰：『誠然，吾非訪君，無從遇彼美，更非君直言與彼未嘗談情愛，吾亦不敢妄冀非份，將來我與明珠結婚時，當請汝坐首席也。』文熙强笑曰：『吾友得此花嬌玉艷之細君，他日白頭偕老，鴻案相莊，樂誠無藝，若我則潦倒情場，久無所遇，今後將終生鰥守，不復再與嬰宛結交，免增煩惱矣。』維屏曰：

『天下間男女相悅之事甚奇，冥冥中實有前緣在，即如兄與明珠小姐相識日久，乃不發生情愛，我則初次相見，即種情根，今竟得湯老師允以其女下嫁，謂非姻緣前定如何？』文熙聞言，心如寸斷，不知所答，此時心惡維屏，幾欲麾之門外，顧又不欲以狹量示人，因復矯為笑容，維屏曰：『吾欲月內與明珠小姐成婚，擬仍假尊居為籌備結婚典禮，蓋賃屋購物等事，非一蹴所能集者也。』文熙強笑曆曰：『吾家即汝家，君結婚大典，能在舍下舉行，吾亦有殊榮矣。』維屏衷心感激，視文熙為唯一好友。

一日，為星期日，去維屏結婚之吉期僅有一星期，時已初春，風日和麗，司春之神，似於晴空中作倩笑，將挾嫣紅姹紫而俱至，文熙忽動游山之興，邀維屏同行，維屏慨諾，相將至邑外叢山中，山空無人，但為野鷹健鶻棲息之所，外此則多松泉及野兔，撲逐為戲，山中風物絕媚，巨樹可數百株，枝織為亂碧，與長天一色，岩石屹立如人，苔痕繞其上，似衣青衣，其他景物，一一均可入畫，顧邑人咸懼山中有虎豹，裹足不敢入，偶有游人自遠方來，則於采風問俗之餘，時亦一游此山，文熙與維屏性均喜游，胆力復壯，二人同入山之深處，越石渡澗，樂而忘疲，維屏含笑語文熙曰：『匝月以還，吾為情絲所縛，久不作郊野之游，雙足軟矣，今日得與良友游山，中心滋樂，獨惜明珠小姐趕製嫁衣，未能同行耳。』文熙聞其提及明珠，心為之碎，作微哂曰：『兄日與美人為伴，則名山亦胡足戀者。』二人遍游山中，亦三小時，日已向午，行至一高崖之上，下瞰即為河岸，水流湍急，潮漲則岩石盡為水淹，可以行舟，潮退則衹有泥濘碎石而已，崖離河面數十丈，登其上，全邑在望，文熙行於前，維屏行於後，嗚嗚作歌，辨其詞，則情歌也。文熙知此歌為明珠平時慣唱者，怒乃立滋，一手握拳至固，指爪深刻掌心，而維屏殊未覺，作歌如故，俄聞歌聲戛然而止，繼以慘呼之聲，文熙亟返顧，則維屏已失所在，惟聞慘呼聲出自崖下，急伏崖上向下俯瞰，則見維屏僵臥崖下泥濘，手足尚能掣動，面上仰，慘白如死矣。

選自一九五一年三月二十八日香港《小說世界》第八期

曹聚仁

雙城新記*〔節錄〕

一九四九年四月二十三日，這是頂奇怪的日子；在南京，街頭看不見一個警察。老百姓，心頭明白；下關那一角，隱隱傳來間隔的砲聲，夾雜着時稀時密的機鎗聲。

那天早晨，淩鶴生，他照例從樓板上翻過身來，對着門隙的陽光發呆；屈指一算，他從上海的軍法處移送到這臨時囚禁所，已經二十多天了。他據有那丈半寬二丈長的斗室，室右角上那扇門對他也成爲牆頭在封鎖他。他曾經用力轉動那鎖把子，咯咯作聲，好似老鼠在咬木板。一道陽光就從門縫中透進來，把長方形分割成爲兩個不等邊的三角形。他想到在上海的妻子，她肚子那麼大了；身體本來怯弱，經過這一場黑色的恐怖，陷入半瘋狂狀態，不知可進了醫院？這苦命的孩子可來到了人世？這麼一想，他忽地坐了起來。他估量天亮得該很久了；門外却寂然無聲，疑疑惑惑地想，或許晨光還早；肚子却餓得慌，又想，時光一定不早了。他站了起來，走近門邊，靜靜地聽，門外依然靜寂無聲。門邊上那扇慣常遞送飲食物品的小窗子還是緊閉着。

他沿着路邊往返踱着方步，偶而也沿着陽光的斜線踱過去，又從另一角對切過來。這時，他

* 〔編者案〕原稿「幕前：南京夜影」引用狄更斯《雙城記》略去。

喚起許多可怕的記憶，突然又搖動着自己的長髮把這些記憶抖掉它。一刻兒，他又呆下來了；他猜，猜，猜不透囚着他的這所房屋，究竟是在南京那一角上。抬起頭來，跟着陽光的線移動過去，雙眼釘在那扇門上；「門」比「牆頭」更可恨，它把他和外邊的自由世界隔絕了；他想撲過去打開它。剛走前一步，却又停住了；不自覺地看看那扇緊閉的小窗子，低聲詛咒：「好！連飯也不給我吃了？活活餓死我？好，看吧」。

又過了許久許久，門外依舊寂然。他掙扎起昏沉沉的身子拖向了門邊，雙手又握住那黧黑的門把子，用力向左一轉，那知「咯托」一聲正轉出了投向他來的「奇蹟」，原來那扇門已經跟着他的手開過來了。他呆住了，舉起左手摸摸自己的額角。睜開眼睛看了又看，喃喃自語「怎麼回事？」他輕輕把門開直來，怕門外守衛的士兵會把手鎗對着他；首先伸出頭去，走廊，空洞洞地看他，移步輕輕地走向門外，才看見左邊轉角上樓梯口那扇門也是洞開着的。他走得那麼慢，每一步都有重量似的，好像私入人家的小偷。終於走到樓梯邊了，俯身下窺，下邊好似一座客廳，斗室外的世界於他十分生疏的，這時候才明白他被囚禁在一所私人的住宅裡。緩緩地爬一般地，他下樓去了，零亂的客廳給他一些暗示，這房子已經發生了什麼大變故，只有那條天藍白花大地毯還安靜地躺着。客廳的右上角通着外面的小花園，角度不同的門都開在那兒。他咳嗽了一聲，一些兒沒有回響。這時，脚步加快了，跨出客廳大門，大踏步走下了階石，奔向陽光的草地，放聲大叫：「我自由了！」他的叫聲，後半句是咽下去的，舉目四顧，每一角落上，他都看過，沒見一個人，只見一些零亂衣物器具丢在那兒。原來這所房子，那天一清早就沒有一個人的，所有的門都對着他開着；可是等到「奇蹟」向他走來，已經晌午了。

他坐在石凳上，靜下心來仔細觀賞一下；這是所荷蘭式的三層洋樓，面東南，半月形的園子配上那口方池，顯然地劃成三部分。中山陵座在東北的角上，西北首隱約是通明孝陵的大道。他記起了這房子的位置，當在中山門外不遠。他相信外邊一定起了極大的變化，相信他自己是自由了，大鐵門斜斜開着，等待他跨出門去。

他並沒起身向大鐵門那邊走，飢餓喚起了他的另一記憶；「找些東西吃要緊」。池子的北首，一排小房子，緊靠在洋樓的西北角上，他相信那些小房子不是廚房，便是儲藏室，該向那兒去試着他的命運。果然，不錯，他找到了廚房了，菜櫥敞開着，米甑空空地，水缸蓋子倒在地下；他搜索了好一陣，什麼也沒找到，只見水底一個長髮亂披的瘦影在嘲笑他自己。他揭開鍋蓋一看，希望來了，那鍋底還留着一層厚厚地焦黃的鍋巴。胡亂就地拾起一些柴片，連着破紙，向灶眼一塞，刮了幾根殘餘的火柴，總算發了火了。隨手舀了二勺冷水，倒向鍋子裡，用鍋鏟一鏟，鍋巴散亂地橫在鍋底，焦黑的碎片浮在水面。煮飯那一刻，他試着再向幾間房子個個搜索一下，就在隔壁那房子的北壁下找到了半罎子的乳腐。他欣然地吞下三碗鍋焦泡飯，和着鮮美的乳腐咀嚼着，享受了三個多月來的最舒適的生活。

放下筷子那一瞬間，他舐舐自己的嘴唇，微微笑着：「我要怎樣來安排我自己呢？」他袋裡一無所有，除了那一套又鹹又臭的衣裳，什麼也沒有了，忽然，他又轉念：「我要弄清楚我自己當前的處境要緊，不要再鬧上海那天的玩意，又一場空歡喜，」他向鐵門走去，自由地走向門外，這才大聲喊道：「我自由了！」他擁了整個世界，整個世界也在擁着他了，這房子恰好在山岡的斜坡上，背後是一片森林，穿過森林便是一條大路。他知道大路照樣在等着他，他可依舊回陽子裡去，回到安排他自己的路上去。穿過客廳，打開了每一房間的門，翻着每一張檯子的抽屜，從樓下到二樓，從二樓到三樓，他沒放開每一個機會；但他明白在他以前，早有人澈底搜索過了，並沒給他留下什麼，除了那一層鍋焦，半壜乳腐，和丟在草地上的破衣服。

他回到草地上，他又大笑了，且跳且叫道：「我自由了，我是主人了！」是的，其時其地，他已經是那所房子的主人了，究竟那是誰的房子，他還是無從知道。

那座小園子外邊，整個南京在發酵，他是無從知道的；中山門外只是平靜得離奇。他盤算着找點現錢當路費，趕快回上海去，莫讓自己的妻子擔驚害怕焦急死了，他捧着頭對着遠山凝想，要想出幾個京中的親戚朋友來，可奈他們早都離開南京去了。

「闖吧！」他決意步行到下關去闖闖看，這時候，他相信好的命運都在等待他，一早晨到此刻，「奇蹟」連着「奇蹟」，一帆風順。

他安閒地步出大門，從松杉瞧出的長林中穿過約莫一箭之遙，便是通往明孝陵的泥塘，彎向東南，再走了一陣，便踏上通中山陵的大道了。暮春的江南是醉人的，野花帶着笑容，讓營營的蜂蝶儘情打旋，梧桐攤着大裙子在庇着她們。他的步越走越慢了，那麼寬那麼長的中山大道，沒見一個人影，他是這個美麗谷的唯一欣賞者。

他所能推想的，南京一定有什麼變故，至於怎麼樣一種變故，他的腦子裡還是一張白紙，他和這個世界分離得久，什麼也聯想不上的。

邊走邊想，那條大道好似一條長帶拖着他前進；不知怎麼一來，他擡頭一看，長帶將他拖到一所大房子面前了；說它是大房子，還不十分恰當，這簡直是座小型的宮殿（　）（　）（　）（　）（　），金黃色牆闌，硃紅的（　）（　），配上寶藍的鑲嵌，依稀三（　）（　）台模樣。他恍恍惚惚以爲自己走錯了方向拐到中山陵去了，前面可沒見那巍峨的高陵，恰又不是陵墓，靈谷寺也不會這麼莊嚴鮮艷。他腦子裡的南京，印象本來稀淡，這回兒，可弄糊塗了。他想不出到了怎麼一個所在了。

沿黃色牆闌繞到大門去，他才恍然明白，這是總統官邸。著名的禁地，一向戒備森嚴，車馬雜沓的。而今靜悄悄地，鴉雀無聲，讓他大踏步闖了進去，自由自在地升堂入室，沒個衞士阻擋他，也沒見一枝閃光的刺刀。什麼話都不必再說，他無師自通，更明白這個世界已經變過來了。

他這個稀有的貴客，帶着好奇的心境，小偷似地拾階而上，跨進大客廳去，客廳的邊門虛掩着。他走上了最後的一級，站在那兒呆了一下，稍微理一理那蓬鬆的頭髮，下意識暗示他應該懂點禮貌。那套青裡帶黑的布衣裳，看來見不得人的，別人會當他是個叫化的。「闖吧！」世界已經變了，他有勇氣向前闖的。

剛推開邊門，右足踏了進去，意外地聽得客廳上有人在叫喊：「喂！你去告訴他，我不是瘋子！」他驚疑地立在門口，向聲音的來處細看。客廳上齊整地擺着華麗的傢俱，那叫喊的是個白髮長鬍的七十開外的老頭子，他靠在沙發的邊上大聲的叫着喊着。一位年輕女郎扶着他，在沙發邊陪着。

沒讓他有思索的機會，一串連叫喊之聲又投擲過來了：「我不是瘋子，你去告訴他，告訴總統，我不是瘋子，你告訴他，中國人不能再殺中國人，我的兒子不能再殺我自己的兒子，你知道嗎？你知道嗎？」

那女孩子看見有人進來，便走向前來迎接，她也不知道鶴生是誰，她總當他是看守官邸的人員，囁嚅地對他道：「我的祖父，受了一些刺激，神經有些變態了。」

「不！我不是瘋子，你們都當我是瘋子！」那老頭子又在叫喊了，「你去告訴他，中國人不能再殺中國人了！」

她回頭看着她的祖父：「爺爺，是，中國人不能再殺中國人了！」

是的，這位老頭子，他不是瘋子。他是中國老詞章家，南京金陵大學教授，許冠雲，他的孫女靜珠，金陵女子大學學生。這位老詞章家的大兒子達德，著名空軍戰士，抗戰期中，在昆明上空，隻手打下了七架敵機，臉龐受重傷，運往加爾各塔，急救得生。內戰中，又充轟炸機隊大隊長。據傳，開封戰役，他領隊轟炸開封城區，其時，他的幼弟達正在開封城中指揮共軍作戰，傳已遇難。這一消息，使這位熱情的老年人神經錯亂，幾次衝入總統府，要向蔣總統呼籲，「中國人不能再殺中國人！」「他的兒子不再去殺他自己的兒子！」他的話簡單明了，只是這麼直着喉嚨這麼叫喊，逢人就向他們説這兩句話。後來，便被送入神經病院，和瘋人羣混了一年多。一九四九年春間，國民政府南遷廣州，南京已成爲半死的城市：靜珠也就在病院陪伴着他，給他一點精神上的安慰。

也就是那天的清晨，靈谷寺北那所精神病院解體了；醫生，看護，守衛，工役各奔前程，丟下那一大羣瘋子走開了。那一羣瘋子，也都向門外亂奔，得其所哉，去追尋各自的夢想。靜珠拗不過老祖父的叫喊，就伴着他到樹林間去散心，轉來彎去，忽而也闖到總統官邸來了。許老先生，他一心一意要見一見蔣總統，把心頭悶積的這兩句話，說給蔣總統聽。

「怎麼一回事？」鶴生走到許老先生面前，打量靜珠的神情。

「我們爺爺，受的刺激太深了！」

「你看，我是不是瘋子！」許老先生要立起身來拖鶴生去細談。

「你不是瘋子，他們才是瘋子！」

這句話，很合許老的脾胃，他撫着長鬚微笑着。他叫鶴生坐下，說：「一院子都是瘋子！想發財的想發財，想做官的想做官，想美人的想美人，那才好玩呢，獨有我不是瘋子，我只要中國人不殺中國人！戰爭把我們中國毀了！你說是不是？你殺我，我殺你，他還要我的兒子去殺我的兒子，你說瘋不瘋！」停了一停，他老人家接上去說：「他還當我是瘋子，把我送向瘋人院，你說誰是瘋子！你說。」

靜珠簡略地把許老先生受刺激的經過說給鶴生聽，鶴生不僅是同情，而且想到了他自己的境遇。最近三年中他在上海創辦那本旁觀週刊，呼籲和平，停止內戰，（　）（　）新聞；他指出國民政府的貪污與無能，由政治腐敗造成社會經濟（　）破（　）的後果，接着便來了軍事崩潰的可怕情勢。這些逆耳的忠言，獲得了「反動」的罪名，以一九四九年一月間入獄，在上海囚禁了三個月，四月初，才移押南京，轉受最後的審判。

直言便是「反動」，呼籲和平變成了「瘋子」，鶴生和許老先生的命運是相同的，他們同時闖進了這個代表最高權力的總統官邸；最高權力却在虛無飄渺中散失掉了！

那天的南京，一點鐘有一點鐘的變化，一分鐘有一分鐘的濤浪，下午三點鐘以後，恰是大濤浪的峯巔，以下關爲樞紐，一設沿（　）江門（　）到新（　）口，分向秦淮河夫子廟一帶散開去，一設繞過了中央門，從紫金山背後，直衝到堯化門外，中山門外這一地區，恰好是個死角，沒受到一絲波濤的動盪。靜珠從自己學校裡的傳聞，知道和談已經破裂，李宗仁飛到杭州去了；解放軍就要渡江來攻打南京了。她確實知道她們的校長吳詒芳博士出來維持南京的善後治安事宜，商界人士已經推出代表渡江去歡迎解放軍了。「攻打南京」只是這麼一句話而已，留校同學們正在熱烈地準備歡迎人民解放軍的入城，忙着寫標語，扭秧歌。前一天的傍晚，她經過新街口回到靈谷寺去時，滿眼擾攘忙亂的情景；她知道巍峨鍾山，又將換上一個新的主人了。

鶴生就從靜珠的叙說裡，知道他滬京拘囚的四個月中過着天翻地覆的歲月；其間有蔣總統的下野，李宗仁代理國政，國民政府的遷都，和談代表的北行，以及和談破裂，國民政府南遷，蔣李飛杭會晤這些戲劇性的場面。這一場大變動的結局，乃有他的自天而降的「自由」；先解放軍入城而獲得解放了。

這位老先生的神經，昏亂與清醒狀態交替地出現的。

他與鶴生相對而坐，靠着自己的孫女的臂上清醒過來。他拍拍靜珠的右肩，「孩子，你還記得爺爺教給你唸的詞句嗎？」

「記得，」她歪着頭笑，輕輕這麼說。

「你唸。」

「不！」她又歪着頭笑着。

許老先生自己唸起來了，「孫楚樓邊，莫愁湖上，又添幾樹垂楊，偏是江山勝處，酒賣斜陽，勾引遊人醉賞，學金粉南朝模樣，暗思想，那些鶯顛燕狂，關甚興亡！」

他唸的是桃花扇開場，那首戀芳春的曲兒。他嘆了一口氣，道：「眞是『一代興亡關係氣數！』南京這羣官兒，胡塗胡鬧，該死！老蔣，他整天在天上飛來飛去，可不知地上出了什麼事，好了，現在他也完了，我也完了，他也完了，大家都完了！」這時候他清醒得很。

靜珠推推她的爺爺說：「我們還沒請教這位先生的姓名呢。」

「天涯何處無知己，相逢何必曾相識」，許老回轉身來正對着他。

「許老先生，你的詩詞，家父早就欽佩得很，他還有一方你刻的詞章，寶愛得什麼似的，家父凌文麒，他和你老先生是杭州求是書院先後同學。我叫凌鶴生，先父寄寓西湖那年生的。」

話說舊事來，許老精神便安閒，正常而愉樂。他記起凌文麒和他的湖上舊遊，凌家住在泉學園，許家住在俞樓，風晨雨夕，兩家時常棹着小舟飄浮湖上以爲樂。一別三十年，老友物故，鶴生也長得這麼大了！他要鶴生挨近他的身邊，讓他看清楚他的臉龐。他凝想了一回：「你和你的父親，一模一樣；剛才，我一眼看去，好像很熟悉似的——『原來是凌文麒的孩子！』（他自言自語）。你知道，我和你父親年輕的時候，那時還沒你這麼大，不到二十歲。甲午那年，我們都從家中逃出來，趕到青島去和日本鬼子拼命。那時候，那一股傻勁，往事如烟，不堪回頭！現在的事連我也想不通了，我已經被他們當作瘋子看待了！……」

沉默了一刻，許老依舊發揮他的深切的感慨；「我把我的大孩子獻給國家！靜珠，你爸爸打下七架敵入的飛機，你爸爸受了重傷，整個臉碎成了七片；他是我的骨肉，我都想得通，看得破，我願意把他獻給國家！現在，老蔣要叫去炸自己中國人，炸自己的兄弟，你叫我怎麼想得通！偏偏你爸爸又不聽我的話。」

「爺爺，再歇一歇，我們走吧。」

「到那兒去？你叫我回瘋人院去？」許老突然有點惱怒了。他們不能在總統邸逗留下去，可又無法重回精神病院，那個病院已經解體，無人照管了。

「到下關去，回上海去吧！」鶴生提出一個妥當的辦法。「我也要回上海去的。」

他們正在商量着行程，門外一陣嘈雜之聲，疾風急雨般吹打過來。鶴生連忙扶起了許老，和靜珠躲向屏風的後邊，跨過了侍衞室轉到後院去了。

選自一九五一年三月一日至三月七日香港《星島日報．星座》

念佛山人

花鼓女氣勁折蛋販

距今三十年前，港隅筲箕灣，尚爲漁業之區，一片海灘，祇泊漁舟三五，獨西灣河一帶，舖戶參差，街市已經建立，滿陳菜蔬猪牛等肉，以備漁民購買，漁民出海，例須五七日始能回，故而每返筲箕灣時，即將捕得之魚登陸發賣，得資之後，廣購粮食，以備出海，故而西灣河人家雖少，街市販夫，賴漁民光顧，生意亦頗暢旺，除菜蔬肉類外，雜粮亦滿佈。

時有蛋販曰大隻能，本姓張，年已近四十，體魄健碩，每日從中環鴨蛋街採購鷄鴨蛋三五百隻，挑到西灣河街市販賣，陳列於街市側，漁民以出海捕魚，需多日時間之故，對於肉類，恐不耐放置，不敢多購，以鷄鴨蛋爲重要粮食，不購則已，每購動輒百數十枚，故大隻能每日預備四五百枚鷄鴨蛋，不愁不能盡沽，且認定漁民爲主顧，大隻能有異能，氣力充沛，能負二百餘斤重量，自言幼從武術教頭遊，學技已在十年外，力舉三四百斤，尚不足爲奇，且精於內勁功夫，其內勁功夫，最顯淺者，蛋壳本甚薄，不能與硬物相碰，但是彼於執蛋之時，能灌注內勁於其中，將之化爲堅硬，謂予不信者，請立於二丈外，任由其以鷄蛋擲擊，蛋擲至人之頭顱上，頭顱雖破而其蛋無損，初時街市中人對於其說，不甚相信，願請一試，如其所言立於二丈外，大隻能執蛋在手，運用氣勁，注於蛋中，向其人遙擲，每擲必能中其人之頭顱，其眼力準確，於此已可見，而當鷄蛋擲在人之頭顱時，堅如鐵石，其人之頭顱必破，以是箕笪灣居民及街市中人，無不知其能。

大隻能亦常以此自傲，時時與街市中人談，亦自誇武術精通，尋常之輩，雖二三十人亦不能近，街市中人咸畏之，不敢與其言武。一日，忽有一外省女子，腰間懸花鼓，手持五根短棍，到西灣河一帶，按戶討錢，其討錢之時，將兩手所持之短棍拋起，口中則唱其鳳陽花鼓歌曲，兩手輪流拋擲五根短棍，一接一擲，棍不墜地，此種表演，已屬難能，而當其接棍之際，照例且將花鼓敲動，且其敲鼓不獨鼕鼕聲響，更能不亂節拍，此種表演，一般人觀之，皆稱爲奇技，謂爲可新眼界，紛紛予以賞賜，此花鼓女行至大隻能之蛋檔之時，仍然以此種表演向其討錢，大隻能視此花鼓女，年在雙十之間，雙辮垂肩，短髮覆額，短衣長褲，三寸金蓮，不盈一掬，面目黧黑，滿佈風塵氣，然而嫵媚顏容，眉目娟好，不禁動輕佻之念，乃微笑謂之曰：「大姑娘，汝欲向我討錢乎？此種表演，佳則佳矣，不過汝以五條棍表演，尚不算是頂呱呱之功夫，倘欲向我討錢者，由吾交十枚鷄蛋與汝，汝能將此十枚鷄蛋，照樣輪流拋擲者，則吾當予以賞賜，倘若墜地，則不特不加賞賜，且須汝賠償我之鷄蛋也，汝能答應我之要求否？」此花鼓女亦似解其語，微笑曰：「我如能拋擲，未悉汝賞錢若干？大隻能以一元對。且就在檔中取十枚鷄蛋予之，復謂之曰：「大姑娘，好自爲之，我之鷄蛋固每隻一毫者，若墜地而破，則須照價賠償也。」花鼓女接過其鷄蛋之後，果然以兩手拋擲，十隻鷄蛋盤旋於空際，輪流不息，墜至其兩手之際，祗見其手一動，鷄蛋卽復升空，當此時期，有如穿花蝴蝶，見者咸目爲之迷，認爲奇觀，但是大隻能覩此情形，暗念此次固與其賭賽者，今彼竟能如是，則自己在衆目共覩之下，不能不照數給與矣，思至是，認爲不值更欲反使其落威，於是暗中鼓氣勁，向其空中之鷄疍吹去，當其吹氣之時，運用氣勁，故其氣吹至鷄疍之時，此鷄疍爲其吹動，墜下之際，線已歪，故墜於地上，殼破，黃白物遂流出，大隻能連吹四下，墜地之疍遂有四枚在旁，大隻能格格笑曰：「此次汝之手術不靈矣，快賠四毫子來。」花鼓女之功夫亦老到，豈不明鷄疍墜地之因，乃由於其吹氣者，遂微笑謂之曰：「倘若明白賭輸與汝，我當賠償，不過此次鷄疍墜地，乃由於汝吹氣所致者，此種陰謀，祇可以欺旁人，焉能欺我，尚欲我賠償乎？」大隻能曰：「此眞笑話，我與汝所立處，相距凡四尺外，焉能吹氣墜汝之疍，」花鼓女微笑曰：「儂初與汝賭賽，仍以爲汝眞是英雄，現在始知汝爲反覆小人，非丈夫也，不特不加賞賜，尚欲我賠償汝之鷄疍歟？如是反覆之人，儂不屑與語矣。」言已，拂袖行，大隻能爲其所斥，不禁老羞成怒，遂欲一顯自己之奇技，於彼行離二丈外之際，突然執一鷄疍，從後擲其顱，以爲其頭顱必破，不料花鼓女至機警，忽聞背後有風聲，知有人暗襲，卽回顧，同時一揚其手，已將其鷄疍接手在中，微笑曰：「小人究不脫小人本色，祇知暗算功夫，居然欲乘人不覺，在後以疍擲人，幸儂機警，不爲暗算耳，有疍若干，祇管擲來。」此際大隻能數數爲彼落威，已是老羞成怒，再在籮中執疍向其遙擲，但花鼓女從容不迫，當其疍擲來之際，祇是把手一招，卽將其疍接住，大隻能一連擲疍百枚，皆被其接去，至是乃知其功夫確較自己爲高，呆然而立，不發一言，花鼓女亦知其已被自己屈服矣。遂詢之曰：「老兄，汝能以氣勁擲疍，功夫亦算不弱矣，不過武技實無止境，一山還有一山高，若太自滿，則隨時碰壁者也。儂今去矣，請將鷄疍收拾，留作自己佐膳可矣。」言已，揚長而去。大隻能於彼去後，卽將其接過之蛋拾回，但拾回之時，覺其蛋殼仍有熱氣，大異，破殼視之，則其中黃白已熟，乃知其氣勁之力，實遠勝自己，自遭此挫折後不復言勇矣。

選自一九五一年三月十四日香港《小說世界》第一期

豆腐叟頭顱斷煙桿

距今四十年前，香港中環街市側之卑利街，有一豆腐檔，此豆腐檔乃爲李三公所設者，李三公年在古稀外，然精神尚矍鑠，白髮童顏，能擔百餘斤重物，快步如飛，若不費力，人皆慕之，而三公性情和藹，且健於談，與人談話，對於上下古今之事，無一不曉，尤喜談武事，講至揮金殺人處，更是眉飛色舞，若深表同情者，其在此間設檔，已逾十年，未嘗與人爭。時角麟街口有一帮轎伕，常備小轎以供人上落半山區者，數凡十餘人，其中有一人名張利，混號蛇仔利，年近四十矣，爲人體弱多病，骨瘦如柴，其業抬轎，亦勉强而爲者，第以業此已慣，不能轉行，所以每日仍立於角麟街口兜生意，每暇，輒聚於卑利街之橫街中，聚三五人打十五湖紙牌，李三公亦好此道，知蛇仔利對於打十五湖，藝術至精。所謂棋逢敵手，在互博之時，各運匠心，互相角逐，因而情愈投契，李三公知蛇仔利須贍養妻子，入不敷支，心憐其遇，以己綽有餘裕，有酒肉，必邀之共食，或於打十五湖時，故意負與。使不致斷炊，蛇仔利知三公用心之苦，更感恩知己，往還益密。一日，李三公於收市之後，思打十五湖，欲覓蛇仔利，半日不能見，頗懷疑，詢之於其同業，亦云不見蛇仔利出，李三公認爲可異，心甚不安，至下午，始見蛇仔利至，面帶愁容，三公問故？蛇仔利長嘆一聲，將被人欺侮之事說出：蓋彼之居處，乃爲砵甸乍街之樂慶里，一家數口，祗賃一小屋而居，其妻居家以紮燭心爲手藝，日博三數角工資助家計，蛇仔利有兩子，長者年可十歲，幼子則在四五歲之間，以家貧故，其長子雖然適合入學年齡，亦無能力使之入學，每日在家帮助母氏紮燭心，更料理家務，然而嬉戲乃兒童素性，暇輒出與隣近兒童嬉戲，樂慶里爲横街，無車輛經過，而其街復寬濶，足供兒童遊戲，故各家皆放心使兒童在街中嬉戲，利子在街玩耍之時，值隣家牛皋兆之子大蝦亦在，大蝦之年較利子畧幼，向得父母容縱，隣近兒童皆受其欺，遇相爭，彼必佔優勝，否則由其母助之，故大蝦益放肆，是日因事與利子打架，以其力不及利子，爲利子壓彼伏於地下，大蝦厲聲呼救，牛皋兆在家，聞聲奔出察視，見己子爲利子所毆，大怒，立上前執利子亂撻，利子年幼，焉能抵抗，遂爲其擊至遍體鱗傷，此時坊衆皆以小童爭鬥，竟勞大人出頭，且將人毆傷，皆認爲不合，但以素畏牛皋兆野蠻，莫敢置一詞，蛇仔利雖向之交涉，但牛皋兆反指其子爲利子打傷，利遂無可如何，以是之故遂不暇出。李三公聆語，先問其子之傷勢如何？蛇仔利曰：「現尚呻吟於榻上也。」李三公曰：「可引我往視之。」蛇仔利知其精於跌打醫學，遂引彼返家，途次，李三公向蛇仔利問牛皋兆究爲何如人？乃知牛皋兆實袁姓，潮州人，向在中環街市經營肉檔，自然武術高强，精嶺東派拳，爲人性如烈火，在中環街市賣肉，不論爲同業抑顧客，倘有不合，便揮拳相向，曾有三合會中人，欲踢其入圍，但彼恃强不肯加入，致觸三合會中人怒，率領三十餘人到彼之檔口，借買肉爲名，與其衝突，卅餘人將其檔口包圍，但牛皋兆毫不畏怯，就在檔口取起竹升一枝，與衆苦鬥，三合會中人雖衆，且携備短刀鐵尺，齊向牛皋兆進攻，但牛皋兆竟不畏懼，手中之竹升揮動，有如龍蛇飛舞，各人手中兵器，一與接觸，卽紛紛墜地，苦戰結果，爲其擊傷凡十餘人，牛皋兆遂大獲全勝，其驍勇之名，遂喧騰於中環街市，現在彼之年亦已五十，將生意交託於夥伴，彼則隱於家中，惡性猶不改也。李三公聞蛇仔利如是說，亦怪此人太過蠻橫，抵蛇仔利之家，視其子，方臥於榻上，呻吟叫痛，輾轉於床褥之間，視其面色，則灰白無血，頭顱已破，以敗布裹之，用熟煙敷其傷痕，李三公知其不特傷及皮外，卽內部亦積瘀，乃微搖其首，嘆牛皋兆太過兇殘，遂先擬一單，且出資使利妻往配藥，蛇仔利曰：「何故又令三公破鈔。」三公曰：「此資乃由吾代墊出者，汝可偕吾往向牛皋兆索回。」蛇仔利趦趄不敢往，李三公力慰之，遂過牛皋兆之家，時值牛皋兆正臥於一帆布馬扱上，手持旱煙管，徐徐吸食，蛇仔利不敢進，李三公乃直入，問之曰：「汝卽牛皋兆歟？蛇仔利之子是否爲汝打傷者？」牛皋兆知其來意不善矣，卽起立曰：「是又如何？」李三公曰：「枉汝自號英雄，竟欺一孩子，我此來，實向汝索賠湯藥也。」牛皋兆聆言大怒，立持帆布馬扱向其迎頭擊下，庸知三公絕不迴避，任其擊落，其頭竟不損，而馬扱反折斷，時牛皋兆之手中固捧旱煙管者，煙管爲辣椒木所製，頭鑲鋼嘴，至堅韌，但擊於三公之頭，鏗然有聲，其頭不破，牛皋兆大駭，知爲非常人，乃願以湯藥賠償，三公乃將其教訓一番，乃取欵而行。

選自一九五一年八月二十九日香港《小説世界》第三十期

幽草

魂戀

沈子煥，粵人，少孤露，幾無以自存，隣女霍氏，深愛之，時賙以資，霍名珠，麗人也，沈戀之，而自顧寒微，不敢作非份想，一次，沈不食二日，霍小姐潛至其家，太息曰：「似此何以爲活，即不得食，又何不早告。」即以百金與之，脱一釧置案上曰：「願君奮發，吾儕不患無結合之日也。」沈感極涕零，持百金問市，欲爲懋遷，因而慰佳人，但一介書生，百無一用，半日間，虧折淨盡，嗒然若喪，會霍夫人以霍珠小姐許馮氏，馮固巨族，沈喟然而嘆曰：「天生佳麗，固爲富人而設，貧困如我，霍小姐即許婚，家無擔石，又何以辱佳人，」乃不復與霍小姐面，既而婚期屆，沈囊資已盡，倍增慘怛，默思霍小姐未婚，尚能賙恤，今已歸馮家，寧復念此無告之人，」悲感至極，念不如死，乃縊於一巨樹下，甫投繯，魂渺渺而飛，亦不自知其已死，但覺步履迅速，頃及馮家，登堂，賀客盈庭，喜筵方張，霍小姐披紅衣，戴鳳冠婷婷而出，於筵前獻酒，沈心中戀戀，不期然而然，至霍小姐側，亦無見者，旋入喜堂，但覺花團錦簇，金碧輝煌，爲平生所未見，試附霍小姐耳，謂之曰：「我來矣，」霍珠小姐之婚馮也，實非己意，祇沈以困窮，實命不猶，無可匡助，而母命又難違，不得已歸馮，芳心一寸，仍未忘沈也，是夕出拜客，念沈方在饑寒中，中心惻然，忽聞耳畔有人語，大奇之，愕然四顧，渺無一人，駭詫間，忽又聞有人語曰：「霍小姐，我在是，」

霍辨其爲沈聲，益駭，答曰：「沈耶，汝何在，」沈已悟其已死，泣述所以，霍大哭，沈笑曰：「我固不願生，祇願死，今得隨侍小姐左右，復何憾，」少焉，馮入室，忽無故自語，若有擊之者，復起，彷彿有以棒捍之，又仆，額穿脣裂，大呼有鬼，家中人舁出，以過度驚惶，奄奄一息，不敢復入，霍小姐竊喜，閉戶自寢，甫闔目，即覩沈至，爲之解衣緩帶，共效于飛，霍小姐泣曰：「今夕雖樂，倘君復爲人，當可共百年之好，無奈冥明永隔，爲之奈何，」沈笑曰：「吾已告於小姐，死得從小姐左右，尚勝於生，後此得侍小姐左右，寧不勝於生耶，」霍小姐使人覘其屍，屍猶懸於樹上，未嘗腐，且微溫，似猶未死，急使人解救，僵臥一日夕，沈忽泣謂霍小姐曰：「吾今行矣，小姐樂吾生，而吾則樂死，他日既生，而不能再近小姐，則奈何，」揮涕而行，霍小姐使人往視之，其屍已漸甦，張目，即呼餓，予以稀糜，盡三盂，即縱談馮家事，謂與霍小姐結婚三日，情義至深，是時馮婚已三日，沈死亦三日矣，馮知之，大怒，欲使人刺殺沈，霍小姐知其謀，大驚，急使人報沈，使遁去，沈倡言曰：「吾生不能與霍小姐婚，死又何妨，倘從此不復生，則永佔霍小姐，」馮聞之，寢其謀，夜入霍小姐室，霍小姐拒之，且泣曰：「此身已婚沈，勢不能再婚君，未了之緣，願期於來世，」馮不可，霍小姐欲歸，馮不許，扃戶塞扉而阻之，霍小姐大忿，泣不肯食，勢將危殆，沈知其事，大呼曰：「霍小姐被虐於馮，以吾生者，吾當死，復至馮家，爲霍小姐衞，且殺馮以報此仇，」以刀自刺其喉，血暴溢，奄然遂絕，前此之死假，今之死則眞矣，馮知沈已死，懼其鬼爲厲，且知霍小姐即出，不能與沈婚，縱之，霍小姐歸母家，知沈已歿，悲慘殊絕，哭於其家，祝曰：「君生而爲英，死而爲靈，前此既能相會，仍願魂兮歸來，慰我長想，」垂涕而歸，靜俟沈至，而沈不果來，益悲，始知前此沈之魂未散，故能至，今既散，不能復來矣，馮知之，又強迎霍小姐歸，裸身而入，迫霍小姐，霍小姐力弱，爲所執，力撐拒，衣碎裳落，大呼，家人均掩耳，力既盡，喘息不止，抵抗亦止，馮大喜，正思佔有霍小姐，沈突自床後出，大呼而前，馮爲之辟易，赤身奔出，頭撞於壁下卒，當馮奔出時，霍祇覺馮自奔，未嘗覩沈也，家人扶馮起，以熱湯灌之，馮漸甦，述所見，舉家惶駭，求禳解，而馮胆已破，不可復治，越日，不治而卒，當馮復甦後，霍始知逐馮者，又爲沈，竊喜，暗祝於室，請更續前緣，整夜候之，渺無消息，疲極而睡，忽夢沈至，泣曰：「吾前與卿相會爲魂，今吾已爲鬼，魂已散，再不能與卿復合矣，馮之死，乃心疑生鬼，非眞吾能殺之也。」霍小姐醒，大哭，亦自裁而卒。

選自一九五一年三月二十八日香港《小說世界》第八期

劉以鬯

粉盒

林玲過生日，端木宇送給她一隻粉盒。

★

（這是一隻相當名貴的粉盒：橢圓形，純金製的盒面，面上鑲嵌着鑽石的圖案，式樣十分別緻，光彩鮮艷奪目。）

「在哪一家金舖定製的？」林玲問。

「是一個珠寶經紀兜售給我的，」端木宇頗表得意地說：「喜歡嗎？」

「豈止喜歡，我幾乎高興得要發瘋了，」林玲說：「不知道應該怎樣感謝你？」端木宇安詳地抽了一口煙：「那倒容易，祇要你願意伴我去參加一個朋友的舞會。」

「什麼時候？」

「明天。」

「什麼地點？」

「半山。」端木宇說：「我來接你？」

「不用了，」林玲答：「你下班後在告羅士打等我好了。」

★

第二天。黃昏。

林玲渡海去香港。風很大。林玲靠窗坐，連頭髮都被吹散。

她從手提包裏掏出那隻粉盒來整髮，對鏡一照，却發現背後有一個陌生男子在凝視她。

——又是一個獵艷家？她忖。

林玲是一個矜持的女性，她不敢也不願意回過頭去。從鏡子裏，她看見那個男人正在出神地凝視她，還頻頻對她調侃地發笑，笑得很頑皮，笑得很猥褻；然而笑得很可愛。那是一個中年男人，三十幾歲，長臉形，高鼻樑，眉毛裏匿藏荒唐，嘴唇上沾着熱情，右頰有顆痣，左腮却掩不住狂與癡。

林玲是羞赧了，靦覥地合攏粉盒。

渡輪將抵香港時，林玲立即站起身來。

回過頭去：却發現後面祇有三個西洋女子。

剛才對她頻頻發笑的男子竟不見了。

林玲很錯愕，覺得事情有點蹊蹺。

上岸時，她忽然感到一陣暈眩。這不像是暈船也不像是什麼病痛。祇不過是一種奇異的感覺，一種春心蕩漾的感覺，很難受，有點像寡婦獨守空幃，也有點像情竇初開的少女，讀完了第一冊淫書。

★

走進告羅士打，端木已先到。剛坐下，端木便詫異地問：「你的臉色怎麼這樣難看？」

「風大，渡輪搖得厲害。」

她又取出那隻粉盒，剛打開，不覺一怔：那個陌生男子竟又出現在鏡子裏了，依舊出神地凝視她；依舊對她頻頻發笑。

她驚訝了，連忙合攏粉盒，回過頭去，那個男人又不見了。她很惶恐，惶恐得久久開不出口。

「你在看什麼？」端木宇問。

「沒有什麼。」

「今天你的態度有點異樣？」

林玲答：「我覺得不大舒服。」

「什麼地方不舒服？」

「我自己也不知道。」

「那麼讓我送你回去吧？」

「好的。」

於是端木宇很小心地扶着林玲，雇一輛的士至尖沙咀碼頭，渡海，送林玲回家。

★

林玲走入自己的臥室，將門反背一鎖。房間裏衹有她一個人，她便好奇地再去打開那隻粉盒，不料那個陌生男子竟又出現在鏡子裏，依舊對她頻頻發笑，然而笑得更頑皮，更猥褻，更可愛。

林玲慌忙合攏粉盒，可是那種奇異的感覺又來了，比剛才更難受，像一撮火，在心頭瘋狂地燃燒。頭有點顳顬，心忐忑跳着，似乎很衝動，又彷彿極需要。神經非常興奮，絲毫沒有睡意，於是她又打開那隻粉盒，如癡如醉地對着鏡子裏的男人發楞，她意不由自主地愛上了「他」。

★

第二天，林玲病了。

這是一種奇怪的病，既不發燒，也沒有任何痛楚，衹覺得混身不得勁，神志有點恍惚。父親請了個醫生來，醫生也診斷不出是什麼病，衹說：「可能是一種愛情病，唯一治療方法是早日結婚。」父親將醫生的意思轉告林玲，林玲很不高興，倒不是因爲醫生的診斷有誤；而是她不願意嫁給端木宇。既然不願意出嫁，她的病也就無法治癒。她的體重遽爾減輕，人一天比一天瘦，吃不下，睡不熟，終日如癡如癲地一個人悶在房內。她的性情變了，變得很乖僻。父親邀她出去走走，她不去。端木宇邀她去看電影，她也不去。她甘受寂寞，卽使要出去，也決不要任何人作伴。

半個月過後，林玲的病愈來愈重，根據醫生的判斷，可能患的是一種 Pithiatism 型精神病，不是藥石可以治療的，除非應用「刺激療法」，否則就很難痊癒。然而所謂「刺激療法」，首先必須作一番精神分析，在沒有獲得她「情感上的吸引」前，這種精神分析是無法進行的。醫生要林玲合作，希望林玲把她的思想、感受和期望說出來，但是林玲不肯，因爲這時候林玲的綺念，已經逐漸轉變而成爲一種殺人的衝動，她想用一把刀謀殺一個人。林玲平常雖有閱讀偵探小說的癖好，而且偶然也會想到關於謀殺的種種，但這一次不同，她必須親手用一把刀去殺死一個人，殺死他的「愛人」——端木宇。

有一天。她的殺人的慾念突然强烈起來，强烈到使她無法忍受。於是，她獨自一個人上街去，希望能夠買到一把理想的刀。

她走了一下午，終於在一家舊貨舖裏覓到了一把刀。

「這把刀，」舖主說：「有段古怪的歷史。」

「請你講給我聽。」

於是年老的舖主蹣跚地走到後邊去，拿了一幅沾滿了塵埃的油畫出來，舖主用毛帚刷去塵埃後，林玲不覺大吃一驚。

那是一張人像油畫，畫的是一個三十歲左右的男人：長臉形，高鼻樑，膚色白皙，右頰有顆痣。這畫中人竟會是那粉盒鏡子裏的「他」！

「這是誰？」林玲問。

「他叫張其舫，」店主說：「是一個有錢人。」

「現在在什麼地方？」

「死了。」

「死了？」

「三年前，給他的愛人麗麗用這把刀刺死的。」

「爲什麼？」

「據說麗麗生日那天，其舫特地在金舖裏定製了隻鑽石粉盒送給她，不料她有了這隻粉盒後，態度就突變得很孤僻，而且再也不願同其舫來往。」

「難道沒有別的理由嗎？」

「她自己承認已經別有所戀。」

「這位新戀人是誰？」

「沒有人知道。」

「她既別有所戀，却沒有理由去謀害其舫？」

「因爲麗麗的父親逼她下嫁其舫，她不願意。」

「現在這位麗麗小姐呢？」

「其舫死後，她就自盡了。」

「那麼這幅畫怎麼會在你們店裏的？」

「是其舫家裏的傭人賣給我們的。」

「那隻粉盒呢？」

「也給麗麗的父親賣給珠寶商人了。」

「哦。」林玲說：「我要買這把刀。」

「你一定喜歡這個故事了。」

林玲沒有再說什麼，付了錢，把刀放在手提包裏，便走出店去。

★

林玲回到家裏，走入臥房，私自打開粉盒一看，不覺一怔。

鏡子裏的那個男人不見了。竟影出一把刀。

這把刀和她剛才買來的完全一樣。

她慌忙將粉盒合攏，頭一陣子發昏，心跳得厲害，驀然又泛起一種殺人的衝動。……

父親進來了。剛從香港公畢返來，

「端木宇在樓下，你願意下去見見他嗎？」

「不，」她答：「我不願意見他！」

父親説：「端木很關心你，近來你對他實在太冷淡了，別過分傷他的心，你下去同他談談吧，他在書房裏等。」説吧，父親走了。

林玲很難受，精神上突然感受一種困惱的折磨，殺人的衝動幾乎已不能受理智的控制，她不願意下樓去。然而她還是將粉盒往枕頭底下一放，竟拎了手提包下樓去了。

★

林玲推開書房門，混身哆嗦，神經緊張到近乎抽搐的地步。

端木宇正站在活動梯上在書架上找書，看見林玲進來了，連忙下梯來問長問短，林玲問他！

「你的書找到沒有？」

「沒有。」端木宇答。

「是什麼書？」

「奧本海輯的國際公法。」

「大概在左邊的底層裏。」

於是端木宇佝僂着身子，背朝着林玲，精神貫注地在找書。林玲的殺念已衝動到了極點，她的手抖顫了，心彷彿要從喉嚨裏跳出來。她從手提包裏掏出那把刀，緊緊地握在手裏，牙一咬，擎起手來，剛要刺去，忽然有一種不可思議的力量，冥冥中似乎有人從她的手裏將刀奪去，刀落在地上了。

她呆了一陣、想不出這究竟是怎麼一回事？

有人敲門。

進來是傭人阿花，阿花恓恓惶惶地站在門口，像是有話要說，然而又說不出口。

「有什麼事嗎？」林玲問。

阿花很畏懾，沉吟了一會，期期艾艾地說道：「小姐，你下樓了，我去收拾房間，不知道枕頭底下有東西，不留意將你的粉盒摔在地上，那粉盒裏的鏡子被摔碎了」。

選自一九五一年四月二十日《偵探世界》半月刊第六期

蠱姬〔節錄〕

八

外邊落着毛毛雨，家駒剛從餐廳吃過晚飯回房，點着一枝煙，扭開無線電，竟聽到了這樣一則新聞：

「……本日傍晚時分，××灣附近公路上，發現一男子被人擊斃於私家汽車內。死者年約三十餘，衣着入時，但上衣已撕破，據有關當局透露，死者衣袋內携有卡片數張，姓彭，名彪，爲本埠某進出口商行經理。……」

聽了這一則新聞，家駒高興得什麼似的，立刻打電話告訴雙梅，認爲大患已除，從此可以高枕無憂了。

接着，爲了証實死者就是彭彪，他特地趕到警局去打聽更翔實的消息。

警方告訴他：「那架私家車已証實爲彭彪所有，目前我們的工作是：設法與進出口商行的職員取得聯絡。」

家駒道謝後，喜形於色地走出警局。他想到「水上花園」去找雙梅，但是又怕撞到露露。因此放棄了原來的計劃，回到旅店去睡覺。

睡到午夜，電話鈴響了。

唐家駒從朦朧中驚醒，拿起話筒，出語又欲咳嗆地說了一個「喂」字。

對方是個女人：「家駒嗎？我是顏雙梅。」

「有什麼事？」

「告訴你一個消息。」

「什麼消息？」

「畢露露給人謀殺了！」

家駒聞言，爲之愕然者久久。事情發展得太快，來不及尋找原故，這駭人聽聞的結果，終于變成了事實。他是十分詫愕了，混身哆嗦，說話時，聲音微微發抖：

「這⋯這究竟⋯⋯是怎麼一回事？」

「在電話裡也講不清楚，還是明天見面時再說。」

「明天幾點鐘見面？」

「中午十二時，我到你處。」

掛斷電話。

唐家駒輕輕噓口氣，揉揉眼，懷疑自己仍在夢中，不敢相信這是倏忽之間發生的事情。他失去了眞僞之辨，思想極爲混亂，神志也有點恍惚。時已深夜一點，他很倦，打個呵欠後，伸手扭熄枱燈，忽然有人敲門。

他一骨碌翻身下床，想不出深更半夜會有什麼來客。

「誰喲？」

門外沒有聲音。

啓開門，竟是一個彪形大漢。

「你找誰？」唐家駒嚇得心頭亂跳，囁嚅着問。

大漢邁開腳步，反背將門一鎖，呶呶嘴，從腰際拔出手鎗來：

「不許動！動一動就打死你！」

唐家駒呆呆的站在那裡，楞着他。

他說：「我叫彭彪！」

「彭彪？」唐家駒不覺一怔，怯怯的問：「彭彪不是已經死去了？」

大漢怒容滿面，開始扳動鎗機掣，然後將鎗口頂着家駒的腰眼，輕輕的說：

「走出去！不許出聲，否則，我就要你的命！」

家駒無奈，祇好拉開門，悶聲不響地向前走去。

走呀走的，驀地聽到彭彪栽倒在地上，回頭一看，發現畢玲玲手持長刀，刀鋒上全是鮮血。

彭彪躺在地板上，蜷曲着身子在地上打滾。

「這是怎麼一回事？」家駒問。

玲玲悄聲低氣的：「別聲張，跟我走出去！」

此時，走廊裏很靜，一個人都沒有。玲玲拉着家駒的手，匆匆走下樓梯。

走出旅店，恰巧有一輛的士經過，兩人上車後，駛往僻靜地區的海邊。

「到這裡來做什麼？」家駒問。

玲玲微微一笑，説話時態度很從容：「我有許多話要跟你説。」

「告訴我，」家駒問，「爲什麼要殺死彭彪？」

「你不知道的事多着吶，聽我慢慢講給你聽。」玲玲透了一口氣，説道：「首先，我要告訴你，那把鑰匙是我冒險送給你的。」

「原來是你！」家駒終于恍然大悟。

「如果不是我，」玲玲説：「你早就不在這裡了。」

「你爲什麼要這樣做？」

「也許完全沒有理由，也許是良心發現，總之，我反對他們那種祇圖小利而違背人性的行爲。」

「過去，你似乎並不反對？」

「過去，我是他們的同夥；但是看了太多的暴行後，我再也看不下去了。」

「我想……」家駒説：「你的『叛變』，除了良知的恢復外，應該還有其他更重要的因素？」

家駒繼續説下去：「那天晚上，我們在夜總會跳舞時，我偷聽了方大偉與露露的對白。」

「聽到了些什麼？」

「方大偉同露露的感情似乎不錯。」

「還有呢？」

「露露教唆方大偉向顏雙梅淋鏹水。」

「這些我都知道。」

「但是，你爲什麼又放縱方大偉與露露接近？」

「方大偉是露露的下屬。」

家駒帶着「原來如此」的意味「哦」了一聲，然後繼續問道：「露露爲什麼要用鏹水傷害顏雙梅的面貌？」

「這一點，連我也不大清楚，可能是因爲顏雙梅知道得太多了。」

「然而——」家駒仍有不少疑問需要玲玲解答，「今天晚上的事，來得太突然了？」

「關於這件事，說來話長。」

× × ×

下面便是玲玲的敘述：

「我與方大偉相愛已久，今春訂婚，預定再過兩個月就舉行婚禮。

「大偉生日那晚，朋友們替他在『水上花園』開派對，你也來參加。

「從『水上花園』出來，露露送你回酒店，大偉則送我回家。回到家裡，因爲喝了點酒；又多跳了幾隻舞，所以非常疲倦。我以爲家裡沒有人，哪裡知道彭彪睡在露露房內，等待露露。

「彭彪是個怪人，從不在公共場所露面。他是珍大姐的得力助手，露露與我都是他的下屬。

「由於工作上的需要，露露與彭彪過從頗密。彭彪並不一定愛露露，但是他同露露却始終保持着超友誼的關係。

「彭彪最反對結婚，認爲結婚是一種不必要的儀式。所以，當方大偉向我求婚時，我曾經通過露露向他請示。起先，他大表反對；後來，經不起我倆苦苦哀求，他才勉強點了頭。

「我一直以爲彭彪的反對我與方大偉結合，純粹是爲了工作；但是到了那天晚上，我才發現他別有用心。

「那時已經是深夜過後了，女傭已熟睡，彭彪忽然推門而入，看見我正在解衣，立刻像野獸一般地撲上來，摟我，吻我……

「我竭力掙扎，他竟粗魯地狂笑起來，邊笑邊說：『我等你很久了，你姐姐正在那個砂勝越小伙子身上用功夫，家裡沒有人，你別怕。』……

「但是我怎樣也不肯答應他。

「他就一拳將我擊暈了！

「第二天，我將這件事告訴露露。露露不但不責備彭彪；還警告我不許聲張開去。

「我很氣，見到方大偉時，已經泣不成聲了。大偉聞言，怒不可遏，一定要去找彭彪算賬。我勸他不要去，他咬牙不語。

「到了今天中午，彭彪在我家舉行秘密會議，宣佈業已獲得顏雙梅的簽字，準備隨時拿出來要挾她。

「會後，彭彪聲言要至海邊去會見珍大姐，並報告會議結果。

「臨走時，彭彪吩咐大偉陪他一起去。我勸大偉不要去，因爲我有預感此去必將肇事。

「但是大偉不聽我的勸告，跟着彭彪一起走了。

「黃昏時分，彭彪突然回到我家，頭髮蓬鬆，臉色似紙。他的神情很狼狽，上衣染有血跡。露露問他：『出了什麼事？』他淡淡地答了一句：『從珍大姐那裡出來之後，方大偉這個傢伙竟拿刀來向我猛刺了，幸虧我閃躲得快，沒有被刺中。』露露又問：『你身上怎麼會有血跡的？』彭彪答：『我們有過一塲搏鬥。』露露問：『大偉現在何處？』彭彪期期艾艾地說：『不知道，也許……已經回家去了。』露露問：『你的車子呢？』彭彪尋思了一陣，答：『引擎壞了，停在公路邊。』露露狐疑頓起，瞪大了眼睛楞着彭彪，隔了大半天，才問：『珍大姐有什麼吩咐嗎？』彭彪說：『我差點倒忘記了，珍大姐托我帶個口信給你，叫你即刻去一次。』露露皺起眉頭，踟蹰一下，問：『珍大姐叫我去做什麼？』彭彪說：『她沒有告訴我。』

「這時候，露露和我都意識到事情的發展有點蹊蹺。露露一再推說頭痛，不想去見珍大姐。但是彭彪則用恫嚇的口吻對露露說：『你不能違背上峰的命令。』露露嘛着嘴，非常不高興地隨同彭彪走入花園。

「彭彪的車子壞了，衹好乘坐露露的車子。

「兩人走後，我急于去看大偉。

「抵達方家，傭人說：『方先生一直沒有回來過。』我不覺大吃一驚，認定彭彪剛才所說的大都是謊話。

「回到家裡，珍大姐和彭彪赫然坐在客廳裡。我問她：『方大偉在什麼地方？』她冷冷地答：

『從現在開始，我們必須從速行動，所以我衹好親自上來指揮。』

「當我再一次問她方大偉的下落時，她說：『方大偉和你姐姐因爲行事不密，上邊恐爲警方知悉，已經命令彼等卽刻回去暫避。』

「接着，珍大姐就開始發號施令了，她說：『據調查所得，唐家駒已經搬到另一間旅店去了，我們必須立刻採取行動，否則事情可能會有其他的變化。目前，露露已不在，對于唐家駒，祇好放棄預定的軟工政策了。』然後，她命令彭彪於深夜兩點持械行事，彭彪問：『我一個人去？』珍大姐答：『人多了，反易引起他人的注意，你有鎗械在手，隻身前往，可收事半功倍之效。』彭彪聽了，低頭不語。

「然後緊急會議結果，衆人絡續離開我家，珍大姐臨走時，還拍拍我的肩膊，用撫慰的口氣對我說：『不要感情用事，應該忠于職守，爲大我而犧牲小我。』

「可是，到了晚上，我從無線電裡聽到了一則新聞，說是××灣附近公路上，彭彪被人擊斃了。

「我當時就感到事情發展得太蹊蹺，想不出彭彪爲什麼遭人擊斃？更想不出彭彪被誰擊斃？

「我立卽去找另外一個『同夥』魏伯年，才知道死的不是彭彪；而是方大偉。

「原來和方大偉從珍大姐處出來後，由彭彪駕車，逕返市區。車子經過××灣時，方大偉與彭彪發生了爭執，彭彪停車，兩人就在海灘邊展開搏鬥。

「結果，方大偉給彭彪刺斃了。

「彭彪爲轉移警方的目標，故意將方大偉的屍體抱入車廂，還將自己的卡片塞在他的口袋裡。

「然後搭乘的士來到我家，撒了一大堆謊言，將露露騙走了。

「哪裡知道，露露去到珍大姐處，珍大姐兩眼一瞪，譴責露露行事不密，以致惹起警方注意，禍及其他工作人員，罪狀深重，終將露露綁了起來，囑人將伊擊昏後，投入大海。

「至此，我已忍無可忍了。

「走出魏宅後，我獨自躑躅在街頭，發誓要替大偉報仇！發誓要替露露報仇！

「知道彭彪將於深夜兩點來綁架你，這是我復仇的最佳機會，決定趁其不備時，用刀刺其要害。

「在午夜之前，我喝了不少酒。

「過了午夜，我就到你寄宿的那家旅店，藏身在黑暗處，伺機行事。

「鐘鳴兩下，彭彪果然躡手躡腳地來了，先用賊眼向四週掃了一圈，然後輕叩房門。你啓門後，他就走進門去。

「遲了一會，你先出來，彭彪跟在後面，手裡拿着鎗。

「我看看四週無人，立刻跟身向前，咬咬牙，用利刀刺他的腰眼……」

× × ×

家駒聽完這一段可怕的往事後，猶如噩夢初醒，手掌間冷汗涔涔，不禁深深地噓了一口氣。

「現在，」他問，「你打算怎麼辦呢？」

「我殺了人，當然有罪。我準備到警局去自首。」玲玲舉目對家駒一瞅，臉上竟漾開了一朵輕倩的笑容，然後繼續説下去，「你不必替我難過。老實説，像我這樣的人，祇有這樣的收塲才合理。如今，我的愛人已經死去；我的唯一的親人也已離開塵世，我若再活下去，也不會有什麼生趣了。」

「不！」家駒痛苦地迸出這樣的一個字後，隔了一陣，才噙着眼淚，説，「你是好人，我一定替你作証！我相信法官一定會寬恕你的！」

玲玲頗感安慰地點了頭，幽幽的説：「唐先生，剛才我對你説這些話的目的，祇在讓你明白這罪惡組織的眞情，希望你獲得這次稀有的經驗後，回到砂勝越去，將這件事公開出來，以免其他的華僑子弟落入陷阱。」

「這一點，我當然要做的，不過……」

「不過什麼？」

家駒有點躊躇，想了一想，咬咬牙，問：「爲什麼……不設法逃走？」

「我不願意這樣做。」這是玲玲的態度。

家駒看看玲玲，發現她的臉上蒙着一層高貴的氣息，再端詳她時，覺得她有着天仙一般的美麗。

家駒説：「你救了我，使我重獲自由，我一定要設法帮助你逃走。你是好人。不應該受到法律制裁。」

玲玲搖搖頭説：「我絕對不是好人，我是應該接受法律的懲罰的。」

「如果沒有你，也許我早已不在此地了。」

「但是我今晚來刺彭彪的動機，不是救你，而是替露露和大偉復仇。」

「話雖如此，我還是非常感激你的。」

玲玲微微一笑，態度相當鎮定地說：

「現在，我想請求你做一件事。」

「什麼？」

「請你陪我到警局去。」

家駒踟躕着，不知道應該怎樣做才好。時已深夜向盡，四週極靜，附近有雞啼報曉，十分嘹亮。

玲玲見家駒並無表示，幽幽的說：「天快亮了，如果我再不去自首，可能會給警方抓到的；我不願意給警方抓去。」

說罷，兀自邁開腳步，向大街低頭急走。家駒這才無可奈何地跟在後面。

走上大街，在等候的士時，家駒問她：「你決定這樣做？」

玲玲說：「除此以外，沒有第二條路可走。」

的士來了，玲玲先上車，家駒祇好跟了上去。

司機問：「到什麼地方？」

玲玲不加思索地答：「差館！」

選自劉以鬯《蠱姬》（《小說報》第八十七期），香港：虹霓出版社，缺出版日期，料為一九五九年出版

高　雄（小生姓高、凌　侶）

天堂遊記

〔存目〕

選自一九五一年八月十日至一九五四年八月三十一日香港《大公報》，署名旦仃

石狗公自記

〔存目〕

選自一九五四年二月十二日至一九六六年九月三十日
香港《新晚報·天方夜談》，署名石狗公

八仙鬧香海（節錄）

第一章　救佳人純陽偷渡

是回：　面命耳提老君傳旨
　　　　口非心是道士請纓

且說太上老君在靈山華嚴洞府·與宛丘及諸徒論道·這一天忽然心血來潮·合指一算·對宛丘微笑道·「刧數刧數·」宛丘忙問如何刧數·是否凡間又有戰禍天災·老君搖頭不語·却叫仙鶴童子過來·吩咐去請漢鍾離·一邊仍然閉目·妙算玄機·不一時漢鍾離已隨仙鶴來到·拜見師尊已畢·請問有何吩咐·老君道·「你近日有看見呂純陽沒有·」漢鍾離答道·「前天與他在妙蓮山下弈棋·他有點神不守舍·馬行田·卒回首·問他何事·却又不說·莫非洞賓此人出了什麼事嗎·」老君搖頭道·「不是不是·只因今日心血來潮·妙算一下·知道百花仙子白牡丹偷下凡塵·我以爲是呂洞賓誘她同去·你近日也見過白牡丹嗎·」漢鍾離答道·「不見此仙已久·自從她由洞賓引渡成仙之後·只知她潛心修道·面壁十年·日中但問百花之事·連呂洞賓去找她論道·她也不瞅不睬·把個洞賓氣得火紅火綠·我倒沒有見她·何以她却忽然偷下凡塵·」老君道·「天機不可洩漏·此乃刧數·她此次下凡·必遇挫折·危機四伏·你們八仙·何不派一個人去救她·即使不能使她免刧·也好帮忙她一臂之力呀·」

漢鍾離連聲應是•又道•「師尊見恕•近日我正許下宏願•重抄九華經•可是天氣酷熱•人肥思睡•一天抄不了多少個字•小徒擬抄完之後再下山•可否豁免小徒此行•由他們七個推派一人下凡好了•」老君點頭道•「你們八仙•以你爲首•純陽雖屬雲房所渡•亦你點引而來•湘子爲純陽所引•采和•果老•仙姑•爲鐵拐所渡•國舅亦因汝與純陽飛昇•是以你是八仙之長•一切由你安排去吧•只有鐵拐一人•他是我手收徒弟•與你先後入室•不過他爲人疏懶成性•我也不便管教•你對他客氣幾分便是•」漢鍾離連聲應諾告退•宛丘笑對老君道•「他們此去何處•」老君微笑道•「白牡丹潛赴香海•」宛丘道•「他們找得出來嗎•」老君道•「自然有人知其行踪•不必我吩咐•也罷•我與你弈棋一局•山中方七日•世上幾千年•由他們幾個去行善濟世罷•」宛丘聞道•知道老君之意•下凡的將不止一人•當下便與老君對弈起來不表•且說漢鍾離回到他的蓬島留仙觀中•隨命侍童•往召七仙偕來•有老君旨意吩咐•不一時•采和•湘子•仙姑•國舅•果老俱到•只欠了鐵拐李與呂純陽•漢鍾離下令再催•這才見呂純陽無精打采而來•鐵拐李則仍然未到•漢鍾離也不等候•便對六仙說出老君的主意•話剛說完•呂洞賓首先說道•「師兄•此事非我走一遭不可•其實我絕不想下山•」何仙姑笑道•「呂兄既然不想下凡•就派別人去吧•一個白牡丹•誰救不出來•」呂洞賓一怔•藍采和却道•「我不想去•免了我罷•」韓湘子問道•「到那裡去呢•」漢鍾離道•「師尊並未吩咐•只叫我們去找•說天機不可洩漏•」呂洞賓微笑不語•韓湘子道•「自從我帮忙叔父韓文忠公把鱷魚驅出東海•聞其中有些大鱷小鱷•偷偷走了•其餘的老鱷也躍躍

欲動•我正要再替叔父擬一段祭鱷魚文•禁阻他們私逃•限令逃者返巢•未暇前往•也請免了•」漢鍾離道•「那末何人願往•」何仙姑道•「白牡丹是女人•我也是女人•女人才知女人門路•我去救她•」呂洞賓道•「知道女人門路是男人•不是女人呀•」張果老和曹國舅也說可以去•漢鍾離却嫌果老胡塗•下界正鬧交通問題•亂七八糟•果老此行•料必撞板•也不放心•當下說道•「國舅與仙姑洞賓三人•隨便一個去吧•」何仙姑問呂洞賓去不去•呂洞賓道•「我實在不想動•再說•你們早已說我是酒色之徒•黃鶴酒肆•留飲半年•岳陽樓上•戀花不去•如果我說要去救白牡丹•你們會說我別有用心的了•」何仙姑笑道•「那末你不去了•」呂洞賓笑道•「你們知道白牡丹私下凡塵•到何地界•」仙姑愕然•呂洞賓若有得色•道•「只有我才曉得•白牡丹到底是我引渡之人•我一找便着•」話猶未了•只聽得觀外有人呵呵大笑道•「道士休得誇口•我可以去做這一份差事呢•」欲知來者何人•且待明日分解•

第二回：試拈鬮洞賓出詭計　防撞板鐵拐獻奇謀

且說何仙姑正說要到下凡去救白牡丹•呂洞賓自己請纓•說只有他可以知道白牡丹落在何方•別人去却不行了•忽聞有人在階前哈哈大笑道•「你們不必爭吵•我只消到下邊一走•便可以解決了•何勞你二位發生爭執呢•」衆人一看•來者原來是鐵拐李•漢鍾離笑道•「李

兄•剛才請你不到•現在却來了呀•」鐵拐李手執拐杖•一步一跛的走進來•呂洞賓登時老不高興•道•「師兄•你閒散已慣•何必下凡•還是在仙洞中享福也罷•」鐵拐李一笑•問漢鍾離叫他何事•漢鍾離把老君旨意告知•問道•「你是否肯下去一行•帮忙白牡丹•」鐵拐李呵呵笑道•「此乃小事•老夫一去•不費吹灰之力•就可以解決了•只怕純陽師弟不肯•」一句話説穿呂洞賓心事•他不便反對•笑道•「我怎敢反對•不過我想你下凡去•雖則法力無邊•未免辛苦•再説•現在下界情形•你不清楚•比之從前我們渡東海•白日飛昇的時候•大不相同了•地方繁華•不在話下•民間衣服•也有不同•你這一身衣服下去•只怕笑大人口還是事小•給人白眼才難堪•下界的人•先敬羅衣後敬人•」何仙姑笑道•「這倒不妨•我們難道連變一身衣服•也會困難嗎•」呂洞賓道•「師妹•你倒無所謂•李師兄却難了•他怕衣服束縛的•要他穿下界服裝•他未必高興•而且他跛了一腿•有失雅觀•凡間的人•白鴿眼居多•看到李兄•一定不加歡迎•結果處處碰壁•惹得李兄性起•説不定鬧出事來•老君常常誥誡我們不可惹事•只怕犯了老君的法旨呢•」鐵拐李呵呵笑道•「洞賓一番理論•又把老君捧出來嚇我•那我就不去也罷•由他去好了•不過我想自己也閒得慌•倒想到下界走走•見識見識•也罷•我隨後再來吧•」何仙姑道•「我看還是我去的好•」呂洞賓見打倒一個鐵拐李•更不放過何仙姑•便對漢鍾離説•「師兄•我想還是我走一遭罷•牡丹是我徒弟•她出了事•我也有責任•何必勞煩仙姑•」漢鍾離是個好好先生•見他二人相爭•倒沒個做處•張果老在旁笑道•「倒不如你們兩位拈個鬮吧•誰猜中了便誰去•不必爭

論了•」呂洞賓連聲說好•於是請漢鍾離主持•漢鍾離看到藍采和手上的花籃•便要了過來•放在地上•道•「仙姑純陽•你們二人各拔一花•比一比那一根花莖長的•就誰下凡去救白牡丹好了•」藍采和笑道•「這個有理•這些花是我今日才擷的•長短不一•連我也記不清呢•大師兄這話有理•」何仙姑應了•便與呂洞賓一起到花籃前邊拔花•呂洞賓讓何仙姑先拔•仙姑又讓他•他說自己班輩居長•應當讓她•何仙姑却說要讓長輩•二人相讓一番•鍾離道•「還是仙姑先拔好了•」何仙姑於是在籃中一拔•拔了荷花•花莖長凡三尺有多•呂洞賓看了•暗叫不好•看到籃中只有這一朵荷花•其他的菊花等等•都沒有這樣長的花莖的•暗念這一回豈不輸了。他靈機一觸•只有出術•在花籃一看•說道有了•便揀了一朵牽牛花•口中唸唸有詞•只見他一拉出來•牽牛花的籐其長無比•呂洞賓用手繞着•繞成一綑•還未拉斷•笑道•「我這個花莖長了•」何仙姑說不算數•呂洞賓笑道•「這不是莖•難道是枝嗎•」漢鍾離也沒了主意•問藍采和•藍采和微笑道•「是純陽兄勝了•」何仙姑雖然不服氣。也沒奈何•當下漢鍾離吩咐呂洞賓一番•無非早去早回•不可流連•不可惹事之類•呂洞賓連聲應諾•道•「我本不想去•無奈救我徒弟•義不容辭•勉爲其難而已•」說罷•拜別漢鍾離與各師兄弟•一聲下凡去了•暫且按下不表•且說呂洞賓去後•何仙姑道•「大師兄•我擔心純陽師兄下去•會惹是非•也許對白牡丹有何舉動•」漢鍾離道•「我也云然•如今怎辦•難道再派一個人下去嗎•又怕老君師尊不答應•」何仙姑道•「我偷偷下凡•暗中監視他如何•只怕他恃着仙法•大則鬧事•小則驚世駭俗•」漢鍾離一時難決•只聽得鐵拐李道•

「我倒有一個妙法制裁他・用不着派人監視・」欲知鐵拐李有何妙計・且看明日分解・

第三回：何仙姑追蹤偷寶劍　呂道士隨衆入機場

且說呂洞賓下凡之後・漢鍾離與何仙姑不放心洞賓此去・誠恐闖禍・仙姑意欲下凡監視・漢鍾離又不贊同・正在會議・鐵拐李笑呵呵道・「我倒有一條妙計・可以制裁洞賓・用不着派人監視呢・」漢鍾離連忙問計・鐵拐李道・「洞賓的法術・全在他的寶劍・倘若把他的寶劍繳了・他就百足失爪・無能爲力・即欲闖禍・也不可能・而且也不至驚世駭俗了・」漢鍾離拍掌道・「鐵拐此言甚是・但洞賓不是無能之輩・如何可以繳他的寶劍・」鐵拐李道・「此事只有仙姑師妹可以辦到・她既有意下凡監視・就由她去把洞賓的寶劍繳來吧・」張果老道・「計策雖好・但洞賓未必肯繳劍呢・」鐵拐李笑道・「果老爲人太直・明取自然不行・可以暗偷的呀・」何仙姑笑道・「我早已想到用這法子了・」漢鍾離却道・「你們都位列仙班・似乎不該用這種手段・」何仙姑笑道・「對別人不應該用・對洞賓却無所謂・大師兄・剛才他與我拈鬮・拔的牽牛花・不也是出術嗎・我不提防他會在我面前出術・我先拔了・就輸給他了・現在我去偷他寶劍・正是以牙還牙・也報一箭之仇呢・」漢鍾離笑道・「也罷也罷・你們還是這樣鬥氣・我也管不了・你此行早去早回・不可躭擱・得劍便回・萬勿生事・」何仙姑應諾・一聲去也・便走出留仙觀・向東一望・只見一道劍光・直落凡塵・知是洞賓化氣・當下

一按雲頭•也跟了劍氣下來•且說呂洞賓住在華山•住得發悶•早已想下凡一遊•無奈未有老君旨意•不敢動彈•此次白牡丹私下凡塵•呂洞賓早有所聞•只是不敢跟踪偷往•忽然老君派人下去救助她•爲公爲私•呂洞賓也覺得機會難逢•因此用術誆倒何仙姑•獲得漢鍾離同意•便急急忙化氣下山•也沒有料到何仙姑會在後面跟隨•心中正想着下凡之後•如何如何•他久聞下界繁華•心焉嚮往•此次有機可乘•還有不盡地快活之理麼•白牡丹何事下凡•他不大清楚•但事前却從白牡丹口中•知道她希望去香海一次•所以他料白牡丹必到香海無疑•因此也不再考慮其他•化了劍氣•直飛到香海而來•雖不及孫悟空一個跟斗十萬八千里那麼快•但說到便到•轉瞬已經看到香海•只見蕞爾小島•而氣象萬千•一灣帶水•帆檣林立•夾海兩岸•炊烟四起•再按雲頭一望•車如流水馬如龍•好不熱鬧•暗念眞是個好去處也•當下便想下降•在上空盤旋一匝•忽然看見一隻怪鳥•在雲層上面•直飛下來•呂洞賓大奇道•難道是隻大鵬鳥不成•定睛看時•才知不是大鵬鳥•是用鐵做成•兩翼不動•尾巴上翹•前有四個螺旋•發出怒吼之聲•呂洞賓平日心儀下界•所以不時打聽下面消息•倒也並不隔膜•知道這一隻怪鳥•實在是飛機呢•只見飛機直飛下去•在一幅大空地上降落下來•呂洞賓也想依樣畫葫蘆•就跟了飛機飛去•只見飛機停了•機場上人如蟻隊•高聲呼叫•不知出了什麼事•繼念反正人多•自己下去•未必有人發覺•于是一按劍氣•只見一道白光•早已降到機場•在屋角站定•然後迅速鑽入人叢之中•打聽一下•原來他們在歡迎一個什麼大人物•有些拿了橫披•有些搖着旗幟•有些拿了花籃•呂洞賓暗念•來的一定

是個國際知名人士•也許是一國元首•也許是什麼大官員•於是雜在人堆等候•不到兩分鐘•只見有人大叫一聲•「來了來了•」便一窩蜂奔去•呂洞賓人走我也走•走上前面一望•只見一個女人在飛機走下來•女人穿了一件不能算做衣服的衣服•半長不短•肩頭以至胸脯•大半裸露•她一搖三擺走來•歡迎的人早已擁上前去。把她團團圍住•登時一陣陣閃光•起自四邊•呂洞賓起初一驚•後來才知他們正在照相•那女人就搔首弄姿•挺起酥胸•或者拉起衣服•露出大腿•呂洞賓倒覺得自己大有眼福•離開凡間多時•原來女人變成這個樣子•難怪常常聽說下界什麼自由•什麼解放了•于是排開衆人•想擠上去•不料這時有一個人•把他一把抓住•說道•「道士•你往那裡走•快站住•」道士急忙回頭一望•欲知來者何人•且看明日分解•

第四回：偶爾相逢乍驚艷麗
存心親近故弄玄虛

且表呂洞賓在人叢之中•正想上前去看清楚那個下機的女人•忽然給人在後邊一把抓住•問道•「道士•你來這裡做什麼•」呂洞賓回頭一看•是一個三十來歲的男人•穿了夏恤長袂•却不知是什麼人•便道•「我來看熱鬧呀•」那人笑道•「與你何干•難道你想吃天鵝肉不成•」呂洞賓不知所對•只好一笑•那人道•「走吧•熱鬧已經看完•我們領錢去•」呂洞賓一怔道•「領什麼錢•」那人笑道•「難道你已經領到了不成•金腳帶已經給了你錢嗎•」

呂洞賓又不知所對・只有唯唯否否・那人把他拉走・呂洞賓道・「先看看女人再説・」那人笑道・「看你的樣子・眞是個好色之徒・看有什麼用・」呂洞賓道・「她是什麼人呀・」那人道・「你到底是吃那一行飯的・」呂洞賓摸不着頭腦・苦笑一下・要待湧上去時・却見那女人已經走開・進入一個房間裡・那人拉住他道・「走吧・」却又有一個高大漢子在旁説道・「阿昆・這麼快就走了嗎・還有戲要做呀・」這個叫阿昆的應道・「金腳帶・我不會走的・我磅了水才走呀・」金腳帶道・「等她走了・我們就磅水・」阿昆道・「她在內面做什麼・」金腳帶道・「招待記者呀・」呂洞賓問道・「爲什麼要招待記者・」阿昆道・「當然了。她代表我們公司去競選・現在選出一個美人的銜頭回來・還不要宣傳一下嗎・」金腳帶不答話・也走進房間去了・呂洞賓乘機拉住阿昆道・「我實在很胡塗・人來我又來・不知是什麼事・」阿昆道・「你眞胡塗了・我們公司這一次參加東方明星比賽・派出這個賽西施去參加・現在得勝回來・所以公司才派了我們這一批臨記來歡迎呀・否則公司幹嗎要派錢給你們・你看・四架手提埃毛攝影機一齊開拍・我們現在來演戲呀・」呂洞賓這才恍然大悟・阿昆又道・「再説・老九・你爲什麼這樣狼狽・未落裝就來了・洗了粉才來呀・還穿了這一件戲服・更帶了劍・眞是不倫不類・」呂洞賓眉精眼企・既然清楚這一件事・便笑道・「是呀・我聽説這裡有得撈・馬上就來了・」阿昆道・「別的不成問題・你那一把爛鐵劍還是藏起來的好・這裡出入・會有人搜身的・人家不知道你是臨記・見你帶了劍在身・可能抓你去問話・説你身懷利器・那就一身蟻了・」呂洞賓連聲應是・便把背上的劍・藏在道袍之內・正在這時・只見人聲鼎沸・原來那個賽西施招待記者已畢•走出來了•金脚帶連忙跑過來•道•「你們還不拍手•」阿昆急忙叫呂洞賓拍手•作歡迎狀•呂洞賓回頭一望•只見幾架攝影機正分向賽西施與歡迎的人開動•機聲軋軋•呂洞賓只顧看賽西施•覺得她實在漂亮•恨不得過去親近一下•可是人如潮湧•有什麼辦法呢•再看一眼•只見他們把賽西施簇擁着•走進一輛汽車•賽西施還回頭向着一般人微笑擺手告別•呂洞賓一想有了•便對阿昆道•「你替我磅水•我要去解手•」阿昆應了•去找金脚帶計數•呂洞賓却閃到一旁•覷着人們不注意•手按寶劍•喝一聲「隱」•登時隱了身•立刻走出來•只見賽西施汽車開動•後面還有一輛車子跟着•由機場開出去•呂洞賓隱了身•施展飛毛腿功夫在後跟隨•走得比汽車還快•只見汽車開出市上•却又轉到近郊的地方•呂洞賓只是跟着不捨•不久•車子到了郊外的路上•呂洞賓心想機會來了•於是他立即喝一聲•「爆•」只聽得賽西施的車子立刻發出一聲「砰」•車子戛戛幾聲•立刻停住•跟在她後邊的車子一時收掣不及•向前衝去•正撞在前邊汽車的屁股•隆然一聲•登時兩車停住•把車裡的人嚇壞了•賽西施更嚇得花容失色•呂洞賓這時馬上走到樹後•按劍唸道•「現•」他便現出原身•在樹後走出來•走到汽車前•只見那個西裝男子•扶了賽西施下來•賽西施花容失色•呂洞賓一笑•對賽西施道•「賽西施小姐•你受驚了•」賽西施一怔•道•「你怎麼識得我•」呂洞賓笑道•「賽西施小姐大名鼎鼎•那個不認得呢•你的車子壞了•我送你回去好不好•」欲知道士如何作弄•且看明日分解•

第五回：施法術香車載美　猛吹牛別墅留賓

且表呂洞賓攔路問賽西施•可否送她回去•與賽西施同來的兩個男人立刻斥罵他•說他存心揩油•呂洞賓笑道•「你們看看•在這裡壞了車子•前不把村•後不把店•烈日在空•難道你們把小姐放在路邊去晒太陽嗎•何況賽小姐也受了傷•你們一點規矩也沒有•」兩個男人大感狼狽•啞口無言•賽西施問呂洞賓道•「你說送我回去•你的車子在那裡•」呂洞賓笑道•「你答應•我就有車子了•」賽西施對兩個男人道•「我先走一步好不好•這道士很有心•你們的車子一時間也修不好吧•」兩個男人道•「好的•我們可以一起坐道士的車子走呀•」便叫呂洞賓把車子開過來•呂洞賓叫他們稍候•一笑而行•到了一個山坳•遮了身體•然後拿出寶劍•喝一聲變•登時變了一部綠色的小跑車•又新型又美觀•呂洞賓跳上去•開了跑車到賽西施面前•賽西施笑道•「好漂亮的車子呀•」那個男人見了却倒抽一口冷氣•道•「怎麼•竟是一輛跑車嗎•」呂洞賓向他鞠躬道•「對不起•只可以送賽小姐回去•你們另想辦法了•」賽西施這時已經開了車門上車•呂洞賓一聲道歉•跳上車開走•兩個男人追着叫他•跑車却已飛馳而去•兩個人在後邊吃塵•呂洞賓哈哈大笑•賽西施道•「道士•你是什麼人•爲什麼會開車的•我以爲你只會唸經的•」呂洞賓笑道•「別的道士只會唸經•我這個道士却無所不會•老實說•我不是什麼道士•不過喜歡穿這種衣服罷了•」賽西施道•「那末你本來是什麼人•做什麼生意•」呂洞賓道•「我父親是個大富商•地產物業•不知凡幾•我

不必做什麼事的•」賽西施大爲高興•請教姓名•呂洞賓說自己叫呂陽•又問賽西施住在何處•賽西施道•「我住在他們的別墅•城裡本來有房子•不過天氣太熱•所以我來這裡避暑•」呂洞賓問那些是什麼人•賽西施道•「那個胖子是大老板•瘦的是一個著名導演•他們捧起我來的•」呂洞賓笑道•「拍一部戲要多少錢•」賽西施道•「十多萬至二十萬左右•」呂洞賓道•「這樣便宜嗎。」賽西施吃驚道•「你還說便宜嗎•很多鈔票的了•」呂洞賓一笑•伸手到口袋•唸唸有詞•隨即掏出來•只見手上拿了一大綑鈔票•少說也有二三十萬•問道•「這樣够了吧•」賽西施大吃一驚•道•「你怎麼把這許多錢放在身上•」呂洞賓笑道•「我的身上隨時携帶•作爲零用之資•」賽西施道•「太危險了•你不怕打刧嗎•何以不放在銀行•」呂洞賓笑道•「銀行可能更危險•而且也不方便•」賽西施想伸手去拿那些錢•呂洞賓一點不笨•他馬上放回口袋•笑道•「你喜歡的話•我可以送給你•不過不是現在•」賽西施嗔道•「我不想要•不過你可以拿去拍戲呀•我做主角•包你賺錢•」呂洞賓笑道•「眞的嗎•那我就可以隨時看見你了嗎•」賽西施歪身到他身上•道•「當然了•天天見你•」呂洞賓大喜•正在說時•賽西施說已經到家了•呂洞賓停了車•見是一間小別墅•便笑道•「原來你住在這間小屋裡嗎•」賽西施吃驚道•「這還算小屋子嗎•你的口氣眞大•」呂洞賓笑道•「我住的屋子比這個大十倍八倍•我一個人的房間就有這麼大•」賽西施聽了•却以爲他吹牛•便道•「你什麼時候帶我去看看•也好開開眼界•」呂洞賓笑道•「隨時皆可•現在就去吧•」賽西施道•「好的•你先進來喝杯茶•我換了衣服和你一起去•」呂洞賓巴不得她這麼說•連聲應是•當下進到別墅•自有用人奉茶獻烟不提•賽西施進內洗澡更衣•呂洞賓在廳子四邊察看•心中得意非常•暗念賽西施這人也眞不錯•香海也實在繁榮•還是多住一些時候•不要回去了•想了一會•賽西施還未出來•放心那輛車子不下•便踱出門去•想乘機把寶劍收回•不料他走到門口•舉頭一望•登時嚇得魂飛魄散•原來門外的跑車已經不翼而飛•呂洞賓這一急非同小可•暗叫這回休了•汽車是寶劍所變•失了汽車•也就失了寶劍•自己的法術便不再靈了•欲知呂洞賓找回寶劍與否•且看明日分解•

選自一九五八年七月十六至二十日香港《成報》，署名小生姓高。標點符號悉依原稿

香港靚女自記（節錄）

一、賣貨生涯

（續上）已經好番，我問佢難不難過，文霞曰：「阿玲，我話你知，你有冇解決唔了之事，千祈不可自殺，自殺亦不可服毒，洗胃之時，嘔到我連五臟都好似嘔晒出來，個種苦法，眞係難以形容。」我幾乎俾佢笑死，問佢重敢唔敢？文霞曰：「重敢？打下問下我都唔敢矣！（　）命乎？」我話佢實在無謂做這種嘅事，以後千萬唔好再想，文霞曰：「我都唔知自己點解會做出來者，一條氣，當時好似谷住，乜都唔理而已。」我勸左佢一輪。佢個野有的壽壽（　）者，已經唔傷心，嘻

嘻哈哈笑矣。我想再問，則已經開門，入去上班。我想打聽下文霞那個男人現在點樣。

開工之後不久，冇乜生意，我又搵妙玲，同佢打牙較，問文霞個男朋友點樣？妙玲曰：「我不好意思問佢是否大肚，佢自己亦冇講，因此連佢男朋友之事亦有提起，不過聽人講，話那一個男朋友已經返去搵番佢，大抵承認這一件事矣。」我曰：「此則好一的，唔使佢咁慘。有左細佬哥，老豆不承認，死矣！這個男人又眞係太冇良心。點可以咁做法。」妙玲曰：「唔知矣！」我曰：「佢地快的結婚喇！」妙玲笑曰：「此則要問文霞至知。唔知佢打甚麼算盤。」

我眞係不明白佢地點攪，點可以如此做法者？眞係叫我想都想不出來。如今，文霞果然返來，我望住佢行入公司，同事個個都望住佢，文霞若無其事，笑笑口行入來，同各人打招呼。阿周見了迎上去，非常親熱。文霞走過來我與妙玲處，曰：「我一陣至同你哋傾，我上去見老板。」

文霞走後，妙玲笑曰：「睇佢眞係冇事一樣，我都幾佩服佢。如果係我，我眞係唔敢返來。」我曰：「眞係，佢眞係叻，睇佢眞係鎮靜。」

馮德眞走過來打牙較，作成消息靈通界之狀，曰：「返來都冇用丫！老板話左炒佢魷魚。」妙玲曰：「未必卦！」我曰：「人地私事，與公司何干？」馮德眞曰：「做出的這樣事來，失禮公司！」妙玲曰：「車，你慌公司會賣少一件貨耶？」我曰：「可能賣多一件貨就眞！正係好宣傳。」馮德眞望下我，頗不以爲然。

文霞上左去老板房甚久仍未落來，我有的擔心，後來又問妙玲曰：「我請教你一件事，比如公司有人請假，搵個人替住得唔得？」妙玲曰：「你想請假乎？」我曰：「非也，假如咁講，請左假，自己搵個人來替如何？」妙玲曰：「公司會搵人替你，使乜你自己搵？」我曰：「公司或者冇人。」妙玲曰：「冇這種例者也，大多數都係由公司搵人替，或者同部長商量下，又再同老板講，老板答應，此則冇所謂。」我不出聲，心想如此麗娟之事，都怕幾難矣。

差不多成點鐘之後，文霞返落來，由阿周帶往，直至帶佢埋佢以前之櫃位開工，佢賣女人恤衫及游水衣者，大家都不期然望住佢，馮德貞見狀，好似好緊張，走過去望望下，我笑曰：「如何？又話事頭炒魷魚？人地都開工矣。」馮德貞曰：「未必，或者返來辦交代，執行李耳。」我曰：「邊處有行李執？搵來講。」馮德貞忍不住踱過去。我對妙玲曰：「馮德貞這一次當堂失威，重話人地炒魷魚。」

正其時，張阿拔忽然行入來，走到我面前，低聲曰：「凌小姐，我已經準備好一切，等你上工矣。」我急曰：「你不可大聲，我重未辭工。」張阿拔曰：「你快的講，重唔辭工？」妙玲匆匆行過來，問曰：「邊個辭工？」

我急忙話冇野，亂以他語，張阿拔未走，我攞呔俾佢睇，當佢係一個人客。馮德貞行過來，見到張阿拔，又週身唔聚財。佢靠在飾檯，望住張阿拔曰：「呢種呔好丫！新到者。」張阿拔笑曰：「你講說話都幾老實！三四個月前我來睇，亦係話新到。」馮德貞面上一紅，曰：「你唔中意，唔好買便是。」張阿拔笑曰：「我有分數者，有淩小姐招呼便得，唔使勞動你地的部長階級人。」馮德貞當堂冇晒癮。

佢走開左，我與張阿拔一笑，佢揀呔之時，我低聲曰：「禮拜一我一定去，你不必再來。」張阿拔曰：「我來看下你，又有乜唔得？」我笑曰：「有乜好睇？我冇事。」張阿拔曰：「你應該去辭職矣，遲就多事。」我曰：「冇事者，你不必來矣。」張阿拔笑曰：「你今晚得閒否？我同你去食飯。」我搖頭曰：「我唔得閒。」張阿拔曰：「明晚如何？」我亦搖頭話唔得。張阿拔曰：「後晚呢？」我曰：「我大後日見你可也。」

張阿拔一笑，卒之買左一條領呔，等到馮德眞又走過來之時，佢揸住條領呔在佢面前揚一揚，曰：「呢，我買左呔矣，可以走得矣乎？」馮德眞瞪佢一眼，週身唔聚財。張阿拔於是行矣。

我笑問馮德眞曰：「文霞點樣？佢是否執行李？」馮德眞曰：「眞奇，老板的野眞難攪，佢忽然又變左心腸，莫名其妙。」我笑曰：「或者執行李亦未定。」馮德眞苦笑曰：「女人眞係難攪，眞本事，好多男人都攪佢唔掂。」我曰：「睇過邊個而已。亦不一定因爲係女人，男人有時都攪唔掂。」馮德眞曰：「亦唔會長者，或者佢去找老板哭訴，老板見左女人就心軟，乜都應承矣！」我笑而不答。

我想想，我亦應該去同老板傾下矣，但想下今日有文霞這一件野，還是不出聲的好，明日至好講。然則或者佢眞係俾文霞激親，我走埋去，豈非送上門來乎？冇乜謂也。

今日生意甚忙，四點幾開始一直忙到晚上。

將近放工之際，妙玲走來問我曰：「我地幾個人今晚請文霞去食飯，你參不參加？」我曰：「好，請佢去邊處食飯？」妙玲曰：「你參加就做一份，我地有六個人，連你七個。」我不假思索而答應。妙玲曰：「然則一齊放工。」我曰：「有冇男人？」妙玲曰：「冇，我地想大家傾下，問下佢那一個男朋友如何。」我好奇心起，更加話要去。

打電話俾梁師奶，叫佢通知我媽咪，我不返來食飯。我怕梁師奶多事，便將公宴文霞之事，約畧講俾佢知。梁師奶亦早已知文霞自殺，不用話，乃係馮德眞所講者，此人亦可謂多事之至矣。

放工時一齊等埋出門口，馮德眞又問我同行否？妙玲曰：「我地有路數，唔理你矣！」

我地一行八衆，除我與妙玲及文霞之外，尚有：趙婉、林敏、方劍青、劉影、胡玉潔，我地幾個，平日都係比較傾得埋者，我除左同妙玲好之外，同林敏最投機，大抵因爲佢亦爲英文書院出身，年紀同我亦差不多也。

其中以方劍青年紀最大，但瘦瘦長長，已經結左婚，本來據說我地老板之規矩，不准女賣貨員結婚者，此點與有的醫院不用結婚護士有異曲同工之妙。實在冇乜解。只有方劍青一個係已婚的人。但所以能够通過，因爲佢同老板相識好耐，我地老板以前未發達，在灣仔開一間小型洋什店時，方劍青就已經在一間大公司中賣貨，老板做公司中之顧客，所以與方劍青相識。及後老板發達，開這一間公司時，便找方劍青過來帮忙，一來大家老友記，二來佢知道方劍青不止經驗够，資歷足，而且佢手上有好多客路，可以拉客過來光顧。因此老板不在佢身上執行「禁婚」條例。事實上方劍青入來公司處做時，已經結左婚四五年，仔女亦有兩個矣。現在方劍青已有三十五六歲，佢個大女今年亦已參加小學會攷矣！

因爲佢係我地大家姊，所以有乜事我地總係搵佢出頭者。方劍青亦當我地係妹妹一樣。不過我平日甚少與佢接近，主要原因係我怕怕地佢老氣横秋。開口講野就好似教訓人地一樣，冇乜味道耳。

今晚我地由佢做代表，錢亦交由佢負責。佢帶我地去到一間小飯店，地方亦不錯，冷氣開放，據説佢地中午時時來此食飯，乃係長顧客仔矣。伙記都識方劍青，自然便宜一的，我地八個女人開左一個小房間食飯，點好菜，胡玉潔重要飲啤酒。文霞苦笑曰：「我現在見到酒都有的怕！」

大家閒談一下公司之事，我細心注意文霞，佢似乎瘦左多少，但亦唔係幾覺，精神亦甚好，講話照樣嘩啦嘩啦。好似冇乜事，我都佩服佢種克服變故之本事也。

林敏年紀輕，率直問文霞服毒之滋味。文霞曰：「飲之時不覺得點樣辛苦，因爲一條氣落。飲完之後就眞係辛苦矣！好似個肚火燭一樣，五臟打左結，個種滋味，眞係話唔出。咁都重未够慘，最慘係吞蛇！」我曰：「甚麼叫做吞蛇？」文霞曰：「洗胃就叫做吞蛇！我本來都不識這個名詞，我洗完胃之後，有人對我曰：「問你重怕唔怕！吞蛇好難抵者也！你地女人，動不動就話服毒，搵的咁野攪？第二時你地想到服毒自殺，不如買半打沙示水返來，猛吹一輪，你就知道服毒玩唔過矣！」有人咁講，我至知道洗胃叫做吞蛇！

林敏又問曰：「霞姊，你到底爲乜事要服毒者，人地話你爲情。」方劍青又老氣橫秋曰：「自殺總不離兩個原因喇！不是情，便是錢！」文霞曰：「眞矣！不出這兩件事。」林敏曰：「人地話你係爲左情。」文霞苦笑曰：「然也！我亦不瞞人地。」林敏曰：「霞姊，你可以不可以講俾我知，你究竟點樣？」方劍青曰：「阿敏個人眞係十三點，你點解如此問人地者？」林敏笑曰：「霞姊自己話坦白，唔瞞我地，我所以就問下而已。」文霞曰：「然，大家都係好朋友，我不怕講，而且好多人都知道我之事。」

我亦甚想聽下佢講這一件事，但不好意思問，現在林敏一問，妙玲首先笑曰：「現在阿霞同個朋友好番，唔使講都得矣。」文霞曰：「都唔知眞好抑或假好耳。我都有的心灰。」林敏曰：「究竟點樣？」文霞曰：「其實講出來又冇乜野，個的男人時時變心者，你地要因住至得。」我曰：「你個男朋友係邊個，可否介紹我地見下。」文霞曰：「有乜好見丫？」胡玉潔曰：「我則見過矣，好靚仔者。」文霞一笑。劉影曰：「我亦見過，就係那個高高大大，有的似格力哥利柏那一個人，是否？」文霞頗爲開心，點頭而笑曰：「人人都話佢似格力哥利柏。」言下頗有滿足之意。妙玲笑曰：「眞係似極格力哥利柏耶？此則好靚仔矣。」胡玉潔曰：「咦，不是那一個瘦瘦削削戴眼鏡那一個耶？」文霞曰：「你認錯人矣，那一個係陳仔。佢地講那一個係占美。占美靚仔好多，陳仔太過瘦。」我曰：「占美做甚麼者？」文霞曰：「打政府工，陳仔則在律師樓者。」我笑曰：「霞姊，你都算男朋友多者矣！」胡玉潔笑曰：「你咁多男朋友，點解不介紹一個俾凌侶。」我笑曰：「我唔要。」文霞曰：「人地凌侶有左馮德眞，重使人介紹耶？你介紹男朋友俾佢，你重想唔想撈也？」我急忙否認，曰：「千祈不可誤會，邊個話馮德眞係我之男朋友？」胡玉潔曰：「佢係你契哥，重唔係？」我曰：「鬼叫佢做契哥！」胡玉潔曰：「佢眞係如此講法耶？眞豈有此理！明日我要質問佢！」

林敏曰：「你地講講下又攪亂晒檔攤，我地要聽下文霞點樣講佢之戀愛史，同格力哥利柏之戀愛史，一定好緊張者也。」方劍青又老氣橫秋，曰：「車，今晚我地請人食飯，你地點解夾埋來審人？」趙婉一路都未出聲，此時亦曰：「方大姊，你咪咁多事，人地霞姊都同我地講野，你重要阻住人地？」方劍青曰：「我不是阻人，我係教下你地的細路女，咪咁唔生性耳。」妙玲曰：「或者霞姊講下佢地的野，對我地重有益。」這一句話，講到方劍青冇聲出，曰：「好喇，如果阿霞肯講，我不會阻止，或者佢將自己經驗話你知。你地亦可以有的好處。」文霞曰：「真係呀！至少我勸你地唔好飲滴露。」我地大家聽見都哈哈笑。

此時上菜來，文霞暫時不說話，我地一邊食，一邊傾，講左幾句閒話，林敏又催文霞講「古仔」。文霞笑一笑曰：「其實冇乜好講，占美這個人，我早已知道佢夠晒壞蛋，女朋友好多，不過我唔估到佢會對我咁忍心耳。」胡玉潔曰：「佢同你是否甚好？」文霞曰：「梗係好喇，唔好又唔會有此事矣。」

於是大家唔再發問，由文霞自己講，佢話認識占美已經一年幾，起初佢不是同佢行者，後來占美識佢之後，成日打電話來俾佢，約佢出去飲茶睇戲，幾乎日日不停，行得多，自然有感情，大家就好起來，講到此處，林敏眞係十三點，插咀問曰：「你地點好法者？」文霞嗔笑曰：「好就係好喇，重使畫公仔畫出腸乎？」其實我亦唔係點明白，隱隱約約有些概念而已。方劍青即曰：「林敏眞係細佬哥。」林敏笑曰：「我眞係唔知也。我又冇男朋友。」方劍青曰：「你過幾年便知。」劉影笑曰：「大抵好似做電影一樣，接下吻呀，擁抱住呀咁喇！」登時引得大家哈哈笑。方劍青曰：「眞係唔臭米氣！」

講到此處，又停左説話。過一會，林敏又問曰：「咁後來點樣？」文霞曰：「後來我發現自己有左細佬哥，死喇！點算？要結婚至得矣。起初不好意思話俾占美知。」劉影曰：「點解唔好意思？」文霞曰：「幾難爲情呢？點講得出口？後來我想下，唔講都唔得，就話俾佢知，不料占美曰：『唔係卦？』我話你唔信耶？我自己都唔信，不過很懷疑，我冇此經驗，不如去睇下醫生。占美亦贊成。」劉影曰：「講都唔好意思，重好意思去睇醫生？」文霞曰：「就係，起初我死都唔肯去，後來我想下，冇法子，再拖落去，唔知點算好，而且希望佢唔係，或者我自己疑心亦未定耳。因此我硬着頭皮去搵個醫生睇下，當然我唔搵相識之醫生，搵個不識我者。驗左一輪，過兩日，醫生有報告，話證明我眞係有左細佬哥，嘩，死喇，點算好？」

林敏曰：「咁就只有結婚矣。」文霞曰：「然，我想除左結婚，冇乜辦法，可是搵占美商量，問佢點樣？占美沉沉吟吟，唔多肯講。我同佢傾左成兩三點鐘，都冇結果，後來返去我屋企，我在房中又問佢，我嬲起上來，問曰：『占美，你是否唔負責？』你估占美點話，佢曰：『叫我怎負責，老實講，有好多人都怕要負責。』我一聽見這句話，我眞係氣到七竅生烟矣！我曰：『邊個負責？』占美曰：『比如陳仔佢地呢？』我立即打佢一個巴掌，曰：『你眞冇良心。』占美俾我一打，即刻就走人，我開門趕佢出去，我曰：『我死左都唔使你理！』占美一聲不出，行左出門。你地話，在此時候，我是否激到成個跳起來。」

大家都不出聲，方劍青曰：「好矣好矣！你地快的食飯，掛住傾，菜都凍晒！」但是大家聽得極有趣味，不想食，想聽，我地幾個女仔，完全冇此種經驗，連聽都未聽過，點可以唔聽落去？

林敏這個十三點，又再問曰：「霞姊，咁佢走左之後，你就飲滴露耶？」文霞曰：「我思疑邊個做到我這份人，在那個時候都想到一死了事。我份人平日本來好少嬲人地者，人地點樣欺負我，我都係一笑了之，但這一次我冇辦法再忍，我立即取出滴露，就想飲。但又覺得味道難入口，所以搵出飲剩之半瓶拔蘭地，用佢來開滴露，當佢酒一樣飲落肚。一飲左個肚就火燭，越來越辛苦，最好同居住知道，同我打九九九，否則我這樣死左，就眞係唔値矣！」方劍青曰：「梗係喇，笨女，千祈唔好再製矣。」文霞曰：「我都怕過世！」

食左一的菜，林敏又曰：「霞姊，現在那一個占美返來搵你耶？」文霞曰：「佢都算好，我入左醫院，佢第二日就來睇我。我眞係唔想見佢，咁抵死。後來想下，或者佢係一時之錯，應份原諒人地者也！所以我只係唔睬佢，鼓埋泡氣對佢。後來佢同我出院，辦妥手續，送我返去，返到入房，你估佢幾衰呢，即刻雙膝跪在我面前，我瞓在床上，佢好似送終一樣，眞抵死！」

我地聽見大笑，劉影曰：「佢跪在你面前做乜？求你原諒耶？」方劍青代答曰：「梗係喇，重有第二樣野？」胡玉潔問文霞曰：「咁你原諒佢耶？」文霞嘆一聲曰：「好難講，人地對你咁好，個心就軟矣！老實講，我本來係中意佢者也，所以我冇辦法，佢又對住我喊，話佢知錯，又話我肚中那一個細佬哥，佢亦知道一定係我地者，我到此種情形，重有乜辦法唔同意佢呢又？」我笑曰：「霞姊，然則就快請飲矣。」文霞一笑曰：「我都唔知，現在睇下占美話幾時。」胡玉潔曰：「重等得幾耐？你唔怕佢生左出來耶？」方劍青曰：「你地班細路女眞係唔收口，又點會生得出來？」

胡玉潔曰：「你成日話我地係細路女，難道我地連女人生理都唔知？」林敏曰：「然也！十月懷胎，梗係要生出來至得者也！又點會話唔生？」方劍青曰：「生都冇咁快，眞係冇你咁好氣！」

講到此處，文霞之古仔已經講完，不過幾個女仔又輪流問佢占美爲人如何，家世如何？文霞話占美屋企有個錢，佢老豆自己開一間小洋行，占美自己亦搵得四五百銀。趙婉曰：「四五百銀够不够負擔一個家庭？我思疑唔多够。」方劍青曰：「有乜所謂够不够，多的來，密的手，小的來，啱啱够耳，家用兩個字最冇譜，你地未當過家，又點知道？」趙婉曰：「我就係當家之人，所以覺得四五百銀實在好緊。」方劍青曰：「你又點同，你地不是小家庭，兄弟姊妹多。」趙婉曰：「我計番條數耳。我表姊初初結婚，佢丈夫係官立學校教員，六百幾銀薪水，兩公婆都唔係點够也。」方劍青仍然老氣橫秋話冇所謂。文霞曰：「所以我都打算自己做事，各人一份，就好一的。」

這一餐飯，食左兩點幾鐘至食完，大家勸文霞不可再悲觀，文霞曰：「現在我眞係不悲觀矣。有乜好悲觀。」林敏曰：「當然，占美又返來，一切都解決，而且老板又俾你在公司中做番事。」文霞曰：「然，我都算好彩。」我曰：「然也，霞姊，點解老板又俾你返來呢？」文霞曰：「起初佢話要炒我魷魚，叫我上去問話。我問佢有乜事？是否不想我返來做？老板曰：『你所做出來之事，本來同我地冇關係，不過對於我地公司之名譽，未免有的影响。』我曰：『有何影响？是否會令公司之游水衣唔多賣得？抑或會使人地知道這一間公司之中，有一個自殺之賣貨員，便覺得這一間公司用錯人？其實我唔計錯數，唔點錯貨，唔得罪人客，就冇乜影响公司矣。是否有人會因爲我自殺，就不來公司買野？我想眞係冇乜道理。』老板俾我一問，問到口窒窒。曰：『咁又怕唔會。』我曰：『所以我認爲我在公司做，並冇影响公司之名譽。經理，你如果要開除我，幾時都得。我做左這一件事，我現在亦悔恨，但我自問除左對自己唔住之外，並冇對他人唔住也。』老板猛點其頭，曰：『係，我都話此乃你自己之私事，我照理唔應該干涉你。我只係怕人講耳。』我曰：『怕人講，都係講我而已，又不是講你。而且，人地講話邊間公司有個女售貨員自殺，連帶講起埋公司名，豈不是口頭宣傳？或者人地會因爲這樣，所以來睇下我亦未定。則唔多唔少，會順便買番的野也。』老板聽我如此一講，點頭而唔出聲好耐，最後曰：『文姑娘，你以後唔好再製矣，咪咁笨。你返落去返工喇。近來我地來左一批新花式游水衣，你落力的賣多幾件，帮下公司忙。』我一聽多謝，行人矣。」

我笑曰：「文霞，我老早同人地傾過，我亦係如此想法。冇乜損害，只有好處。」方劍青曰：「我地個老板唔同人者，佢古板到死。」文霞曰：「好多人以爲我眞係炒魷魚，激死佢地。」我笑曰：「馮德眞就够俾我激死矣！」文霞曰：「點解佢地咁想我俾人炒魷魚？」方劍青曰：「樹大招風喇！」

飯已食完，已經成十一點，大家都眼瞓矣，於是埋單，大家夾錢，每人食左六元。劉影曰：「其實我地這樣食最抵，幾時我地再來過。大家夾錢食飯。」胡玉潔曰：「一日一餐都唔怕。」

各自分手，我與妙玲同車返去，我先落車，返到家中，媽咪又問我去邊處，告之，媽咪曰：「剛才馮德眞來，話叫我勸你不可同文霞佢地來往，話文霞個人，私德甚差。」我曰：「我都聽到厭晒矣！你話俾佢知，佢之私德就够差！」吓！此人眞係抵死者，點解成日中傷人！

明日，我一定要懲戒下佢！

第二日我返到公司，馮德眞走過來，問我昨晚同個班人有乜野傾？我曰：「同邊班人？」馮德眞曰：「你不是同文霞佢地去食飯乎？」我曰：「多野傾耳，連你都傾埋。」馮德眞曰：「我有乜野俾人講？」我曰：「你自己想下喇，你自己之事，有乜野會俾人地講？」馮德眞曰：「我冇野好俾人講。」我笑曰：「冇就算數。」馮德眞死要問我地講佢甚麼？我一聲都唔提。

今日張阿拔冇來矣。但我想過今日應該同老板辭職，否則怕到收尾至辭，則不好意思矣。於是我等下午老板飲完茶返左來，公司生意又不太旺之際，走上去見佢，老板見我入來，不覺一怔，問曰：「凌姑娘，有乜事？」我曰：「經理，我想辭職矣。」老板愕然，曰：「何故要辭職？」我曰：「我因爲自己之問題。」老板曰：「你自己甚麼問題？」我曰：「我因爲家庭要我負擔，我一個人之入息，唔够應付，所以想另外搵野做。」老板曰：「你搵到未？」我不便直講，則曰：「未搵到。」老板曰：「現在搵事做不容易者也，雖然此處人工不多，但你可以做住先。慢慢再算，你又未搵到野做，就首先辭左職，豈非重冇入息？」我曰：「我托開人者矣。」老板沉吟曰：「除左這個理由之外，你重有冇第二個理由？」我曰：「冇，重有甚麼理由？」老板曰：「或者你與同事之間，發生意見。」我話冇。老板曰：「是否有第二間人來找你去？」我又話唔係。老板曰：「你來左不過兩個多月，即刻就話辭職？你唔好咁冇定性至得也，你當時來，我已經問明白你，你要有耐性做至得。而且，你又未曾做過者，我地教你點做點做。凌姑娘，我地此處並非售貨員養成所，教會你之後，你就走，我地又要重新訓練新人。」

選自一九五九年六月十三日至十九日香港《明報・野馬》，署名凌侶

夏伯

濟公新傳〔節錄〕

第一回：杏花深處酒保談禪　狗肉香中活佛再世

（詩曰）衆生擾擾盡儍癡　要識儍痴有砵衣
老僧最得儍痴法　且到人間作汝師

話說在下生平不事遠遊・雖然號稱足迹遍三國・其實不及千里之遙・這話怎講・在下生長在廣州・平日出門所到之地・不外港澳・香港是英國殖民地・澳門是葡國殖民地・那末・包括本身生長在中國合算・則足迹是到過中英葡三國了・但在抗日戰爭這八年中・却迫使在下走遍半個中國・這不是遊山玩水的寫意旅行・却是流亡困苦的走難・這些按下不表・這一本書是單表在下有一次・走到衡陽外五十里一個地方・這處有一座不甚高的山・叫造蒼山・蒼山下有一間和尚寺・是間廢寺・和尚一個沒有了・大雄寶殿三尊寶佛・也給鄉人吃在肚裡去

了•這事說來出奇•原來抗日戰爭還未爆發之前•這裡照例三年一次小飢荒•五年一次大飢荒•有一回•和尚星散後•碰着大飢荒•樹皮草根都吃盡了•忽然有人說•大雄寶殿那三座坭佛•是觀音土造成的•觀音土者也•是中國飢民的偉大發明不知•如何•說坭土中有一種土叫造觀音土•可以充飢•飢荒來時•便掘來吃•既然傳說三寶佛是觀音土造成的•飢民便拿刀鋤之屬來爭奪•這個鋤下佛頭•那個奪去佛臂•一小時之間•三寶佛淩遲處決•一日之間•三座坭佛都在飢民肚皮裡了•現在這一蒼山寺•已變成難民營•在蒼山寺外有一間酒店•叫造佛動心•別要以爲他在賣齋菜•他正是賣狗肉•在下那一天•飲了四兩酒•吃了半斤狗肉後•不免向酒保問•你賣狗肉就是了•爲甚麼把招牌叫造佛動心呢•酒保道•客官•我這招牌不是胡亂改的•是有事實根據的•濟公活佛•就是嗅着我們的狗肉香味再度臨凡的呀•在下罵他胡說八道•怎知酒保源源本本說出來•却是眞有其事•書中交代•本書故事•就是由酒保說出•同時•粵北湖南一帶人士•也都証實出現過濟公和尚•

且說濟公和尚本是降龍羅漢•他第一次降世•是在南宋高宗紹興元年•即公元一一三一年•他投胎在京營節度使李茂春之家造個獨生子•到了十八歲•入西湖靈隱寺爲僧•由老方丈元空長老剃度•遊戲人間•凡四十年•在他五十八歲時•再回靈隱寺•才踏脚入山門•却給一隻癲狗過來•在他腿上咬一口•濟公哈哈大笑道•和尚休矣•他逕自走回羅漢堂•倒在地上•小沙彌過來見他•濟公道•我今夜便死•死之時會作狗吠•這是癲狗症•現時無法可治•除非八百年後•才有一種外國奇藥來醫他•但到了八百年•我和尚還要再來的•是夜

•濟公和尚眞是像癲狗的亂吠一般•吠個不停•卒於吠死•靈隱寺諸僧衆•都說報應•濟公吃狗肉吃得多•現在給狗咬死•死時作狗吠•一定是百千萬隻狗的寃魂來報仇了•如是•到了公元一九一三年•恰是濟公圓寂後八百年了•湖南寧遠縣•有一個外國宗教機關•主持人也姓李•叫造主恩•李先生最歡喜古董•尤其歡喜字畫•他買了一幅墨水羅漢的中堂•畫的正是降龍羅漢•就在這一年•一九一三年•他老婆王氏•不小心把一點烟火跌落羅漢處•說來也奇•一時•熊熊火光•把羅漢燒去•李主恩先生•搶救不及•怪老婆不是•立心要懲戒他老婆一下•這一夜•飲了一瓶佛蘭地•還吃了一盅牛鞭•怎知濟公和尚•正該再度臨凡•王氏就有了身孕•十月期滿•產下一個又肥又白的孩子•這孩子眞怪•他一出娘胎就不啼哭•却嘻嘻的笑了三聲•以後他就一點不哭•只是傻笑•在懷抱之間•他笑得見者開心•聞者稱異•到了一歲•他却還只知笑•不會講話•一直到了八歲•也是甚麼不懂•眼倦即眠•肚餓即吃•其餘是笑•父母都擔心•說這孩子定是白癡•李主恩是有錢的•而且和外國人關係又好•已經花了不少錢去醫他•原來濟公降世•經過胎內的污穢•把他的靈光湮沒了•所以只懂笑•甚麼都不懂•

書中又交代•濟公第一度臨凡的師傅元空長老•此時也第十二回轉世•在五台山爲僧•法名玄通•玄通和尚那天心血來潮•曉得降龍羅漢再降人間•但靈光消失•到了現在還未會講話•便道•此事我不去管他•誰個去管•玄通和尚便托砵雲遊•登山涉水•無窮跋涉•到了李主恩教士的門外•敲動木魚•卜卜卜三聲•口念阿彌陀佛•只見鐵閘開處•走出一個

白衣黑褲的女傭•向玄通望一眼•然後自己在胸前劃一個十字•對玄通道•和尚•快走•你們不信上帝的•不要在我們門外吵鬧•玄通合掌道•善哉善哉•貧僧不是來抄化•只因知府上的小少爺•至今七八歲•還未會說話•此因其慧業未醒•但宿根猶在•貧僧要來點醒點醒他•說還未畢•李主恩先生在屋內已聽見木魚聲和玄通說話聲•他先用兩句英語•叫女傭把和尚趕走•跟着又用中國話道•不要聽他那些導人迷信的話•亞鳳•叫多利出來•咬他一口•多利就是那一隻大狼狗•亞鳳就是那個女傭•亞鳳向玄通道•和尚•我們的主人是最憎惡迷信的•你快去•不然•你悔之晚矣•你不看見這四個字嗎•亞鳳向牆上一指•玄通望一眼•是內有惡狗四字•惡狗終於出來•一隻像黃牛仔大小的狼狗•一連吠幾聲•衝過鐵閘而出•攫向和尚身上來•玄通措手不及•連木魚也丟了•忽然一部汽車•風馳電掣而至•亞鳳把多利嬌聲叱喝住•多利才搖頭擺尾的奔回亞鳳腳下•兜兩個圈•這才替和尚解了圍•原來這部汽車•正儎了一位西方活菩薩•來替濟公治病呢•這活菩薩就是安東尼•安東尼是一個神蹟博士•他的神蹟在一隻右手•有不可思議之効力•能醫疑難雜症•中國醫生活人靠三隻手指•神蹟博士活人則五隻手指都全用•足迹所至•神手留名•抱有殘疾之人•無不來求西方聖人的手一摸•正是

看他一隻神奇手
醫盡全球怪病人

上文因果•說到西方聖人安東尼來替濟公治病•原來這一位聖人•自稱奉上帝的意旨•能替全世界人類•醫治萬病•他一隻右手•有不可思議之効力•只要給他在頭頂摸一摸•馬上回春•連跛脚的也會行路•而且參加田徑賽•包獲冠軍•所以這西方聖人轟動全世界•足迹所至•久病纏綿的人•拖男帶女的去找他•李主恩先生和聖人有同教之誼•特來醫治濟公•中國人的神話•才是迷信•要打倒•外國的神話•不算迷信•要提倡的•連那一隻惡狗多利•居然也有此見地•牠看見汽車門打開•走出這個黑帽黑袍紅鬚綠眼的聖人•牠就搖着尾巴奔過去•用舌頭舐他的皮鞋了•閒言少叙•玄通和尚一心要來點醒濟公靈光的•受了這番挫折•他就走回五台山再不管了•而這個聖人•也不能醫好濟公的啞吧•濟公一直至十八歲時•還不會講說話•除了懂得笑外•甚麼也不懂•父母認定他是白癡•濟公在十二歲時•生活就很苦了•他有一段時期•造了乞丐•事因李主恩先生後來另有所歡•和一個同教的少女戀愛起來•要是李主恩信奉儒教•不成問題•他把少女娶作妾侍罷了•但他信奉外國宗教•不能多妻•只好和王氏離婚•王氏亦拋下濟公改嫁而去•這一個白癡的兒子•不能得父歡•李主恩把他趕了出門•濟公就造了乞丐了•濟公既不會講説話•又不懂人性•照理•應該餓死的了•因他本是降龍羅漢轉世•所以不會餓死他•人家給他冷飯殘羹•他便吃一頓•沒有得吃時•他便嘻嘻哈哈的過日子•有一年•蒼山寺有一個和尚•不守清規•逃了出去•這一個和尚•無巧不成話•他法名也叫造道濟•這似乎很奇•其實不奇•和尚跟俗人•無甚分別•俗人常常會同姓同名•和尚的法名•也有相同的•這個道濟和尚跟濟公第一度降生

前的法名相同•只可稱爲巧•不能算是奇•這個道濟和尚逃了出去•在路上碰着濟公•看見他身上穿一套西裝•雖然陳舊•却不殘破•欺他瘦弱•脫了他的西裝•自己穿上•倒容易逃走•却把自己的僧袍僧履和袈裟道牒一起給了他•他也不懂甚麼•嘻嘻哈哈的接受了•濟公的外貌•從此便成爲一個和尚•他再混了一時•和尚袍破了•僧鞋穿了•頭毛長了•要和八百年前的濟癲和尚沒有分別了•其中有一個善心的人•看着他的道牒•以爲他是蒼山寺和尚•又猜他一定不知如何•失了常性•好行其德•把他帶到蒼山寺•交回他的師傅•書中交代•蒼山寺的方丈•法名四空•大抵取在四大皆空之意吧•他是末路出家的•俗吳姓•名得威•吳得威是個少將階級的了•他是張宗昌部下一員猛將•他的為人•也很像張宗昌•見了女人也就要攞命•自然•對女人的攞命與對男人索命大有分別•他不是眞想攞了人家的命•結果•攞人命者人亦攞其命•後來•他碰着一個最妖媚的女人•今回攞他大命了•原來這是一個賣瘋婆•他發覺自己有了不治之疾時•頓萌短見•拔了手槍便想自殺•後來有個參謀獻計•說道•如今醫學昌明•一日千里•多許古時無法可治之病•都有妙藥能醫•吳將軍•現在你亦未發出面•待你發瘋發出面時•也許有專治痲瘋的特効藥了•他道•話雖如此•却教我如何見人•這個參謀又介紹他到蒼山寺造方丈•爲甚麼一個末路出家的人•立地可以造方丈呢•只因蒼山寺有寺產甚豐•擁有良田萬頃•許多大天二垂涎•巴不得有個軍佬來座鎮•吳得威將軍這樣搖身變成爲四空長老了•此乃前事•不必細表•再說一天•有人報告•說挾帶私逃的道濟•現在有人把他送回來哩•正在這寺門外•一會兒•又有人來報道•送來的

不是道濟．却是一個啞吧．可是．他身上穿了道濟的布袍．而且也拿着道濟的道牒．四空長老傳把這啞吧帶進來見．濟公活佛見了四空長老．依然不會講話．只是傻笑．四空一看此人．頭髮長長．一面垢垢．倒有些像大雄寶殿所供奉之濟癲聖僧哩．心中想道．這啞吧定是乞丐．大抵道濟逃走出去．化裝還俗．把僧袍道牒抛了．這啞吧拾得．穿在身上吧．四空長老吩咐衆僧繳回啞吧的道牒．把啞吧趕出山門外．不要管他．

濟公活佛被四空長老驅逐出山門．他渾渾噩噩也不曉得去甚麼地方好．便呆坐四大金剛脚下．一天沒有得吃．兩天沒有得吃．仍是笑嘻嘻的傻笑着．倒引起一個人發生惻隱之心．這是香積厨下的燒火僧．法名修心．修心生怕餓死了這青年乞丐．把他招呼到寺後面厨房門外．給一點殘齋冷飯與他吃．不覺過了一個月．書中交代．且表元空長老自從前一次下山去啓發降龍羅漢的靈光．遇着西方聖人來施神迹治病．使他敗興而返．元空長老想道．降龍羅漢現在年紀小．在父母管教之下．行動不自由．我沒法子去接近他．待過了十年．他年紀大了．不在父母懷抱之下．行動自由．到那時．我再下山去找他吧．如今光陰似箭．又過十年．元空長老在天台山．合指一算．叫一聲善哉善哉．老僧不去啓發他．尚待何時．便收拾袈裟砵盂度牒．再合指一算又叫一聲善哉善哉．老僧直去湖南就是．便交託了寺中諸務與徒弟．手扶錫杖．出了山寺．再合指一算．仰天大笑．再叫善哉善哉．一個轉身走回寺裡．放下錫杖．丟低包袱．當下有徒弟上前問道．師傅爲甚麼却欲行而止呢．元空道．你們有所不知．老僧出到山門時．算出降龍羅漢的天靈蓋已經打開．靈光出現．宿根頗明．他已經曉得自己的本來面目了•徒弟道•師傅•不是你去啓發他•又是誰人去啓發他呢•是不是如來佛祖親自出現金身去啓發他呢•元空長老•口占一偈•

不是仙•不是佛•乃是人間小動物•忠心守夜護主人•主人吃肉他吃骨•不是僧•不是俗•有時主人要補身•張開口來吃他肉•

元空長老說完這一偈話•衆僧還不明白•只道這老和尚•欲行又止•莫非別有心事•不可告人•大家對方丈老和尚•一肚疑團•不明佛偈•正是

小人不識君子心
燕雀焉知鴻鵠志

上文因果•說到衆僧還不明禪理•元空只得道•你們在空門修行•不知俗世之人•心目中有兩大寶物•一是女人•二是狗肉•女人狗肉•無人不好•要是不好•不能成大丈夫•降龍羅漢•這一次再度降世•不像我們•到了濁世•避之若浼•所以出家•降龍羅漢•志切救人•他這番降世•亦如前番一樣他要深入紅塵去救衆生的•所以女人狗肉這兩大寶物•如果他都不染指•就不能深入紅塵了•羅漢當然不能和女人斯混•狗肉那就不妨事了•有了狗肉•還愁降龍羅漢不復現靈光嗎•可恨羅漢此次投胎•偏巧投在一個信仰西方宗教的家庭•他的父母不只不食狗肉•而且禁止人家食狗肉•使羅漢自幼便無機會聞得狗肉香•要是他有機會得聞狗肉香時•他老早便恢復靈光了•方才老僧出山門時•合指一算•正算出羅漢碰

得這個機會哩•

原來元空長老第一次大叫善哉善哉時•正是濟公在山門餓了兩天時候•到了元空長老第二次叫善哉善哉呢•燒火僧修心已經把濟公叫進厨房去•把殘齋冷飯給他吃了•待元空長老第三次叫善哉善哉•却是修心奉了四空長老之命•叫他把一隻又胖又嫩的黑狗仔拖去宰殺•蒜頭豆豉•生薑附子•修心是一個專拿手撚狗肉的•這時節•是初秋天氣•湖南比廣東先冷•初秋時候•天氣已經很涼•人們衣服穿少一點•已經有鼻水了•濟公只是披一件破僧袍•朝早吃過一頓粥•縮在厨下後便的牆角打盹•忽聞得有一種香味•這香味似瑤池大會上的龍肝鳳髓還濃膩得多•這股香氣給涼風一吹•吹進濟公的鼻孔•由鼻孔直落丹田•到了丹田•再一轉而像噴射機一般•衝上腦上•豁然一聲•把濟公的天靈蓋打開•一時•萬丈豪光•上衝霄漢•一直衝過大氣圈•破了同溫層•像千萬架火箭一樣•把天上所有星宿震撼•活佛再度出現了•濟公憬然大悟•不由大叫二聲•善哉善哉•我和尚又來也•濟公這一叫•叫得像防空警報一樣•把厨房裡幾個小沙彌驚動了•他們急向修心報告•説那個啞吧乞丐開聲了•修心不信•那小沙彌正在拿一把破葵扇•他本來負責扇火的•就答道•你不信•我帶你去看他•右手拿着葵扇•就引修心出去•濟公一見了小沙彌•一手搶了他的葵扇•大叫道•小和尚•讓我來扇火吧•我和尚不能缺乏這把扇•我和尚最善拿扇•我和尚可以把密實姑娘•扇得春心蕩漾•把無聊政客•扇得左搖右擺•把貪官污吏•扇得良心發現•把國際巨頭•扇得又合又離•總之扇得天翻地覆•鬼哭神愁爲止•濟公這一番話•把修心看得呆了•修心想道•這一個

定是騙子•他是假扮啞吧的•我報告方丈去•修心行•四五個小沙彌尾隨着他•爭去報功•香積厨沒有人了•只有一鑊狗肉•水蒸汽把鑊蓋滚動•發出「熱辣辣」之聲•濟公哈哈大笑•先向狗肉鑊合掌敬禮•而後道•久違了•善哉善哉•我和你隔別八百年了•最後聳身一跳•跳上灶頭•左手一揭•揭開鑊蓋•一陣白色的烟霧沖出•就像菌狀的原子雲一般•帶着濃厚的香氣•濟公用力一索•全身骨頭都輭化了•大叫道•罷了罷了•我和尚就跳在狗肉鑊裡淹死吧•伸手向下一摸•也不管熨炙手•就掏出一隻狗腿出來•口水鼻涕•直向下流去•他抓着一根手指大小的東西•向咀裡一塞•很好味道•他不知是狗鞭•一邊咀嚼•一邊說•這定是狗腸了•八百年前•宋朝時候•那些狗腸•沒有今天這麼好吃•又抓一塊肉送進咀裡•更好味道•濟公說•善哉善哉•原來八百年後的狗是這麼好吃的•一定現代人士養狗•特別優待•我在西天•也曾聽得凡間之人•把狗看造太公供奉的•無怪狗的肉•這麼好吃了•又再抓一塊•這不是肉了•是一塊附子和一塊生薑•也一樣好味道•怪了•宋朝時候•煲狗肉的•沒有配菜•狗肉就狗肉•用水落一點鹽•把牠煮熟就是了•原來現代人煮狗肉•有這許多配菜•濟公爲人•對事物不大研究•對狗肉非要研究不可•他要研究•又不用學愛迪生和愛因斯坦般躲在化驗室傷腦筋•他的研究之道•極爲簡便•他拿手向靈光一拍•這一拍•便把現代人煮狗肉的方法•完全了解•思*用花椒八角•南乳•檸檬葉•濟公搖頭嘆息道•世界

---

*（編者案）此處原稿有十七字模糊，無法認出。

眞個文明了•人群眞個進步了•你看•八百年光陰•不過眨眼間事•煮狗肉却有許多方法•按下濟公大吃狗肉不表•在禪房裡•四空和尚正安排定一埕家鄉舊米酒•準備去送狗肉•看官不可不知•吃狗肉不同吃魚翅•吃魚翅不妨用佛蘭地•威士忌•用象牙筷•銀碗仔•玻璃杯•前對正襟危坐紳士•後有花枝招展女招待•吃狗肉如果也照這樣的排場•便甚麼滋味都沒有了•吃狗肉要怎樣架步•是另有風格的•瓦碗•竹筷•不用酒杯•每人一隻碗•赤着膊•捋高褲脚•戙起一隻膝頭•三五知己•個個都會炒蝦拆蟹•不必講衛生•也無須「注重城市清潔」•若吃到有鼻水•隨地亂飛可也•閒話少提•四空和尚本是出身行伍•最懂這個架步•他雖然發瘋•但發瘋同床•生癩隔壁•所以在禪房裡•開定一張桌•抬出一埕酒•突然間•燒火僧修心跑進來•這一個修心•本是四空造官時馬弁•他一時還未能革除舊作風•他在四空之前•舉手立正說•報告長老•四空說•狗肉已經够火路了麼•修心說•不是•報告司令•前時•穿了道濟衣服來的那個啞吧乞丐•方才開口說話哩•四空長老不信•回頭對身邊一個和尚道•志圓•你去看看巴拉麻念完經沒有•說開飯了•叫他來飲酒•順便到山門外去•看看這個乞丐•看他怎樣開口•這一個志圓和尚•本是一個監寺僧•地位等於秘書•巴拉麻乃一個由西藏來的喇嘛和尚•四空長老對他特別敬禮•欲知後事如何•且聽下回分解•正是

有肴無酒不精神
有酒無肴也不行

最好有肴兼有酒
孖蒸狗肉各三斤

第二回：療惡疾長老尋舍利
報深仇喇嘛裝彈弓

（詩曰）惟有恩仇不易磨　報恩不似報仇多
鞭屍三百猶嫌少　一飯千金能幾何

上文因果•說到濟公在禪房偷酒喝•看見喇嘛僧巴拉麻進來•他捧着酒埕•奪門逃去•巴拉麻目送其去•且表這個巴拉麻是何來歷•單看他的面貌•已經使人吃驚•他有一邊是人面•有一邊是鬼面•人面那邊•眉清目秀•鬼面那邊•一隻眼吊起•眉毛沒有•頰上一大疤痕•咀角歪斜•巴拉麻對人說•這半邊鬼面不是生出來的•是他苦功結果•西藏地方•凡苦志修行的人•都要先讓皮肉受苦•他那邊鬼面•是在煉苦功時•燒着堅炭•在炭火最高時•把一邊面枕在炭上•讓面頰受炭火燒炙•所以弄成這樣•巴拉麻雖說是由西藏來•但講本地話•講得很好•原來這個傢伙•一片胡言•他根本不是喇嘛僧•也非西藏人•正是本地人•在十年前•他還是本地一個大地主哩•姓陳•名諒•花名賽孟嘗•只因他有一邊面變了鬼

面•故此無人認得他廬山眞面目•究竟他假扮喇嘛僧•再來蒼山造甚麼呢•將來就知了•如今只說四空長老把他尊爲上賓邀到蒼山寺的經過•只緣賽孟嘗陳諒回來之時•披了一件黃布僧袍•頭戴尖頂喇嘛帽•自稱能畫符治病•凡頭痛•發燒•一吃他的符•馬上平安•他畫符的方法•是用手指在一碗滾水上•念念有詞•在水面上亂畫一通•水本來無味的•經他一畫•馬上有苦味•除醫發燒頭痛外•發冷也行•你道他有甚麼神通•原來他是把阿司匹靈•結連粉等•藏在手指甲•他在水上亂畫時•手指的阿司匹靈和結連粉•就溶化在水裡•人家吃了他的符水•也即是吃了阿司匹靈和結連粉•所以就好了•四空長老把他請到蒼山寺•是知他能醫疾病•求他醫好他的大痳瘋•陳諒馬上答應•但說此乃大功德•非要念七七四十九日咒不行•待將符水念成•還要一樣很難找尋的藥引子•但姑且先念•已經念四十八天了•這一天•四空長老宰了狗肉•要請陳諒飽吃一頓•却給濟公此時再世•大鬧一番•好在那一鑊狗肉•濟公偸去不多•那一埕酒偸去了•開過第二埕•四空叫心腹兩和尚•志圓修心相陪•四人在方丈室中•開懷喝飲•四空就問陳諒道•巴拉麻•我的咒水成功嗎•陳諒道•這是方丈大功德•咒水已經滾起了來•到了明天•他就像沸水一般•但我擔心藥引子難找•四空問甚麼藥引子•陳諒道•要一顆舍利子•看官•甚麼舍利子•得交代一下•舍利子爲佛寶•大凡和尚•自幼出家修行•元陽不泄•到了死後•用火燒尸•所有骨頭都化爲灰燼•但在灰燼之中•却有一顆東西•狀如明珠•大如白菓•晶瑩朗潤•夜能生光者•即名舍利子•是元陽所結•火不能燒•往時•廣州六榕寺•保存一顆•方丈鐵禪•有一次生病•把他吞食了

•四月子日子時出世的•叫造四子命•要是此人死了•把他尸骸焚化•也有舍利子•四空皺着眉頭道•也一樣艱難•我們在那裡找這個四子命的人呢•監寺僧若有所悟道•長老•這顆舍利子•我有辦法去找•不必憂愁•四空喜道•志圓平日不車大炮•我心安矣•不覺心中大快•再飲數杯•大家醉飽而散•那賽孟嘗心中比四空更爲快活•因爲他的報仇大計•已經成功八九成了•陳諒脚兒浮浮走出方丈室•經過走廊•一脚踢着一看•是一隻酒埕•酒醉三分醒•酒埕在此•那個偷酒飲的啞吧乞丐一定不遠•一時好事•要找一找他•東張西望•忽聽有人叫道•賽孟嘗陳諒救命呀•陳諒回頭一望•在欄杆下•那乞丐縮造一團•仰頭叫他•陳諒心中叫聲不妙•酒也醒了•他想•我回來不少日子•因爲面目已改•無人認得我•爲甚麼這一個乞丐却認得我•他走到濟公身前•伸脚踢一踢他•濟公叫•巴拉麻大師救命•陳諒再走過一邊•面對着濟公道•啞吧•你是甚麼人•怎麼認得我•濟公道•我不認得你•陳諒道•你不認得我•何以會叫出我的名字•濟公道•眞的•我全不認得你•陳諒道•你最先不是叫我造賽孟嘗陳諒嗎•後來又不是叫我造巴拉麻大師嗎•現在•你又說全不認得•濟公道•你方才拿左面向着我•這一邊面眉清目秀•活像十年前的賽孟嘗陳諒•後來•你拿右面向着我•吊眼歪咀•形容難看•活像一個喇嘛僧巴拉麻•現在•你拿正面對着我•一邊鬼面•一邊人面•有些像陳諒•有些像巴拉麻•我就全不認得這個怪人了•陳諒心裡更不安•看乞丐的話•他分明知我來歷•便改容道•好乞丐•請你不要管我的事•我將來重重謝你•帮忙帮忙•濟公道•陳諒先生太客氣了•我和尚還要你救命哩•我偷吃了酒肉•那個痳瘋佬一

定不放過我・不知躲在那裡好・救命呀・賽孟嘗陳諒道・好乞丐不要再提賽孟嘗陳諒五個字了・我帶你躲在我的房裡去・一定沒人敢來找尋你・不表陳諒把濟公收藏在他房子裡・且表陳諒當時對四空說出要尋一個四子命的人・他身上會有個人來・你道此人乃誰・此人並未死去・當時旁邊不是還有修心和尚在嗎・修心自己却驚慌起來・他想出自己是子時出世的・而且・又在甲子年出生・但月份是否是子月・日是否子日・却要查過方知・如果自己眞是四子命・四空長老・爲了醫治他的痳瘋・大可能把心一橫・將自己殺死・去取舍利子的・修心不安了許久・很想知道自己是否子月子日子時出生・無奈他自己實在記不起・有一個同在香積廚造伙頭的和尚・看見修心愁眉不展・問他甚麼事・修心忠忠直直的說出・並且說自己忘記了何月何日何時出世・只怕自己恰巧是四子命・那和尚大笑道・混帳東西・既然連你自己都不知是否四子命・又有誰人知你是四子命呢・修心聽了・也啞然失笑・可是・這一件事傳出去・滿蒼山寺的和尚・人人自危・都連忙看看自己的時辰八字・是否四子命・其實這是不常有的・不過也難怪他們的憂懼・因爲四空長老・是個殺人不眨眼的傢伙啊・正是・

堪笑庸人多自擾
誰知蛇影是杯弓

選自香港《成報》。第一回刊於一九五一年十一月一日至三日，缺十一月四日。第二回選自十一月五日。標點符號悉依原稿

海角梁山泊〔節錄〕

第七十一回：盧俊義一夢千年
潘金蓮大舞九脱

話說水滸傳一書，至七十回而止，說他未完，他最後無「且聽下回分解」的字句，說他已完，一百另八條好漢都無着落，所以後世好事者，不惜狗尾續貂，蕩寇誌，續水滸層見疊出，我之好事，豈不如人，而一〇八條好漢，却不給我找得着落之處，於是搖筆弄墨，騙幾個錢稿費，若幸而多搵幾個錢，則根據大清律例，徵得老婆同意，娶個妾侍，以娛晚景，正是「夜來薄醉搖柔輪，語不驚人搵水頭」，且表上回說到梁山泊上，衆英雄大聚義，歃血飲酒，個個醉了，各自歸寢，只有罡星玉麒麟盧俊義，他睡不着，獨自出來，正是正在仲夏之夜，滿天星斗，忽然想到前幾夜天上一聲響，地底爆出一個石碑，碑上有天書文字，裏面刻着一〇八個兄弟姓名，原來個個都是星宿下凡。

大哥宋江是天魁星，自己是天罡星，三弟吳用已經渾名智多星了，却又是天上的天機星了，盧俊義舉頭一望，滿天星斗，不知那一顆是天魁星，那一個天罡星呢，想着走到忠義堂前，還有一埕酒在，盧俊義俯下身，拿着杓子，再留一杓飲下，忽然發生幻想，他想到，人生不過百年，我們由天下降，謫到人間，想來亦不過百年，要是再加九百年，有一千年壽命，這才有趣，因爲世界必須經過千年，變化才大，這一想，便沉沉入夢，一個人在夢中斷不知是夢的，盧俊義亦然，他在夢裏，忽然聽得天崩地裂一聲，整個梁山，好像脫離了梁山泊，飄在空中，浮浮蕩蕩，忽然又撞向地上來隆然一聲，震得盧俊義當時暈了，一會兒，迷迷糊糊，張眼一望，堂上有個牌額，大書「天下太平」四個青字，眼一花，天下兩字又失去，在太平二字下似乎添一個洋字，一眨眼，那洋字又變個山字，盧俊義閉眼睛，許久許久，也不知多久，有人在耳邊叫道，大班，你多多飲醉酒，盧俊義張眼看時，身邊一個，衣冠甚奇，頭纏紅布，一嘴鬍鬚，膚色黝黑好像喝斷長坂橋那個張飛，盧俊義道，你是誰，那人道，我是孖打星，盧俊義把孖打星三字，反覆念幾次，石碣上一〇八個兄弟的星宿名稱都記得，三十六天罡星七十二地煞星，乜嘢星都有，只是無孖打星，莫非此人在一百零八之外，第一百零九乎，正在沉吟，背後有人叫道，二哥，盧俊義回頭一望，却是天巧星浪子燕青，盧俊義指住孖打星問道，老弟，他是不是我們梁山人馬，燕青一手拖着盧俊義走，低聲說，二哥，我尋得你好苦，你先看看這是什麼世界，盧俊義這才舉頭一望，山是一樣青，水是一樣綠，但遠遠近近的樓房屋宇，却全不是平生所見過的。忽然一陣旱天雷，舉頭望處，有一隻大鵬鳥飛過，燕青道，二哥，此乃飛機，盧俊義叫道，怪哉，因何我睡一覺成個梁山泊都變了，燕青道，這裏不是梁山泊，此非談話之所，即拖了盧俊義手，有一架車子，沒有人拖，也沒有牲口拖，就會走動起來，燕青一招手，車子駛過來，燕青和盧俊義上了車，叫司機駛到龍城去，然後低聲道，二哥，此乃汽車，跟着道，如今不是大宋時代，大宋離現在差得遠哩，一千年了，我也不知道爲什麼會落在這個世界，這個時代，一年之前，我一覺醒來，世界面目全非，衆兄弟都不見了，自己孤清清一個人，盧俊義大驚道，那末，宋大哥哩，燕青道，除了今天碰見二哥，我都不知道，莫說宋大哥，誰也未見過，我只是望皇天庇祐，我們一〇八個兄弟，個個都安全，盧俊義皺着眉頭道，我也望你的話靈驗，不然，只剩下我兄弟二人，有什麼趣味，又低聲道，老弟，你如今帶我到那裏，不怕官軍拘捕嗎，燕青笑道，時代不同了，世界變了，大宋時代的官軍如何還會有呢，這時節，盧俊義才發覺，這架車子走得非常快，一會兒，停在一間大木屋門外，二人進裏面去，這屋子外面倒並不風光，裏頭都頗有陳設，座上也有不少客人，個個衣裝新奇，一陣掌聲起處，出現了一個婦人，滿塗脂粉，舉手頓足的跳出來。

盧俊義以爲這一個婦人，在裏面渾身打戰，定是發冷，兩步跨入屋裏，這一間木屋也奇，外面是毫不風光，裏面却陳設得很講究，擺着許多椅桌，都坐滿了人，人人的衣裝，都極新奇，盧俊義給這個打冷戰之婦人所吸引，看見有一張空桌，他就坐下去，話説此木屋却是龍城裏一間最架勢之酒吧，那個打冷戰的婦人，本是舞女，人家在跳舞，盧俊義却以爲人家打冷戰，但一會兒，那婦人把身上衣服一件件脱下，盧俊義更莫名其妙，既然發冷，因何還脱下衣服呢，他要回頭問一問燕青，才知燕青沒有跟着進來，盧俊義才站起來出門外，燕青正在門外兩頭走，要找他，待看見盧俊義，燕青道，二哥，你去了那裏，盧俊義指着木屋道，方才我在門外張望，看見有個婦人在裏面打冷戰，故此入去看看，燕青道，二哥，想看脱衣舞嗎，這一間脱得不澈底的，還有更正嘢的在，二哥，你沒有地方居住，待我向老細支一個月人工，和你去開酒店，説着，又到了一間更大的木屋，門前有一個花牌，寫着龍窟大戲院，門前擠着許多人，燕青叫盧俊義站在路邊，不要亂走，我進去見老細，燕青去後，盧俊義看見有三個人，笑微微的進裏面去看，盧俊義不由跟着人家走，原來此三人乃是進後台的，後台裏有四個赤條條一絲不掛的女人正在對着一片破了的鏡子在塗脂粉，個個都面黃肌瘦，一股汗臭氣和脂粉氣撲進鼻孔裏，很難聞，有一個男子，抱着一個嬰兒，遞給一個赤條條婦人要她餵奶給嬰兒吃，旁邊一個粗眉大目之漢子，大喝道，快些，快些，勿妨礙出場，那個嬰兒却銜着媽媽的乳頭不放，那婦人無可奈何交回嬰兒與丈夫，作打冷戰之狀出場去了。角落裏又有一個婦人擁着大肚皮呻吟不已，那個粗眉大目的漢子用脚踢那大肚皮婦人道，還不準備，你也要出場了，那婦人勉强站起仍捧着大肚皮，盧俊義看得明白，這個婦人一定已經有孕，快要生孩子了，那個漢子如何還拿脚踢人家，不由義憤塡胸。大喝道，玉麒麟在此誰敢欺負女人，盧俊義一出聲，後台的人才發現有個陌生人進了來，三五個男子，一擁而前，喝問盧俊義何得闖進後台，口到手到，幾隻拳頭一齊撲進盧俊義身上，但那個是盧俊義的手脚呢，玉麒麟使出渾身解數，三兩度手脚，把那些人打得倒地葫蘆，忽聞有婦人呼救聲，跟着是嬰兒哭聲，原來那個大肚皮婦人，正要出場跳舞時，那孩子却出來了，盧俊義一雙拳頭，殺開一條血路，一奔出去，怎知他不知路徑，要走出去的，却走進了裏便，原來是賬房地方，浪子燕青正和會計磅水，一眼看見盧俊義，即道二哥，怎麼你亂走進來，這時後台裏一因盧俊義打倒幾個人，二因有一個舞女生孩子，鬧得亂烘烘，也有人追盧俊義追進賬房裏，聽見燕青拖着盧俊義的手呼二哥，知是熟人，而且大家都怕燕青，捱了盧俊義幾拳，只有自認晦氣，盧俊義被燕青拖進後台裏，只見那婦人下身流着血，兩條大腿擘開，那個孩子已經有人用一件破布包起，盧俊義道，燕青，這婦人生了孩子無人管，燕青聽説，到那角落裏一看婦人，因爲那個婦人兩條大腿擘開，什麼地方都看見，只見她肚臍之下，有一塊紅痣，忽然想起一件事，忙奔進賬房裏，大叫地獄章，原來就是叫那個會計，地獄章應命而出，燕青指着那產婦道，快把她送到醫院去，不管用多少錢，戲院代支，由我負責，地獄章哼一哼鼻孔道，燕大哥，不要管她，那能造得許多善事，燕青頓足道，你依我話，如果有誤，提防大老細追究，地獄章還在猶疑，燕青在她耳邊低聲說兩句，地獄章道，燕大哥，你如何知道，燕青指着那產婦的肚臍下道，有此爲證，地獄章下令大漢們七手八脚，拿一塊布幕，包着產婦，送到醫院去。燕青便拖了盧俊義出門。

盧俊義問燕青道，老弟，你究竟帶我到那裏去，燕青道，本來我要帶你到酒店開房去，現在有件重要事，我要去見一見我的東家，二哥，你陪我一走吧，且說燕青這個東家，姓齊名仁樂，渾名聖人亮，他是一間中學的校長，又是一間銀行之董事，道德文章，爲世所重，社會舉凡有什麼事，如社會福利事業之類，少不免都要請他出來主持，燕青在他身邊，當一名打手，最近有一班人，請求齊先生救濟婦女；開辦一個戲院，專演脱衣舞，齊先生想落，如果此戲院一開，總要僱用幾多婦女來跳脱衣舞，總算維持了這幾個婦女生活，善心一動，就慨然投資，所以不時吩咐燕青到戲院巡視，方才那一間龍窟大戲院，就是齊先生所投資，爲什麼齊先生如此熱心慈善，却有原因，事因齊先生老婆雖多，但兒子只有一個，他的兒子叫做齊少仁，已經有二十七歲了，他抱孫念切，要替兒子娶媳婦，齊少仁總是左推右辭，齊先生看見兒子不聽話，心裏就道，你這畜生，總不想到傳宗繼後之事，你既然不努力，我只有拼條老命，去盡一分責任吧，家裏有一個婢女，叫做秋雲，他早已生蝓貓入眼，他買了一點迷葯，讓秋雲吃了，把她抱上床，已經解下羅帶，發覺秋雲肚臍下有一塊紅色的痣，喜出望外，他懂一點麻衣柳莊的相法，曉得秋雲有此異稟，將來必生貴子，正欲動手，却被他第七個姨太發覺，他最怕這個七姨太的，一番好事，功敗垂成，到了第二天，秋雲就私逃去了，跟着那個齊少仁在舞場裏，因和幾個牛仔爭風，當堂被牛仔拿酒瓶打破頭顱，受了重傷入醫院，流血過多，不治而死，死之前，對齊先生道，爸爸，我死不足惜，但秋雲有孕，你要照顧他，齊先生此時方知，原來他的好兒子，英雄所見略同，早已愛上秋雲，而且有了孕，無怪秋雲要私逃了。但要問秋雲住在那裏，齊少仁已經閉了眼睛，不能說出這個重要答案了。齊先生就明查暗訪的去找秋雲，總尋不着，燕青是未見過齊少仁的，也未見過秋雲，只是聞得齊家的僕婦說出這件故事，說齊先生一心要納秋雲爲妾，因爲秋雲臍下有一塊紅痣，今天在戲院後台裏，看見那個在後台產子之舞女，肚臍下有一紅痣，靈機一動，想道，莫非此是齊先生所尋訪的秋雲麼，所以急急忙忙帶着盧俊義來見齊先生，到了齊公館，恰巧齊先生送客出門，一見盧俊義儀表出衆，服裝古雅，十分喜悅，即問好漢何來，盧俊義道，未請先生貴姓，小弟乃玉麒麟盧俊義，齊先生一見如故，就請盧俊義進裏面坐，奉茶奉烟，不用燕青介紹，盧俊義不會吸烟，只會飲茶，燕青道，齊先生，我有要事奉告，齊先生道，你且勿來騷擾，我久聞盧先生大名如雷貫耳，盧俊義道，齊先生，燕青是我的義弟，這又使齊先生對燕青也肅然起敬，燕青才有機會把方才所見說出，懷疑那個產婦就是秋雲，齊先生不聽猶可，一聽即問產婦現在何處，燕青道，我已交帶地獄章把她送到產科醫院了，齊先生馬上站起來，叫燕青招呼盧俊義，他自己立坐汽車到產科醫院去，按下不表，且表齊先生去後，盧俊義對燕青道，你的東家倒很喜客的，看他如此禮賢下士，大有古風，燕青低聲道，我在此不過兩三月，未熟知他的脾氣，不過一班婢僕對他，却都有不滿之表示，二哥，我和你去酒店開房吧，我要把這個世界大概情形告訴你，要教你一點新常識，好比吸香烟之類，方才齊先生敬你一支烟，你便莫名其妙了，這一邊燕青便和盧俊義去酒店開房，這回，燕青不坐汽車，和盧俊義步行，沿途把所見之事物，逐一指點給盧俊義看，詳細解釋，聽得盧俊義嘖嘖稱奇不置。

進了一間叫做香城酒店，開了一個騎樓房，燕青看已經是晚飯時候，就和盧俊義到飯廳吃飯，這飯廳有中西菜，燕青自然是叫了幾個中菜，盧俊義看見人家吃西餐的，又刀又叉，他低聲道，此人吃飯也帶了十八般兵器來，燕青又解釋一番，盧俊義又是稱奇不已，吃過幾杯酒，盧俊義還是念念不忘衆兄弟，問燕青道，老弟，無論世界如何變，江山一定不改，你爲什麼不到梁山泊去看看呢，燕青道，如今不是大宋天下，是中華國了，新中國現分爲大行政區，梁山泊是在山東省壽昌縣內，山東省屬華東行政區，離這裏很遠哩，盧俊義道，老弟，我橫豎閒着無事，我不怕遠，我要到山東去看看，或者衆兄弟仍在梁山泊上，思疑我和你一定被一陣怪風，吹落在這裏來，我記得在夢中好像飄飄浮浮的，燕青道，到山東要許多盤費，却也不妨，今天我替齊先生立下大功，他年老無子，知道兒子少仁曾有個遺腹子在秋雲身上，方才我看見秋雲產下的正是男孩子，齊先生有一個孫兒了，一定很高興。我和他商量，借一千元與你造盤費，燕青和盧俊義吃完飯，叫二哥早些休息，他就回到齊公館來，且表那齊先生當時趕到產科醫院，向看護探問，果然有這麼一個產婦送到，齊先生是社會名流，看護不敢怠慢，招呼到病房去，病床上躺着的正是秋雲，齊先生喜得像發狂一般連聲秋雲秋雲，秋雲却把面兒向着牆去，眼尾也不望他，齊先生現在是關心那個嬰兒了。

醫生已經聞齊先生到，忙趕進來，齊先生道，醫生，這個是我的媳婦，我的孫兒哩，是男還是女，醫生道，齊先生恭喜，是個男孩子，不過他還未足月，而且產下時未能及時調護，只怕這一條小生命，很難保，齊先生着急道，不管什麼，醫生，你得盡力替我調理這小孩子，費用我是不惜的，醫生道，那好極了，齊先生，最好你交下五千元作按櫃，我替你作合理開支，齊大人忙取了支票簿簽了一張支票，其實那個嬰兒此時已死了，不過醫生計算，要是向齊先生報告，嬰兒已死，就沒有一筆大生意造，故此說出上面一段話，可是齊先生却要見見他的小孫兒，醫生點一點頭，向看護打一個眼色，看護出去一會兒，抱出一個又胖又白的小孩子，那小孩子已經會張開眼睛看了人了。

齊先生萬不料，自己居然有後，喜得滴出眼淚，看官，方才不是說秋雲那個小孩子已經夭折麼，因何看護又抱出一個又白又胖張開小眼的嬰兒來給齊先生看呢，此中自有原因，留待下文再說，且表齊先生喜孜孜回到公館，燕青在此久候，齊先生已經忘記盧俊義了。方才他對盧俊義之禮貌，不過是他生平外表是個紳士，裏頭是個黑社會領袖，專好結交江湖好漢，他平日常常聞人說，及時雨宋公明，玉麒麟盧俊義，他生平不讀書，絕不知此二人乃是水滸傳一書中之人物，以爲是青紅幫之人馬，所以特別尊敬，如今見了燕青，燕青說出要借一千元送與二哥造盤費，他才醒起來，此時，人逢喜事精神爽，齊先生忙說，我正要替盧先生擺酒接風，如何讓他去，他既然有事要去，那末，這一千元算是我送他的，好，我把現鈔給你吧，打開夾萬，拿出一千元鈔票交燕青，跟着又說，燕青，你今晚還要到龍城去看看那間戲院，秋雲入了醫院，少了一個舞女，得要補充一個，噯喲，我眞糊塗，我自己的媳婦，就在自己的戲院裏造舞女，我還不知，燕青道，齊先生，所以我曾問你說，他也不妨到龍城去看看自己的生意呀，齊先生笑道，燕青，你不曉得，我是個有地位的人，龍城這塊地方，我是去不得的，我若一到，便有失身份，若不幸讓新聞記者看見，他們會不厭其詳的賣出來，我的面子便丟盡了。不過，你把爛頭土叫來，我明天要見他，我要知道秋雲因何會在戲院裏當舞女，燕青收了一千元，先到酒店找盧俊義，把千元交與他，再趕到龍城去。

選自一九五三年六月一日至六月四日香港《香港商報．說月》

孟君

瘋人院

〔存目〕

香港：星榮出版社，一九五二年

我是山人

佛山贊先生〔節錄〕

第一回：瓊花宮梁贊得名師　佛山鎮名伶敗把總

中國拳術，派系最多，單以南派而論，洪劉蔡李莫五大名家而外，更有詠春派，白鶴派，嶺東派等，類皆著名於嶺南者也，佛山爲我國四大鎮之一，自昔工業繁盛，工友特多，各行會館，均聘請名師回來，教授各行友技擊，是故佛山武風特盛，名師輩出，今省港名拳師，多出自於佛山者，非無故也，佛山各行，以土布織造行，鮮魚行，薯莨晒染行，染紙行，顏料行，雨遮行，鎅木行，茶居行等爲最大，每行擁有行友數千人，每日晚飯之後，輒羣集武舘練技，而富商巨賈，亦多聘專師回店教授店伴子弟，故技擊在佛山，實至普遍也，佛山拳師，以三派之勢力至盛，一爲少林洪家，創自少林洪熙官，洪熙官曾在佛山瓊花會館任教頭，故把洪家拳傳於佛山，一爲蔡李佛派，蔡李佛創自新會京梅鄉人陳享，陳享傳於張鴻勝，張鴻勝在佛山設武館授徒，名曰鴻勝社，張鴻勝傳於陳牛盛，門徒日衆，受聘於全世界各埠會館，或自立門戶，今武館以鴻勝二字標榜者，即蔡李佛派弟子也，一則詠春派，即本篇所述者是也，詠春派世傳創自方世玉之姪女方永春，但山人據佛山詠春派老拳師吳仲素師所述，則方永春另有其人，佛山之詠春派乃詠春而非永春，一字之差，世人乃誤詠春爲永春，詠春派拳創自福建豆腐女嚴詠春，嚴詠春傳於其夫梁博球，梁博球傳於佛山伶人王華寶，王華寶傳於梁贊，梁贊傳於陳華，猪肉貴，吳仲素，陳華傳其子陳汝棉，吳仲素則傳於葉問，陳汝棉師現在佛山西便巷設館授徒，葉問師則在九龍專任私家教授，近更應本刊之聘，任武術顧問焉。閒話少提，且說詠春派拳王梁贊，生於遜清中葉，拜王華寶梁二娣爲師，爲人慷慨仗義，好打不平，設醫館於佛山快子街，曰杏濟堂，並代人醫跌打，其駁筋續骨之術，遠近馳名，與佛山名醫李廣海之父李才幹及梁財信等齊名，不特佛山人多到診症，即南海番禺順德三水中山東莞省港各地之人，不辭跋涉，慕名前往求醫者，門限爲穿，由是名噪華南，梁贊既以醫術問世，人稱之曰贊先生，先生二字切音腥字，人乃稱之曰贊腥，梁贊自少好武，日到附近武館習技，惜未遇名師，故所習者，只屬花拳綉腿而已，當遜清嘉慶年間，廣東戲行設於佛山大基尾主帥廟側，曰瓊花會館，後遷廣州黃沙，稱八和會館焉，全省戲班，均隸屬於瓊花會館之下，乾隆末年，至善禪師洪熙官等曾任教於瓊花會館，故班中子弟，不少身懷絕技者，時瓊花會館中有一班樂榮華，班中二花面名梁二娣，早歲行走江湖，隨至善禪師習少林拳術，遇有打眞軍場面，輒由梁二娣負責，眞實功夫，硬橋硬馬，劍影刀光，博得觀衆掌聲不少，時梁贊年方十五歲耳，在青雲街羅館習技，羅館教頭曰羅雄，年已四十，生得身軀高大，滿咀髯鬚，人號曰髯鬚雄，髯鬚雄言大而誇，目中無人，時詆鎭中各拳師空有其表，人有言及梁二娣之武技高強者，羅雄必譏之爲花拳綉腿，只棚上功夫而已，一日，正是三月天后誕，佛山柵下天后廟，照例賀誕演戲，於廟前曠地上，蓋一大戲棚，半架於河上，半架於地，紅船兩艘，則泊於戲棚側之河邊，是年開演者適爲樂榮華班，佛山人震於梁二娣之名，紛紛前往觀劇，有一日，羅雄之徒謂鬍鬚雄曰：「羅師傅，汝常謂梁二娣爲花拳綉腿，棚上功夫，今梁二娣回來開演矣，汝何不挫其聲名，俾我輩可以一開眼界乎？」鬍鬚雄曰：「奢！此易事耳，今日飯罷，我可以與汝等前往天后廟觀劇，順便與梁二娣搭吓手橋，給汝等看看也。」早飯已罷，鬍鬚雄果率領門徒七八人，浩浩蕩蕩，望柵下天后廟而來，梁贊亦隨其後，未幾，衆人來到天后廟，時將正午，戲台之前，早已人山人海，樂榮華之兩艘紅船天地艇，泊於棚側河邊，棚側曠地之上，梁二娣方在此教授門徒，梁二娣訓徒至嚴，置小櫈一張，坐於櫈上，旁置四孖藤鞭，指揮各徒練習跟斗屈腰開馬等技，門徒有不遵命者，梁二娣則舉鞭，丢那媽一聲，鞭隨聲下，每有鞭至皮破血流，而督責如故也，鬍鬚雄既有心踢盤，乃在旁看其教技，故意冷嘲熱諷，譏梁二娣鷄手鴨脚，開拳遲鈍，梁二娣技擊雖精，但涵養功深，不之應，教技如故，鬍鬚雄無計可施，乃俟其撻徒時，行前直斥其非，謂梁二娣施用體罰爲不當，二娣抬頭一望，見鬍鬚雄身材高大，面帶殺氣，知來意非善，暗自提防，本欲發作，但念萬事以忍爲高，亦不應，鬍鬚雄更得意，以爲二娣心怯，徒有其名，未必有其實功夫，以爲可欺也，乃一個箭步，直標上前，二娣正坐在小櫈上，一見鬍鬚雄標上，立卽跳離坐位，退後三步，抱拳懇曰：「呢位師傅，爲弟行走江湖，無非搵兩餐晏仔，與你前日無寃，近日無仇，何故苦苦相迫也？」鬍鬚雄獰笑曰：「哈哈，梁二娣，汝自命爲少林嫡派，我無他，不過想與你一較少林拳脚耳。」梁二娣曰：「大家同是技擊界中人，何必交手，你打傷我固然唔好，我打傷你更唔好意思。」鬍鬚雄又笑曰：「哈哈，笑話，梁二娣你想打傷我乎，眞大胆，我羅雄在佛山，誰人不識我係少林正宗，我想試一試你是否眞正少林弟子而已，來來，請放馬過來。」梁二娣極力謙讓曰：「無謂嘞，大家少林弟子，更不應互相殘殺也。」二娣言罷，喝令門徒收拾地上軍器，想返落紅船，避免鬍鬚雄糾纏，鬍鬚雄以梁二娣想走，益證其有料，何況當二人對話之時，早已引動途人圍觀如堵，鬍鬚雄自念，此正大出風頭之好機會也，今當衆挫辱梁二娣，一則顯自己威風，二則等觀衆得啖笑，想既定，當梁二娣喚門徒拾軍器，轉身落紅船之際，暗想機會已到，立卽標馬，標至梁二娣背後，使出單龍出海家數，我丕一聲，一拳向梁二娣後腰劈來，梁二娣是一個目觀四面，耳聽八方之人，一聞背後有聲，立卽翻身，一腳飛去，拍一聲，鬍鬚雄之拳尚未打到梁二娣之腰，早已被二娣一腳掃正大腿上，隆一聲，當堂跌出二丈之外，右額撞正紅花梁祠堂門外之石墩上，血涔涔下，二娣當卽上前扶起羅雄曰：「羅師傅對不起，此因地上太滑，致令羅師傅倒下，請起來再搭手橋可乎？」鬍鬚雄滿面羞慚，狼狽爬起，抱頭鼠竄而走，觀衆覩此情形，一齊鼓掌叫好，皆贊二娣之功夫了得焉，時梁贊亦在人叢之中，眼見梁二娣脚法利害，暗暗贊羨，心念若得二娣爲師，誠三生有幸矣。乃俟二娣返紅船之後，立卽跟踪落船，向梁二娣道達來意，求二娣收錄爲徒，傳授武技，二娣曰：「武技者，只可以防身，不可以殺人，我若教汝，適足害汝，你等後生小子，凡事動輒以拳頭相對，須知技擊之道，一山還有一山高，若遇名手，喪生於人家拳下，豈非害汝乎，還是不學武技爲佳也。」梁贊覺二娣不答應，乃伏於艙舨上叩首曰：「弟子性好武技，但非好勇鬥狠之人也，弟子依師傅之言，決不惹是生非，若師傅不肯，弟子將長跪不起矣。」二娣見其意誠，乃諾之，命梁贊於三日後到大基尾瓊花會館見面，梁贊大喜，叩謝再三，歡天喜地而去，回家之後，日夕盼望三日來臨，以便前往瓊花會館，拜梁二娣爲師，光陰荏苒，轉瞬已是三日，是日天僅黎明，梁贊立即起床梳洗，奔赴大基尾，則瓊花會館，尚重門深鎖，梁贊乃坐在門外以俟，迨門啓，梁贊直入館內，詢諸司閽人，則樂榮華班之紅船，尚在天后廟，未回大基尾，梁贊不得已，重回快子街，午後再赴，果於瓊花會館中，見梁二娣，二娣引梁贊入後堂，瓊花會館，建築宏偉，前後共數層，庭院深邃，地方寬敞，頭廳爲戲台，二廳乃演武廳，三廳則爲各班伶人憩息之地，四廳則門禁森嚴，不准外人入內者，故廳內佈置如何，皆莫能悉也，梁二娣既引梁贊入內之後，即謂之曰：「亞贊汝想拜我爲師，學習武技乎？」梁贊點首曰：「然！」二娣曰：「汝拜我爲師，容易之極，但須依照我之說話，切不可把此間秘密，洩漏與外人。」梁贊曰：「但得師尊肯收容，弟子當依師命也，」二娣曰：「我見汝一片誠心，且亦可造之材也，故決收汝爲徒。」二娣言未畢，梁贊早已撲通一聲，跪在地上，口稱師尊在上，弟子梁贊叩見。二娣曰：「汝起身去今晚再來，你在我祖師面前，燒過黃紙，誓過毒願，嚴守戒約，我才正式收你，此時拜我尚未遲也。」梁贊喜極唯唯點首，歡天喜地而去，是晚飯罷，梁贊再到瓊花會館來，二娣乃引梁贊直入四廳之內，廳中已有多人先在，廳上正中，一張八仙檯，檯上置着一小紅亭，上書紅花亭三字，中有一紙，上書：「五祖之神位」五個大字，並有紅紙多張，貼在牆上，亭前置一木盆，盆上插滿五色小旗，並利刀一把，盆側置有生果之屬，檯下一隻生鷄仔，香爐上點着息香花燭，燭影搖搖，梁贊莫名其故，忽見梁二娣及三人，穿起和尚袍，頭束紅帶，脚穿一隻草鞋，向紅花亭五祖神位叩拜，口中喃喃唱詩，並以黃紙授梁贊，使書姓名於其上，梁二娣謂梁贊曰：「此乃我少林派之規矩也，凡初進少林，必須叩拜五祖，五祖者乃少林五個和尚蔡德宗方大洪馬超興胡德帝李式開是也，當康熙十二年時，因皇上誤信奸臣陳文耀之言，謂我少林寺，乃一個反清復明之機關，乃把少林寺燒燬，一百二十八個和尚，死剩十八個，遠逃他方，後來中途又餓死十三個，只剩五人，卽五祖也，五祖分散各省，傳授少林武技，蔡德宗到福建，方大洪到兩廣，後來在福建九蓮山重建少林寺，乾隆年間至善禪師發揚光大，門徒日衆，洪熙官方世玉童千斤三德和尚胡惠乾等，傳授門徒不少，少林拳術，遂雄霸嶺南，蔚爲南派拳術正宗，我之技，先傳自至善禪師，後來再拜羊城光孝寺曇聰禪師，禪師臨終之時，曾以少林十條戒約，訓示後輩，必須遵守，這十條戒約，一，習武須有恆心，二，不得好勇鬥狠，三，服從師尊命令，四，不得恃强淩弱，五，宜以忍辱救世爲主，六，如與同門交手，未知來歷，宜先舉左掌齊眉，如屬同門，須以左手照式答之，卽須互相帮助，七，不得恃强貪色，八，如傳授弟子，須品性純良，無强暴行爲者，九，不得恃强爭勝，貪得自誇，十，不得把少林秘密，洩漏於人，亞贊，汝今日隨我爲師，亦能守此十誡否？」梁贊曰：「弟子一片誠心，隨師學習，莫講十誡，卽一百誡，弟子亦敬謹遵命也。」二娣曰：「如此在五祖神前跪下燒了手中黃紙。」梁贊依言，燒黃紙既畢，二娣卽在木盆上，拔起利刀，左手執檯下之雄鷄，厲聲喝曰：「亞贊聽着，汝從今日起，便是我少林門下之人矣。他日如有違反誓言，有如此鷄。」言未畢，手起刀落，轟一聲，把鷄頭斬斷，鮮血直流而下，梁贊面色沉重，空氣緊張，梁贊伏地上，戰慄不已，二娣斬鷄既訖，卽命梁贊起立，然後坐在廳正中，受梁贊三拜，正式爲梁贊之師傅焉；拜師既訖，梁贊向二娣曰：「師傅，究竟斬鷄頭有何用意呢？」二娣曰：「此乃初入少林之一種誓約也，當清兵入關之際，明室遺族，有投入河南省少室山少林寺出家者，寺中和尚，共一百二十八人，個個精通技擊，康熙初年，奉旨平西魯之亂，不料功高遭妬，康熙密派大學士圍捕少林僧人，陳文耀以路徑不熟，不敢冒昧進兵，時少林寺大雄寶殿上，懸有大琉璃燈，乃西土送來者，每年正月初一子時，由輪值和尚添油，添油一次，足供一年之用，名曰萬年燈，數百年來，未嘗或輟，乃少林寺鎮山之寶也，不料有一年，有第七名和尚曰馬寧兒者，初本少室山下流蕩小丐，主持僧德雲大師見而憐之，收爲門徒，馬寧兒精心練習，技擊大進，列爲第七名好漢，可惜馬寧兒塵心未盡，竟調戲同門鄭君達之妻妹，爲老和尚所斥，康熙十年，馬寧兒當值點萬年燈，除夕之夜，馬寧兒手挽油埕，步上大雄寶殿，縱身一躍，飛上四丈梁上，不料一時失愼，砰崩一聲，竟把萬年燈打得粉碎，老和尚勃然大怒，把馬寧兒逐出山門，馬寧兒心懷怨恨，投入陳文耀幕下，把少林秘密漏洩，引帶清兵，燒燬少林寺，所以初入少林者，必斬鷄爲誓，該鷄譬如馬寧兒，如有違反誓言者，卽以此鷄爲例也。」梁贊聞梁二娣言，始恍然而悟，二娣曰：「學習技擊，須於每日清晨日光未出之時爲之，習之有恆，不畏辛苦，方能有成，否則一曝十寒，勞而無功耳，我先授十八手羅漢伏虎拳與你，你每日清晨起來，努力練習，先把身體强健起來，然後再授你別種武技。」於是就在瓊花會舘之演武廳上，令梁贊開馬，二娣從旁一一指點，梁贊本聰明人，更醉心習武，進步甚速，梁贊家本富有，乃欵二娣於家中，竭誠供養，二娣乃拋離梨園生活，常居於梁贊家中矣，梁二娣於教梁贊羅漢伏虎之餘，更爲其解釋此拳之來歷，曰：「後魏孝文帝時，達摩祖師從西土東來，在少室山上，建少林寺，當其說法之時，寺僧精神萎靡，沒精打彩，達摩乃創易筋經，教授各寺，鍛練各僧體魄，當時山中猛虎爲患，達摩又創十八手羅漢伏虎拳以制之，卒收服山中猛虎，此拳遂爲少林鎮山拳法，是故達摩祖師，不特爲禪宗第一祖，且爲少林拳法之始祖也。」梁贊唯唯受教，梁二娣授梁贊以羅漢伏虎拳後，再授以蝴蝶掌，少林絕脈法及陰陽鎖子腿六點半棍諸技，梁贊苦心練習，不三年技擊大進，二娣亦認梁贊之技，已有相當造詣，只要勤加練習，融會貫通，便能逐步深造，以至登峯造極。是年七月，各戲班從新組織，樂榮華班新聘一武生曰王華寶者，亦少林同門，梁二娣之師兄也，年已五十，長於二娣一年，身軀魁梧，聲音雄壯，開面飾關公，面如重棗，顏若渥丹，丹鳳眼，臥蠶眉，舞動起八十二斤大關刀，運用如風，風聲呼呼，台下人爲之目眩神迷，嘆爲得未曾有，蓋普通舞台上之伶人，所用關刀，多在二三十斤左右而已，王華寶爲顯身手計，特照足關雲長所用之大刀斤兩，以表示其臂力强大，技擊高强，人乃稱之曰生關公焉，王華寶與梁二娣，早年同在至善禪師門下學技，此次來佛山，本屬探班性質，樂榮華班主見王華寶收得，乃拉攏帮忙，王華寶遂在樂榮華班當正印武生，梁二娣以梁贊技擊已成，亦再落班當二花面，重度梨園生活，瓊花會舘附近，有條街曰田邊街者，乃佛山妓寨之所在地也，是時佛山工商業發達，西北二江之貨客，來佛山辦貨者，肩摩踵接，恒假田邊街各妓寨爲聯絡應酬之地，或則王孫公子，酒食徵逐，千金買笑，夜夜笙歌，田邊街中有一流妓寨曰怡紅院，寨主曰㑇鷄六，體痴肥，蓄有妓女二十人，均具中上之姿，尤以飲恨爲最美，飲恨年華二八，容顏艷絕，肌膚雪白，體態娉婷，引動不少浪蝶狂蜂，墮鞭公子追逐於石榴裙下，是故飲恨姑娘，名噪一時，時佛山彩陽堂千總衙門，有把總曰佟麟者，旗籍人也，天生膂力，擅使單頭棍，嘗謂一枝單頭棍，橫行天下二十年，未曾遇過敵手，佟麟年已四十矣，生得身長六尺，滿咀鬍鬚，佛山人稱之曰鬍鬚麟，此公年雖四十，惟是正式鹽倉土地，鹹夾濕，好在田邊街飲霸王花酒，各寨鴇母，畏其勢力，咸敢怒而不敢言也，翡鬟麟到田邊街，愛飲恨之嬌小玲瓏也，屢欲爲之脱籍，携之作上爐香，但飲恨則推三推四，其心非不欲作官太，不過姐兒愛俏，比愛鈔尤重，其心目中，另有一人，其人是誰，乃瓊花會館之伶人北沾也，北沾在班中當小生，年少風流，丰貌翩翩，時到怡紅院買笑，與飲恨結不解之緣，甘願作薦，且不惜盲佬貼符，以買笑所得，爲北沾置私伙戲服，佟麟雖貴爲把總，但其貌不揚，滿咀翡鬟，且年逾四十，如喪門神一般，飲恨對之，早有負荷不勝之感，但不能不虛與委蛇，取翡鬟麟之金，以貼於北沾，翡鬟麟尚懵懵然，時時誇耀於人，謂飲恨爲其禁臠，知者無不掩口竊笑，佟麟駐於彩陽堂千總衙門，日間須駐衙辦公，晚上則必赴怡紅院。而北沾則夜間登台，乃在日間與飲恨幽聚，一卜晝一卜夜，飲恨週旋於二人之間，面面俱圓，並無破綻，這一晚，合當有事，北沾偶因有染，未有登台，飲恨憐北沾未有家室，招之回寨，煮藥與北沾服食，二人在房中，正在食藥，忽然佟麟來到，一入大廳，傭嫂大鷄六，心中掉忌，急上前相迎，招呼坐下，佟麟見飲恨不在，即喝問一聲：「亞飲去邊？」大鷄六吶吶不能答，佟麟心知有鬼馬，搶步入房，大鷄六當頭攔住，被佟麟一巴掌，打在面上，當堂口鼻血齊出，飲恨在房聞聲，深恐弄出命案，急移步出房，佟麟一見，大怒曰：「你隻衰鷄走埋去邊？你慌唔係溫靚仔咩？」飲恨略于反駁曰：「係，係溫靚仔，點呀？」佟麟被斥，牛精性起，又一掌，拍一聲，打在飲恨嬌滴滴之面上當堂打落門牙兩隻，飲恨嗚嗚大哭，北沾不知佟麟到來，以爲普通人客耳，以老契遭人客欺淩，心如刀割，乃挺身而出，作護花使者，不料一出房門一望，見佟麟神高神大，臉肉橫生，暗忖自己雖在戲班中，學過三兩度散手，但尚未窺得拳術之奧，心中未免有幾分怯意，卽刻縮回房中，不料已爲佟麟所見，眼見此青靚白淨之花靚仔，自飲恨房中而出，此一定飲恨之溫老契，我丕！你這賤人，背着我私通靚仔，竟然剃我眼眉，這還了得，先做瓜你個死靚仔，於是一個箭步，直標入房，北沾無路可逃，縮入床底，佟麟伸手入床下，想把北沾抓出，北沾順手執起床下橫木，向佟麟之手猛打，佟麟連忙將手縮回，悻悻言曰：「吓，你咁抵死，以爲縮入床底，就可以逃過老爺掌中耶？好，畀的利害你睇吓至得！」執起粧台上之茶杯油樽等向床下猛擲，乒乒連聲，北沾閃避不及，手足被擊傷多處，自念久困床下，無異甕中之鼈，自尋死路，不若摒命衝出，尚冀死裏逃生，情急計生，瞥見床側置有一瓷器瓦盆，係飲恨用以洗下體者，當卽捧起瓷盆，自床下擲出適中佟麟之足，佟麟急閃，捧足雪雪呼痛，北沾乘此機會，發力一標，將佟麟成個推倒，奪門而走，佟麟猝不及防，被北沾突圍，亦啣尾追出，一直追至瓊花會館，北沾走入館內，順手把館門掩上，轟然一聲，佟麟有如張士貴打摩天嶺，不得其門而入，憤無可洩，乃取門前大石，將館門猛擲，轟隆轟隆幾聲，驚動了館內一個老師傅，這老拳師是誰？梁二娣之師兄，樂榮華班之武生王華寶也，是時王華寶在館內，正與衆徒論武技，見北沾匆匆而入，面無人色，而門外則有人大肆咆哮，不明所以，詢問北沾，北沾曰：「個旗下仔來找我晦氣也。」王華寶問曰：「邊個旗下仔咁大胆，居然上門尋釁？須知瓊花會館之人，爲天不怕地不怕者。」北沾曰：「就係彩陽堂個旗下仔佟麟也。」華寶大怒曰：「我瓊花會館，邊個唔知係惡爺集團，好！北沾你跟住我出嚟。」王華寶言畢，引北沾直出，把大門打開，睇見佟麟猶手執大石，重約百斤，力撞大門，華寶大喝曰：「咪郁手，快的丢下大石，呢處不容你講惡者也。」佟麟正撞得高興，突見一老者走出，而北沾其後，仇人見面，份外眼明，一則欺其年老，二則倚仗自己在佛山有相當勢力，三則自己武技精通，華南拳師非己敵手，因此，不理三七二十一，不暇回答，順手將所持百斤大石，迎頭向北沾打去，以爲此孱弱小子，焉能禦此大石，這回必喪生在大石之下矣。不料王華寶眼見大石拋起，未到身上，不慌不忙，舉起右手，我的一聲，一撥，成舊百斤多重大石，撥向右邊，拋離二丈多遠，轟一聲，跌落天井上，當堂粉碎，佟麟一見，暗暗吃驚，自念此大石足有百斤過外，自己的手力亦有百斤，合共二百斤以上者，而彼輕輕一撥，竟將之撥離二三丈外，此老之手力，相當了得，然已騎上虎背，欲罷不能，迫得硬着頭皮，大喝一聲曰：「老野，快的行開，唔關你事。」華寶曰：「你而家响度撐手撐脚，大門幾乎爲你撞爛，究竟想點？」佟麟指住北沾曰：「快的叫呢個死靚仔開嚟，等我懲戒吓。」華寶曰：「咪郁手，有事慢慢講，郁親就有殺冇賠！究竟佢因何對你唔住。」佟麟曰：「佢撬我牆脚，居然把我個老契搶去。」華寶仰天哈哈大笑曰：「哦，你正一傻瓜，此樓中之老舉，人盡可夫，除非你帶佢埋街耳，以無理之請求，本人一概拒絕。」佟麟怒曰：「我是彩陽堂旗軍把總，誰敢違拗？」華寶曰：「我唔識咁多把總與脚總，若硬要懲戒佢，先問過我這兩拳頭可也。」佟麟大怒曰：「汝豈不聞我紅纓槍佟麟乎？珠江南北誰人不識，蕞爾小子，竟敢來捋虎鬚，非痛懲不可。」言未畢，一進馬，左手一揚，右手乘勢向華寶脅下一拳，這個攻勢，叫做影打，卽虛實相乘之意，其左手一揚者，以擾亂對方視線，右拳則乘虛而進也，但華寶功夫老到，見其左手虛揚。早知聲東擊西，避過左手之後，左馬一卸，跟着左手一個白鶴回頭，將佟麟之右拳消去，佟麟見一擊不着，換一個金鷄獨立方式，左脚一起，向華寶陰部踢來，華寶以右手鶴咀向其腿部輕輕一啄，佟麟覺得痛澈心髀，知遇勁敵，心想苦戰下去，殊非上計，不若回衙，取那枝天下馳名之紅纓槍，然後再來取你老命，主意既定，即刻轉身，一個碌篤撥鬆人，頭也不回，飛跑回去彩陽堂衙門，取出紅纓槍，那條槍長約七尺，鋒利異常，佟麟持此槍橫行二十載，大小數十戰，未嘗遇敵手，斯時，以戰華寶不下，非出此槍不可，當下佟麟手執紅纓槍，並帶領弁卒八人，飛馳至瓊花會館，館中各人知佟麟此去，必班馬報復，皆慄慄為華寶危，斯時，梁贊亦在館中，勸華寶到其家中暫避，華寶曰：「諸位勿懼，我自有辦法以懲此獠也。」無何，佟麟已到，手執紅纓槍，一馬當先，弁卒八人，聲勢洶洶，直搶入瓊花會館內，華寶一見佟麟，急從軍器架上，取了一條雙頭齊眉棍，嚴陣以待，佟麟不由分說，兜心一槍，向正華寶心窩刺來，華寶舉棍將槍搭住，向左一撥，把紅纓槍撥過，跟住一個連消帶打，運用全身氣力於棍尾，一標向正佟麟乳房插上，佟麟將槍身一橫，把雙頭棍卸去，兩人混戰良久，槍棍並舉，人影閃動，一個槍中能手，一個少林正宗，正是棋逢敵手，不分高下，佟麟帶來之弁卒八名覩兩人技擊精通，亦為之目定神呆，暗暗喝采，劇戰良久，華寶突變換棍法，佟麟求勝心切，乘着華寶疏忽，一槍向華寶右乳部插來，此一槍也，連用全身氣力于槍尖，稍一不慎，當堂瓜得，但華寶是何等樣人，眼明手快，見紅纓槍將到之頃，立將棍頭將槍一格，斜向右膊卸下，將佟麟之攻勢消去，我丕一聲，棍尾跟着向上一挑，佟麟只顧攻人，而疏于防己，右腿着了一棍，當堂跌仆尋丈以外，華寶此着雙頭棍，在六點半棍中之一點，叫做「猴子吹簫」，即棍上方將對方之攻勢消去，棍之下方連消帶打，乘虛向對方陰部挑上，此一着最難提防，若是常人使用此點棍法，早已將佟麟一棍打瓜，不過華寶爲有年紀之人，涵養功深，等閒不輕易取人性命，故此棍下留情，當棍尾挑上之際，只輕輕挑其右腿，未有挑其下陰，使之知道利害，略施薄懲而已，當下佟麟右腿着了一棍，痛澈心脾，有如刀割，知道此老確屬利害，心念自己一枝紅纓槍，行遍十八行省，未逢敵手，今日竟敗于此老者之手，尚有何面目在佛山立足乎？佟麟雖然野蠻，究竟武家出身，有多少英雄氣概，被擊倒地，連忙爬起，滿面羞慚，奪門而出，華寶以爲其回衙班人報復，却不料其奔至瓊花會舘對面之汾江碼頭，蓬一聲跳落水中自殺，隨後之八名弁卒大驚，立卽救起，已飽飲江水，華寶取班中藥油施救，移時始悠然而醒。長嘆一聲曰：「鞋！失敗乃我輩軍人之恥辱，三十載英名，一旦喪盡：尚有何面目偷生佛山乎？」華寶暗贊此人氣概剛烈，深有古武士遺風，不禁惺惺相惜，頓起英雄重英雄之念，乃向佟麟謝過曰：「今日冒犯虎威，自覺一時錯手，然此只是切磋武技性質耳，慎勿以此芥蒂也。」華寶低首下心，措詞謙厚，佟麟爲其所動，不禁滴下兩點英雄淚來，華寶扶入演技廳上，欵之上座，重新叙過賓主之禮，二人氣味相投，言談歡洽，所謂不打不相識，乃竟成好友，梁贊斯時，目覩華寶棍法高强，尤勝其師梁二娣，心中暗暗歡喜，自念若得華寶爲師，再求深造，洵屬三生有幸矣。乃竭力奉承華寶，時邀請其回家流連，并斥資爲華寶添置私伙戲服，卑詞厚幣，執師姪禮，華寶頗德之，認爲豎子可教也。（未完）

選自陳湘記書局翻印《佛山贊先生》，缺出版日期。據書前〈前序〉應是寫於一九五二年。據云曾連載於《武俠小說之王》雜誌，未見

南郭

紅朝魔影〔存目〕

一九五二年三月一至三日及五月一日香港《香港時報・淺水灣》

南雁北飛〔節錄〕

濛濛的重慶的霧，現在是更有名了。有人因此記起倫敦的霧，認爲霧的迷茫，鍛鍊了英國人的堅毅和沉靜。然而霧之對四川人，據説是一種否定的力量，它是一種障礙，遮阻了許多人的視綫，數千年累積的結果，影響着四川人的保守性格，限制了他們事業及活動，只許在霧的天地內摸索。

但是也有例外，這裏寫的，便是一個突出了霧的重圍的人的故事。最後他又癡戀着霧，却埋葬在霧的深園中。

揚子江和嘉陵江的水流，帶着祖國高原泥土原始的芬芳，蜿蜒曲折穿過羣山眾壑，奔騰澎湃的馳出丘谷平原。以一種低啞的音調，配合了急旋律的步伐，在地面上尋到了他們的軌跡。這漫長而又驟急的樂章，漸漸地柔和了，當他們蜿蜒到這座山城之下，幾乎是一對感到倦乏了的情人，作着溫柔的擁抱。透過這座輕綃軟罩的古城，以後聽見的是第二章的合奏，兩個軀體揉和後，各自貢獻他的活力，大江東去，共同創造了未來的廣闊絢麗的前途。再以後，他們入了海，向着浩瀚的海洋征伐。

這個作爲主角的四川人，他是生長在嘉陵江的一岸的，突破了霧的包圍。他以揚子江的水流寫好了自己的傳記。直到他看到海，想在海之上再加一頁記載。可惜，命運便有了無情的變折。直到今天，他被困於海，窮居在海之一隅。像揚子江的流水一樣，渺小地迷惑於海的浩瀚。

現在，香港住了近年的盧作孚，他化了一個名字，秘密地住在一所酒店裏。由房間的窗子裏望出去，藍色海面上，七艘*巨輪四散地停泊着。——龍門、石門、玉門、虎門、劍門、雁門，這七條鋁質客輪，是他兩年前以一千二百萬美元由加拿大購回的，再加上南海渤海黃海和懷遠定遠這六艘**海輪，盧作孚的野心，應該有一番擴展。可惜，一年之前大陸急劇地變色了，發光的銀灰色的鋁質船也變色了。而今，十多艘艨艟巨輪，黑點一樣的壓在他的胸上。太陽照着銀灰的

* （編者案）原稿只舉了六艘巨輪名。

** （編者案）原稿只舉了五艘巨輪名。

船殼，却閃着刺人的紅色的光芒，絞着他的腦子陣陣作痛，忽然，他看見窗下的一輛汽車，車門開處，他更失去鎮靜了。

人財兩得

進來的客人叫袁守成，是盧作孚的同鄉和朋友，在一羣朋友當中，他最瞭解盧，也最同情盧。袁守成的急急而來，盧作孚自然很喫驚，不容掩飾臉上的驚惶，一俟客人將房門掩閉，盧問道：

「守成，你的好消息呢？」

袁守成搖搖頭，頭上的汗珠，隨之落在地下，他說：

「我來聽你的消息，我有什麼好消息呢？」

盧作孚由窗口走回來，坐在客人旁邊的那隻沙發上，怔怔的望着袁守成。他一向這麼鎮靜，這麼從容不迫的處理他的事務，然而現在客人所感到的，這個瘦小的人，强自的鎮定已經掩飾不了行止上的飄浮，那個失眠而多紅絲的眼，更足說明這個人物內心上的苦惱。

他們所要談的，又是關於民生公司的事。

這家公司是盧作孚一手創辦的，積二十餘年的心血，有了百十條船。大陸變色以後，多數破舊的停泊在長江沿岸，新從加拿大買回來的鋁質船，全數集中在香港，只有很少數的去了台灣。

共產黨起先要的是船，他們以爲留在香港的七艘門字輪，有如探囊取物，遲早要屬於他們的，因而忽略了人的存在。然而盧作孚這個人在香港，重慶總公司的業務，便顯得千瘡百孔。爲此，他們才發動人的攻勢，策動了一批人來包圍盧作孚，希望人財兩得。

圍在香港的這一羣人，差不多都是屬於他們那一面的，例如潘文華的代表黃應乾，何北衡的堂兄何迺仁，以及表面不動聲色的彭勳武和謝明霄，他們只有一個主張，認爲盧作孚是靠長江起家的，既然民生公司的業務仍以長江航綫爲主，所以他們贊成盧回到大陸去，黃應乾拿潘文華的話做理由，他說：「四川的軍力和財力團結起來，不要說劉伯承奈何不了，便是毛澤東也得刮目相看。」何迺仁實際等於何北衡的傳聲筒，何北衡是民生公司的董事長，因而促駕的何迺仁只是說：「即使不是人民需要你，最少公司需要你。」這許多人當中，惟有袁守成力排衆議，他勸盧作孚不能回大陸，而且告訴盧，短期內他有動人的好消息。

五大財閥

因而，袁守成上來的時候，盧作孚感到的，是一半兒驚惶，加上一半兒緊張和興奮。

他本人不嗜烟酒，習慣地從烟缸中遞給客人一枝「白金龍」，袁守成接過，笑了笑放在一旁，他說：

「大哥你也太節約了，香港多的是好烟好酒，爲什麼拿這種香烟招待客人？」

盧作孚回答的也是一個苦笑，拿起白金龍看了又看，他說：

「南洋兄弟烟草公司的白金龍，陳嘉庚的跑鞋，盧作孚的民生實業公司，而今安在哉？」

袁守成由他的話裏，聽出了他內心的悲哀，急忙勸慰說：

「大哥，你不能人窮志短，你看，那不是你的民生公司！」

客人的手朝窗外指去，座位上遠遠的看見泊在油麻地的龍門輪，他接下去說：

「有這七艘船，加上太平洋公司的幾條，這都是你的資本。」

談到資本，每個事業家都像賭徒看到大堆籌碼的感到興趣，他問：

「守成！你知道我從前有多少資本？」客人還沒有回答，他又接着往下說：「抗戰的後幾年，我有民生公司，太平洋航業公司，江北機器廠，渝鑫鋼鐵廠，大明紡織公司，合川水電廠……他們謠傳我搞『新政學系』，共產黨預言我是未來的『五大財閥』，其實，老弟你說我是什麼呢？」

「大家都瞭解你，你是想做事。」

「我想做事，可是我由美國回來以來，覺得我做不了事。」

盧作孚提出的問題，聰明的客人有意不欲回答，害怕因此惹起他的頹喪，繼着片刻的沉默之後，盧又說：「我自己不抽烟，你拿白金龍招待客人，便是這份意思。」

客人問他什麼意思？

「白金龍的市場被哈德門海盜牌侵佔了，陳嘉庚的膠鞋成了陳蹟，而我還勸人家吸白金龍，這是盡其在我，盡其在我便是鞠躬盡瘁。再說，香港有一個淺水灣，我便是那沙灘上的龍。」盧說的過分悲觀，客人再也忍耐不住了，他說：「我告訴你一件事，淺水龍馬上可以龍飛鳳舞了。」

盧作孚急於要聽的，便是希望客人帶來的好消息。

於是，袁守成一一的告訴他，台灣的民生公司已經成立了，楊森被選爲董事長，劉泗英等人擔任董事，台灣那面，急於希望盧作孚前去主持。袁說：

「你的事業，是由嘉陵江到揚子江，再由揚子江進海。現在是蛟龍入海，正是龍翔鳳舞的時候到了。」

這個消息並不引起主人的喜躍，刺激而來的，是數十年老友所未曾見過的頹唐，他冷冷回答袁守成說：

「風從龍，雲從虎，現在我沒有了風，有的只是這些鬼麻煩……」話未完，他由袋裏摸出一包白色的藥片。袁守成吃了一驚，這是自殺的愚人常用的安眠藥。盧又說：「多加一個麻煩多加兩粒藥片。再這樣攪下去，只好一下子都吞進去了。」

客人瞠目不知所答，望着微小的藥片出神。

「重慶來電報，要我快回去，漢口的經理周雁翔來信，他說漢口也有了問題，這裏的職工鬧風潮，吵着發欠薪，昨天下午，×門船上掛了五星旗，天黑給人撕下，兩面打了一架，也吵到我這裏來。現在我是衆矢之的，假如我能丟得下我的事業，早就丟下這一包藥，一杯開水吞下了。」

「假如大哥去台灣的話，你有什麼困難？」袁問他。

盧作孚未曾答理他的話，由沙發上立起，兀自搖頭，悶聲不響地在室內來回踱着。

談話到了這個時候，客人覺得無法繼續下去了，臨行時他再諄諄致意，認爲爲了盧的事業，應該有個選擇。而且安慰盧，他願意盡最大的力量，設法給盧經濟上的幫助，先將在港員工的情緒安定下去。

送走客人以後，他感到無限睏倦，倒了一杯涷水，好奇地抓了一把藥片，數一數，已經超過了十粒，他剛吞下一半，刺耳的電話響了，窗外一輛警車，也在這時吼着長聲的警報。他想，警車將我載進醫院去呢？還是催命的鬼魂有了電話來？情不由主的拿起電話，一聲「哈囉」之後，忽然失聲說：

「你怎麼來了香港了？」

催命無常

這一聲「哈囉！」盧作孚聽得很清楚，那是漢口民生公司的經理周雁翔，周是他的心腹幹部之一，也是盧一手所培植出來的人。

那邊告訴盧，他是今天到達香港的。這一次，帶來了不少好消息，還陪了一個重要的人物同來，周雁翔電話裏徵求盧的意見，問盧何時何地見面？

爲了需要一次較長的睡眠，他催對方快些來，而且謹愼的問到那個重要人物的身份，周答覆的很含糊，只說：「他便是好消息。」

對於任何一類的好消息，他都只有更感失望的。然而，因爲急於知道總公司的業務，他便急於與他們一晤。

誰知電話放下，沒有多久又響鈴了。

這一次又是袁守成，盧作孚很快的想到，眞是電話上的冷戰，他厭棄這些無補實際的冷戰，但也無法拒絕袁的善意勸說。盧很幽默的說：

「守成！你丟了什麼東西在我這裏嗎？」

袁守成懇切的告訴他，有幾句話需要補充。他說：楊先生是四川軍人中不可多得的人物，這一次推他做董事長，便是希望盧作孚想到民國十五年的一段，過去，楊對盧有過不少幫助，這一回不是報答，而是楊對盧的一個號召。

袁守成說的楊先生，便是最後擔任重慶衛戍總司令的楊森。民國十五年楊做四川督理，盧在楊的賞識下幹着民衆教育舘的舘長，以後又獲楊的支持，充任峽防局長，民生公司的發展由此而始，這段舊事盧作孚念念難忘。聰明的袁守成，他是盡着最後的努力，企以感情打動這個人。而他，知道盧作孚在理智上有了弱點，只有感情才能醫治他。

嗒然若失地放下電話機後，所感到的是一份重壓。「楊先生」這個肥肥壯茁的影子，由他記憶裏浮起，過去三十年苦鬥的艱辛，跟着一一的飄浮起來，已是一念之決的時候了，他却喫了安眠藥似的昏昏欲睡。就在這個時候，隨他住在酒店裏的傭人進來了，耳旁說了幾句話，盧作孚現出了詫異的臉色。

盧作孚住在這裏，一月之內換了三次旅館，除了少數親近的朋友之外，所有的約會，大都選定干諾道公司的辦事處。現在傭人告訴他，有一個年輕的女子求見，半生練達的盧作孚，反而感到猶豫了。

他以爲是公司裏某職員的眷屬，公司欠了職工們的薪金，可能她是向盧要錢的。因而，他這樣吩咐帶來的隨從，要她有事到干諾道辦事處去。

然而隨從却說：「她說過了，一定要見盧先生本人。」

盧作孚此時忽而又感到了心虛，他說：「你說我不在家。」隨從剛要答話，他又問：「那女人長的怎麼樣？是不是四川人？」據他想，如果是職員們的妻室，大半都是四川人。

隨從告訴他，會客室裏候着的女人，只有二十多歲，穿着時髦，說的一口上海話。這麼一說，繼着一陣猶豫和一些心虛之後，這個瘦小的老人有點惶恐了。他很少接近這一型的女人，再說公司裏的家屬，也不致跑來向他本人逼錢。到底是怎麼一個人呢？是怎麼一回事呢？若在從前，他早挺身而出，但是現在不行，爲了公司的事，已經感到心力交瘁，早年的幹練和機智，似乎早已不屬於他自己的了。

他正在考慮如何應付這個女人，床前的電話鈴又響了，仍是周雁翔打來的，他說他和那個重要的人物，已經動身去了油蔴地，希望盧快一些動身，他們在油蔴地海面的龍門輪上相見。盧作乎一面答允，一面關照隨從，要他到會客室裏去敷衍那位女客，問她有什麼事？可不可以寫信說明她的要求？

隨從甫走，他便匆匆的取出賬冊，這是幾個分公司的業務報告書，和他自己擬好的一個計劃。塞進公事皮包之後，忽然想起衣架上的一頂草帽，戴好草帽，拉低了帽簷，探首向門右望去，會客室的裏面，果然有個風姿綽約的女人，正大聲地質問隨從。盧作孚急步搶出，一溜煙便由樓梯口跑了出去，耳邊似乎聽見那女人在罵。他像脫了險的士兵，顧不得罵些什麼，也顧不得天熱，一口氣跑到樓底，正在酒店的電梯口，忽又看到了幾個凶眉惡眼的人。

談判之門

那幾個人雖不磨拳擦掌，却似正有所待，瘦小的盧作孚由他們身邊經過，幾雙眼同時注意，他却不敢迴望。正巧門外停着一輛的士，幾乎跑步一樣的鑽進車內，氣急敗壞的關照司機，要他駛到統一碼頭。

車外吹入一陣涼風，令他恢復了鎮靜。到了海邊，看見茫茫的海，只有一刹那的鎮靜，他又失去了，重新陷入煩惱的網罟。

他不敢再坐統一碼頭的輪渡，跳上一隻電船，逕自向龍門號近前駛去。遠遠看見船上立滿了人，也有人持着望遠鏡朝這面的船探望。船行甚速，不一會便到了，盧作孚付了船價，他才走上吊索，船面上便有了雜亂的掌聲。

盧作孚剛剛出現，七七八八的人便圍了上去，有人高喊口號：「擁護盧總經理的英明領導」。眾聲隨和之後，又一個喊：

「擁護盧作孚先生爲人民服務。」

如在往昔，盧作孚回答的不是一腔熱情，便是兩行感激的冷淚。然而現在心事如麻，他僅苦笑了兩聲，便如出籠之鳥似的逃到船長室。

一同陪他的是龍門輪的船長，那裏面早坐着三個人，周雁翔第一個迎出來，盧作孚說了一聲「辛苦」，周便轉身替他介紹。這時，坐在靠椅裏的另兩個人也立了起來，顯得一團和氣。周雁翔介紹，那個肥胖一點的姓張，另一個姓劉，周加重語氣說：「劉先生是H港負責的。」

盧作孚早聞「劉先生」其名，因而多打量了兩眼，習慣地說了幾句客氣話，大家就座之後，周雁翔先將漢口分公司的業務說了幾句，那位肥胖的張先生攔腰截了周的話，他先作了一番自我介紹，道名說姓之外，還說他由北京來，專爲處理民生公司的事，他問盧作孚有些什麼困難？

這樣開門見山的談法，很令盧作孚起了反感，他想這胖的是不是「交通部」的張文昂呢？那裏面，正有一個叫張文昂的，擔任「辦公廳主任」和「船務總局局長」。盧作孚猶在考慮一項答覆，預備將來談判之門關得緊一點。忽然聽見甬道裏有了嘈雜的人聲，一個高大漢子闖進船長室，一屁股坐在盧作孚的對面。

百難待決

盧作孚不認識他，也無人介紹，大漢子却站起來説話了，他説：「總經理，我是職工代表，現在龍門輪的同事，有幾件事請求總經理解決。」

這突如其來的一着，很令盧作孚着慌，他的公司裏只有福利組織，還沒有什麼職工會，他剛想就此一點，質問這聲勢洶洶的人，不防甬道裏又嚷起來了。

「請總經理出來，總經理應該替我們設法。」

「欠了我們三個月薪水，總經理却住大酒店。」

嘈雜的人聲，顯然這是有人導演好了的。盧作孚何等聰明，他只怪自己顧慮不週，大胆闖入了重圍。剛欲和那大漢説話，那位被稱爲「劉先生」的却説：

「盧先生，我們的談話可以緩一點，讓你先聽聽代表們的意見，他們的意見是對的，可以給你許多參考。」

瘦小的老人，感到自己的尊嚴受了傷，他盯了「劉先生」一眼，答以一聲冷笑，他説：

「這是我們內部的事，我自己懂得。」

接着，他的胆氣一壯，昂然地走出了船長室。大聲問：

「你們誰是代表？代表的是龍門？還是每條船上都有人？」

那大漢也隨了出來，打手一樣的衝到盧作孚的跟前。

「我是的，我們一共三個人，機務部份一個，事務部一個，還有一個代表水手的。」説着，又指明了近前的另兩個人。

「好！」盧作孚有意將三個代表拉進船長室，讓他們坐定之後。「現在說罷，你們有什麼意見？」

盧作孚的沉着，使得另兩個代表喫驚，說話的仍是起先闖進的那大漢。他說：

「職工們都有家屬，有的在H港，有的在大陸，公司欠了三個月薪金，我們要求發薪。」

盧作孚嗯了一聲，問他們還有什麼可說？

「我們要回大陸，這是全體職工的意思。」

盧作孚哈哈地放聲笑了一聲，姓張的胖子和「劉先生」都詫異地望着他出神，盧沒有理會，只是問那大漢：

「你是那一部份的？」

「我是茶房頭目，算是事務部的。」

「怪不得這麼外行，你們都是外行人說的外行話。」說完，他又縱聲地笑了起來。

起死回生

洪亮的笑聲，不但使坐在船長室裏的七個人忘了神，躲在室外窺探的一羣，因此也沉靜了。

盧作孚繼續說：

「先談欠薪的事，你們不派代表，我也應該設法解決。我是欠戶，你們是債權人，債權人有權利向我逼債。這一點，三天之內一定替你們解決。」

盧作孚伸出三隻指頭，衆人更靜肅了。

「再說回大陸的事，不必我多問，知道你們是想要我回重慶去，這是我個人的事，你們沒有權利過問。」

「但是我們也要回去。」仍是大漢的獨脚戲。

盧作孚鄙視地瞟了他一眼。

「你是外行，現在你們都在海船上服務，這七條船不能航行長江，你們怎麼回去法？」他的問話，難住了大漢。繼而盧又問：「還有什麼請求嗎？」

室外雖然還有些吱吱喳喳的聲音，三個代表却被盧作孚請出去了。回進船長室以後，姓張的剛要說話，盧作孚搶先說在前面，他說：

「劉先生，張先生，你們兩位都看見的。這種搞法，只有越搞越糟，根本不是爲公司的大局着想。」姓張的胖子實在忍耐不住了，「劉先生」飛目示意，盧作孚得以接着說了下去：

「現在的困難有一大堆，欠了許多債，這許多船將來怎麼辦？還有，大家只顧空口說白話，要我帶了船回去，你們知道，這幾條船都是特別設計的，帶回去成了一堆廢物。」

倒是「劉先生」厲害，他說：

「盧先生，希望你不要誤會，我們不是干涉公司內部的事，因爲盧先生是實業家，國內有許多事需要你領導。公司內部的困難，以後我們只是幫助解決，決不增加麻煩。今天周經理陪了張同志來，便是希望明瞭全盤的困難，就近大家商量。」

盧作孚早已聽說這裏有一個叫「劉先生」的，差不多的問題，都是由他作主。劉的這席話尊重了盧，也正是說着了盧的癢處，盧作孚心目中的方案，他想一個一個的問題分別解決，因爲據他自己想的，沒有千百萬美金，民生公司是不會起死回生的。

垂釣技術

然而，天下事是矛盾的，世上沒有不喫老鼠的貓，也沒有白給人利用的，盧作孚只看到自己的許多困難，因而急求這些問題的解決，也忘了釣魚必須用餌，而漁人所用的餌，常選擇魚兒最歡喜喫的虫豸。盧作孚急於要錢，他們答應爲他籌錢。盧作孚愛戴高帽子，「劉先生」(沒)口連聲的叫他實業家。盧作孚有很多的野心，周劉二人，便將大陸的前途，說得如花似錦。一連吞下幾口餌，每口餌上面都隱藏着鋼鈎，那些鋼鈎深深鈎住了魚兒的要害，在牠沒有掙扎之前，牠是不覺得疼痛的。

這一個嚴重的談判，經過「劉先生」的如簧之舌，場面上的幾個人，立即一面春風，感到談笑風生了。有了劉，胖胖的張不再說話，劉更知趣，他對盧作孚說：

「盧先生，你和周經理多談談，我和張同志走了。如果有困難，可以叫周經理轉告我，力之所及，無不幫忙。」

說完，他們兩人便走了。

問題到了待解決的核心。然而盧作孚關照周，他說：

「雁翔！你跟我回去，我們詳細的談談。」

周雁翔漫不經心應了一聲，他告訴盧，董事長和胡議長都有信交他帶來，接着，他交出兩封信。董事長是何北衡，胡議長是胡子昂，這兩人都有一副高長的身材，都有一張會說話的嘴。胡的持色是風趣圓滑，而何則有妙語如珠的許多俏皮話，拆信之時，盧作孚自然地浮起這些記憶。周雁翔何時走出了船長室，看信的人沒有發覺，直到兩封信看畢，龍門的船長也不在了。

兩封信幾乎出於同一人的手筆，胡子昂的沒有半句風趣話，何北衡的也絕無俏皮幽默的詞句，他們只是說，民生公司少不了盧，只要他回到重慶，千難萬苦，均可迎刃而解。這些情形，只消詢問重慶漢口的兩個經理，便可知道。盧作孚將看罷的信塞在皮包裏，正待離船上岸，龍門的船長忽然進來了，他的身後，跟着酒店裏服侍他的隨從。

很快的他便想起那個妙齡女子，和那幾個凶眉惡眼的男人。果然，隨從在他耳邊說了幾句話，他那剛才開霽的臉色又沉下來了，大聲朝船長說：「快叫周經理來。」

選自一九五三年八月一日至十日香港《香港時報・淺水灣》

傑　克

名女人別傳〔節錄〕

十三　追尋

次日，蘇麗離開首都，王福跟着照料行李，同往大都會。那座花園洋房，何總司令果然還替她保留着，可是半年之期將屆，一見面便問她幾時搬遷。蘇麗這時口氣大了，揚眉答道：「你這人，怎的如此囉唆？當初是你自己請我進來住的，還説連屋契也一併送給我。後來反口不認，一些不漂亮！其實，我並沒有無條件住你的屋子！難道我們一塲相好不算數？彼此好來好往，多少得留些情分。這樣的舊式房子，有甚希罕！瞧着罷，我自己蓋起房子來，面積總比這裡大些，形式也比這裡新些，那時我還請你來住幾天玩玩呢。」何老總被她噴得一臉屁，他早風聞蘇麗走私獲了大利，人情多數勢利，追債只向窮人追，你忽然中了馬票頭獎，債主們不但舊債不問，還得送禮上門。他聽蘇麗口氣，彷彿吃了葱薑大蒜辣椒醬似的，也知所言非虛，反而陪笑道：「我只問問罷了，你愛住到幾時，便住到幾時。」蘇麗道：「閒話少説，你是當地的大地主了，可否分些地皮給我，地價照給，決不使你吃虧。」何老總見是生意買賣，笑逐顏開，提出了愚園路靜安寺路等好幾個地段。蘇麗表示都想收買，約期往看。

一個名女人在社會上混久了，也就人情練達，世事洞明，比平常人識見遠大。她見大都會裡的人，熙來攘往，醉生夢死，儘管東北淪陷，國土日蹙，日本人的壓力，一天緊迫似一天，然而釜中之魚，砧上之肉，冥頑不靈的，始終不會覺醒。做生意的天天夢想着發財，軍閥官僚天一夢想着擴充地盤，女人天天夢想着追逐新刺激與享受。這大都會，便是他們麻醉的安樂窩，他們不會想到這冰山有一天會倒的，說也不肯相信。蘇麗看準了當地的地價，還要上漲，於是把她大部分的資金，放在地產上面。她覺得這是最安穩的投資，她的算盤撥得非常精確，正面也撥，反面也撥過。假如當前的局面不改變，她穩穩的坐待地價飛漲；假如局面改變了，她跟日本人早就打好了交道，決不會沒收。一切都搬得走，只有土地和屋搬不走，她認定是一條萬全之計，便盡量的收買地皮，不僅自己蓋房子，更計劃蓋新房子收租。

這些是她的新活動，舊生活依然刻板似的那一套，燈紅酒綠，妙舞清歌，少不了她在場。上海妹仍是她的老搭檔，陳師父也照常來拉胡琴吊嗓子。不過身價提高了，一個部長的情婦，在衆人心目中似乎更神奇；同時又有了錢，越不希罕錢，越有人送錢上門。

一年之後，蘇麗的經濟基礎立得很穩定了。洋房是自己的，汽車也是自己的，衣租食税，够她去盡情地逍遙。一般名女人的手法，是程咬金的三板斧，劈得下去，大獲全勝；劈不下去，便撥轉馬頭，落荒而逃。用現代兵學上的說法，即是「閃電戰」，利於連戰速決。因爲拖不得，拖下去則經濟垮台。做名女人，和一切走江湖的一樣，兩三道手法，像玩弄魔術似的，必須要把對方解決下來。這有好處，也有壞處；好處在得個「快」字，壞處在經不起「打硬仗」。說得明白些，如果對待過路客人，不妨來個「一次過」；若是當地的新知舊好，情留得越長越好。這必得有充裕的經濟力量，才能「穩紮穩打。」蘇麗的「吃得開」，不是偶然的，她比別的名女人高明，鎮鎮靜靜，安安詳詳，你愛「唱快板，」她陪你「唱快板」；你愛「唱慢板」，她陪你「唱慢板」。水來土淹，應付得恰如其分。

譬如當地的名女人，沒有一個不靠容有量的，逢節逢年，至少要向容公舘跑一趟，打個「小抽豐」。蘇麗可不然，她還要厚厚的送一筆禮，親身過去請安。有什麼喜慶之事，她更扶病都要來一次清唱，票兩齣拿手好戲。

容有量喜歡她，大亨們都喜歡她，說她會做人。恭維她的，說她可以媲美賽金花，但她不承認這樣的比擬，她說：

「賽金花算得什麼？她是一個妓女，我却是英文書院出身的清白人家的小姐。她雖嫁過狀元，做到公使夫人，我的情人却是部長，說不定將來升任院長，位列三台，官居極品。我有什麼不如她？却把我去比她？」

一個人當得意時，難免過分的驕矜。

蘇麗給男人捧壞了，捧得她高高的，嬌嬌的，自己以爲是「一代尤物」，目空一切。本來好端端的一個女人，壞就壞在男人瞎捧，捧得她頭眼昏花，莫名其妙，以爲自己眞成了一個什麼了不得的大人物。其實什麼都不是，一個女人，始終只是一個女人！

對方無論怎樣傾倒，也不會傾倒到超越玩女人的範圍。至於社會上給她的定評，那就更可憐，對於一個窮人家的太太，會表示相當的敬意。對於名女人呢？除了正在着迷的傻子，會發出昏譫的讚美外，其他只有譏諷的冷笑。

蘇麗自己是不會知道的，但是天天過着那白相生活，未免白相得膩了。她名也有了，利也有了，春風得意，似乎要這樣，得這樣，世界上所有的東西，她一想便得到手了。然而人性越滿足，越會感到空虛，空虛正是滿足的反映！她恍惚在追尋什麼，追尋的是什麼呢？連她自己都茫然。

他似乎在憧憬着找尋歸宿。

找尋歸宿，爲什麼加上「似乎」兩字？因爲她本人還不能確定是不是。現實生活，已不能滿足她的慾望，另一種理想生活，彷彿在引誘她，引誘她從煩囂歸於寧靜，從泛濫歸於專一，從虛僞歸於眞樸，從卑處走到高處，從現實達到理想。然而這一切，在她只是一個糢糊的概念。

這個糢糊的概念，猶如一池混濁的水，照不清楚她的眞影子。外緣刺激，使她杌隉不安——趙部長的垂青，給了她一些虛榮，但却沒法整個兒把他抓過來；甄墨士的出家做和尚，能說不是她害了他？她害了的，何止一個甄墨士，宋氏弟兄的兩條命，還有許多寃寃枉枉爲她傾家蕩產的，爲她半生不死的，這盤賬，算盤子也撥不清。自然，既然做了名女人，要她事事在良心上負責任，根本沒有這回事！但偶然的良心發現，像石火電光般輕微的一灼，有時却也難免。她從棲霞寺半途歸來，那顆和尚的禿頭，不住的在她心頭亂幌，她會聯想到「上山上得多，終會遇着虎。」於是她忽然向司機王福發生幻想，他短小精悍，還沒妻室，眉目間充溢着過人的精力，人是老老實實的，沒有公子哥兒的脾氣，好駕馭，而且參預過她走私的機密，可以無話不談了。她一路上運用機心，隨時隨地給他無數暗示，分明是移船近岸。王福起初好像有些會意，她曾用這樣的話相試：

「我們是一家人了，你就住在我的家裡。我吃什麼，你吃什麼；我用什麼，你用什麼。」

「不好意思太打擾。」

「那麼說，就瞧不起我了！」

「我原準備跟隨着你的。」

「我們合股來做生意，我家裡沒有男人，你也就像主子一般。」

「不敢當！這回走私，承你照顧，雖找了一些錢，在大地方做生意，這幾個錢，那裡算得資本？」

「沒關係，資本我有。」

「那是你的。」

「我的不就是你的嗎？何分彼此！」

「你的是你的，我的是我的。」

「你定要這樣分嗎？」

「那當然，我一生就怕人說我貪心。」

「如果不做生意，只管閒着，我也養得起你。」

「我一生更不要別人像猪一般白養我！」

「你這人，好固執！」

「我想，你若有意招呼我，我還是當你的司機，替你開車。」

「何必這樣？」

「用氣力博兩頓飯吃，我才安心！」

「也好。」

蘇麗答得有些生氣，對於這戇頭戇腦的人，無法可施，只好耐着性兒，慢慢來。

王福依然當司機。不久，蘇麗遷入新蓋的花園洋房，要王福搬進正屋，和她隔室而居。這好意，王福竟沒有接受，他自願住在汽車房後面的一個小房間裡。一日三餐，也是自備，無論蘇麗怎樣邀約他同膳，他總推辭不肯。在女人眼裡，這個木知木覺的人，簡直是「阿木林」，太不「識相」了。然而他對工作非常勤謹，蘇麗一進一出，他從不會誤過事，錯過時。

他有時式的西裝，但在開車的時候不穿，自出心裁，製了兩套制服，冬黑夏白，大紅滾邊，熨得平滑滑的，整潔異常，坐在車頭上顯得特別神氣。這風光，倒不是爲他自己，旁人見了司機的威儀，會聯想到車廂裡巍然高坐的，一定是要人的眷屬。

工作方面，他伺候得蘇麗無微不至，眞是一個標準的好司機；可是蘇麗對他的要求，却不僅是一個好司機，愛他精靈，同時又怨他癡呆。

名女人也有寂寞的時候，寂寞的時候，比快樂的時候更多。你看她們夜夜元宵，沒有一天沒有男友湊趣。那些男友，是不是她們心愛的呢？爛污到潘金蓮，够爛污了，但也會鍾情到一個風流蕩子西門慶，爲他犯罪，爲他犧牲。至於武氏弟兄：武大愛她，她不愛武大；她愛武二，武二不愛她。要兩相情願，才算充實了空虛。名女人混來混去，無非混幾個錢，不以愛情爲目的。但有了錢，同樣的會想東想西，在想不到時，同樣的會感到寂寞的悲哀。她離開首都後，一年間，只會見過趙部長一次。那一次，相聚僅有三數天，因公經過，匆匆便飛往西南了。實業部的李部長，在宴會上倒遇見過好幾回，却因她的名氣鬧大了，同僚之間，不好意思割靴，她雖笑臉奉承，李部長反而避起嫌疑來。其餘的人，都怕她名氣太大，大家度德量力，若即若離，不敢過於親近。雖則熱鬧場面，少不了她，但各人的心理，多數存着「可遠觀而不可近褻」，看看而已，誰也不敢高攀。名女人紅透了，精神上反感空虛，那才是意想不到的事。這天，一班錢莊老闆請客，三番四次的邀請，蘇麗都託病不去，後來上海妹親自出馬，才勉强把她拉了去。她滿肚子委屈，無心應酬，請她唱戲，推説嗓子不好，却拚命喝酒，酒這樣東西，最怕愁時喝，分外易醉。不待終席，她已醉得臉紅頸赤，抬不起頭來。主人家不便相留，只得由她先回去。

司機王福開車回家，和小大姐二人把她攙扶上樓，一進臥室，她便哇喇喇的嘔吐了大半痰盂，人似乎清醒了些。王福正想脱身告退，蘇麗一把將他拖住道：「走不得！我有一肚子心腹話要向你説！」

王福怔怔的，掙又掙不脱。蘇麗颺着醉眼，向兩個小大姐示意，叫她們退出。王福只得由她歪纏，帶着討饒的神情道：

「這算什麼呢？給人見了笑話。」

「誰敢笑話我？」

「傭人們傳出去，你我都難聽。」

「他們都是吃我飯的，敢！」

「你想怎麼樣？」

「醉得很，抱我上床！」

這道風流命令，音調裡帶些兒「浪」。常言道：「皇帝怕醉人三分。」王福拗又拗她不過，勸又勸她不聽，説是更説不明了，只得依着她，把她攔腰抱起。蘇麗兩腳懸空，早將那雙高跟兒鞋相互向後跟一頂，脱落在地，俏罵道：

「飯桶！」

「怎麼？」

「不是這樣抱的。」

「怎樣抱？」

「打橫兒抱！」

王福猛的想起，在電影裡看過，抱小孩子是直直抱起的，抱女人而直直抱起，那是外行。你若把她直直抱起，鼻子頂着她的肚皮，像什麼樣兒？姿勢就不妙！便依言打橫兒抱，左手托着她的脅下，右手托着她的腿彎兒，像一隻大元寶，揣在胸懷裡。蘇麗趁勢伸展右臂，從背後攬着他的脖子，有意無意的把臉頰湊過去，吃吃嬌笑。王福只覺得飄飄然，蕩蕩然，走前幾步，輕輕放下彈弓床，説道：

「瞧不出呢。」

「重嗎？」

「小小的身體，够斤兩！五花腩每斤三塊八，放上肉檯，值得好幾百塊錢哩。」

「啋！你想死呀？」

一個耳光摑過去，清脆有聲。在蘇麗是借嬌嗔撒些兒嬌，偏偏這王福不解風情，頭腦迷信，因從小兒聽二叔公說過，給女人打耳光，不吉利！當場變了臉，欲待發作。蘇麗酒醉三分醒，善觀氣色，忙笑道：

「我是跟你玩的，別見怪！」

「玩也不是這樣的。」

「呵！呵！我疼過你，就好了。」

一場肉麻當有趣，王福摸着臉頰，啼笑皆非。蘇麗故意嚷熱，微袒酥胸，拍着床沿，膩膩的一笑道：

「坐下來！」

「什麼事？」

「我的心腹話還沒說哩。」

「說罷！」

「你懂得我的意思嗎？」

「不懂！」

「眞的不懂？」

「那有假的。」

「我想嫁給你！」

如果蘇麗説，想同他開開心，還不怎樣令他驚異；名女人是和人開心慣了的，能跟別人開心，當然也能跟他開心。可是説要嫁給他，就大大的吃驚了。一時來不及思索，反問道：

「你爲什麼想到要嫁給我呢？」

「我對於這種生活厭倦得很，想嫁人。」

「你的相知裡面，比我好的，多得很呢，會輪到我？」

「我就看中了你！」

王福愈想愈納罕，交了什麼桃花運，竟會給名女人看上了？蘇麗又道：

「我看中你，不爲別的，就看中了你的人！」

「我這樣又黑又粗的……」

「這叫做姻緣。」

王福沒有自信心，但經她提到姻緣兩字，不自信也自信起來了。暗自盤算，三四十歲的人，四海之內，光棍一條，討一房家小，原也應該。往日只道老婆還未投胎，誰知就在眼前。既是姻緣，豈可錯過？這個老實人，也就老老實實的説道：

「要是你眞的看上了我，那或許眞的是姻緣了。」

「我小時算命，説我嫁人要嫁大上十歲以上的人，你正好。」

「不過，我沒錢。」

「早就知道了。」

「要你跟我吃苦，怎麼過得意？」

「廢話！誰要你的錢？」

「你是有錢的，但我若做了你的丈夫，就不要你的錢。」

「硬漢！大家拿些錢出來，合股做生意，不好嗎？」

王福一想，這也是道理，資本是兩份的，勞力是兩份的，夫妻拍檔，好好兒幹下去，組織一個好家庭，眞不枉人生一世了。

談到投機處，兩個人像和合二仙，抱頭打哈哈。

依照蘇麗的意思，「我倆既情投意合。」不妨先行山姆大叔的「試婚制度」。無奈王福這人，少時在「子曰舘」裡禁錮了幾年，把婚姻大事看得十分嚴肅，雖無明媒，必須正娶。千金一刻的大好良宵，他竟輕輕放過了。到了緊要關頭，砉然而止，抛下熱情如火的蘇麗，自往汽車房後面那個小房間獨宿。

蘇麗難免有些失望，怨他太迂；但轉念想想，迂得却合情合理。男人都是這一套嗎？也有人不是這一套的。不是這一套，便够刺激，妙就妙在不是這一套。

王福準備做新郎。（未完）

選自傑克《名女人別傳》，香港：基榮出版社，一九五二年八月一日

宋喬

侍衛官襍記（節錄）

楔子

坐在告羅士打樓下茶室裏，我正打開當天的晚報，預備看看有什麼好電影。

「老宋，」一隻手從身後搭上我的肩頭。

回頭一看，原來是陳鎮堃。

「陳侍衛官，你怎麼會跑到這裏來了？」

「噓！」他用右手的食指掩住他的嘴唇，「我不再做什麼勞什子侍衛官了。現在和幾個朋友在一起搞搞小生意，倒是逍遙自在得很。」

拉開身邊的一張椅子，我請他坐下聊聊。

「你怎麼離開侍從室的？」我追問他。

他神色緊張地東張西望了半天，然後低聲對我說：「還不是開了小差。」

我不好意思再追問他開小差的經過，便天南地北地胡扯了一氣。

「你現在做什麼生意呢，老宋？」他打聽我的工作。

「還不是照樣的耍筆桿。」

「我這些年在侍從室的生活，倒是滿有趣的。如果我是一個文人，大可利用這些材料寫它一兩本書。」

他這一說却觸發了我的靈機，接着就問他：

「難道你連日記都不會寫？就像日記似地寫下來不就行了嗎？」

「日記我倒常常寫的，」他忸怩地說：「不過時寫時斷，沒有恆心堅持下去。」

「那麼你過去寫的日記到底帶來了沒有？」他的話引起了我更多的興趣。

「帶是帶來了，」他說，「要不然改天我把它送給你先看看，也許經過修改後可以對付着用的。」

接着他就站起身來：「老宋，我可得先走一步，因爲還要跑兩筆生意。那東西，我過兩天就送到你的旅館裏。」

他又問我要了旅館的房間號數和電話號碼。

我和他是一九四六年在廬山上認識的——在一個賭錢的場合中。那天他賭運不佳，輸得臉紅耳赤。我因爲手邊還有餘錢，就替他付了賭賬。

從這次起，他認爲我是個够交情講義氣的朋友，以後就常常來往。一直到南京解放前夕，纔斷了聯絡。

果然，過了兩三天，他把一大本日記送到我處。他又堅持我應該替他潤飾，還要把那些人名都改掉。

我看了一遍後，覺得除掉有些別字外，文字還算通順。於是只遵照他的囑咐，把一些眞的人名都改換掉。

底下就是他的原文：

×月×日

昨天團長半夜三更把我找去，說是有重要事情商量，可眞把我嚇壞。記得我剛走進他的房間裏面時，他就沒頭沒腦地來了一句：「恭喜，陳營長！」我還以爲他立刻要把我綁赴刑場槍斃——因爲軍隊裏經常都是以「恭喜」兩字代替槍決的。

「你不用驚慌！」團長說，大概他已經看出我的緊張模樣。「我要告訴你的是眞正的好消息！」

「謝謝團長！」我這纔算吃了一顆定心丸。

「你的原籍是——」他問。

「小地方浙江奉化。」我必恭必敬地答道。

「好地方，好地方！」他連聲說。「今天早上侍衛長把我找去，說現在侍從室裏面需要人；提出了幾個條件：第一，中央軍校出身；第二，年紀不到三十歲；第三，擅長手槍射擊；第四，浙江人。我當時馬上提出了你；對於前三項，我都深切知道，就是記不清楚你是江蘇人還是浙江人，這會兒聽說你是浙江奉化人，那就更妙了。老弟，將來得意時，可別忘掉我這老大哥！」

「到侍從室當什麼差事？」我問。

「當然是當侍衛官囉，老弟。難道還能叫咱們這些老粗耍筆桿，搞文墨？」他哈哈大笑。

「什麼階級，少校還是上尉？」我對於營長的少校官階是非常重視的。

「何必管它什麼官階，侍從室裏的一條狗都比人强。在裏面幹它三年五載，放出來起碼是個少將保安處長——老劉不就是一個例子？再說，一個侍衛官就等於從前的『御前帶刀侍衛』，算是『天子近臣』，不論什麼部長省主席，看見你都要另眼相待的。」他說得高興時，口水却噴到我的臉上。

「謝謝團長的栽培！」我連忙立正。

「坐下、坐下；別再一口一個團長了，將來，我還要叨你的光。如果不嫌棄，叫我一聲王大哥好了。」他從玻璃櫃裏拿出了一瓶大紬酒。「老弟，要不是爲了還有大紬可喝，我早就不能在重慶住下了。」

他放一個茶盃在我面前，就手斟滿了一盃酒：「老弟，這算是和你道賀的水酒。」接着他又在桌子的抽屜裏拿出了一包花生米和一小磁罐的榨菜絲。

「你自己呢？」

「我可以就着酒瓶喝；不瞞你老弟，我別的毛病沒有，就是好喝兩盃。」他哈嘟哈嘟地喝了兩口。

「團長大哥，你往後看好了；陳鎮堃絕對不是過橋拆橋的人。」我也舉起杯子來。

一直鬧到三點鐘，我纔向他告辭回房睡覺。

×月×日

早上八點鐘就到曾家岩官邸去見林侍衛長；一看門房裏早已坐上了一大批等候選拔的精壯大漢。不知道怎麼回事，患得患失的心理非常重。

到了八點半鐘，侍衛長開始一個個地找進去個別問話。有好幾個人都趾高氣揚地走進去，可是出來時又垂頭喪氣。這麼一來，我的心情更爲緊張。

「陳鎮堃！」喊到了我的名字。

「有！」我連忙立正，拿出全副精神。

侍衛長板起冰冷的面孔坐在辦公桌的後面，口中叼了一根香煙。

「你就是陳鎮堃？」他口角紋風不動。

「是！」我又是一個立正。

「那裏人？」

「報告侍衛長，浙江奉化。」

「是不是溪口？」

「不是，小地方是南渡。」

「你知道到侍從室工作是很辛苦的嗎？」

「知道。」

「那麼你爲什麼願意來呢？」他彈彈香煙上的灰。

我心裏想，他這問題眞是邪行；明明是他找人來挑選，却問人家爲什麼願意來。也許是「福至心靈」，我立刻編了一套話：「報告侍衞長，軍人以服從爲天職；只要長官有命令，個人不應該有什麼選擇。」

他點點頭，看樣子也許對我的答覆還滿意。

「假如有人行刺主席，你當時應該怎麼辦？」他突然地問了這麼一句。

「先把身子掩護着主席，然後再拔槍射擊刺客。」我說。

「好，你眞是有勇有謀！」侍衞長站起身來，「做侍衞官的人，最要緊就是先照顧到主席的安全。你能够知道先拿自己的身體擋住槍彈，那一定可以稱職的。」

「你什麼時候可以到差？」他臉上略有笑容。

「就待侍衞長的吩咐。」我心裏的高興是不言可喻的。

「你一會兒就要去找兩個保證人；文官要簡任以上，武官起碼得少將。明天早上七點鐘來報到，聽到了沒有？」

「聽到了。」我立正敬禮後，纔退出來。

看見門房裏還有等候的人，我不由得向他們笑了一笑，笑得很驕傲。

「怎麼樣？」王團長一看見我就問。

「你可以不可以替我找兩個保證人？」我反問他。

「小陳，眞有你的！」他使勁拍我的肩膀。

×月×日

王團長眞够朋友，他連夜去找師長和副師長做我的保證人。將來我要有出頭的日子，可不能忘掉他的好處。

第二天上班，心情十分緊急。王團長臨別贈言時，勸我應該小心翼翼；他引用了一句俗話：「伴君如伴虎。」照他的説法，我豈不是把自己送入虎口？

侍衞長雖然關照我七點去報到；爲了表示殷勤，我六點半就到了曾家岩官邸。大約過了一刻鐘，侍衞長也來了。他一眼瞥見了我，就看看手表。我的早到政策，還是對了。

他向我招招手，我趕緊走上去先來個敬禮。

「保證人找好了沒有？」

我雙手遞過去師長和副師長的書面保證，又是一個立正姿勢。

「直屬長官的保證，是很好的。」他點點頭。

七點半鐘，所有的侍衞官都到齊了。大家集合起來，聽侍衞長的訓話和分配當日的工作。侍衞長説完話後，叫我站出來和大家見面。

「楊忠良！」他喊了聲。

「有！」一個身材魁梧的漢子上前一步。

「陳鎭堃新來乍到，對於官邸裏的情形完全不明白。你負責帶着他見習見習；每個星期一，你向我報告他的進度怎樣。」

「是，侍衛長！」他筆直地站在那裏。
「陳鎮堃，你就好好地跟着忠良學：聽到了沒有？」
「報告侍衛長，聽到了！」我也連忙立正。
「解散！」侍衛長發出了口令。
楊忠良走過來和我拉手：「叫我楊忠良好了，我們這裏不講究稱呼官銜的。」
我謝謝他，並說明希望他遇事多多指點，免得我什麼都摸不着頭腦。
「你放心好了，包在我的身上。你我弟兄能夠在這兒遇着，總算是有緣分。」他咧着大嘴笑。
他望望我身上的綠色嗶嘰軍服，又對我說：「下午沒事，我先帶你去做制服。我們這裏的制服，冬天是黑禮服呢的，春秋兩季灰色法蘭絨，夏天則是美國卡嘰布。」
我問他住的問題如何解決，是不是要向侍衛長請示。
「你馬上就把行李搬到我的屋子好了，因爲正好有一個空的床位。」他說。
我告訴他行李沒帶來，等下午一道去取。
「那麼我告訴你一點兒這裏的規矩！」

× × ×

楊忠良把我帶到他的臥室裏去。這間屋子四面有窗，擺了四個小鐵床還不顯得太擠。
他指着右角的一張空床說：「小陳，你可以用這張床；被單，氈子，棉被，枕頭都可以寫條子具領。」

我又向他道謝，他直擺手說：「算了，算了！咱們哥倆可別來這一套。反正大家都是賣命吃皇糧，一客氣倒顯得生分了。」

「主席什麼時候起來？」我問。

「對了，我們向來不叫『主席』的，一直稱呼他做『先生』！」他伸出他右手的拇指。

「那麼另外一位豈不是要叫做『師母』了？」我覺得自己的腦筋滿靈活的。

誰知道老楊聽了我的問話後，却笑得直不起腰來。他忍着笑說：「還是稱呼她『夫人』的。有時在外國人的面前，叫她『馬丹姆』也可以的。」

「馬蛋？」我簡直發楞了。

「『馬丹姆』就是外國話的『夫人』。」老楊連忙解釋。

「爲什麼要叫『先生』呢？」我忍不住問。

「這是我們習慣的稱呼，顯得親密些；而且最近好些外國顧問都認爲這樣稱呼是非常民主的。」

我還想再問些別的問題，老楊忽然指着窗外說：「你看，先生和夫人都出來了。你把衣服拉整齊些，也許侍衛長要喊你出去的。」

果然，侍衛長上去和先生說了幾句話後，轉過臉來就叫另外一個同事來這屋子喊我。

我精神抖擻地走出去，先向侍衛長敬了一個禮。

「報告先生和夫人，這就是新來的陳鎮堃。」侍衛長必恭必敬地說。

我連忙立正，注視着先生。

「好好……」先生不斷地點頭。

「他的品貌倒是很端正的，心地也許不壞？」夫人望着侍衛長說。

「是，夫人。」侍衛長答道，「因爲怕他不懂官邸的規矩，先叫他跟着楊忠良見習見習。」

「好，好。」先生又是點頭。

「陳鎮堃，你可以先下去了。」侍衛長對我說。

我緊張了半天，這一下可眞如釋重負。

回到屋子裏，老楊很關心地問我：「怎麼樣？」

我先掏出手絹擦擦頭上的汗，然後再告訴他一切。

「頻頻點首，連聲稱好好，報上總是這樣描寫先生的」他說。

穿上灰色法蘭絨的中山裝後，照照鏡子，自己也覺得滿神氣的。

據楊忠良說：我們的官階一律都是少校，只有三幾個資格特別老的纔是中校。光是這一套法蘭絨制服，就可以抵得普通少校三四個月的薪水，想到這裏我免不得有點飄飄然的感覺。

先生和夫人早上見面總得講一兩句英語，什麼「古德摩寧，大令」說得怪順口的。

他們說：先生的英語完全寧波腔；而夫人的英語却是地道的美國口音。隔着一間屋子聽，和美國人講的一模一樣。老楊偷偷地說：「北方有一句話：要得會，得跟師傅睡——夫人的英文當然是下過一番工夫的。」

先生每天早上六點鐘就起身，第一件事就是祈禱和讀聖經。看他跪在那裏的神氣，簡直像個洋和尚。

他和夫人對坐着吃早飯的時候，兩個人同時祈禱；先生用的是寧波官話，夫人用的是英語。不知道怎麼回事，我總覺得上帝一定先聽到夫人的祈禱文，因爲替先生把聖經翻成中文的吳博士說過上帝是外國人。

我和老楊私人談論這一點，他認爲上帝不但是外國人，而且一定是美國人，否則先生和夫人對美國人不會這麼恭敬的。對於這個問題，我們兩人沒有討論下去，因爲和我們的侍衛勤務無關。

今天下午手槍射擊時，我很出了一些風頭：一連九槍都中了紅心。侍衛長誇獎了我幾句後，又批評我出槍不够快。他提到宋院長的一個私人保鑣，是檀香山華僑，能够用手槍擊落飛着的麻雀。他的結論是我們每個人都需要苦練，因爲負了保衛元首的神聖任務。

接着他又告訴我們說：「元首就是領袖，領袖就是我們的先生。世界上一共有三個元首：德國有希特勒，意大利有墨索里尼，而中國就有先生。歐洲大戰的結果，只剩下我們中國還有元首了。」

好容易等侍衛長訓完了話，老楊拉着我說：「小陳，今天晚上不該我們當班，到城裏民權路的盟友舞廳去玩它一夜怎樣？」

「還沒有關餉，拿什麼去跳舞？」我反問他。

「笑話，就憑這個玩意兒，誰還敢收我們的錢。」他指着胸前的證章。

「可是我沒有西服，跳舞不大像樣子。」

「老弟，西服現在去做也來不及；以後要幾套都包在我的身上。穿法蘭絨中山裝，在重慶也够體面的。」

×月×日

楊忠良果然有辦法，昨天晚上我們兩人在盟友舞廳不但一個錢沒花，而且每人都找到一個舞女「直落通宵」。

早上他帶着我去新生西服店，寧波口音的老闆一直陪着笑臉和我們說話。

老楊替我挑了兩身的衣料，我連忙問老闆要多少錢。

「笑話，那裏能要您的錢！楊侍衛官是我們經常的主顧——只要你們多多關照，那就感激不盡了。」老闆直擺手。

「老闆是痛快人，你就不必推辭了，小陳。」老楊對我使個眼色。

我雖然不是光棍，對於見風轉舵這一套當然還是懂得的，順口就說：「既然如此，我只好受之有愧了。」

走出了店門口後，老楊對我說：「小陳，他有天大的膽子，也不敢收我們的錢；整個警衛師的制服都在他這裏做的，三五百套西裝的價錢，他也賺出來了。」

回到官邸後，他們說先生和夫人到南岸黃山的官邸去，因爲晚上在那裏招待外賓。

跟先生出去，我還是第一次；好在有老楊，只要聽他的吩咐就沒錯。

大門口一溜兒擺了四部車子：一部旅行車，兩部卡得拉克篷車和一部卡得拉克轎車。不一會兒，先生攙着夫人出來了。這麼大熱天，他還披着黑斗篷，戴着灰色呢帽。事後我偷偷地問老楊，纔知道這件斗篷能避彈，是希特勒託德國顧問帶來送給先生的。

先生和夫人坐上了卡得拉克轎車，我仔細一看：原來後排座位是和車位離開的，就好像擺進了一張沙發椅。旅行車裏坐十二個，算是開路先鋒。每輛篷車都坐了六個人；我和老楊跳上押後的一輛。先生的座車是第三輛，前呼後擁地開到了大街上。

我們的汽車行列經上清寺，兩路口順着南區公園下去。路上行人都很注意，可是又不敢住脚來看。我看老楊和別的同事都把手槍拿在手裏，當然也就照辦。

一路無事，浩浩蕩蕩地到了儲奇門碼頭。汽車輪渡早已預備好，四部車子分由兩條汽船載過江去。

由海棠溪上岸，接着就往黃山的方向開。剛剛過了羅家壩，忽然看見公路右旁的稻田裏有一個人站起身來。

「砰！」老楊馬上就給他一槍。

看到這人應槍而倒，司機立刻把車煞住。老楊頭一個跳下去，我和別人緊跟着。

在稻田中發現了這個人的屍體，連褲子還沒穿上。

「媽的，這死鬼原來在這裏撒屎！」老楊啐了一口。

×月×日

昨天晚上的主要客人是哈爾萊大使，看樣子雖然已有五十開外，可是腰板挺得筆直，走起路來很像軍人。侍衛長說他小時候是美國西部的牧童，所以纔有這麼好的身體。這話也對，明太祖朱元璋可不是也放過牛嗎？

他看見先生時，很隨便地伸出手，口中却說：「石將軍，你好嗎？」對先生隨隨便便固然是他們外國人講民主，可是叫「石將軍」又爲什麼呢？事後我問老楊，他告訴我說這是外國規矩。

他們外國規矩也妙，夫人向哈大使伸出雪白的手時，這位老先生眞不怕麻煩，舉起她的手來，又彎腰用嘴唇吻了一下。那麼硬的仁丹鬍子，刺在手背上是相當發癢的。我忍不住想笑，老楊却使勁瞪了我一眼。

我再偷愉地望先生的臉上，他多少也有一點尷尬的神氣。「宰相肚裏能撑船」，他們大人物的度量都是很大的。而且，沒有夫人在塲，先生和外國人根本沒法子交談。

吃飯的時候，哈大使緊靠着夫人坐，聽說這也是外國的吃飯規矩。他們兩人有說有笑，把先生擺在一邊。好在那個祕書却會說中國話，陪着先生大談天氣一番。

哈大使確實是牧童本色，他談得高興時居然把手放在夫人的背上拍了兩三下。先生看見他們兩個人笑，他跟着也笑，不過笑得相當勉强——大概是爲了外交禮貌。

客人走後，我們回到屋子裏閒談。

「和外國人來往，這個樣子我可眞看不慣！」我說。

「小陳，這點我比你懂得多，先生除掉以夷制夷的辦法外，還有懷柔政策，就是什麼事都遷就他們外國人些。」老楊講得頭頭是道。

「對了，」我拍了一下大腿，「這就是昭君和番，先生原來用的是美人計！」

聽了我的話後，老楊竟然哈哈大笑。

我楞住了，不知道怎麼回事。

老楊笑了半天後，他扳着我的肩膀說：「老弟，你的比喻太不恰當了。先生又沒有把夫人送給外國人，怎麼叫做昭君和番？要是有別人在塲，你可千萬不要這樣說，是會鬧出亂子的。」

他這麼一解釋，我纔恍然大悟。從現在起，我說話一定要小心些，不要躭誤了自己的前程。

下半夜輪到我和老楊巡夜，拿着手槍在院子裏前後左右地搜索了半天。先生的屋子裏還有燈光，我們從窗口下面經過，隱約聽見喁喁笑語。

×月×日

今天一早夫人就下山去了；跟她過江的就是小張那幾個人。看樣子，夫人最喜歡小張。說也奇怪，夫人挑選跟着她的幾個侍衞官都是小白臉。大家背地都說小張是夫人的乾兒子；小張顯然也非常得意。

先生沒有下山，說是下午要主持一個軍事會議。但一直到太陽下山，還沒有人上官邸來。

我問老楊到底還開不開會，他聳聳肩說：「阿拉也不曉得，你等一等，十之八九有熱鬧看。」

說着話先生就出來了，提着手杖，在院子裏蹓躂了一會兒，侍衛長馬上走過來，輕聲對我們說：「你們準備，先生就要出去散步了。」

果然，先生拄着手杖就出了大門口，老楊和我還有兩個別的同事連忙跟出去。先生滿臉都是笑容；在山路上一會兒停住腳聽聽樹上的鳥聲，一會兒用手杖撥弄小溪裏的石子。好像夫人一不在身邊，他倒更痛快些。

老楊和另外一個同事不時互相擠眉弄眼，我想其中一定大有文章。可是先生就在前面走，當然不好隨便打聽。

大約走了二十分鐘的路，看見前面的樹陰裏有一所規模相當大的洋房。先生不加思索地就往着這所房子走；等到再走近些，我抬頭就看見門上的木牌寫着「黃山小學」四個大字。這時候老楊又偷偷地和那兩個同事交換了微笑；我簡直越來越糊塗，不知道他們的葫蘆裏究竟賣什麼藥。

還沒等先生進去，裏面却跑出來了一位二十多歲的小姐。我還以爲是刺客，正想一個箭步跳過去，給她來個先下手爲强。

「你今天怎麼來得這麼晚呀？」這位小姐居然和先生說起話來了，「你來我去」的一定有相當關係。

「天氣熱，不等太陽下山不願意出來。」先生笑瞇瞇的。

「今天晚上還進城不？」愛嬌的聲音。

「當然不進城了！要進城我還能來看你嗎？」先生把聲調壓得非常低，很是溫柔的樣子。接着他向我們擺擺手，就和這位小姐手牽手地進去了。

我們四個人都在外面屛息地等着，誰也不敢開腔。

至少有半點鐘的光景，先生纔興匆匆地出來，似乎有點兒氣喘。小姐沒有再露面，不知道爲什麼。

我們還沒有走幾步路，就看見侍衞長迎面押着一頂山轎來了。老楊和我把先生攙扶上了轎，大家就跟着後面往回官邸的路走。先生躺在轎子裏閉目養神，悠然自得。

好容易到了晚上回屋，我立刻追問老楊怎麼回事。

× × ×

「剛纔那個小姐到底是誰？」我使勁搖老楊的肩頭。

「提起此馬來頭大，她就是陳小姐。在重慶提起『陳小姐』三字，眞是誰人不知，那個不曉。」

「陳小姐？那個的小姐？」我還是不明白。

他要起戲腔來了。

老楊把兩隻手的拇指和食指做出英文字母C字的形狀，口裏說：「還不就是他的姪女？」

我一時還想不出是誰，不由得楞住了。

「你是不是假癡假呆——難道教育部的陳部長你都不知道？」

他這麼一說，我纔恍然大悟。隨卽舉起右手來打了自己的腦袋一下：「我實在太糊塗了。」

「你現在知道了，可是一句話也不要多說——當心你的腦袋！」老楊正言厲色地警告我。

「老大哥，這一點好歹我當然知道。」我連忙答道。「可是先生爲什麼不把這個小姐明媒正娶地弄回來？他老人家是一國元首，弄她十個八個太太也不算多；連寧夏省馬主席都有五個太太呢！」

「小陳，你別以爲這事像說話這麼容易！先生是基督徒，上帝只許他娶一個太太。再說，多弄一個回來，醋罈子豈不要打翻？當初先生和夫人結婚的時候，夫人早就預防到這一手，所以堅持要先生信奉基督教，借上帝的力量來約束他。」老楊講得滿有道理，不曉得誰告訴他的。

「其實，夫人也是上年紀的人了，看開些不就算了。免得先生偷偷摸摸地，也不大像話。」

「看開些？你簡直太不懂事了，昨天晚上我們兩人巡夜，那麼夜深，先生和夫人還是說說笑笑的。她怎麼肯讓旁人分享先生的感情？」老楊搖頭晃腦地說。

「可是實際上，先生和陳小姐不是已經有了關係？」

「這不算過明路，先生多少是有點顧忌的。而且，到現在爲止，夫人還是絲毫不知道的。」

客廳裏的電話鈴聲忽然響起了，老楊趕緊跑進去接電話。

「是，夫人。你是不是找先生說話？是的是的。」

他又三步兩步地跑到先生的臥室裏，報告先生說：夫人從城裏來了電話。

先生就拿起臥室裏分機的聽筒，笑嘻嘻地和夫人說電話。

「大令，你還沒有睡覺？這麼晚打電話來，有什麼重要事情嗎？」說話的聲調非常柔和。

「……」

「我本來預備今天晚上回到城裏的，可是軍事會議要延遲到明天早上開——因爲程呈還沒有趕到。」又是陪笑。

「你看，這就是突擊檢查！」老楊向我伸伸舌頭。

×月×日

軍事會議今天早上倒是開成了；與會的有程呈部長、賀英卿總司令和高級將領五六人。說是開會，其實都是先生一個人在說話。他先說了一套什麼「攘外必先安內」的理論；隨後就徵求大家的意見。還沒等先生說完最後一句話，他們都已經準備鼓掌了。

在掌聲未絕時，程呈就站起身來；他的個子雖小，可是胸脯挺得半天高。「報告委員長，程呈自從到任以後，已經下命令叫吳中楠加緊對延安的包圍了。現在，所有的精鋭部隊都集中在陝西和晉南。只要委員長一道命令，馬上就可以消滅共黨。」他說完話還看了賀英卿一眼。

（老楊後來告訴我說，他們兩個人是寃家對頭；最近程呈得到美國人的撐腰，把賀英卿幹了十幾年的軍政部長搶過手了。他剛纔那一段話，主要是到任後的丑表功。）

賀總司令狠狠地反盯程呈一眼；也許是口才不行，他並沒有加以反駁。

大概先生已經看出程呈的用意，他誇獎了程呈兩句後，馬上又說到什麼「精誠團結，一致對外。」

一看將近十點半鐘，老楊就招呼那些傭人送進幾份新生活茶點——每個人一杯清茶，一塊西餅，一份三明治。先生是新生活運動的發起人，他喝的是開水。

吃了茶點後，開會人們的火氣都下來了。大家說話的聲調比較和緩好些，偶爾也有笑臉。

散會時已是下午一點，這些人在官邸吃完午飯後就紛紛下山。程賀兩人當然分開兩批走。

先生照例又去午睡，我們也樂得偷懶一會兒，因爲他睡醒後十之八九又要去黃山小學散步。

老楊和我都點起一根香煙，預備吹吹牛。

大門口一陣人聲，抬頭往窗外一看：原來夫人又上山了。我們連忙丟下香煙，跑出去伺候。一共有兩頂轎子，從後面一頂轎子裏下來的是個身材不高，穿着男人西裝的女人。她攙扶着夫人走上台階，還吱吱喳喳地在夫人的耳邊說話。

等她們走進客廳後，我低聲地問楊忠良這個女人是誰，爲什麼女扮男裝。

「你連龔院長的二小姐都不認識？她是夫人嫡嫡親親的——外甥女。」老楊對於我的孤陋寡聞覺得奇怪。

「她的辦法可多，」老楊又說，「只要她下一張條子，拿到中央銀行就是十足兌現的支票——比她父親的還要靈。她的男朋友多得很，她又是夫人的第五縱隊！」

選自宋喬《侍衛官雜記》，香港：學文書店，一九五二年九月

馮宏道

孫行者遊香港〔節錄〕

話説有那麼一天，孫行者在花菓山水簾洞裏，正是閒來無事。也許近來孫行者在吃炭水化合物吃得多，胃的消化不良，而腎汁排洩，也有毛病，所以中飯剛吃過，就懨懨欲睡。剛巧他近來買了一套橡皮床墊，據説，這種床墊，有誘惑他人來睡覺之功，其作用不下於一個如花以玉的少女，所以孫行者顧不了許多，一看到床墊，倒頭便睡。雙脚微彎，一手安着胸前，一手介乎雙股。呼呼聲，鼾聲如猴，和那個掛了「宋代錢舜擧」所寫的陳圓圓行樂圖的房間，相映成趣！一炊時間過後，説時遲，那時快，孫行者大叫一聲，跳了起來，摸摸自己股際，怱忙跑到電風扇的前邊，想把電風扇關起來，但是寒冬的時候，電風扇本來是沒有開的。孫行者揉揉雙眼，凝凝神，眼看見自己身上，髒得一塌糊塗，立刻走到五桶櫃前邊，拿出了一套美國名廠出品的睡衣褲，換過了褲，上邊的衫，沒有髒，自然是懶得去換，以免洩去煖氣。口中喃喃自語道：「歌舞班眞萬萬看不得，想不到睡得朦朧的時候，那個施施梨在我面前，展施一下身手，邁哈定、威爾遜、克里夫蘭要來投胎，也不能不擋駕了！」

孫行者一縱身，就回到床上，這一回，爲着了要避免剛才的麻煩，祇得照醫生吩咐的防患未然的辦法，先拿一個軟枕，放在雙膝上邊，以保體溫，僵臥床上，雙手放在枕後，因爲累得很，瞬息就夢入南柯了。

也是合當有事，這時下界之間，忽然人聲鼎沸，孫行者一跳醒來，跑到窗前，運用金神眞火，發動順風之耳，向下細聽，只聞有人連續不斷的大叫「割胆，割胆。」

孫行者細想，難道這是華陀替趙子龍來開刀？趙子龍一身是胆，割了三幾個，自然不成問題。但是，華陀以外科專家的名堂，而這樣的熱心於割症，動不動就開刀，竟至大叫起來，那眞未免有一點違背醫師公會的規矩了。

回頭下望塵寰處，孫行者看到：在一座白色的大房子內邊，坐着一個老年人，戴着三百來度近視眼鏡，衣上穿一套從英國裁縫看來，認爲不大合身的西裝，頭髮全白了，但還不至於牛山濯濯。這個老傢伙的案前，放着一張報紙，當眼的地方，刋載着一張將軍式的漫畫，廣頷隆準，口中啣着了一個八寸多長的粟米桿煙斗。老頭子的拳頭，朝着那幅漫畫的鼻子就打，口中叫着「割胆」，拳頭雖然打到鼻子上，但檯面那塊玻璃，却也能英勇抵抗，拳頭痛了，老頭子「割胆」之聲，更是叫個不停。

孫行者看到這樣情形，心中十分迷惑。這個老頭兒說的一定是英文，或者羅宋語。他深恨當年跟師父到西天取經，沒有朝西走遠一點，弄一個博士的名堂回來，如果弄了回來，就不那樣狼狽了。

孫行者心生一計，馬上把他牀頭的無綫電話機，搖到文昌帝君那裏，想把文昌帝君請來。文昌帝君却也作死，他不曉得甚麼時候請了一個女電話接綫生，擔任接綫，開口就是「哈勞」，孫行者一怒之下，贈兩句廣東「省罵」，却也把電話小姐的籍貫罵了回來，結果弄明白，文昌帝君因事外出。

正放下電話機，小猢猻氣急敗壞的走了進來，原來文昌帝君駕到。

文昌帝君氣急敗壞的程度，不減於那小猢猻，開口就是罵人，罵一家甚麼報館，欠了他四個月零十五天的稿費，而山迴路轉，結論祇有一個，要孫行者度住五度嘢。孫行者有求於人，當然不能不照辦。過水以後，立刻把文昌帝君拉到窗前，要他傾聽下邊究竟割甚麼胆。

文昌帝君擺出了專家學者的態度，捋捋鬍子，「唔」的一聲，然後說道：「他說的，可能是英語，如果不是英語，就一定是法語，羅宋語是不可能的啊！」

孫行者道：「英語也好，法語也好，這句話究竟是甚麼意思呢？」

文昌帝君道：「唔，這倒難說，總之是罵人的話或者是和人家的令壽堂有關，或者是和人家的令千金有關。」

孫行者道：「爲甚麼這個老頭兒說英語，却有點四邑口音呢？」

文昌帝君呵呵大笑道：「道理不難明白，老頭兒最近曾和喬治葉見了一面，欵欵深談，所以就有一點傳染，你知道的：喬治葉是新會人呀！正等於我的太太，是中山人，而我的甚麼也是中山人，所以我講英語的時候，也就有一點中山口音了。」

孫行者實在是「冇你嗽好氣」，一把拉文昌帝君到窗前，要他把老頭兒的話翻給他來聽。

文昌帝君顫巍巍地翻下去：「這是奸雄行徑……你會有辦法嗎？……我也是沒有辦法的……我要打你的鼻子……」

這樣的一大堆，孫行者聽來，又好氣又好笑，急忙說道：「你這樣的翻譯法，等於沒有翻，算了，算了！」

文昌帝君被孫行者搶白，肚裏着實難過，但，凡是執筆的人，口裏總是硬的，當下強辯道：「大聖，你倒不能怪我，他講的話，是這樣的上氣不接下氣的，我替他翻譯起來，那能夠有條有理？你知道：世界上沒有會翻譯錯的人，就算錯，也是原作者寫文章不小心，與翻譯的人是沒有關係的，正等於世界上不會有說謊的人，所謂說謊的人，也不過是一個失敗的預言家，或者是一個考據錯誤的歷史家罷了！」

孫行者當時，眞的氣到六竅生煙，當下大聲說道：「文昌帝君，我現在寫一封介紹信給你，你非馬上去看牙醫生不可，我要牙醫生把你的牙齒磨得光滑了，然後加一點花士零上去！」

文昌帝君正是不大好過，突然聽到門外有人大叫「馬經」，又叫甚麼的緊急號外。孫行者叫小猢猻買一份回來。

看官，不要忙，原來新生晚報所刊「扶乩馬經」，在上天，正是一份十全十足的「今日賽馬貼士」，所不同的，上天的馬經，傳到下界的時候，是由電報生翻成電碼，然後拍發，蓋恐防被地獄那邊的人，輕輕的偷去了。主持翻譯暗碼的電報生，姓戴，別號雨農，雖是一個軍人出身，因爲攪暗碼攪得多，熟了，所以就得到這一份差使。

孫行者在上界那邊，倒是一個標準馬迷，他平日維持生活，就靠辦一間「馬迷服務社」，大清早就去看試馬，記錄下來，用打字機打好，油印分派，公諸同好，收其二十五度野，以此，每月總是銀銀如也。

孫行者把「馬經」打開一看，第一場，就貼出「掃桿埔」，騎師正好是老瑞霖。老瑞霖的騎術，孫行者倒是十分佩服的，但他對於「掃桿埔」，不無懷疑。

看官，不要忙，大凡平日講貼士的人，都不大會信服人家的貼士的，不但不信服人家的貼士，對自己的貼士，也是採取笛卡兒的「懷疑論」的，孫行者正是吃了那一種虧，他拜「馬迷服務社」的收入，每月除了紙張油墨開支之外，有餘就鋪了天上那一家馬會的草皮。

看官，你如果仰望天上浮雲，看見了那青青綠綠的一片，這就是孫行者血汗的成績。那正是有詩爲證，不過，在下不會做詩，即使會做詩，也懶得去做。就此帶住。

孫行者正在細心玩味那一張「馬經」，小猢猻又進來報道：蜘蛛精駕到。孫行者大叫一聲：「嘩，那還了得！」他看看自己的身上，上邊穿的是粉藍色的睡衣，下邊穿的是一條白色鑲紅邊的睡褲，蜘蛛精是甚麼人，她跑慣碼頭，自然知道是怎樣的事了，行者怱怱忙忙，正想穿起晨褸，不料蜘蛛精早已推門而入，行者祇得把晨褸披在肩上。她一手把手袋擲在行者的牀上，一屁股坐在沙發中，摸到行者的桌上的煙盒，拿了一根每包黑市一元二角，而經行者在盡了一番人事，才用一元一角買回來的好彩香煙。吸了兩口，就扔在煙灰碟上邊。孫行者看來，好不心痛也。

蜘蛛精開口便說：「行者哥哥，我到這裏爲着辭行，我已得到玉皇大帝的批准，請了一年零三個月的假，到日本去走一次。」

孫行者道：「是投胎嗎？」

蜘蛛精說：「不是的，我打算跳傘，投胎來不及了。」

行者道：「爲甚麼這樣的怱忙，下界內邊的女人，每每是自歎投胎投得太早，不少明明是三十五歲了，從一九四五到一九五三年，依然還是説二十六歲的。你老人家早已是及笄之年，爲甚麼還不經一次移骨換形的投胎手續？」

蜘蛛精千嬌百媚的笑了一笑，笑時，用手一連貼近行者那邊的眼角，目的自然是避免行者看見她眼邊的皺紋，又從盒子內邊，拿一根好彩香煙，從桌上取了行者的日本朗臣打火機，打了十下八下，把煙燃了起來，然後説道：「我去日本的目的，原來是要參加日本的脱衣舞班，到香港刮龍去。行者哥哥，你是知道的了，我們跑慣碼頭的女人，灣水灣得太久，容也易人老珠黃，所以我到這裏來，想同你拉住一隻大牛……」

行者正在皺眉，文昌帝君倒也精巧，他一生做人，抱着了「留得青山在，不怕冇柴燒」的宗旨，他平日以行者作爲水龍頭，如果蜘蛛精把行者斬得太傷，那就影響到自己本身的權利。於是暗中叫一聲：「老夫替你托刀去也！」當下他對蜘蛛説：「不行不行，香港的脱衣舞事業，早已開到荼蘼了！兩家遊樂場，現在正是脱衣競賽，你也應該照照鏡吧，你扮演蜘蛛精，大胆惹火的程度，趕得上大隻英嗎？跳『打冷震舞』，你趕得上伊文蘇沙嗎？跳『吸煙舞』，你趕得上新興的茜娜珍妮嗎？論台風之好，你趕得上林燕薇嗎？」

蜘蛛精聽到，眞是週身唔聚財，她立刻站了起來，把雙手微按腹部稍上的地方，挺起了胸膛，撒嬌撒痴的説道：「行者哥哥，你要主持公道呀，看，我還是十分竹筍哩。」

選自一九五三年一月五日至八日香港《新生晚報・新趣》

徐速

星星、月亮、太陽

〔存目〕

徐速《星星、月亮、太陽》，香港：高原出版社，一九五三

梁羽生

龍虎鬥京華

（存目）

一九五四年一月二十日至八月一日香港《新晚報·天方夜談》

七劍下天山

（存目）

一九五六年二月十五日至一九五七年三月三十一日香港《大公報·小說林》

鄭　慧

紫薇園的秋天〔存目〕

香港：環球圖書雜誌出版社，一九五五。缺版權頁，資料據中大圖書館目錄

歷劫奇花〔節錄〕

六　謀殺者

「我可以告訴你，雋輝是我生命上最難忘的戀人，」飄萍低頭喝下一口咖啡，向我幽幽地說，「雖然在那次以後，我生命裡有不少男人闖進來過，有的我也曾對他們發生過好感，有的我曾與他們保持一段不短的過往，有的我甚至曾和他們戀愛，或同居；但是，生命裡的初戀總是最值得懷念的，沒有任何一種東西可以比擬。尤其是當我做了舞女以後，看慣了男人們的一副嘴臉，摸清了男人們的一副心腸，覺得每個男人都是這麼千篇一律的，他們老愛在女人身上打主意，目的都

不過是自私和醜惡，使我感到非常厭惡煩膩，再也喚不起我的熱情來。很少有一個男人，使我覺得他是光明正大，可以和他做眞正朋友的……」

「飄萍，那末，你覺得我這個人怎樣？」我忽然插進了嘴，自然我的語氣是帶着玩笑的。

「你？我說過你是我唯一的朋友，」飄萍嚴肅地向我望一眼，說，「鄺，說眞話，你是我多年以來沒有遇着過的眞正朋友。」

「那末可以不可以把我升任愛人呢？」我仍然帶着玩意的笑。

「別嘴花，鄺，」飄萍用警戒的眼色望着我，「假如你要這樣打岔，我就不再說下去了。」

「我不打岔，你說，你說，」我連忙笑着道歉，「雖然你用這個威脅我，但是爲了要聽完你的故事，我寧願接受你的威脅。」

飄萍用眼睛白我一眼，給我倒過來一些咖啡。

「兩點鐘了，」她看手錶說，「再喝一點咖啡，解除你的瞌睡，我的故事還剛正開始呢！」

我喝了一口咖啡，把腿子伸直靠在沙發裡。

「說下去吧，我已準備開始繼續聽了。」我說。

於是飄萍想了一想，再繼續說她的故事：

我記得你曾經對我說過，我是一個不尋常的女孩子，又是一個有雙重性格的人，我有時幽嫺貞靜，有時又明艷妖冶，我有時溫柔，有時豪爽，有時純潔天眞，有時又閃爍多變。這，一部份是由於我職業與環境上所受到的訓練，另一方面却是由於我天性上的稟賦所致。

我不否認我是個畧具聰明的女子，從我幼年的時候，親友們都這麼說我。我幼年的時候，父親去玩堂子，把我也帶了去，抱我在膝上和妓女們一同吃花酒，妓女們喜歡逗我說笑，有時候，我回答她們的話與質問她們的問題，往往把她們難倒，博得她們一陣哄笑，父親還得意洋洋的回來把這些事向親友們描述，頗自誇他有這麼一個聰明女兒。到後來長大以後，坎坷與多變的生命過程使我學習到更多的東西，這些東西包括一個女人應有的手段和風情，才能和機智，我變得更堅強、忍耐、和老練。而最奇怪的，我生有一副沉靜溫文而畧帶怕羞的臉孔，我的聲音是柔和而輕細的，於是，不知道我的人，往往以爲我是一個純潔天眞的女孩子，事實上我的本質也許眞的這樣，只不過受了生活上的磨練才變質罷了，這就是你之所以說我具有雙重性格的來源。

自從雋輝死後，我變得異常的孤獨和寂寞，那時我在學校裡讀書，因爲父親環境不好的關係，總是時斷時續的繼續着，在我小學畢業以後，中學只讀了一年，便停輟在家。適好爲了雋輝的事爆發了，父親惱恨我這麼年小便失去貞操，再加上因爲環境潦倒心情悒鬱，對我更加冷淡。母親是一個舊式的婦人，她也毫不同情我，認爲一切都是我自作自受；因此我在家庭中，成爲落寞而孤單的一員，終日在家裡，除了刻板而乏味的家務操作外，所看到的只是父親的冰冷面孔，和母親的長吁短嘆，弟妹們的喧鬧爭執，以及陰鬱而毫無生氣的生活。這種生活使我窒息，使我頹喪，使我瘋狂。自雋輝死後，我這樣的折磨了一個時期，終於忍受不住，便託了家裡隔壁的一位隣居，替我謀一份職業，我要到社會上去吸一口新鮮的空氣，來擺脱困厄的環境，忘却身心的苦惱。同時，我還想學習一些新的東西，更需要賺回來一些錢，來貼補家用；於是，半個月以後，我在工廠裡找到一個女工的位置，這是我正式踏入社會的開始，那時我的年齡只有十四歲半。

進工廠以後，雖然我幹的只是女工的生涯，然而卻過到了一段眞正快樂的日子。我學習到不少新的東西，領畧到團體生活的愉快，尤其重要的，我有了固定的工作和固定的收入，可以解決個人的生活，和忘却一切的煩惱。可是好景不常，在我進工廠後不久，一件不愉快的事情發生了，事情是工廠裡的一個工頭，不知怎樣看上了我，多方設法追逐。他的表現是下流而猥褻的，終日對我瞇着色迷的眼睛，我看見了他就害怕，無論他怎樣挑逗、約會，我都一律拒絕。工頭老羞成怒，又轉變方法威脅我，侮辱我，我被迫得無地自容，最後終於向廠方提出辭職，於是我很快的便失了業。

自從我在短期內就業而又失業以後，我的父母更討厭我，看不起我，認爲我自暴自棄，到處爲人所不容。於是我在家裡，一天到晚看着冷冰冰的面孔，過着冷冰冰的生活，有時，我溜出外面獨自一人流落街頭，望着自己的家門不願回去。遇着下雨的天氣，我在濛濛細雨的街道上躑躅着，憶念着雋輝與那難忘的風雨之夜，我如一頭無家可歸的野獸般流蕩。

一天，又是一個下雨的日子，我正徘徊在街頭上，站在一間咖啡館的屋簷下避雨。只見坐在咖啡館靠窗旁邊的座位上有一個老人，他目不轉睛的望着我，眼睛裡表現的是一種異常奇特的眼光。我起先以爲他不懷好意，便背轉身子去看天空中的雨，突然，我發現有一個聲音在我身邊驚動了我：

「姑娘，我可以和你說幾句話麼？」

我愕然的抬起頭來看他，只見是剛才在咖啡館裡的老人，他不知什麼時候已經走出來站在我的身邊。我看見他眼裡表露的神色是誠懇眞摯的，不像懷有什麼惡意；他見我沒有拒絕的意思，便繼續説道：

「姑娘，也許我很冒昧，但是我有幾句話，必須要向你説一説。你可以請進來坐一會，喝杯咖啡談談麼？」

在普通的女孩子，也許不會接納一個陌生人在這種情形下的要求。但是我把頭點了點；事實上那時我又濕又冷又餓，渴望找一個地方休息，而那老頭兒看上去又不像是一個壞人。

我跟他進咖啡館剛才的位置坐下，老頭兒爲我叫了咖啡和餅，接着，他仍然用剛才那種目光不轉睛的望着我。

「你要和我説的是什麼話呢？」我有點窘惘地問。

老頭兒的眼睛起了一陣潤濕，他用顫抖的聲音向我説：「姑娘，你……你眞像我的一個死去的女兒。」

「你的——女兒？」

「是的，你的相貌、聲音、態度，無一不像她，」老頭兒唏嘘地説，「可惜我這個女兒，在你這個年齡便死去了，假如她現在還在，已經有二十歲了。」

侍者送了咖啡來，他一面招呼我吃喝，一面絮絮滔滔的告訴我：他家裡有三個兒子和三個媳婦，只有一個女兒，可惜在她幼年時便已經死去；他的老妻早故，媳婦們待他非常不好，使他終日懷念着那個死去的女兒。他又說那個女兒年齡雖然幼小，却非常愛他，兒女中只有她把他當作父親看待，可惜天不假年，在十三歲時便患病死去了，這些年來他一直憶念着這個女兒，現在他看見了我，彷彿看見他的女兒重生在這世界上，因此不揣冒昧的出來招呼我。

我聽了他的故事，頗有一點感動；可是那老翁也並沒有要求我什麼，只頻頻的說，他希望能時常看到我，就像看到自己的女兒一般。他說假如我不認爲這種舉動是過份，他希望我留給他一個地址，讓他以後能常常約我見面。

我毫不猶豫的把地址抄給他，他也寫下了他的地址，叫我有空的時候按址去找他談談。此後我們大約一個星期見一次面，他並且把我帶到他的家裡去，介紹我和他家裡的人認識。我發現他家中的空氣正如他所說的一般，像鋼鐵一般的冰冷，雖然在生活上可以稱爲小康之家，但是，在他和兒媳之間，缺少了一份情感的溫暖，因此，他就變成一個寂寞而孤單的老人，似在沙漠裡生存着。

他把他的女兒的照片找出來給我看，並且又向我流下了眼淚。我發現他並沒有說謊，他的女兒的確有八分像我，於是，爲了同情他的遭遇，我漸漸和他接近起來，慢慢地，我到他家裡的次數多了，憑着一種很自然的發展，我幾乎成了他家裡的一員，我關懷到他的冷暖，照顧到他的飲食，給予他精神上的憑藉，鼓舞他生命中的樂趣，無形中成爲他死去女兒的彌補。

我與他之間形成這種連繫的原因，是很自然的，其最大的理由是：他在他的家庭裡，是寂寞而孤單的一員；我在我的家庭裡，也是寂寞而孤單的一員，我們在家庭裡都找不到應有的溫暖和幸福。因此，兩個孤獨的人，很快的便互相連繫在一起了。在我們之間，純粹沒有半點不正當的邪念或是其他的作用，我們兩個人，一個需要父親的溫暖，一個需要兒女的慰藉，於是便彼此互爲需托了。

在我們認識後的兩個多月，爲了上述的原因，我常常到他的家裡去，幾乎把他家裡當作了我的第二個家，他也把我當作他的女兒一樣。爲了這，引起了我自己家裡父母親的不滿；他們雖然一向冷冰冰的從不關懷我，可是一旦知道我在別人家裡盡了女兒的責任，却又表示出一種莫名其妙的憤懣了，他們還疑心我和那個老頭子之間，有什麼不正當的企圖。爲了這樣的誤會，引起了我們之間的爭執，後來的結果，我的父母負氣的說，既然我有人願意收養，何不索性到他的家裡去做女兒？省得回到家裡來現世。這雖然是一種負氣話，可是却傷透了我的心，我哭了一個晚上，第二天一早，我收拾了兩件簡單的衣服，跑到義父的家裡去，從此，我正式成爲他的收養女兒，在他的家裡住下了。我的父母竟從此不理我。

我絕不會想到，我們的事情因此便引起了別人的妒忌，我更不會想到因爲妒忌而引起了這麼嚴重的後果。

我在義父家裡住下後，我們的感情更融洽了，我把一顆無處獻奉的赤子之心，完全獻奉給他，給予他以前從女兒身上失去的所有彌補。於是，不久以後，我很快的遭受到他家裡的人底敵對和歧視，我發現他們聯同攻擊我，咒罵我。同時，難聽的流言漸漸在家族裡傳播了，他們指桑罵槐地宣播我和義父之間有着不可告人的關係，又說我到他們家裡來是有計劃的，目的是覬覦義父的家產。他們還顛倒是非的說，義父自我來後，因為沉迷在我的狐媚手段裡，整個人瘦了，羸弱了，恐怕在不久的將來，他的性命也會不保。

我雖然為了這樣的流言感到極端的忿恨，但是我仍然竭力的忍熬着。有時我也會想到自己的家，但是我知道我已等於一個無家可歸的人，假如我現在跑回去，一定會受到父母的奚落與漫罵。即使我受折磨到死，只有死在這裡，縱然人人對我不滿，義父有一天生存，我就得到一天的安全和庇護。

誰知道後來的事情有這麼可怕的轉變呢？

這一天，是暴風雨來臨的前夕，事情似乎很寧靜，一點也沒有不幸的跡象。我的義父年老體弱，在秋涼的時候喜歡進些滋養的補品，那天，他告訴我說，他許久沒有吃過燉乳鴿了，叫我買些回來，燉給他吃。我依言購買了，一吃了晚飯，我便到廚房裡把乳鴿弄好了，放在鍋裡慢慢的燉，預備他臨睡前當宵夜吃。那晚我還在他房裡陪他講故事說笑話，直到十一點多鐘，把燉乳鴿拿出來給他吃下了，服侍他睡下，我才回到房裡去睡。半夜裡，我給許多人聲吵醒了，有人拍着我的門叫我起來，說家裡發生了命案，警局有人到來查究。我大吃一驚，忙披衣起來開門，經過詢問的結果，才知道死的人就是我的義父，致死的原因，是爲了中毒。

警局當即派人監視我們一家人，一方面派醫官來驗屍，又把家裡的食物帶回局裡化驗，至天明時，方才查明了原因，證明死者是中了砒霜的毒致死，服毒的時間是在晚上十時至十二時，而在那個燉乳鴿盅的殘餚裡，發現了砒毒。

在這樣的情形之下，我便成了謀殺的最大嫌疑人，在他們家裡的指證下，種種情形都對我不利。於是，承辦該案的檢察官便代表法庭控告我謀殺之罪，並且把我帶到拘留所裡，隨時等待審問。

開庭以後，事情發展得很不佳，他們家裡的人，力陳我入寇他家的企圖，又誣指我與他父親已經有了不正常的關係。而對我最大不利的，便是他們的家庭律師出庭見證，他說老頭子在臨時死前的幾天，曾經到他的事務所裡去，修改他的遺囑，把他名下的一部份產業劃歸給我。

這個晴天霹靂奠定了我謀殺的動機，不幸在燉鴿盅和老頭子吃東西的碗碟上，又發現了我的指印，於是證據確鑿，謀殺的罪名極有成立的可能，幾乎使我百詞莫辯。幸而那時因爲我的年齡只有十五歲，是案情唯一的大疑點，普通在這樣幼小年齡的孩子，除非有人教唆，很少會幹出這種謀財害命的駭人聽聞。卽使案情成立，也只可能稱爲一個童犯，絕不能判以一個成人應得的罪；由此，他們又懷疑到我親生的父母身上去。此外，雖說在燉鴿盅和碗碟上有的指印，但並不可以一定指爲是我下毒的證明，也可以是有人預佈的陰謀，知道我那晚要燉鴿給老頭子吃，故意在鴿湯內下毒，以誣賴在我身上。——因此，案情便變得更加複雜起來了。

這件案子，終於反反覆覆地審判了一個多月，在這一個多月的時光，我以一個嫌疑犯的罪，始終被監禁在拘留所裡，過的是沉痛而困苦的日子。我的父母，因爲惱恨我把他們牽連在內，始終沒有來探視過我；我變得衰弱而頹唐，消瘦而憔悴，小小年紀便受到如此重大的精神打擊，幾乎失去了少女應有的性靈而變成白痴。

終於，案情的一個重大轉變來了，那是離開案發後約兩個月左右，我義父的長子，突然因盜用公欵案被捕，同時涉及他家的遺產案，據調查的結果，他因豪賭屢輸而致負債纍纍，家裡一部份可弄到手的房契地產，都被他偷去押賣，並且還欠下一筆鉅大的「太子帳」，數月前他曾威脅父親索一筆數目可觀的欵子不獲，不得已而動用他所辦事的公司的公欵填債，終因事機不密，被公司方面查出拘他落案。

跟着逐步的調查，才知道老頭子的遺產，因為他押賣及放帳的結果，已經所餘無幾。他們家裡的人氣憤填膺，他的妻子並曾在他被捕後，帶領孩子們到拘留所裡對他漫罵一頓，並曾撕破他的襯衫和領帶。也許他已覺得身敗名裂，無地自容，於當天晚上在拘留所裡服毒自殺，自殺前曾親筆立下遺書，供出他父親的死，也是出於他的謀殺。原因是忿恨他不肯給他欵子還債，並且風聞他將更改遺囑的事，故先毒殺之並嫁禍在他人身上，以多分得一部份遺產云云。他並供出，謀殺義父所用之砒毒，即今日自殺所用的之砒毒，今已旣將死，不願以罪名負累他人，故特撰遺書以將事情表白云。

案情至此，方獲得大白，我無辜被捕，於此時方獲釋出。經過兩月來的顛簸流離，我心神交瘁，五內俱傷，雖然僅有十五歲的年齡，已經飽嘗人間的冷暖辛酸，我攬鏡自照，覺已憔悴得不復成人形了。

選自鄭慧《歷劫奇花》（「環球小說叢」第一期），香港：環球圖書雜誌出版社，缺出版日期，料為一九五六年出版

俊人

金碧露（節錄）

10

第二天早晨，我在回校上課之前，把小明交托給二房東太太暫時給我照顧。

我不願讓小明上學，生怕遇着羅海沙，有負金碧露所托，再三叮囑他不要出門。

他是常來我家的，和二房東太太友善，二房東太太只當是我的乾兒子到來暫住，並不懷疑有什麼別的原因。

我回到學校上課，心裡却惦掛着金碧露，不知道昨夜和她別後，事情怎麼樣？

但是我不敢到她家裡去，萬一和羅海沙碰頭，那局面是有點尷尬的。

我衹希望金碧露有一個電話給我，在電話中，我便可以獲知她的平安了。

可是整個上午沒有接過電話，這不免增加了我的憂慮，不知事情發展到怎麼樣的地步呢？

吃中飯的時候，幾個同事圍繞在那兒看着一張當天的晚報，議論紛紜，我本來沒有心情理會他們談什麼，但是我聽得小招提到金碧露這個名字，却引起我的注意。

我暗暗地想：難道報紙上有什麼新聞記載，是有關金碧露的嗎？我不願在同事們面前揭露我的心事，也不向他們討來看，悄悄地走出去，到報攤買了一份晚報，獨自躲着閱讀。

當我把報紙張開，特別刺目的是報紙上刊着金碧露的一張照片，而這張照片，正是我當日在淺水灣時替她拍的。她的照片登出，當然她是發生了什麼事情了。

我立刻找着一條標題：

「舞女金碧露深夜跳樓自殺，肝腦塗地，香消玉殞。」

這標題一觸入我的眼簾，彷彿一個小型炸彈，在我的腦袋裏爆發，轟的一聲，使我頓時失了知覺，我把身子靠在牆邊，才不致仆跌下來。

我心裡在疑惑的問：她爲什麼要自殺？她怎麼會有此一着？我在心頭打了千百個問號。

我定了一會神，才能細讀新聞的內容。

新聞的大意說：金碧露是××舞廳的舞女，住××台×號四樓，昨晚深夜三時左右，突乘夜靜無人之際，在其寓所露台上跳樓自殺，墮於該台石階上，肝腦塗地，死狀甚慘。查金碧露雖徐娘半老，猶存風韻，貨腰生涯，頗不寂寞，最近與某商人來往甚密，爲商人妻發覺，醋海興波，曾親至舞場，找金理論，因此發生爭執，大打出手。金碧露從此輟舞，此次突爾輕生，料爲桃色糾紛，無法自解，故爾跳樓自殺。金氏並無遺書，其屍體已舁至殮房，等候其親屬認領。

看了這段新聞，我更是不安，我痛恨這個報導新聞的記者，太過穿鑿附會。我清清楚楚地知道，金碧露之死，並沒有絲毫桃色成份，而新聞記者竟把黃超羣太太到舞場去和金碧露的一場爭吵連貫在一起，難免有此誤解了。

這樣的報導，對死者的名譽人格，實在影響太大了，但是我回心一想，他報導的不過是舞女金碧露罷了，一個舞女而跳樓自殺，不是爲了桃色糾紛却是爲了什麼？倘若他知道死者是大學畢業生的宋玉華時，那情形又會完全不同了。

金碧露就是這樣不幸的犧牲了，她犧牲在她的生命正臨到轉捩點的當兒，她本來可以由此展開她新的生活的，這更使我感到可惜和可痛了！

除了悲悼金碧露之死外，我想到我應當做的事情很多：

第一、我知道金碧露在香港沒有親屬，也沒有肯去收殮她底遺體的朋友，這個責任，似乎除了我不會有第二個人負擔的。

第二、我不相信金碧露會在這最有希望的時候突然自殺，我認定她之死，是可能有着別的原因的，我必要查個明白。

第三，小明此後變成舉目無親的孩子了，怎樣安置他，也就成爲我的責任。既然金碧露的志願要把他送到台灣念書，那我祇好盡力想辦法完成她這個志願罷。

首先我到殮房去認領金碧露的屍體，主管人問我，和死者是什麼關係？

我告訴他，我和她是好朋友，而我知道她在香港沒有什麼親屬的，我怕除了我不會有第二個人會來認領她的屍體了。

但是，出乎我意料之外，那主管人告訴我，金碧露的屍體已有一個人認領了。

「誰？」我詫異的問。

「也許你認識他，他也說是死者的好友，他現在正在裡面呢。」

我奇怪極了，畢竟誰來認領金碧露的屍體？我想，也許是羅海沙罷？除了他還有誰？但，倘若是羅海沙，他爲什麼又要認作她的好友？難道怕直認是她丈夫，招惹麻煩嗎？我胡猜瞎想，迷惑極了。

「究竟你們誰領，要不要和那位先生商量商量？」那主管的人見我呆呆的站在那兒，忍不住問我。

我沒有答他，衹是茫然的點着頭，那主管人便領先走了進去，我也不由自主的跟着他。

走進殮房，但見一片昏沉沉的，排列着的床上，躺着十幾條僵挺的屍體，用白布條蓋着，增加了恐怖沉鬱的氣氛；我一走進來，就有悲悒的感覺，想到平時和我一起，説説笑笑，柔美動人的金碧露，竟然得到這悲慘的結局，從此長辭塵世，賫恨而終。

雖然，這世界對她太殘酷了，然而她從不想到死，她還有很高的希望，她對她的孩子從不打算放棄，我一直因爲她仍有生存的勇氣而感到快慰，她想盡一切方法，克服她生存的種種困難，想不到，現在僵硬地躺在殮房裡的屍首，其中竟有一個就是她！這眞叫我不相信！

我不相信昨晚深夜還和我談得好好的，看見我床前小几上的照片，還懂得向我投以取笑一眼的金碧露，相隔半天，現在竟已一無所知，一無所覺，永遠不會了解我對她的心情了。

情感衝動，使我不能控制凝在眼眶中的熱淚，這時已跳下來，沿着面頰直滾，淚珠迷糊了我的視線。我彷彿覺得這十多條屍體在波濤洶湧中起伏奔馳；淚珠墮下，又一切歸於平靜。

「這個就是了，」主管人指着其中一個屍體告訴我。

在那屍體旁邊，已先站着一個人，我想這個人就是主管者所說來認領金碧露底屍體的人了。

我打量他，他有着胖胖的身裁，四十幾歲年紀，一身筆挺的西服，紳士派頭。

照這外表來說，他絕不像金碧露口中所描述的羅海沙，羅海沙不過是個瘦長條子，不是羅海沙，那末，這個人是誰？

我心裡疑惑着的時候，那個主管的人過去對他說：「先生，另外有一位先生也要來認領這屍體的，你們要不要大家商量一下，由誰領？」

那人聽了這話，也顯然覺得奇怪，回過頭來，瞧着我。

他回過頭，我可以看清楚他的面貌，他有着一個和藹的人的外表，絕不似是爲非作歹的，而且他此時兩眼紅紅的，彷彿剛剛哭過的樣子，這副表情，就更不似是羅海沙了。

我想了想，立刻醒覺了，這人一定是金碧露曾準備和他結識的那個肥佬黃了。

我不禁衝口而出的問他：「你就是黃超羣先生？」

他顯然因爲我能說出他的名字而感到詫異，怔着兩眼，瞧着我。

「你貴姓？你是誰？」

「我姓秦，」我告訴他說，「我是金碧露滬大的同學，她常在我面前提起你。」

黃超羣的唇兒，在痛苦的痙攣一下，突然掩着面說：

「這……簡直是我害死她！簡直是我害死她的！」

我想他一定是看見了報紙上那不盡不實的報導，深信金碧露是爲他而死的，因此負疚在心，要來領葬她的屍體，以贖他的罪愆。

我知道這是不確的，但站在殮房內面，那有工夫向他仔細解釋呢？而且這時又有殮房的主事人在身邊。

我見他太難過，便伸手輕輕地拍着他的肩膀說：「黃先生，你不要難過，這其中，也許有點誤會的。」

他突然又移開掩面的雙手，有力地瞧着我說：「秦先生，你說的對了，這完全是誤會！唉，想不到僅僅是一塲誤會，就把她殺害了！」

「我想，我們現在都應該盡力抑制住心情，先行解決這一個主要的問題，畢竟我和你，誰殮葬她的遺體呢？」

「我要懇求你！」黃超羣感情洋溢地瞧着我說，「我求你同意由我認領她的遺體，你能答應我這個要求嗎？」

「我不堅持要由我收殮的，不過我知道她在香港沒有親人，我是她的朋友，應當盡點義務罷了。」

「雖然我和她還未舉行正式婚禮，但，我應當把她視作我合法的妻子，我要像殮葬我的髮妻一樣豐厚的殮葬她，只要她死後的靈魂得到安慰，也可稍減我的罪孽了！」

對黃超羣的話我雖有點懷疑，可是他的誠意我是相信的。金碧露的遺體由他殮葬，自然比我這個窮光蛋豐厚得多，爲金碧露設想，我也當同意他這個要求。

當下我們協議，由黃超羣認領。我和他一起走出殮房，我本要趕去辦我的第二件事，查明我所懷疑的，金碧露之死，是否眞的出於自殺？

但走出馬路，黃超羣却向我說：「秦先生，倘若不阻你的話，我希望和你談幾句。」

我同意了，就近在一家小食店對坐下來。

黃超羣似乎在肚子裡把他要説的話，整理一番，所以遲疑了好一會，才找出個開頭。

「秦先生，你看過今天的晚報？」他問。

「看過了。我就是看了報紙，才知道這不幸的事情的。」

「報紙上所説，和金碧露來往甚密的那個商人，就是我。」

「我知道。」

「可是，到舞塲去向金碧露尋仇，和她大打出手的那個女人，却並不是我太太。」

「啊？」他這句話，可大大的出乎我意料之外了，我睜大兩眼，瞧着他。

「這不但金碧露要誤會我，任何一個人都會誤會我。其實我的太太死了多年，這許多年來，我都過着獨身生活，的的確確沒有太太的。」

「那末，到舞塲尋仇的那個女人，却又是誰呢？」

「完全是陰謀！我也不認識這個女人的。」

「這叫我不明白！」我搔着頭皮説。

「我太太死後，我一時並無續弦之想，我本打算過一輩子自由生活，我是不羈慣的，有了家庭的約束，我的行動就該有所限制了。

「我重興家室之想，是在我見了金碧露之後，她的貞潔賢慧，使我想到，倘若有了這麼一位太太，不但我的家庭得到幸福；我的事業，也有幫助的。雖然我一直還不知道她是個大學畢業生，但我覺得她的儀態大方，擅長交際，這是我要發展事業所不可缺的。

「金碧露是我死了太太以後第一個眞正愛上的女人，我懇切的向她求婚，雖然費了許多心機，到底她並沒叫我失望，答應了我，試想，我是多麼高興！

「可是，我的高興，却造成另一個人的失望，我有一個表妹，今年快到三十歲了，自從我太太死的那年，她便開始向我追求，可是這種女人絕不符合我的理想，與其接受她的愛，自甘束縛，倒不如自由自在地繼續過着我這種獨身漢的生活。

「而且我對她的那種所謂『愛』，也不能無所懷疑，她最大的目的也許不在乎我這個人，而在我日有進境的事業，以及日漸增加的財富，她這點用心，我可以從冷靜中觀察出來的，因此我更加無意愛她了。

「對於我的行動，她一向很注意的，自然我和金碧露的來往也瞞不過她。她知道了我和金碧露相愛，是怎麼樣的心情，你可以想像得到的。她認爲金碧露是她得到我的愛的最大威脅，不破壞了我和她的感情，她便永無成功的希望。這麼一來，在她處心積慮之下，就發生了那夜的事情了！

「那個女人並不是我太太，是我表妹僱請的一個演員，這個鬧劇，也是她編好的，目的志在造成誤會，拆散我和金碧露的情愛，這麼一鬧，她的預期目的達到了，金碧露一氣之餘，果從此輟舞。

「她的居址，從來沒有告訴我，除了到舞場去，我沒法找着她，明知她爲了這次誤會，必然深恨我，但我也無法向她解釋。

「她輟舞以後，我找遍了所有的舞場，甚至找遍了整個香港，始終見不着她的踪影，不料……唉，不料我還沒向她解釋的機會，她竟然自尋短見，遽爾犧牲，這不簡直是我害了她，我殺死她的嗎？」

黃超羣述說到難過處，又不禁雙手掩面，悲哀不已。

聽他的話，我才了解金碧露並沒看差他，她說他是個忠誠可靠的人，雖然對他沒有愛情，但儘可寄托終身。當時我自己有着自私心，不大主張她走這條路，當事變發生之日，我還有點暗自慶幸，以爲我所猜料的不錯了；那知道其中又是另有玄虛的呢？

現在從事實看來，黃超羣對金碧露也可說眞情一片，如果不是他表妹作弄，他們順利結合，到了東京度蜜月，這件不幸的事情，也可避免，不致發生；金碧露第二生命的小明，更可得到理想的教育了。

然而，一切彷彿是天意的安排，對這不幸的結局，我不禁長吁太息，如此安排，實在太殘酷了！

「我不能當面向她解釋，但求她在天之靈，了解我對她的愛，並無半點虛僞，那也可以稍減我心頭的重壓……否則，我就無異是個劊子手，雙手的血腥，永遠也洗不清！」黃超羣又喃喃的說。

我不能不抑制住自己的傷感，反而去安慰黃超羣說：

「黃先生，你不必這般難過，以我所知，你並不是殺死金碧露的劊子手，我想，眞兇當另有其人。」

「怎麼？你說……她是給人殺死的？」黃超羣睜大了眼睛瞧我。

「雖然或許沒人親自動手……」

「你告訴我，這是怎麼回事？」

「你還沒清楚地知道她的身世罷？」

「我愛她，並不計較她的身世，我打算不過問的。」

「她告訴你她是結過婚的。」

「但她的前夫已死了。」

「我現在無須再爲她守秘密，她的丈夫實在未死的。」

「未死？」黃超羣痛苦地瞧着我，「那麼，她爲什麼欺騙我？」

「在她的心中，他是已死的了。」

「你知道她的身世很清楚？」

「會比你清楚一點。」

「噢……」他又顯得難過了。

「要不要我告訴你呢？」

他雖然說打算不過問，到底不好意思的點了點頭。

於是我把金碧露的故事，從頭迄尾，詳詳細細地對他說了一遍。

說完了，看他時，他已熱淚縱橫；但也明白金碧露之死，其咎不盡在他，良心似稍寬慰。

「所以，我說兇手是另有其人，」最後我說道，「我並且懷疑，金碧露也許不是自殺而死的。」

「你以爲她是被殺死的？」

「有這可能，」我說，「她從來並不悲觀，她有勇氣應付一切逆境，固然她不會因爲你的事而自殺輕生，同時也不會因爲羅海沙的追迫而自盡，她早已好好的佈置下來，她的佈置並不準備自殺的。」

黃超羣的心也給我說動了，漸漸，他也相信，金碧露之死可能另有蹺蹊。他遲疑着說：「但有什麼方法可以證明你所懷疑的事情呢？」

「我準備着第二件要做的事情，就是到她家裡去看看，也許我會發現一點證據。」

「你讓我和你一起去嗎？」黃超羣顯然和我同樣關心這件事。

我們忽忽離開那小食店，同到金碧露的寓所來。

走上石階時，我隱約還見到那一片漸漸變成黑色的血跡，這就是金碧露墮樓慘死之處，我和黃超羣都有點觸目傷心。

進了那幢半舊的洋房，走盡了樓梯，到假四樓，我拉着門鈴，那個驚魂未定的婢女開了門。

爲了我常到這兒來，婢女阿英是認得我的，怯怯的叫了我一聲秦先生，她一個兒留在這幢房子裡，顯得有點怕，她告訴我是警局的人吩咐她暫時不要離開，隨時準備向她問口供的。

這慘案使不大懂事的阿英非常害怕，黃超羣隨我走進來，向房子裡四面打量，他似乎要從這些陳設佈置中，認識金碧露平日過着的生活。

我却一逕走出露台外邊細看情形，爲了這個假四樓是臨時加設的，露台臨街一邊，是用一排木欄杆攔住，我發覺角落的那一條木欄斷折了，成爲這欄杆中的一個缺口。

「黃先生，你過來！」我立刻叫喊。

「怎麼？」他走過我身邊來。

「瞧，我推測的不錯罷！」我指着那欄杆的缺口對他說。

他似乎還不大了解我的意思，怔怔的瞧着我。

「試想，」我說，「倘若金碧露是自動跳樓自殺的，她一定會跨過欄杆，然後跳下去；可是欄杆折斷了一根，可見她當時身體給人推倒，撲跌在欄杆上，欄杆不够力量支持她的身體，她便跌下街上去，這是很顯而易見的情形。」

「你這個推想很對，」黃超羣說，「我們可以試問問那婢女。」

我喊了聲阿英，她怯怯的走過來。

「金小姐怎樣跌下樓去的，你知道嗎？」我問。

「不知道，我一點也不知道。我是在後面那個工人房睡的，外邊的情形，我怎會知道？」

「在你睡着之前，有什麼動靜？」

「我聽不到什麼動靜，」她說，「昨晚吃夜飯的時候，小姐像有着心事，只吃了少少的一點，我收拾了東西，洗了澡，問她再有沒有什麼吩咐，她說沒有，我便睡覺去了。我總是習慣這麼早睡的，因爲第二天早上，我要大清早起來，送小明上學。」
「晚上十二點以後，你有聽見金小姐出門嗎？」
「沒有，這兒裝的是彈簧鎖，她出去回來，都用不着我開門，她自己有鎖匙。」
「你完全不知道她有沒有出過去？」
「是的。」
「你一覺睡到天亮，才知道出了事？」
「是的，警察敲門來問，我才知道鬧出這回事。」
「你一直沒有聽見過外邊有什麼聲音？我說是奇怪的聲音，比方是有一個男人來了……」
「噢，我彷彿是聽到的。」阿英訥訥的說，「但，我決不定這是我在做夢，抑或是眞實的事情。」
「你聽到什麼？」
「我彷彿聽到金小姐和什麼人爭吵，還提到小明，但我記不起他們吵的什麼話。」
「那不是做夢，是眞實的，」我提醒她說，「阿英，你盡力記憶，記着你昨晚聽到的什麼話，這很重要的，你的女主人可能是給人推下樓，跌死的！」
「啊？」阿英睜大一雙恐怖的眼睛瞧着我，「你說……她是給人害死的……？」
「你可以確定昨晚有人和她爭吵過嗎？」
「我不知道……倘若我不是做夢……那就是眞的了！」

「今天早上，你有到過警局嗎？」

「到過的。」

「他們問你口供？」

「是。」

「你有沒有告訴他們這些話？」

「沒有。我一直以爲在做夢罷了。」

「你起來不見了小明，不覺得奇怪嗎？」

「那可怕的事情把我嚇昏了，我一直沒想起他，我從警局回來之後，才想起，我要去告訴他們，可是我又不敢……眞的，我躭掛極了，畢竟小明那兒去了呢？」

我沒有工夫去答她，祇和黃超羣研究當時情形。

我以爲一定是金碧露把小明送到我家後，回來時，給羅海沙截着了，挾持她到這兒來，仍然爭持着小明的問題，爲了得不到他，羅海沙兇性大發，把金碧露推下街中，墮樓而死，他乘機逃跑，也不會有人發覺。也可能不是他存心要把金碧露害死，不過在爭執中錯手把她推倒，欄杆折斷了，她便墮樓慘死，羅海沙見出了事，畏罪逃跑。

不管當時情形是不是如我猜想中的那樣，但這個和金碧露爭吵的人，無論如何必是羅海沙無疑。既然羅海沙曾到過這幢房子，則金碧露之死不能說與他無關。

我和黃超羣商量的結果，爲了要替金碧露雪寃，應當把警方還未知道的情形，向他們詳細報告，也許他們可以捕獲兇手，治他應得之罪，以慰金碧露於九泉之下。

當天我們同到警局，盡把我們所知道的，向那辦案的幫辦詳述一遍，他們錄下口供，我們便算了却這一件事。

走出警局時，黃超羣懇切的向我道謝，他說，如果不是碰着我，他心中將永遠有着一件憾事，永遠以爲金碧露是因他而死的。現在，他雖仍以不能和她共諧白首為憾，但明白他自己不是個殺人的劊子手，良心也就寬慰得多。

他趕着去辦金碧露的身後事，當下便和我握別。

走了兩步，他却又喚住我。他要我把通訊地址告訴他，他說：「說不定我有什麼事情要找你的。」

我告訴了他，獨個兒悵惘地回家去。

見了天眞活潑的小明，還不知道他媽媽的慘事，我怎忍心告訴他？

他叫我一聲乾爹，投到我的懷中，我擁抱着他，熱淚忍不住奪眶而出。

11

第二天，我獨自去參加金碧露的葬禮。

送葬的除了我和黃超羣外，沒有第三個人。三尺銅棺，長埋玉骨，金碧露——永別了！

無言的永別，使我生出痛恨的心，我痛恨這世界人性在泯滅，像金碧露這樣一個溫純的女人，竟然如此收場。

× × ×

一天、兩天、三天……一週、兩週、三週……

金碧露的事情像過去了，但這對我實際尚未完畢。

第一，我意想中的那個兇手，尚未拿到。也許在出事的那天早上，他已離開了香港，警方接到我的報告時，他早已逃之夭夭，當然無從弋獲了。

第二，小明住在我家，我應當對他想個妥善的安置辦法，首先的難題，是怎樣把他媽媽的事告訴他呢？至於送他到台灣念書，我手頭上一時又沒有這筆欵子。

這幾天小明常常問起他媽媽，我想盡方法哄他，好在他對我感情還好，暫時可以抵住他對他母親的思念。

然而，我怕日子一久，便沒法再瞞他了，最好趕快送他去台灣，換了一個環境，他過着集體的生活，會比較好一點。

爲了達成金碧露的夙願，我準備找孫校長商量一下，暫借兩月薪水，有了這筆錢，就够打發了。我怕碰釘子，一時又沒勇氣開聲；剛在這時，却接到黃超羣的電話，他要和我見面。我們找個地方碰頭，他告訴我說，他最近曾去了日本一趟。「關於金碧露案件的事情，有什麼新發展？」他問。

「我想，事情就這樣結束了。」我苦笑說。

他也覺得失望似的，沉默了好一會。
「但，我還有一件事沒辦好。」
「什麼事？」
「你不是說，金碧露把孩子帶到你家？」
「是的。」
「他現在那兒？」
「仍然在我家裡。」
「你打算怎樣？」
「送他到台灣念書，這是金碧露的意思。」
「我也在想着，我應當完成她這個願望。」黃超羣說，「沒有什麼困難罷？」
「我已托朋友辦好了他的入學手續，朋友也準備最近回台灣，這兩天，我準備解決了最後一個問題，便托那朋友帶他去。」
「最後的問題是什麼？」
黃超羣一問，我倒有點忸怩。
「不瞞你說，我打算這兩天向學校借兩個月薪水……」
「啊，你說是他的費用問題，是嗎？」
「是的。」

「要多少錢？」

「五六百塊準够了。」

「你爲什麼不和我說？這些錢，我拿得出的。」

「可是……」我訥訥的説，「她把孩子交托給我，我怎能不盡了這個責任？」

「你對她已經盡了朋友的一切義務，讓我了却這一點心事罷。」

「我很慚愧！」我説。

黃超羣拍着我的肩膀，「朋友，窮不值得慚愧，這年頭，像你這樣的好人有幾個？」

他説着，立刻掏出銀篋，拿了兩張五百元鈔票給我。

「我應當替孩子感謝你！」我説。

「我應當替玉華感謝你！」他説。

「你要不要去看看孩子？」

「我希望見見他，」他苦笑説，「他差不多成爲我的孩子了。」

我回學校，請了半天假，和黃超羣一起回到我家裡去，他見到這天眞伶俐的孩子，也不由得對他有了好感。

我告訴小明説，他媽媽吩咐這位黃伯伯送他到台灣念書，提起他媽媽，他又不免惦掛，我又説了多少謊話，才把他勸住，黃超羣在旁看了，深受感動。

他在向我告辭的時候，悄悄的對我説：「我的責任並不是至此爲止的，爲了報玉華對我的情愛，爲了贖我對她的罪愆，我必要使這個孩子受到高等的教育，秦先生，以後我會負起這個責任的。」

「至於他父母的事，」他最後説，「我想還是暫時不要讓他知道，等他年紀稍長了，再對他説，以免傷了他幼小的心靈！」

「很好，我會依你的話。」

我和黃超羣握別，立刻托朋友辦小明赴台灣的手續，足足忙了幾天。

一方面，我去收拾了金碧露的遺物，送到黃超羣家裏保存，小明的衣物交還他自己，另添置了一些，以備他遠行，又遣散了婢女阿英，房子交還房東，辦妥這一切手續，也正是小明赴台之日。

我的朋友答應照顧他，到碼頭送行的衹有我和黃超羣，小明不見他媽媽有點難過。

我哄他説他媽媽隨他爸爸回去了，今後他到了那邊，有一羣一羣的小朋友，不會寂寞的。

小明雖然相信我的話，但是臨別依依，感觸起他的身世，我也不由得背地裡難過起來。（未完）

選自俊人《金碧露》（「小説報」第一期），香港：虹霓出版社，缺出版日期，據一九五五年二月二日《華僑日報》及一九五五年二月三日《工商日報》報道，出版日期約為一九五五年二月一日

金庸

書劍恩仇錄

〔存目〕

一九五五年二月八日至一九五六年九月五日香港《新晚報·天方夜談》

射鵰英雄傳

〔存目〕

一九五七年一月一日至一九五九年五月十九日香港《香港商報》

雪山飛狐

〔存目〕

一九五九年二月九日至六月十八日香港《新晚報》

夢中人

懵人日記〔節錄〕

是日也　開始寫日記

我寫日記，可謂歷史深長，屈指算來，我在二十年前就寫日記了。如果積之，不只可以成帙，而且可以成櫥。好在我並未成帙成櫥，不然，我租一個床位，邊處有地方來放也。

我由初中一時候，就開始寫日記，每年年尾，書局大減價，我必買日記一本，唔夠厚唔夠大之日記簿我都唔買，我立下決心，由來年年初一起，必定每日記一記，記足三百六十日，若不夠厚夠大，點寫得晒。於是，由年初一起，臨睡之前，先在日記第一頁，寫左「開筆大吉」四個字，就一條氣寫下去。如果年初二，唔係因賭錢，賭得頭昏眼花，都會寫。到年初三呢？可能也會寫。都算有恆心矣。年初四才會忘記。或者年初五會記番起來，搬出日記簿，覺得無事可記，就寫上「是日也，無可記」。年初六，似乎亦係無事可記。既然無事可記，何必多事，再搬出日記簿，自此而後，日記簿就會失蹤。但我並不糊塗，我曰：「今年姑且不寫日記，明年開始可也。」

今日並非年初一，而我竟開始寫日記，可知實無決心。決心雖無，動機則有，我之所以要寫日記，實由一班老友已經替我改成一個花名——懵人。我知老友贈送我呢個花名，係出善意，不觀乎他們以這麼一個花名稱謂我時，多麼懇摯曰：「乜你咁唔識撈呀，懵人！」又曰：「你咁樣撈就執輸嘞，懵人！」我明白，懵人個花名，與其說是貶，毋寧說是褒。如所週知，舉凡花名，都從反面形容的，好似豆皮梁，老友替佢改個花名做亞靚。然則懵人者，即聰明、機智、靈通之謂。予受之有愧。然而不能無疑，我出來，豈眞够聰明、機智、靈通乎？豈眞足當懵人之佳譽乎？是不可不寫日記，以供日後回憶之助。蓋萬一我獲爲世界最偉大之懵人時，識得撈的書販，必卑詞厚幣，敦請我寫回憶錄時，有日記作參考，我不至手忙脚亂，唔知由邊度講起好也。

我重記得，寫日記之第一守則，係清心直說，唔講大話。現在，我舉起右手作誓願狀，以後我凡寫日記，必清心直說，不講大話，亦不講花話。假如，我個日曾作鹹濕行爲，我決不在日記中寫成「名士風流」，或「才子的羅曼斯」。我個日如果曾敲某人竹槓，必不寫成「蒙某人厚愛，賜我多金。」如果我個日拜萬壽捱肚餓，必不寫成「連日酒肉徵逐，節食一日，以清腸胃。」總之，決不指東話西。

今次寫日記，因爲我冇下過決心，我反而相信決不致如過去之水汪，沙沙滾寫幾日算事！今日寄住咁多，明日正式開始，因今日唔係好日，係「閉日」，明日好日子矣。明日係「建日」，建者建設之謂，通勝上寫明「宜開市」。合晒何車。

願天佑吾筆，能一路寫下去。

是日也　上紅磨坊舞廳

今日時間特別長，老妻返工之時，我已經醒左，想起下午約了白霍強，無法番瞓，起身洗了一盆衫，命阿蝦看住門口，即往灣仔餐室。四點鐘。白霍強果如約而至，帶我去紅磨坊見勞大班。

紅磨坊舞院在灣仔海皮，隔灣仔餐室一個街口。院址在二樓。計白霍強話，紅磨坊生意本來不錯，在灣仔所有小型舞院中，算係硬嘢，但上手個事頭，使空好多錢，唔甩得身，先至賣檯與勞大班。紅磨坊營業宗旨，是靚夾抵，靚是舞女靚，個個十八廿二，有珠圓玉潤，有苗條婀娜，又傾得，又玩得；抵是價錢抵，採取公司制度，所謂健康茶舞，只收五粒神，跳足二十分鐘；所謂享受晚舞，一皮嘢跳半小時，因為又靚又抵，故生意滔滔。將來勞大班拱手，仍揸呢個宗旨做也，白霍強又曰：「勞大班此人，數口相當毒，而又頤指氣使者，你要受得氣至好，你咪理佢，佢吩咐你點做就點做，千祈咪駁佢，就算發現自己蝕底，亦咪問佢。出來做事，至緊放長眼光，勞大班脾氣雖然臭，但做舞場生意，甚有把握者也。佢此次接手紅磨坊，準備加強陣容，將手下班女，拉過紅磨坊；又擴充地方，加多座位，裝修三幾日先至開張也。你畀心機做，做舞場侍仔，唔望人工，指望下欄，生意好，你即是好。」白霍強一住行一住講，一個人講晒，我本想問下人工幾多，食宿如何，做舞場侍仔，有何規矩，知道先，免至太外行；見勞大班之時，我認年齡幾大之類。但根本冇時間問，過左街口，便到紅磨坊，白霍強即帶我上二樓。我望下個招牌，果然寫住紅磨坊舞廳幾個美術字，樓梯口貼張紅紙告示，寫住：「本舞廳增設暖氣，內部裝修，暫停營業兩天，決於大後天開幕。是期由舞界天皇米高勞主理，保證全部跳家班人馬，座位舒適，音樂迷人，並增設園林景色，花都艷侶，任揀唔嬲。敬希屆時撥冗光臨，藉增光寵，是幸。紅磨坊大舞廳經理白雲天敬啟。」告示之旁，另有一行小字，但我未有睇清楚，蓋白霍強已上到二樓，催我上去也。

踏腳入門口，便聞泵釘裝修之聲，裏面黑孖孖，牆邊射出微弱燈光，燈光照在一壁畫上，成個舞廳，最矚目便是這幅壁畫，畫中最矚目者是幾個裸體西婦，有肚腩，肥奪奪者，都怕有五、六個之多，作推石磨狀，此是舞廳之註冊商標也。我掛住望幅畫，一不小心，碰着張檯，檯上幾張椅，乒乒乓乓跌下來，隨即有人高聲喝曰：「邊個冚家剷，發青光乎？」黑暗中，聞得皮鞋聲，閣閣閣，有人走埋來，白霍強即打招呼曰：「米高，我也。」黑暗中，又聞得此人曰：「哦，原來強哥。」我明知此人是勞大班，但無法看清楚其面目。只知其輪廓瘦而矮。勞大班拉白霍強至壁畫之下，我先至睇清楚。

是日也　勞大班奄尖腥悶

勞大班身材瘦小，膚色黝黑，無怪在黑暗之中，無法看真其面目也。唇上長了兩撇仁丹，剃得齊齊整整，頭髮光光滑滑，黃絲蟻躝唔上，衣服僅可適體，長一分則太大，短一分則太小，由於衣服太適體，益覺其身材之小型，恤衫兩粒袖口紐，閃閃發光，皮鞋也發亮，總而言之，勞大班成個撚家也。我跟住白霍強尾，行到壁畫之下，勞大班在檯上，拿下兩張椅，與白霍強對坐，我只得站在白霍強後面。

白霍強開門見山，説知來意。勞大班斜起對眼，由頭到腳打量我一番，即問曰：「你做過杯未？」我打個突，杯？何謂杯呢喂？白霍強即曰：「做就做過，但冇乜經驗者也，佢人品幾好，唔慌會得罪人客者。米高，我介紹來，也不放心乎？」勞大班笑曰：「唔會，隨便問下之。」勞大班又叮囑我曰：「好喇，後日正式開工，呢幾日裝修，你要回來看住門口，晚上行帆布床瞓住先。」勞大班又對白霍強曰：「肥陳個漏氣鬼，今日先至交場，攪到我七個一皮，倒瀉籮蟹咁。強哥，你估我接手做，有冇把握咁呢？」白霍強拍下勞大班膊頭，笑曰：「舞界天皇星冇把握，難道地皇星有把握乎？」勞大班謙辭曰：「唔係咁講強哥，實有把握就唔問你，呢排舞場生意，認真惡做也。葉老四都算老行尊矣，挑，攪個間舞廳，出盡綽頭，唔夠兩個月冚斗，瓜左兩盤幾嘢。」白霍強笑曰：「老四點同你，一味顧住玩女人，但米高勞你，誰個不知，舞業巨子，眼光獨到，有精神，夠魄力。」白霍強豎起手指公，讚勞大班一番，勞大班微微嘴笑。我都算醒目，個心對自己話，咪戇居居企處，應在勞大班之前，表現一下眉精眼企，趁住佢開心，此時不說，更待何時也？我忙插嘴曰：「係呀勞大班，我唔跳舞，都聽過你個名也。你個名，米高，米高，響過港督也。」不知何故，勞大班忽然歛起笑容，掘左我一眼。計後來白霍強話，原來崩口人忌崩口碗，米高米高，即是咪高咪高，勞大班以為我諦佢生得矮細，故之心中不悅，真是落手打三更，多言多敗也。當時我不明其故，但見勞大班不悅，我亦再冇出聲。好在白霍強醒目，兜番講生意，勞大班又試高興番，將未來計劃，一一告知白霍強，又話準備將雷電華個班女，成班撬過來，又話紅荳子已經應承左，但扭其屎弗花，現在斟緊條件，乜乜物物。我無心諦聽，白霍強亦無心裝載，不歇望手錶，勞大班演講一般，雞啄唔斷。我冷眼旁觀，發現勞大班此人，事業心相當重，否則不會咁多計劃者也。將來在紅磨坊做事，至緊小心為是。

白霍強告辭之後，剩番我在紅磨坊，勞大班親自督工，將酒吧部擴大，指定擴大二呎四吋，木工用粉筆劃界，勞大班又嫌人劃花塊地板，鬼殺咁嘈。見微知著，可見此人十分奄尖腥悶也。

是日也　勞大班帶成隊人來

昨晚老妻都算唔話得，漏夜帶隻綿羊來，當時勞大班與那位小姐未走，老妻本想陪我一晚，但勞大班未便照准，話紅磨坊舞廳，絕對禁止女人留宿咁講。老妻放下五皮，黯然離去。我冚實隻綿羊，騰騰震，發高熱，後來昏昏迷迷，也不知勞大班幾時走左。

今朝醒來，精神些少，但週身瘦軟，本想找着老鄧，開多劑藥食，但冇時間回去矣。紅磨坊今日開始熱鬧，點零鐘之時，勞大班拉大隊，帶左十幾人來，有男有女。呢班人一到，吵鬧不堪，簡直想將紅磨坊翻轉。我留心數一數，一共十四人，連勞大班在內，七個男，七個女，昨日同情我個位小姐也來。小姐原來就是紅荳子。我忽然想起，先兩日見工之時，勞大班曾提過紅荳子之名，話佢扭屎弗花，即是此人也。呢七位女性，都是舞女，除紅荳子之外，其他不知是何名字，彼此均以數目字相稱呼者，阿六，阿九，阿十三，叫到亂晒大坑，紅荳子叫做阿八；另有一個叫做大家姐；至奇有一個，叫做雙皮，呢個怕係花名矣。七個女中，大家姐名副其實，至沉靜，着件紅色短棉衲，黑色西長褲，規規矩矩坐在一角吸煙。我對大家姐印象相當深，蓋我遞上煙灰盅之時，她曾問過我個名也。紅荳子都算靜，其他五個，簡直鬼反矣。個個雙皮，至多十七、八歲，尤其星君到離譜。此人細細粒粒，但身材極好，好到與身體不相稱，我思疑雙皮之名，是由於對奶也。人家傾偈之時，雙皮與一條靚仔，開着辟噏，（辟噏即是不用上鍊之留聲機）大跳其古怪舞，呢隻舞不知叫乜名堂，兩人手牽手，車車轉，鬥大力泳，我真戥佢擔心，你話是但一個鬆手，成個飛出街有之。然而古怪不止於此，跳跳下，雙皮忽然跳上靚仔膊頭，又從靚仔背脊，打個觔斗落地，於是乎，三角褲都見埋矣。

七男子中，有個叫做天哥，五短身材，與勞大班天生一對，大家叫矮，所不同者，天哥肥，勞大班瘦。天哥可能就是經理白雲天。因開會之時，他發言最多，此人全部粗線條作風，成個日本鬧鐘，聲大夾冇準，我見佢所提意見，勞大班總是搖頭，勞大班一搖頭，天哥即送上一聲燒數簿。其他幾個男子，各有英文名字，占士佳，史超域，洛活，不知邊個打邊個矣。勞大班帶呢班人來，原來是開會議，籌備明天開幕者。勞大班一進來，即喝我拍好幾張檯，又叫我打電話灣仔餐室，要十四位紅茶，指到我失魂。臨到打電話，更亂坑，有的話不要紅茶，要咖啡，有的要熱奶，有的要阿華田，好立克，谷古，鮮榨橙汁，結果人人不同，剩番勞大班一位要紅茶。好在我做過呢行，夠晒淡定，逐個問清楚至叫。大家姐讚我好記性，殊不知我是老行尊也。

是日也　紅磨坊準備開幕

個班嘩鬼，昨晚攪到成點鐘至走，名義上是開會，實際上是打牙較，鬥頂頸，亦有一部份心不在焉，只顧跳舞，呢頭開着辟噏，大跳特跳，個頭勞大班與白雲天，頂到面紅耳熱。白雲天卒之拗輸，一聲推莊，關於今晚開幕之事，交晒勞大班打理。我站在暗處，聽了不少話，勞大班主張今晚，請四大天王參加開幕禮，一致無異議通過，但今晚女人多極，花多眼亂，不知誰是四大天王也。昨晚十二點幾，雙皮叫肚餓，由白雲天請宵夜，十幾條友，食七咁食，趙左三十幾碗雲吞麵牛腩粉，我不敢話有病，勉強食左一碗雲吞河，連埋灣仔餐室條數，白雲天使左幾十文矣，此人咁闊佬，唔使問阿貴，實係經理無疑矣。

有生以來，今日都算至辛苦，苦在帶病工作，由朝到晚，未停過手。一早，松記來趕工，學師仔都冇個，夾硬要我幫手，單是搬快把板，上上落落，不下十次之多，好在紅磨坊是在二樓，你話在四樓，上落四十次，風爐都吹着矣。成個上晝，幫松記搬板，擔梯，泵釘，車車轉。午間，勞大班帶三個後生仔來，此三人也，就是舞場侍應生，職位與我同，但年紀細我好多，大抵因我年事較長，勞大班指定我做冧吧溫，冧吧溫即是總管，今而後，有三條靚仔由我管矣。三人都是十零廿歲，一名阿崔，一名佐治，但勞大班不准侍仔改英文名，夾硬叫佢做阿佐，另一位則叫阿喜。今日三條靚仔上工，第一件事佈置舞場，勞大班都算落足本錢，縐紙汽球之屬，成籮之多，計勞大班話，此次佈置，迫到舊曆新年者矣，因為開幕之後，跟住是聖誕，聖誕之後新曆年，新曆年之後舊曆年，此是舞場掘金機會，非佈置一番不可。勞大班交帶落，即匆匆去了。我於是指揮三條靚仔，開始佈置，借松記把梯，擒上擒落，我發現阿崔至醒目，佢聲聲叫我做總管，雖掛一汽球之微，亦請示過我，總管，掛呢處好唔好？總管，多煩你離遠望下，靚唔靚，總管前總管後，叫到我鬆晒。崔仔至多二十歲，後來阿佐話我知，崔仔做過六、七年舞場，由企門口拉車門出身，做到侍應生，此番是由綠宮跳槽過來者，毋怪咁醒目也。此人撈慣呢行，非碼實不可。阿佐亦醒目，但得個蛇字，總是唔願郁；阿喜則忠直，落力而冇頭腦，被崔仔指到陀陀擰。我話名做總管，其實佈置計劃，完全由崔仔指揮者也。四點零鐘，勞大班偕白經理來，對舞場佈置，甚感滿意，崔仔居然將功勞讓與我，可見此人醒目。

四點後鐘，越來越忙矣，勞大班打開酒櫃，吩咐將全部杯碟，洗過晒，我即命阿喜負責此事，勞大班又吩咐將全部檯椅，抹過晒，我即命阿佐負責此事；勞大班又命將酒吧部存貨，點過晒，我即命崔仔負責此事；勞大班又命洗刷洗手間，無人可派，我只得親自動手。

是日也　紅磨坊開幕

舞廳整理好，已經七點幾，估話可以休息一陣，誰知七點後鐘，陸續有人送花籃花牌來，勞大班命我逐一登記好，又命我將最大之花牌，掛在樓下門口。花牌乃一署名陳二叔之男子，送與紅荳子者，用鮮花砌起南國佳麗四個大字。紅荳子所收花牌花籃，共成（　）六個之多，但贈送者無一用真名字，有的叫做大舊琛，有的叫做肥佬耀，未免有失尊敬也。呢的又是我少見多怪，原來計崔仔話，大凡歡場中，永不用真名字者，用親就是老襯，莫講送花籃花牌，便是平日在舞場中，對口對面問，也是亂車一通，姓陳話姓李，姓李話姓黃，有錢認冇錢，冇錢充有錢，總而言之，稟神冇句真者也。崔仔又曰：「唔止咁添嚡，挑，你估送呢的花籃花牌，真有陳二叔大舊琛其人乎？挑，求其改個名，紅荳子自己挖荷包，自己替自己捧場之馬。」我曰：「哦，咁豈非好圍皮？」呢句說話，講得認真老襯，無形中即是話畀崔仔知，我對呢行外行，崔仔果然追問我曰：「真定假呀冧吧溫，呢的都唔知？」我連忙亂以他語，崔仔乃醒目之人，實情知左我行外矣，今後非碼實他不可。

除紅荳子之外，雙皮也有兩個花籃，知穿花籃來源，便不覺其馨香矣。今日至知，雙皮原來叫做賽羅素。不出所料，雙皮之名，果然與珍羅素有關。原來雙皮靠呢對本錢，走紅於小型舞院，又因為跳得玩得，與紅荳子同稱紅舞女者也。初時我見本錢大得離譜，重估佢裝假狗，卻原來，貨真價實，童叟無欺。雙皮今晚着件低胸西裝，作飛女打扮，幾乎看見大半邊，個首阿喜，咪睇輕佢忠忠實實，成日打雀咁眼，之呢層亦難怪矣，後生仔，便是曾經滄海如我者，也為之亂坑，實際上，睇得咁清楚，只有沖涼至有呢停機會，雙皮不愧噴火女郎也。

八點零，大家姐偕四名舞女至，打扮得花枝招展。大家姐端莊風度，使我想起淩太。但問心講句，淩太是住家人，我對之尊重，大家姐在歡場撈，我不敢存着輕蔑之心，但至低限度，不致如對淩太之硬舦，對着淩太，心驚膽跳，對着大家姐，比較輕鬆矣，大家姐不是舞女，乃是收數兼埋大班，由於伙記關係，我與大家姐更熟絡，可惜今晚開幕，亂糟糟，我又未得上手，打瀉籮蟹一般，冇時間與佢傾偈，但我對佢印象極好也。我在紅磨坊，大家姐第一個叫我做懵叔。至於四名舞女，日間已來過，不知佢姓乜名乜矣，呢的怕係籮底橙之類，一早來戥場者，紅荳子與雙皮，姍姍來遲，呢的至係紅舞女也。

開幕禮九時半開始，初時我嚇一跳，因捧場者寥寥，坐唔夠十張檯，開幕儀式更化學到唔恨，演講都冇，我個心話掉忌，第一晚便情形如此，以後容不易拍烏蠅也，殊不知，十點後鐘，舞客魚貫而至。

是日也　摸原子美人

九點半以後，舞客魚貫而至，大有賓至如歸之概，斬下眼，二十張檯坐晒矣。此是舞場最埋架之時，我一方面指揮三條靚仔，一方面又要親力親為，泵泵轉，做到頭暈眼花，此種熱鬧場合，並非未見過，以前在九九九，亦有此種情形，但茶樓比較易做，遇着頂櫳之時，可以搭檯，開左盅茶了事，舞場則不然，唔興搭檯呢槓，對顧客又要陰聲細氣，慌狗死得罪，而台上所奏音樂，簡直瘋狂一般，舞場已經夠嘈，再加上音樂之嘈，震耳欲聾，恍如置身機器廠內，此種生活，過得幾年，咪話唔會神經衰弱也。

雙皮十點至來，甫進門，勞大班即跑上音樂台，對住咪高峰，叫曰：「各位注意，大名鼎鼎賽羅素小姐來也，本舞廳，重金禮聘賽羅素小姐，長期駐場候教。」勞大班宣佈完畢，鼓聲如春雷爆發，打鼓個位仁兄，揸兩碌鼓棰，搏命咁擂，此人名叫洛活，開幕之時，勞大班特別介紹過佢，稱佢為鼓王，又因佢昨日與雙皮跳過古怪舞，因此認得佢。不過洛活打鼓之動靜，萬分乞人憎，我不信打鼓必須縮頭縮膊，噏眉噏眼者，有時苦起塊面，啼笑皆非，有時搖頭擺腦，張大嘴巴，好似人飲醉酒作嘔，總而言之，諸多動靜。鼓聲中，雙皮扭下擰下，擰下扭下，掌聲與口哨聲隨即四起，呢的怕係紅舞女架步也。紅荳子是壓軸好戲，十點後至來，勞大班對紅荳子之來，頗費一番安排，預先叫定阿佐，在梯口等待，紅荳子一到，阿佐即通知勞大班，勞大班在黑暗之中，拉紅荳子進「森林」。一曲既終，勞大班又上台宣佈曰：「各位諸君，今晚本舞廳開幕，有個特別節目，酬謝諸君雅意。本舞廳紅荳子小姐，已經登場嘞。」勞大班講到呢處，洛活又試擂一輪鼓，勞大班續曰：「紅小姐而家呢，在紅磨坊之內匿埋，之匿埋邊處呢，我都唔知嚁，噃，各位諸君聽住，今晚呢個節目，叫做摸原子美人，紅小姐就是原子美人嘞，等陣熄左燈，大家去摸，摸中原子美人，報效一場貼面舞。除此之外呢，駐場各位小姐，是電子美人，你地唔怕電親，即管摸下。」勞大班講到呢處，舞客開始騷動，有人大叫熄燈，勞大班叫曰：「咪住，大家定的，守番秩序。」但勞大班喝唔掂，西邊有個舞客，站起來叫曰：「米高，留番拜山至講，熄燈。」此人一叫，四方響應，熄燈之聲，不絕於耳，一唱百和，情緒激昂，無法抑止。大部份舞客已站起來，恍如一群餓狼，目光灼灼，擇肥而噬。勞大班無衰攞來衰，想出一個如此節目，賺自己損失矣。此時熄燈之聲，由叫而變為喝，電燈總掣在大家姐之旁。只見大家姐玉手一伸，把掣一拉，成個紅磨坊，變左黑暗世界。不錯，用黑暗世界四字形容紅磨坊，至為貼切。蓋從囂叫聲與浪笑聲中，不難想見其中黑暗也。

是日也　攬實大家姐

「摸美人」節目進行之際，囂叫聲，浪笑聲，音樂聲，檯椅碰擊聲，打爛玻璃聲，混成一片，成個紅磨坊，有如世界末日，此種場面，可謂驚心動魄也。而個群餓狼，簡直不是摸，而是捉人咬，捉人食。至此方信群衆場面之難控制，我亦不明的人客，因何飢渴得咁交關，色情，真是成個色情世界。黑暗中，聽見阿喜叫曰：「先生，我唔係美人呀。」我都算醒目，聽見阿喜叫聲，即知事態嚴重，雖然大家男人，無謂被人摸生晒，我連忙躲入收數處內。收數處連近酒吧部，地方淺窄，僅可容兩人棲身，我一縮進去，即聞大家姐叫曰：「先生，呢處冇美人呀。」我連忙捉住大家姐隻手，低聲曰：「是我，懵叔也。」大家姐笑曰：「懵叔，也來搏亂乎？」我忙曰：「不是搏亂，避難也。」大家姐越發笑不可抑，佢一笑，影響到我，我不是笑，而是因地方窄，大家姐個身，貼實我。大家姐笑起來，周身郁，肉貼肉，我便如中左電流，打幾個尿震。我捉住大家姐雙手，攬實大家姐條腰，我在瘋狂叫囂，有如暴動之狀態下，攬住大家姐。

鞋，如今想番起來，今日真是做左件錯事。擺白良心講，我對大家姐好感，但無野心，相識日子咁淺，根本談不上感情，我不怨攬住大家姐，此是出自護花之意，我不護她，餓狼即來襲她，因此我隻手，不由自主將她攬實。我所不應者，是打左幾個尿震，損害了尊敬大家姐之心，而大家姐對我之攬，迎而不拒，問題即在於此。是否歡場中人，個個如是呢？還是大家姐對我特別好感呢？抑或我對她特別好感呢？凡此數點，非弄清楚不可。而實際上，由於一攬之下，我對大家姐發生了特別好感矣。如今曲終人散，燈下寫日記，猶不停回望收數處，是則我對大家姐特別好感，殆無疑義矣。記得先兩晚至應承老妻，幾大不為女人所惑，言猶在耳，如今變左酒不醉人人自醉，色不迷人自迷矣，應懸崖勒馬，勿蹈覆轍為是。

摸美人節目，大概摸左五分鐘，勞大班高呼曰：「摸到原子美人未？」男子高聲應曰：「摸到矣。」勞大班又宣佈曰：「嗱，節目完畢，各位準備好，開燈嘞，開燈。」勞大班一聲開燈，大家姐即伸手攀掣，測一聲，舞場光番，雖則燈光甚微弱，但在黑暗中，看得十分清楚，個班餓狼，無所遁形，有的擒在舞女身上，有的逼人埋牆，有的成個倒在舞池中，隻手仍然拉實個女，總言之醜態畢現，但大家不以為醜，相視大笑，而此摸原子美人節目，亦告完竣矣。音樂台隨即奏出一種悠揚樂聲，秩序漸次恢復，我連忙指揮三個侍應生，搬檯抹地，攬左一輪。我留意下場中的女，無不鬢亂釵橫，雙皮件低胸西裝，膊頭落到手臂，幾乎一覽無遺也。嗚呼，世風之日下，道德之淪亡，莫此為甚矣，此是我第一日在紅磨坊所得印象。

選自一九五五年八月一日、一九五六年十二月十三日、十四日、十七日至二十一日香港《大公報・小說天地》，全文連載至一九六五年十二月一日

港Q自傳

〔存目〕

選自一九五九年二月八日香港《文匯報》

歐陽天

人海孤鴻〔節錄〕

中秋之夜，何思琪剛在沉思過去的一切。突然，他聽見一陣亂鳴的警笛聲，跟着又聽見追人的雜亂腳步聲。

他從沙發上站起來，走到騎樓觀望。

他清楚地看到一個衣衫襤褸的小童，手裡拿着一襲西裝上衣在街上亂跑。遠處有一個警察及一個男子在後緊追。

這情景，他不須思考就知道這是甚麼一回事了。

他望着那個驚惶失措的小童，看見他閃閃縮縮的走入自己的後園。

這時警察已經追上來了，開亮了電筒四處搜索，站在市民的立場上，何思琪本來應該給警察一個指引，可是他自己却另有打算，因此他不作一聲。

等到警察遠去以後，他才走回後園，想捉住那童匪，了解他的身世，然後教訓一頓，把他納入正軌。

那童匪閃閃縮縮的躲在牆角，利用地上的亂草作掩蔽，希望沒有人發覺他。但，他終給何思琪發現了。

他抖顫地站着，臉孔呈現一片驚惶的慘白，兩隻小眼睛露出乞憐的眼光。

何思琪上前一步，他就退縮一步。

何思琪知道他心理的恐懼，於是站着說：

「小朋友，不要怕，我不是捉你……！」

「……」他不響，用極其懷疑的眼光望着思琪。

「小朋友，我是教會裡的，我想跟你談談。……」

「跟我談談？」童匪輕輕地複述了思琪的話，心裡還是不相信。

「是的，我跟你談談！」

「不，我從未見過這樣的好人，你騙我……」

何思琪笑笑：一聲不響的走前兩步想捉住他，但他一個閃身就走出外面，發腳奔跑，思琪緊緊追着，一下子就把他捉住了，童匪驚惶地哀懇說：

「先生，請放了我，否則我又要被關進監獄了！」

何思琪拖着他說：

「你跟我到裡面談談。」

童匪恐惶的跟在後面，透過手的觸覺，何思琪知道他在發抖，於是安慰地說：

「小朋友，不要怕，我不會陷害你的……」

「那麼，先生，請你放了我！」他一邊說一邊拿着那襲西裝上衣。

「我跟你談談再說。」

這時候，他們已走入客廳。童匪望着裡面的擺設，露着驚羨的眼色。

何思琪帶他到沙發椅側，把他抱在椅上，之後，自己坐在旁邊，說：

「小朋友，你叫甚麼名字？」

「我叫阿三……」

「你家裡有甚麼人呢？」

「……」阿三搖搖頭，不響。

「你家裡住在甚麼地方」？何思琪再問。

「我沒有家……」阿三揑揑鼻子說。

「你沒有家？」何思琪想不到他是一個人海孤鴻。

「是的，我沒有家；我的家就在街邊……」阿三一邊說一邊吐了一口痰涎在地板上，跟着伸手去抓大腿上發了紅點的皮膚。

何思琪深沉地嘆了一口氣說：「你爲甚麼要偷東西呢？」

「無飯食呀！……」阿三無可奈何地說。

何思琪從食物櫃裡取出一盒月餅來，打開，把一個月餅遞給阿三。起初他不敢吃，後來津津有味的大嚼一頓。

餐後，阿三拿起偷來的大衣就想走，何思琪抓住他說：

「別走，我還有話跟你說。」

「有甚麼好說？」阿三不耐煩地。

「我要你答覆我一句話？」

「甚麼話？」

「你的西裝是從甚麼地方偷來的？」

「在前面的一幢房子。」

「你怎樣把它偷來？」

「我用一根長竹鈎出來的。」阿三非常坦白地說。

何思琪把那襲西裝提起看，袋裡有二十多元之鈔票，一本日記簿，一支墨水筆，還有好幾張名片，他一看名片就知道這個失主是誰，和住在甚麼地方。

何思琪把東西放回袋裡，然後對童匪說：

「阿三，這襲西裝放下給我！」

「放下給你？」阿三有點不悅地說。

「是的，我準備把它送回失主。」

「你這樣做，叫我怎樣回去見大哥？」阿三吐了一口痰涎，聳聳肩說。

「你還有一個大哥？」何思琪出奇地追問。

「唔……」

「阿三，你大哥幹甚麼的，爲甚麼他不養活你？」
「大哥養活我？唏，你不知道，大哥還要我們孝敬呢？」
「這究竟是甚麼一回事？」何思琪繼續追問。
「大哥是我們的領袖，他教我們怎樣偷東西呢……」阿三用袖口揩揩嘴吧，揑揑鼻子說：「如果我們偷不到東西，不祗沒有飯吃，而且還要挨打呢……。」
「哦，……」何思琪若有所悟地說：「原來你參加了歹徒的壞組織……」
「哼！這有什麼壞？有食有穿，多舒服……」
何思琪知道阿三受害已深，並不是三言二語可以把他改造的。他沉思了一會才說：
「阿三，這件衣服留下來，我給你二十元回去孝敬大哥吧！」
何思琪一邊說一邊從抽屜裡取出二十元交給阿三，他很得意地放在口袋。
桌上有一盒香烟丢在地上，阿三把它拾起，熟練地取出一支來，毫不客氣的點燃，抽着，他吸了幾口，彷彿精神非常爽快似的。
何思琪看見他這些惡習，禁不住頻頻搖頭。
外面忽然有三下很長的口哨聲傳來，阿三從窓口探首外望，然後露出笑容說：
「先生，謝謝你，我走了。」
「爲甚麼這麼快就走？」何思琪想把他再留下來，希望對他加深了解。
可是，童匪阿三抽抽褲筒，就奪門而出，何思琪要追也來不及了。他看見阿三走出門外，立卽就和一個較大的孩子並肩走着。他明白了，剛才的哨聲一定是阿三自己人的暗號。

他回到客廳，心裡又跌入沉思之中……。

他替阿三遭遇與行爲嘆惜！

像所有年輕的孩子一樣，阿三本來是一個無罪的孩子，但，因爲他沒有家庭的愛護，獨個兒流浪街頭，受到壞社會的不良誘惑，參加了可怕的組織，偷竊，搶掠，滿身都烙上犯罪的印記。他純潔的靈魂被污辱，人格給毀滅了，如果不及時加以適當的改造，他一生就這樣完結了，完結了……。

小說連載於一九五六年八月二十日至十一月二十四日香港《星島晚報．星晚》，因報紙字跡難辨，據單行本《親情似海深》（香港：海濱圖書公司，列「新藝小說叢」，缺出版日期）打字

司空明

烏衣劫〔節錄〕

八　重逢

在第一縷的晨曦中，阿娟回到了海島。她不敢逕直走到街市去找王坤。因爲她不知道在她離開的時期裡，發生了些什麼事情。就兀自在堤岸上蹀躞。她在那個娼寨裡的時候，冬天已經來了。她覺得冷峻的海風，吹襲得她有點兒戰慄。

這一會兒，她想起了三姐。可是也不敢去找她。在那種地方半年，她覺得自個兒彷彿渾身蒙上一層塵垢。她不願意任何一個愛護過她的人分染了她那份骯髒。

因此，她躊躇了片刻，便走進碼頭附近一間旅館去。

侍役帶她進入了房間之後，她立刻向他要了一條毛巾。「浴室在哪兒啊？」她問。

那個侍役狐疑地瞧着她，又領她到浴室門外，從頭到脚的打量她一會，這纔走開。

洗了個澡。阿娟活像變成另一個人了。她有一種迷信的觀念，認爲這樣地就洗盡了一切霉氣。而事實上，洗澡以後，也幫助她擺脱那種羞辱的心情。

回到房間，她不再睡覺就走了出來。乘了電車，一逕到了那條長久在懷念中的市街。

拐了個彎，沿着巷子走到前面，穿過那升騰着血腥的肉攤，在屠刀砍在木砧上的聲浪中，那個菜攤在望了。

「坤記」。兩個殷紅色的招牌字映進她的眼簾。她猛地怔住，站定下來。

王坤正在那邊整理着剛交到的一籃籃蔬菜。眞是隔了半晌，阿娟才認出那張微現憔悴的臉。她屏息凝神，便注意到自個兒的雙腿也在發抖。她小心謹愼地向前走着，倒像她走在一根繩索上，生怕隨時會摔了下去。所以，就是在王坤抬起頭來，她也看清他的臉兒的時候，她還怯怯地不敢跟他打招呼。

「娟！是你啊，是你啊！」王坤從攤檔裡跳出。他忘形地抓住了她的手。想說什麼又一句也說不出來地儘瞧着她。

他們竚立在通道中央，其時正是人羣最多，大家都推撞過去，將他們擁擠着，又轉過頭來瞪着——他們却一點兒也沒有注意。彷彿只有他們兩口兒似的。直到左鄰的攤販湊近過來的時候，王坤才回復了意識。他讓阿娟走開，走進他的攤子裡。

有人來買菜，他忙亂了一陣，又回過頭來瞧看阿娟：「你到底去了哪兒呢？」

「鄉下。」她硬着頭皮撒謊。

「呃，你還剪了髮咧。怎麼現在鄉下也摩登起來哪。」王坤驚奇地打量着她。

他的話，絕不含半點揶揄的成份。可是阿娟却漲紅了臉，咬了咬嘴唇。

「了不起啊。」王坤又加上了一句。「我總以爲你給母親嫁出去哪。臉色蒼白，人也瘦了。」

「很難看嗎？」

「不。」他想說：你更美麗了。但他就不慣說這種話。他只是傻騃地笑着，一邊做買賣一邊審視着她。「你的行李給放在哪兒啊？」

「當然囉，放在三姐那裡。我畢竟還不知道你對我怎樣哪。」

「你怎麼會這樣說的。如果沒有了你，這兒的一切，都不會有的了。」他湊近她耳邊，繼續說道：「你才是這兒的老闆咧。」

阿娟笑了起來。眞的，在這半年當中，她就從未這樣地開心過。

「爲什麼你要躭擱這麼久呢？」他問。

「媽不肯放我走。」她只得又撒謊。「不見一年，她簡直渴望得寸步也不容我離開。」

「可是你到底爲什麼連信也不給我呢？難道鄉下就沒一個懂得寫字的人嗎？」

「我害羞。跟你說的話，怎好意思告訴人家。你總知道的，是不是啊？」

王坤揑了揑她的手：「那我相信。你餓了嗎？我們立刻去吃東西。」

「不要這麼樣。等到收市之後，我們才去吧。」阿娟凝睇着他。假如不是在街市的衆目睽睽之下，她會緊緊地抱住了他的。

中午，他們一塊兒在街市附近的小飯店裡喫喝了一頓。王坤滿面春風地跟她訴說着分手以後的景況。也談到他們兩口兒美滿的未來。只要不用叫化討飯，一天掙它兩頓，不饑不寒的兩口兒活在一起，他們也就心滿意足的啦。

傍晚，阿娟獨個兒找三姐去。她編好了一段話，跟那個好心腸的女傭叙舊了良久。直到天黑，又回到菜攤裡來，跟王坤快快活活的遊街。

這一夜，他們一塊兒開始了夢想了很久的生活。躺在窄窄的攤子上。薄衾裡，阿娟感到從未得到的溫暖，也感到從未有過的愛撫。她還是六個月前那天晚上在艇裡一樣，感到異樣的興奮。雖然這六個月來她接觸過無數男人，可就從未這樣興奮過。

× × ×

兩星期後，阿娟對於菜攤的買賣，已經瞭如指掌了。她可以獨個兒守着攤檔，讓王坤出去採購。她懂得怎樣兜售，也懂得怎樣夾雜殘蔬，蒙蔽顧客的視線。

她很愉快，但願能够這樣安定的一輩子過下去。她的心也放下了一副重擔，因爲王坤對她分手以後的一切，都毫無疑問。在這個世界上，似乎就沒有一個像他這樣地信任自己的人。那個三姐，聽了她的傾訴，也露出一臉懷疑的神色咧。

這一天，她跟王坤站在攤子裡邊，分頭應付着挽着菜籃的主顧。突然間，有一個濶面膛的穿着短衫褲的，和一個穿了旗袍的女人，出現在她面前。

阿娟驀抬頭，便猛的一跳。原來那是十三姑和金牙四。她倒退着，躲在王坤背後。

「哼，我終於找到了你！」十三姑暴怒地嚷道。「趕快出來！」

「不，我不！」阿娟驚惶地囁嚅着。

「什麼事啊？」王坤站了過去，攔住那兩個氣勢汹汹的女人。

「你管不着的。」那個濶面膛的女人露出一排金牙，獰笑着。「別阻止我們。你知道嗎，窩藏少女是個什麼罪名？」

「窩藏？」王坤嚇了一跳地呆望着她們，也轉過臉去瞧着阿娟。此刻，她正在掩着臉嗚咽。

他茫然地發楞了一會，漸漸有點明白了。可是他立刻力持鎮靜。「滾開，這是我做買賣的地方。」

「好，你做你的買賣，我要找回我的人。」十三姑和金牙四推開了他，一撲上前，抓住了阿娟的胳膊。這時候，阿娟發瘋地彎下腰去，一縮，拿起了脚上的木屐，向她們拚命的衝擊過去。那兩個女人，都在出其不意之中給揍到了。

「你這臭貨！」金牙四咒罵着，朝她胸口邊踢一脚。阿娟剛閃過，十三姑又在她臉上清脆地揍了一記。這時候，王坤也迫得給捲進了漩渦。

他和阿娟分別對付着那兩個女人。不知多久，他覺得有一根棍子打在他的胳膊上。他向前一望，一個警察站在他身邊。

「去，都上警署去！」

× × ×

這一干人犯，給帶到警署。罪名是當街鬥毆。

警官坐在一張轉椅裡，向他們一個個審訊。那兩個女人，聒絮地數落着。她們說阿娟是養女，偷偷地私逃出來。希望警官判令跟她們回去。

「那是另一回事。」警官厭煩地皺着眉頭。急匆匆的瞥了阿娟一眼。「你是她的養女嗎?」

她不住地搖頭:「她們强迫我……」

「强迫你幹嗎?」

她害怕地瞅着站在旁邊的王坤,結結巴巴地,總不能說下去。

「哦,我明白了,她們迫你當娼,是不是?」警官恍然大悟地問。

阿娟稍微點一點頭。她不敢再瞧王坤了。

於是,那個警官便嚴詞質問那兩個女人;她們怎樣迫良爲娼,一天接多少客,都問到了。

「該死,你一天要她接六七次客,五百塊錢,撈回那麼一大把錢,現在還想迫她回去嗎?嘿,你,假如是這兒的居民我會把你羈押起來的。」

十三姑和金牙四沮喪地對望了一眼。不敢作聲。

「你們有錢帶來沒有?每人交保二十五元。知道嗎?」

王坤臉色發白地從口袋裡掏出鈔票,數了五十元。這時候,他肉疼的倒不是錢,而是那種刺傷了他內心的什麼東西。他驀然間,彷彿他的整個生命都給掠奪了似地,苦痛而呆木。

警署裡的全部對話,有如壞了的唱片,重複地在王坤耳際唧噥着。他不知道怎樣離開那兒,也不知道自個兒怎樣地躑躅在街上。

阿娟走在他前面,不時回過頭來瞥視着他。可是,他好像什麼也看不見似的,移動脚步,停止着,然後又不知不覺地前進了。

她等着他，等他挨得很近的時候，才說：「你瞭解嗎？我只得這樣做，除了這樣做，我們還有什麼辦法呢？」她心碎地哀告着。

他雙肩一怔，望了望她，又往前走着。他好像發動了全身的每一根纖維，仔細諦聽。

「你是不會原諒我的，我知道……」他背後的聲音又說。

他搖了搖頭，並沒有停止腳步。

前面，是一段堤岸。北風呼呼地刮着。海面飛翔着幾隻冷得着慌的黑鷹。

「現在，你明白了嗎？那總算是我對你的一番苦心。」她又在他背後說了這麼一句。

苦心！是的，那是他一輩子也忘不了的。窮苦的人，就連那麼卑微的生活，也必須付出那麼大的代價，才可以苟延殘喘。這一會兒，他有着說不出的怨恨，但他絕對沒有怨恨阿娟。

他遲疑地站定。一轉身，阿娟不見了。他駭然地環顧四周，這纔發現她正在大踏步向海邊走去；他在後狂喊：

「阿娟！」

她頭也不回地走着，走着，然後腳步來得更快，差不多在奔跑了。

王坤心裡一急，連忙直衝過去，抓住了她的胳膊。這時，有幾個好事的途人，也在駐足觀看。

「快不要！」他帶她走開，一邊走一邊喘着氣。「過去的一切，都已經過去了哪。」

他們一塊兒急步走進一條小巷裡，從彎彎曲曲的街道中穿過，走到行人稠密的馬路，才放慢了腳步。

「那不是你的錯，娟！你的苦心我完全瞭解，一切我都能原諒你。」他肯定地說。

她昂起臉，眼睛裡飽孕着感激的淚水！跟着他走了回去。

選自司空明《烏衣劫》（「環球小說叢」第八期），香港：環球圖書雜誌出版社，缺出版日期，料為一九五六至五七年間出版

潘柳黛

情婦〔節錄〕

（一）那是下午四點鐘光景，在九龍一條比較僻靜的馬路上，有幾十個女人在走着，其中有梳着大辮子的女傭，有電着髮穿着時髦的主婦，也有自己還拿着書包的女學生，她們似乎有一個共同的目標，就是走到路角正光小學校門口，去接放學回家的小學生。

（二）一個神色匆忙的少婦，急促的跨過馬路來，她似乎祇顧一心一意向那學校走去，而沒有向路邊兩旁注意一下，突然「戛」的一聲巨響，是汽車煞車時輪胎擦地的聲音，一輛小型車停在那少婦面前，她恍惚聽見車內有人罵她：「走路怎麼不帶眼睛？妳想找死嗎？」

（三）汽車一溜烟似的開走了，驚魂乍定的少婦，不禁爲之頭暈目眩，她走得太急了，再加上剛才幾乎和汽車相撞的驚險，使她又羞又怕。她怔了一怔神，用手帕抹了一

下額角，再走近那學校門口。學校已經放學了，三三兩兩的小學生，一個個的走了出來。

（四）這嘈雜祇有短暫的一會兒，很快別家的孩子都走完了，獨不見她自己的孩子出來。她略一躊躇，跨進了正光小學的校門，熟悉地走到左角盡頭的一間課室。四週都是靜悄悄地，祇有那女工在打掃課室，空氣中佈滿了灰塵，她在一間一年級的課室前停住了腳步。

（五）她從窗外向室內看，全間課室好像是闃無一人，看到第一排才發現有個男孩在伏案書寫，這影子對她太熟習了，不是她的孩子小明是誰？她趕緊走進課室，走近那男孩身旁，孩子已爲腳步聲驚覺而發現了她：「媽，我被罰留堂！」說着，哇地一聲哭了。

（六）她一邊用手帕爲孩子抹眼淚，一邊看孩子在做什麼功課，原來在抄書，是罰他夜課沒有做好所以留堂。她祇有柔聲地勸哄着孩子：「小明，你乖乖地再抄幾行，媽去跟先生說去。」孩子含着淚水，點點頭，又執了鉛筆在寫了。她回身走出課室去，預備去找先生談話。

（七）她走進一間教員休息室，有三四位先生在批卷子，她再走近一個帶着近視眼鏡的女教師面前：「張老師，我是李小明的母親，他今天被罰留堂，我想請老師破例放他早些回家，因爲我還有很多事情要做，希望老師原諒，至于夜課，我一定在家裏督促他做完好了。」

（八）那被稱張老師的女子，看了她一眼，用嚴肅的語氣說：「李太太，李小明最近的功課太差，這是應該請你們家長注意的，而且他的夜課時常缺漏，所以我罰他留堂補足。既然李太太親自來說，當然可以叫李小明早些回去，不過夜課希望你們家長合作務必叫他做全。」

（九）她連忙答應了張老師的囑咐，並且向她道了謝。走出那間教員休息室，心中似乎鬆了一口氣。再回到課室，祇見小明還在寫字，「小明，先生現在已經答應我放你早些回去，你快收拾書包吧！我還要回家去煮晚飯呢。」孩子聽了當然很高興，立刻把簿子塞進書包。

（十）母子倆走出校門，已是暮色蒼蒼，孩子蹦蹦跳跳想掙開母親的手自己走，但她緊緊抓住了他的小手不放：「小明拉住媽一齊走，馬路上很危險，被汽車撞了可不是玩兒。」其實這些話都是她的下意識，因爲她腦子裏還存留着剛才幾乎撞車時的情形。

（十一）忽然這時耳邊又聽到汽車喇叭聲，她心中納罕，因爲她正好好地走在行人道上。接着她又聽見有人叫她：「瑞芬！瑞芬！」原來對馬路有架新型的汽車停着，裏面有一個女人在和她打招呼。她看不清是誰，衹有拖着孩子走過去，走近了，才知是她的表嫂楊麗仁。

（十二）「來！來！來！我來送你們回去，」楊麗仁開了車門，十分熱情地説。她和孩子跳上了汽車，叫了聲「表嫂！」又囑咐孩子叫過「表嬸。」楊麗仁關好車門，把車開動了，一面問她：「瑞芬，你們住在那裏？還是九龍城嗎？」她點點頭，接着又聽表嫂説：「這架新車是一新昨天剛買給我的。」

(十三)楊麗仁告訴她:「我們最近搬了家,房子是新造的,在九龍塘,幾時有空妳來玩。」說着,叫她記下了地址。不一會兒已到了九龍城,「表嫂,妳就在路邊停車吧,我還要街市買些東西呢。」車在路角停住,楊麗仁一再熱情地叫她帶着孩子來玩,並說最好叫明賢也一齊來。

(十四)這是一番好意,當然祇有滿口應允,她目送着那架耀目的新車開走,好像暴富的貧兒回復原狀一般。她再攜着孩子走向自己的家裏,這時街燈已經亮了,時間比平常晚了很多。她漫無目標地在街市買些雞蛋,芽菜,蝦米,急急忙忙地趕回去,她想明賢一定早就回來了。

(十五)明賢是她的丈夫,他們結婚已快六個年頭了。從戀愛到成家,二千多天裏夫婦倆從沒有度過愉快的日子,每天忙着的不是買米,就是付租,再加上孩子的學費,一家三口生活得非常艱苦。明賢在一家貿易公司裏做事,他本來學建築的,也變得學非所用。

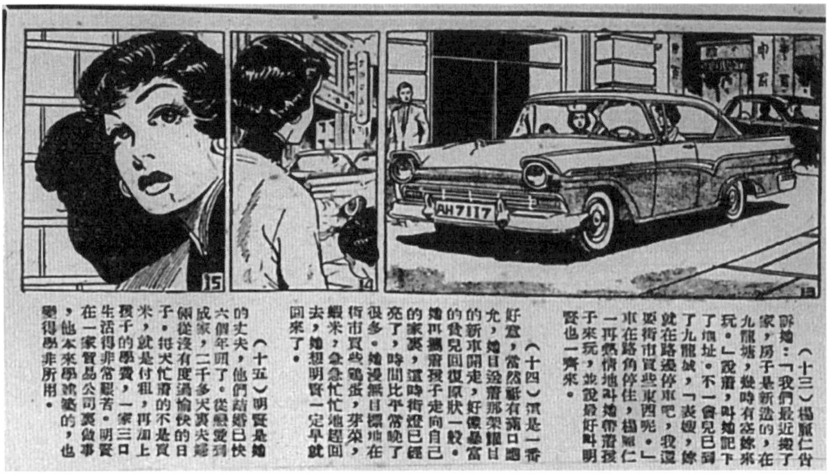

（十六）他們搬過好多次家，住過間格房，也住過木屋，可是幾次大火燒得他們害怕，結果甯願省吃儉用住一間比較像樣的樓房。房子是在五樓，一間本來住工人的房間，他們還是化了一百廿元的代價租來的。她在街邊可以望到自己家的窗門，裏面發出昏黃的燈光。

（十七）當她在上樓梯的時候，心裏在想：明賢一定回來了，她要趕快煮飯給他吃。孩子到家，立刻掙脱她的手快速地跑進去了。走上五樓，門已經打開，她看見了一個英俊，挺直的影子，無疑地那是她的丈夫李明賢，身上還穿着襯衫，她心裏想：果然他回來一會兒了。

（十八）「瑞芬，今天怎麼這麼晚？」但語氣是溫和的。「是小明罰留堂啊，先生怪他夜課老沒有做好。」説時，她已走進了自己的房間，用熟練的手法卸脱了旗袍，換上了短衫褲。但發現孩子又失了蹤跡，便大聲地喚着：「小明，小明！」「叫他做什麼？剛放學就讓他玩一會兒吧！」

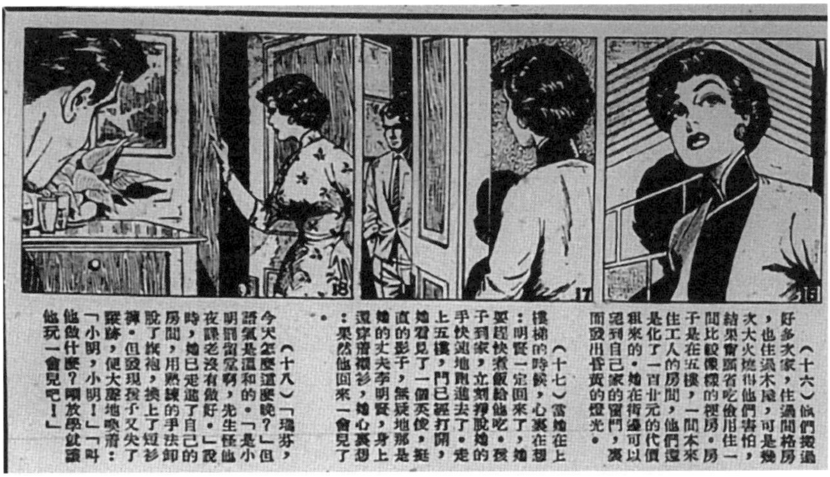

（十九）「玩兒？明天又要被罰留堂了。誰有功夫等也？要買菜，又要煮飯，服侍一位大爺不够，還要陪小少爺留堂？」她好像越說越氣似地，這分明是挑逗起對現狀的不滿。「你明兒去僱一個傭人來吧，我一個人兩隻手那兒忙得過來？爲什麼你不能多賺一點錢呢？」

（二十）「好了，好了，你又生氣了，總是我不好，沒有本事多賺錢，害得太太吃苦。來，來，我向你陪禮，打我兩下手心出了氣好了。」李明賢說着伸出手來，裝出一副頑皮的怪模怪樣，瑞芬看了眞是又好氣又好笑，一腔怨憤也化爲烏有，「誰要打你？別缺德了。」

（廿一）「缺德？」李明賢說着就去捉住她，猝不防地吻了她一下。瑞芬和他掙扎，一用力兩個人推倒在床上，明賢壓在她的身上，厚厚的嘴唇印上了她的櫻口。這時他們好像又回到了初戀的時候一樣，忘掉了貧窮，苦難，和憂愁；這天地間好像祇有他們兩個，熾烈的心在燃燒着。

（廿二）當他們警覺到有另外一種聲音時，原來是小明不知道在什麼時候走進房了。他呆呆地看着他的雙親，

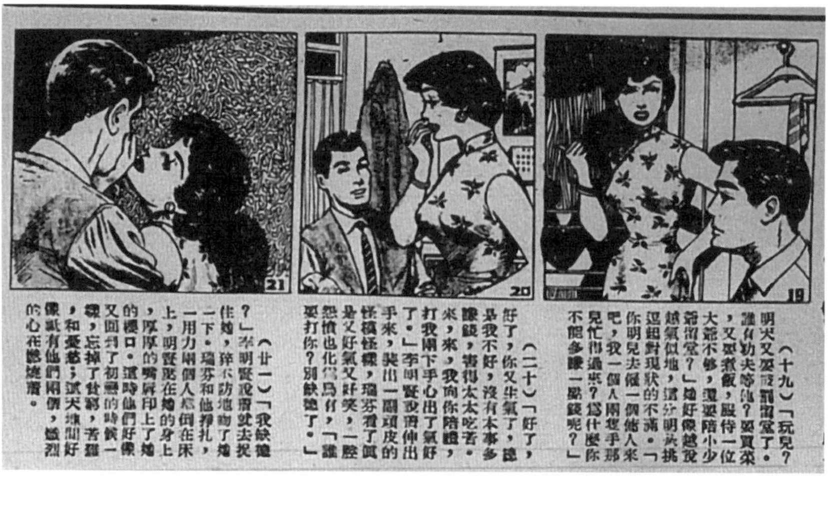

李明賢馬上站了起來，瑞芬也整理了一下弄縐的衣衫，眼光裏流露着嗔怨的神情。好像在說：「都是你不好。」明賢也感到有點尷尬，立刻一本正經地問：「小明！你的功課呢？」

（廿三）「功課？」小明裝着不太明瞭他父親的意思。「是的，媽媽剛才說你罰留堂，因爲你每次不把夜課做全。現在我要你在吃飯前做好，不做完就不許吃飯，聽見了沒有？」孩子是經不起嚇的，乖乖地拿出簿子在寫字了。瑞芬冷冷地說：「剛放學就讓他多玩一會兒吧！」

（廿四）明賢知道她在諷刺他，想追出去打她一下。但瑞芬却像輕烟一般溜出房去，手裏拿了飯鍋，去煮晚飯了。明賢適可而止地算了，走到小明旁邊看他做功課。小明見到爸爸來了，兩隻小眼盯着他。忽然小明想起了一件事，「爸爸，我們坐汽車回家的，一架漂亮的新汽車。」

選自一九五七年四月二日至四月九日香港《香港時報．快活谷》

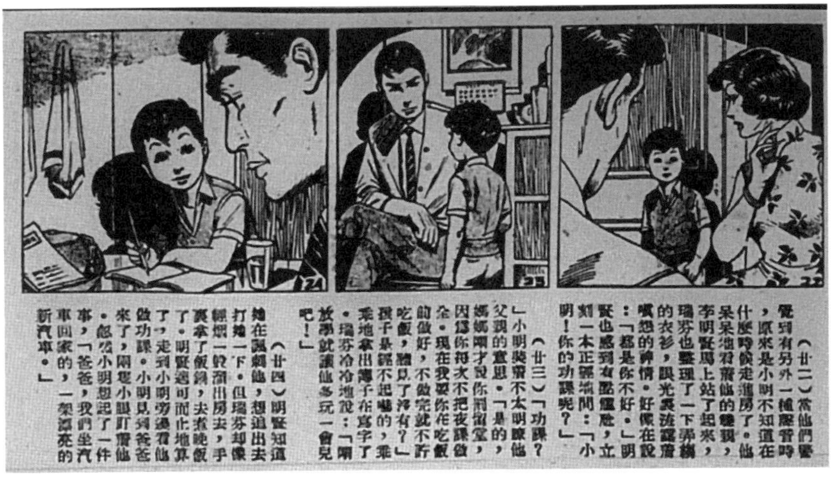

胡招

太空船的來客

「美聯社伊里諾州電：今日晚間十時有人在公路上看見一半透明的卵形神秘物體，這位看見那怪物的人欲駕車駛前細看，那卵形物體即放射一種黃光，使他的汽車機器一時失靈，卵形物體冉冉升空後，汽車便回復原來狀況……據宇宙研究專家某一博士說，此係別個星球之太空飛船云云……」

其始，我們金星人對於那個叫地球的行星是不大加以注意的。自從雅格首次開闢銀河系的新航綫後，我們才對它開始注意和觀察他們的狀況。我們沒法了解他們棄置許多荒僻的地方不用，却喜歡結集在一起，過着透不過氣來的擠迫生活。地面的擠倒還罷了，他們還建築多層的大廈向太空裡擠。人叠人，一層叠一層的居住，這是多麼的豈有此理。

雅格死後，他的助手穆敦也達退休的年齡，查士接替雅格任宇宙部長，迪靈任他的助手。查士爲人沉默寡言，外貌看似冷漠，別人不易了解他的內心，衹有迪靈和他比較合得來。

他們對於地球各有不同的意見，查士以爲他們是被恐懼氣氛籠罩着的生物，迪靈以爲他們是互相親愛的人類。

那天在試驗室裡，迪靈向我說道：「你們恐懼什麼呢？除了智慧不及我們之外，他們不是有了生活上需要的一切，而且科學也很進步了嗎？」

我們說話的時候，不知道查士也在試驗室的一個角落裡，看着一張圖表。

「我說他們是生活在恐懼的氣氛裡。」查士像訓話般的神氣參嘴說：「而且他們除了互相恐懼之外，還要害怕大自然的一切。總之，這是一顆我們做夢也想像不到這般豈有此理的行星。」

迪靈向我扮鬼臉，查士繼續看桌上的文件。

迪靈說道：「他們是親愛友好的生物；說的、寫的、歌唱的、廣播的，沒有一次不是對愛的頌揚。所以我說他們是生活在充滿了愛的世界裡。」

查士把圖表推過一邊，用沉痛的語調疲倦地說道：「我眞個想不到以你這樣科學頭腦的人也說這種話。祇憑表面的行爲與言論便信以爲眞，迪靈，你太膚淺了。」

迪靈聳聳肩：「好吧，我承認膚淺。或者說我頭腦簡單也未嘗不可。」

「你給自己的評價很不錯，」查士說：「你知道嗎？那顆行星，我認定它具有很大的危險性，而且又是我們不能忽視的一件事情。」

「當眞？」迪靈不服氣地說：「我可以領教理由麼？」

「他們的機械文明很進步，」查士說，「其中甚至可以趕上我們，原因是他們的天然資源比我們更豐富。但我請你特別注意最近十年來他們科學的突飛猛進；你可否猜得到若干年後，他們更會準備妥當了對付我們？」

「他們要怎樣的對付我們？」

「當然他們祇曉得的一件事，——戰爭。」

「戰爭！不會吧，查士。他們不是很愚昧的生物，待他們進步到知道宇宙之間有我們的存在時，他們便不再喜歡戰爭了。」

查士冷笑：「我承認他們對科學的發展很快，但我且問你：領導他們的人物是科學家嗎？」

迪靈不做聲。

「不。」查士說：「政治家利用了他們，科學家無形中成爲政治的資產和工具。在科學方面言，他們近年來產生了不少傑出的天才，但是在運用方面，他們却錯誤到極點。他們能夠發明和使用極大威力的科學產物，可是缺乏眞正的智慧來利用它。這情形等於把最厲害的武器放進瘋子的手裏，你道可怕不可怕？」

「你就是躭心他們在短期內可能發覺我們的存在嗎？」迪靈問。

「正是。別忘記二十年前阿爾格蘭星的發展，他們一經統一團結之後，馬上就威脅到我們的生存。」查士說。

「是的，不過我時常竭力要忘記那次我們怎麽的對付他們。」

「這是我們爲了生存的必要措施。」查士說：「我以爲從任何的標準看，我們是值得生存的人。」

迪靈譏諷地微笑：「不錯啊，最低限度憑我們的標準看，我們是應該生存。但是，阿爾格蘭星跟我們太接近，所以我們能够詳細監視他們的動向；至於現在所說的地球，我們所知的祇是他們强力電台播放出來的消息，而他們使用電台的作用也在娛樂方面的比較傳播消息的更多。」

查士點頭站起來：「是的，嘴裡說和平友好，行爲上準備戰爭，這就是他們最主要的一種娛樂。所以我主張我們應該先走他們一步，我已經定下了計劃準備向大會提議了。」

× × ×

查士的計劃是派出一個專使到地球去實地觀察他們的狀況，也馬上被大會接納了。因爲他一向得到人們的信仰，他的提案往往是獲得通過的。

我就是他們選中的專使。他們給我二十大最嚴格的訓練，研究收聽從地球得來的消息，和他們的風俗習慣。之後，他們把我放進太空船裡，祝我運氣和囑咐我努力完成調查的任務，還再三吩咐我切不可墮進情網。待我施放信號，他們便派另一條太空船前去接我回來。

太空船是我們毀滅阿爾格蘭星的剩餘物資，機械專家認爲它可以勝任這次遙遠的飛行，所以決定給我使用它。

我在太平洋東邊海岸大概一哩外降落，讓它流到岸邊，離船登岸和拔去了溶化開關的閥子，看着它完全溶化在海水裡，然後步行走向前面有紅綠燈光的公路去。我不知道他們是怎樣子的生物，不過根據他們的進化程度，相信他們應該也和我們差不很多。但是在未經目睹之前，誰能够絕對的肯定呢？萬一他們的形貌和我們不同的話，我豈不是成爲他們眼中的一個怪物嗎？想到這裡，我懊悔自己不該剛到地球上面就溶化了駕來的太空船。

公路上，一對燈光迎面而來，光線移換不定。像是一輛駕駛人不能够穩定駕駛的車子。我連忙跳過一邊閃避它，同時看見路中的指揮燈轉變紅色，那輛車子也停下來。

車裡很黑，我看不見裡面的人。路燈這時轉為綠色，那輛車子突然開動，便馬上停下，連馬達的聲响也停止了。

「糟！」車裡傳出來的人聲，這是女性的聲音。

馬達又是格格的作响，但是車子仍然開不動。車裡那人再次叫「糟」，一個人從車窗探頭出來。我只看見一堆棕黑色的秀髮和一張很美麗的面孔。

「你清醒嗎？」她向我發問。

「除了睡覺的時候，我是清醒的。」我說。

「別開玩笑，我是問你，——你可是喝醉？」

「我不知道甚麼是喝醉，但我希望喝一點水。」我說。現在我看清楚她，發覺她跟我們的女人差不多，但更美麗。

「我喝醉了。」她說：「你可會駕車，能够送我回家嗎？」

「可以，」我說：「你住在那裡？」

她告訴我說住森菲路。我記得剛才看路標，這裡就是森菲路，相信到她的家大概不會很遠，於是我登車。在車上我嗅到兩種不同的氣味：一種是汽油，另一種是酒精。

我說：「一定是汽油裡滲進了酒精，所以機器發生故障了。」

「你說話很有趣，」她說：「但是請你少說一點好嗎，畢蘭加士打先生。我沒有這種心情。」

我開車，扭轉車頭駛進左邊斜坡的森菲路。這輛車子雖然是最新的製品，但查士認爲他們科學很進步的估計一定是錯誤了，因爲這車子的機械構造雖然很可以，但是我感覺它沒有靈魂，不像我們的車子裝配了雷達，能够代替駕駛人一部份的精神。

車子沿着斜坡往上爬，一邊是人們的房屋，另一邊是月亮照到波光閃閃的大海。我的新朋友説話了。她説：「你知道路上有咖啡店嗎？我們停車喝點東西。」

「我沒有錢。」我説。我們知道地球人類最寶貴的是金鋼鑽，我帶了一小袋下來，但是我沒有這裡通用的錢。

「我有，」她説：「我有多到自己也不知是多少的錢。畢，你試過戀愛嗎？」

「從來不曾。」我回答，車子這時候經過一條商店區的大街。

「我試過，」她説：「但我發覺這是一個苦悶的世界。」

「我相信是了。」我説。

「我到過不少地方，畢，但我遇到的盡是野獸般的男人。」

「我的名字不叫畢，」我糾正她，「我叫費烈。」

「幸會你，費烈。我叫珍妮。現在我感覺比較剛才舒服點了。」

「這大概是夜的空氣比較清新的緣故。」我説。突然，我看見身邊一陣閃光，回頭看時，見她拿着一支着火的小木棒在嘴邊燃燒一支白色的東西，我馬上記起這是我們歷史上記載的抽烟。但金星上人類廢棄這習慣已經幾百年了。由於抽烟，我聯想起剛才她説喝醉了一定是指飲酒而言。這也是我們祖先決定禁止的壞習慣，想不到地球却很流行。

「抽烟嗎？」她問。我答道：「不，謝謝你，我不抽烟。」

「你是洛杉機裡唯一不抽烟的人。費烈，你是那裡來的？」

「紐約。你呢，珍妮？」

「我是這裡人。在這裡出生。」

她指引路徑，車子開進威爾莎鎮，那兒開設着不少飲食店。我們進入一家，找卡座坐下，在燈光之下，我有機會細看清楚珍妮。

我沒法解釋這現象，但我衹覺她身上像是放射着一種奇怪的吸引力量。我被她吸引了，衹是呆呆的看着她。

她也是看着我。

「假如你餓了，」她終於説話，「不用客氣多吃一點，我不會吝嗇幾個錢……，費烈，你這衣服是甚麼衣料子做的？」

「我不知道……你眞是美麗，珍妮。」

她微笑，「謝謝你，這一句話值得再多吃一燒鷄。你這衣服的料子很新鮮，縫衣匠説它叫甚麼？」

「我不認識縫衣匠，」我説：「你的眼睛很動人，但是你的唇似乎太紅了。」

女侍過來問我們要吃甚麼，我瞧見女侍的唇也是紅色。於是，我想起這也是我們早已廢棄的古代習慣——化粧品。

「我要一樣黑咖啡，」珍妮說：「這位先生要一客加大的火腿燒鷄，是嗎，費烈？」

女侍走開，我們沉默地望着。珍妮用手指沿着桌布上的花紋劃着線，我看見她的指甲也是塗上了紅色，但我却很喜歡它，同時，我懷疑我們金星人的祖先爲甚麼要廢棄化粧。

她抬頭看我，「費烈，你是個漂亮的男子，是在電影界工作嗎？」

我搖頭，「我旅行經過這裡罷了。」

「噢！」她又是垂頭虛劃着桌布的花紋，她的手指有點顫動，後來她微笑，但是她沒有抬頭，雙眼仍然看着桌布，「費烈，我相信你一定試過被女人吊膀子，是嗎？」

「不曾，我不懂你的意思，珍妮。」

她抬頭看我了，「跟你說笑罷了，費烈。但你不是紐約人，你是西部牧塲裡在牛羣中生活慣了的人。」

我忠實地說：「我從來不曾看見過一條牛，爲甚麼你會說我是從牧塲出來呢？」

「你對於都市生活很陌生，甚至不會喝酒和抽烟。」

女侍捧東西給我們。於是我不回答珍妮，開始吃東西，同時我竭力阻止自己不看她，因爲我是負有任務來的，沒有工夫與時間廝混女人。——但我得承認，我開始愛上了她。

她喝咖啡和抽烟，我撕吃燒鷄。

「費烈，現在我清醒可以駕車了，你住在那裡。」她說。

「我準備乘坐巴士回家睡覺去。」

她發笑，「巴士？你不知道這裡，這裡沒有巴士。你是今晚初到此地嗎？」

我看着她，點頭。

「在路上搭別人的車子來嗎？」她問。

「是的。」我說。同時從衣袋裡摸一顆較小的金鋼鑽出來放在桌上，這是一顆光芒四射的金鋼鑽，像我指甲般的大小。

她睜眼看着它，後來，抬頭注視着我。「費烈，這是眞的嗎？」

「是的。」

「但這……」她再看金鋼鑽和看我，「這是甚麼意思？」

「我要賣掉它換錢。你是這裡人，也是我在此地唯一的朋友，你能夠找一個人買它嗎？」

她詫異而且狐疑地：「不是犯法的東西吧？」

「犯法？珍妮，你不會說我是竊賊吧？」我有點失望地。

「但你怪不得我，費烈，你從黑夜裡像是火星人般的突然出來，身上穿的是我們從未見過的料子，沒有一個錢，却帶着一顆價值……」

「價值多少，我們可以打聽。但我得告訴你，火星上面並沒有生物的存在，珍妮，你不信任我嗎？還是我幹過甚麼？」

「沒有。」她回答。

「你對於一切男人都不信任嗎？珍妮？」

「不是，祗是我遇到過的幾個罷了。」她捺熄烟蒂，「你沒有住的地方，我家裡有多餘的客房。今晚你到我那裡度宿一宵好嗎？費烈，我希望你今晚不要黑夜裡出甚麼的亂子，我將明天再問清楚你的事情。」

我是一個無可無不可的過客。但此來目的是考察地球，住在一個相識的人家裡也是很好的一個主意。於是我答應了。

她有一所堂皇富麗的家，後來我才知道在美國，祗有南方一帶才有這一類的大厦。這是兩層的房屋，大門外是一個四條柱子高與屋頂平齊的大露台，宅前是一片寬大的草塲，還有幾株參天大樹。在這麼一所大厦裡却祗住着她和幾個僕人，顯然她這裡不會很擁擠了。我把這意見告訴她。「我父親擁有不少的地產，」她說：「他相信這裡一定興旺繁榮，所以老早投資了許多的地皮。」

於是我開始知道，有錢的人大概用不着很擁擠。

客房也很舒適，有一個廳子和一個浴室。

這是我在地球上的第一晚，那晚我住的很舒服，次早醒來不久便聽見外面敲門，女僕告訴我，她的主人等候我出去吃早餐。我答應很快就來。下床走進浴室裡。

× × ×

珍妮今日穿一件淡綠色的浴袍，看來比較昨晚更動人。她微笑着告訴我，她並不是習慣穿這種衣服吃早餐，不過今天餐後天氣也許溫暖一點，打算游泳一會兒。

後來她脱浴袍吃早餐，我看見她裡面衹穿一件連着身體祇一小部份的泳衣，靈機一觸，我猜想到此地人們顯然不是赤身游泳了。但我很懷疑，而且莫名其妙他們的道德標準。他們毫無顧忌的喝酒抽烟，但他們却害羞裸露天賦的身體。我也慶幸女僕喚我起身的時候天氣微寒，否則我大概不會披衣開門。因爲我們並不以爲赤身是可恥的一件事。

我們在大廳側邊一個兩面是玻璃墻壁的房間吃早餐。這裡陳設美麗，跟昨晚在餐店所見的又是另外一種格調。

「你不用——工作麼，珍妮？」

「不。你以爲我應該工作嗎？」

「一個人應該工作或者學習。否則，人生便沒有意思。」

「你説的有點道理。」她説：「由攝影以至彫刻我都學過，但是沒有一件達到成功。你是幹甚麼的，費烈？」

「我是到處作客的人。」我支吾着：「你愛看書嗎，珍妮？」

「看很多，大部份是輕鬆的作品。」

她注視着我，「費烈，你是我所見許多人之最奇特的一個人，你的思想很奇怪，跟其他人們的平凡完全不同。」

我微笑着：「我不過賦性好奇，希望增加一點知識罷了。你許可我再説一次昨晚我愛説的話麼，珍妮？你太美麗了。」

「你也長的很不錯，費烈。」

「孿生的行星和相同的天演進化……但是我們的命運會相同嗎？我看不會。他們現在又是醞釀第三次大戰了，前後不過五十年，兩次慘酷的全球大戰瘡痍未復，又是要製造第三次的大屠殺，這是甚麼的道理？爲甚麼？……」

珍妮說：「又是在想甚麼。費烈，你思想的太多了，是嗎？」

「除了想你之外，我還得思想許多事情。」我忠誠地說出來：「珍妮，我很惋惜不能夠長久的留下陪你，因爲我還有許多地方要去，許多的事情要辦，要看。」

她秖是看着我，經過大概一分鐘，她拿起杯子喝咖啡。

早餐後天氣仍然很寒，珍妮說：「今天不能游泳了。假如你要賣那顆金鋼鑽，我給你打電話找一個珠寶商人。」

「好極了。」我說：「你不介意我把這裡的報紙帶進房間裡嗎？」

「請隨便，」她說：「對不起，也許對着我，你會感覺討厭。」

「絕對不會。」我懇切地說，「相信我，絕對的不會。」

× × ×

地球上的報紙怪有趣，秖消看它們第一頁的標題，你便知道這兩種報紙的政見不同。在金星，編輯的意見秖限於在編者意見間裡發表。但是這裡却把同一件事實由編者參進意見，從字裡行間充份地表現了愛與憎。因此，同一件事情，但是在甲報與乙報的紀述等法看來，你會感覺你是在看着兩個敵對國家的報紙一般。

若干時後，女僕報告珠寶商人來了。

那人舉止有點外交家的風度，他說這是一顆十全十美的金鋼鑽，願意出價八千元。我答應同意，他告辭，說明回店馬上送支票過來。

我們這時候在廳子裡，珍妮已經換了一套藍色的衣裳。

「待那人送錢來了，我請你到外面玩玩去。因爲我還欠你昨天的一頓晚餐。」我說。

「你沒有欠我甚麼。」她望着窗外說。

「不久之後，你就會忘記那人了。」

「甚麼人，」她轉身，詫異地看着我。

「昨晚你說的那人，——你從前的愛人。」

「噢！噢！昨晚我喝醉胡說罷了。費烈，我從來不曾有過愛人。」

我們沉默着。

我放下書站起來，「你會感覺我是個討厭的客人嗎？」

「假如你是的話，我會告訴你。」

「很好，你願意忠實的跟我說嗎？」

她沒有回話，衹是給我一個很動人的微笑。

當晚由於我的建議，我們到夜總會暢玩了半宵，我還喝一小杯的酒。這使我懷疑我們金星爲甚麼禁酒，剝奪了人生中一種很歡樂的享受。

這也是我畢生不會忘記的一晚。在這一晚，我發覺珍妮對於我生命的重要，我明白愛情的意義。

第二天早上，我們進鎮裡註冊結婚。

我仍然不曾告訴她我是甚麼地方來的人，我打算待時間到了，才告訴她跟我一同回去。但我不敢現在就告訴她，恐怕她無心泄漏了過去，影响我所來自的星球。

這世界是我的舞台，要研究它，最便當的辦法是從我現時的所在地「美國」開始，因此我提議赴東部旅行，沿途中我從來不放過任何可以和人們談話的機會，藉此研究他們的思想與心理。我感覺人們大多數是染上了高度的歇斯底里，衝動性和缺乏安全感。但大致上還算得是一個較有自由的國度，人民仍然憧憬着一個美好的、遙遠的將來。

至現在爲止，我發覺查士的理論似乎比較廸靈的接近事實。因爲我聽到的與看到所得的，說他們是被恐懼氣氛籠罩着的生物亦未嘗不可。至於廸靈的見解，——說這裡是充滿着愛的世界，我衹能找到一個樣本，珍妮。

× × ×

我們到英國。綜合所得的印象是，他們抱着得過且過的態度，沉着而且傲岸地保持老大帝國的保守精神，不喜歡作不滿意現狀的申訴，也不想革命，安份地過着美國中下水準的生活，休養兩次大戰還不曾復原的元氣。他們知道自己生活雖然不大好，但他們也相信這世界還有許多比他們更糟的人。

義大利是少年罪犯控制了的世界，乞丐、街上的淫媒、竊盜甚至殺人越貨的勾當也是孩子們幹出來。在法國，我看見的是一片黯淡，沒有光明。敵對的政黨互相指摘與揭發對方的污點。花費了他們差不多全部的工作時間。

柏林所見的是麻木了的人生，他們在兩重的陰影下過活，人們不感覺甚麼叫罪惡，也找不出相信前途是有希望的理由，所以許多人趨向畸形的醉生夢死生活，夜總會生意特別繁榮，他們唯一可以自慰的，是他們有過以往的光榮。

珍妮說她看够了，問我要不要回去，我說：「還欠一個國家——俄羅斯。」

「別傻氣，我們怎能够到俄國去。」

「我們是不能，」我說：「但是我自己却能够。」

「不，我不許你！」

「聽我，珍妮，我們誰是一家的主人？」

「聽我，費烈，——」

「你得聽我，珍妮。」我費了不少話才說到她耐性聽着，再撒一點謊哄到她答應。終於，她答應在瑞士等候我回來。

我花了兩顆金鋼鑽，才找到一個可以領我進俄國的人，我還提供一張秘密的公式說服他領我進去。那公式是把某一種原素改變成爲另一種重要原素的方法。這也是金星上化學系第一年的課程之一，但我知道告訴他們絕不妨事，因爲我們知道地球的科學家大概不出十年也會發現這公式了。我告訴負責人說這公式是從美國得來的，我要的是錢，假如給我滿意的代價，還有更多的秘密公式可以繼續取來。

我旅行的路途受着嚴格的規定，我祇能看見他們許可我見的一切。我所能看見的是現代化的工廠，豐收的集體農場，沒有失業，沒有浪費，也沒有資本主義的搾取，——但同時我也看出他們過着的是全世界勞動階級中起碼生活的水準。活在這裡的人們無形中成爲——肉眼看不見的圈子牽掣着的傀儡，祇許有被主義支配了的肉體，不許有靈魂的一羣。

這一個號稱自己是世界導師和擁有九百萬方哩的國家，正在口中大唱和平，骨子裡却是加緊備戰，他們最大的野心是統治整個的世界。

我帶了兩個結果從那裡出來。第一、我答應今後每次要一萬元的代價，繼續取公式交給他們；第二、他們給我警告：今後無論天涯海角，他們也有人監視我的行踪。

到了瑞士約定的酒店。……珍妮問道：「你打算怎樣啦？」

「我打算回家了。」我說。

「你是說——回美國去。」

「還有什麼呢？」

「我這幾天細想過，」她說：「我想起從前在公路上初會你的那一晚……我相信美國不是你的家。」

她的面孔和聲音都是冷冰冰地，我微笑看着她。

但是，她却沒有一絲的笑容。「費烈，我們是夫婦。」

「我很滿足，你呢？」

「這不是說這種話的時候，」淚珠從她眼裡掉下來，「費烈，你可是，你可是俄國人？」

我搖了搖頭。

「但是你……，」

這是星月交輝的一晚，我到窗前站着仰望外面的天空，珍妮也跟着過去站在我的身邊，我指着天空的一角說道：「那兒就是我的家。」

「金星！」她說：「費烈，我要你說眞心話。」

「終有一天，」我說：「地球人會發明方法看透我們的人造烟幕，終有一天，地球人類會進步到像我們一百年前一樣，等到那時候……」

「別再胡說，費烈，你猜我沒腦筋的嗎？關於你的身世，你可曾跟我說過甚麼？」

「我不曾說過，」我說：「但我也何嘗問過你甚麼？我們如果是彼此相愛，就得彼此信任對方。」

「信你？你像個逃亡者般的黑夜裡出來，身上沒有一個錢，却帶着一袋金鋼鑽，後來旅行途中你到處刺探人家的事情和研究他們的思想。終於一個兒跑進鐵幕裡，究竟你是甚麼人？」

「好吧，當時我不說，就是恐怕說了你也不會相信。現在告訴你就是了。我是從金星乘坐太空船來地球的人。」

顯然她不相信。因爲她痛哭起來了。我上前抱着她。她的指甲向我的臉抓，頓足大叫道：「滾出去！我不要見你！」

我出去，到樓下酒吧間。這是我在地球學會了的習慣。

當我回房的時候，醉倒不曾察看她是否進浴室裡，便躺在沙發上沉沉睡着了。這是一場好睡，是睡了十二小時。我醒來看不見她和她的行李，查問侍者，原來她在昨晚，我還不曾回房之前已經離去了。

我趕不上她在德國乘搭的那班飛機。回到紐約，知道她先我一天離開。沒奈何，我回到西部海濱附近，她的大厦裡。

她不曾回來。我知道她遲早會回來的，於是我住下等候她，希望帶她一起回去。——雖然我不知道她願意不願意。

我無聊了，這裡環境的驅使，我也像地球人般的惶惶不可終日了。我整天呆坐着，也喝一點酒，但大部光陰是追憶我和珍妮在一塊時的快樂日子，心裡越是感覺空虛。

第一顆人造衛星射出了，有人說是人類對科學的偉大成就，有人說是威脅自由世界危險的訊號。

那天我獨坐在書房裡，女僕傳報外面來了一個客人。那是一個我從未看過的陌生人，他進來掩上了門說道：「我們找尋你三星期了。」

「你們——？」

「查士派我們來的，一共是三十個人，他要知道你在這裡怎樣？爲甚麼不收到你的訊號？」

「我——我現在不能回去，我結婚了。」

他微笑，「你知道爲着你，我們經歷多少的麻煩嗎？——你那女子呢？她可知道是甚麼人？」

「她猜我是敵人的間諜，或者是個瘋子。」

「我沒有奉命問你的私事。」他說：「祇是請你準備好報告，今晚我再來取它。」

五分鐘後他告辭去了。我祇好打點準備回去的一切，因爲我猜他再來不是爲着報告而是要我回去，但是我却不能的在未見珍妮要求她同去之前離開地球。

我也料不到他們的計劃是哄我離開這裡，然後悄悄地把我帶走。我決意暫時避他們，因爲我要等待珍妮。

他們却在我逃走的途中攔住了我，帶我到一個荒野的大沙漠上，乘上太空船昇上黑沉的天空。

迪靈搖頭嘆息看着我，「怎麼啦，費烈？」

「我的報告寫好了。但我以爲犯不着躭心他們。他們自己的麻煩也弄不了，那裡還有心思考慮地球以外的行星？」

「又是備戰嗎？」迪靈說：「費烈，你看他們是怎樣的生物？」

「我不知道，他們最大的弱點是互相猜忌和恐懼，但也有一點可取的地方。」我說。

迪靈沉着地說：「查士吩咐我問你，關於你的妻子，她要跟你一同回來嗎？」

「我不知道她那裡去了。查士呢？他在那裡？我可以見他？」

「他向大會要求赦免你延遲不回的罪名。」迪靈說：「費烈，你以為他們誰會戰勝這一場醞釀中的戰爭？」

「我不知道，也不高興參加意見。」我說，「不過無論誰勝誰敗，地球上的文化至少也要退後五百年。」

迪靈搖頭，臉上露着一副沉痛的神氣，「這比較你所料的更糟。」他說，「假如他們再要發動原子戰爭的話，宇宙間再不會有地球的存在了。」

× × ×

我不相信地看他，在內心裡，我就心珍妮的前途。

迪靈說下去：「我們不能拿整個宇宙的安全去賭博。大會已經通過，我們準備消滅這一顆好戰的地球了。」

選自一九五七年十一月二十二日香港《工商日報》

黃思騁

春夜

這是個盛春之夜，空氣中溢着花香，灌木叢中有一隻夜鳥在啼叫。月光淡淡地瀉在田野上，一切都睡得甜蜜、柔和而寧靜。

新婚夫婦唐其雲和朱良璧，正在房裡享受着這個好時光。做丈夫的坐在床沿上，他的妻子枕着他的腿子，他用手撫弄着她的秀髮。

「多麼美麗的一個夜啊！」她說。

他向窗口望了一下，回答說：「是的，外面有很好的月色。」

「唉，我簡直有點忍不住了。」她說。

「你說什麼？」

「我不知道甚麼緣故，彷彿有着許多心事似的。」

「你有甚麼心事呢？」

「我有點隱藏不住心裡的秘密了。」

「秘密？」

「是的，是我的一件私事。」

他追問她有甚麼秘密，她忽然又否認，說她只是隨便說說罷了，過了一會，她從床上起來，走到窗口去看月色，他跟在她的後面。

他們依偎着，靜靜地欣賞月下的景色。那些他們白天常到的地方，現在都蒙上了一種神秘的色彩。她像有着甚麼感受似的，突然摟住了他，望着他的臉。

「我實在熬不住了，」她說：「我決定把這樁秘密告訴你。而這件事，我本來是打算在我臨死的時候才告訴你的。」

他驚恐地望着她，說道：「究竟是甚麼事呢？」

「像這樣的一個夜晚，逼得我非說不可了。假如我把這件事瞞着你，反而顯得我對你不忠實。不過，我相信，在今天晚上，不管你怎樣懲罰我，我都能够忍受的。」她說。

他聽到這裡，反而害怕起來，要求知道秘密的興趣消失了。他說。

「良璧，我想你還是不要告訴我吧，我一向對你都是信任的。」

「不，我既然已經說了一半，我就得完全說出來。」

他無可如何，只好讓她敘述她的秘密。

月光照在他們的窗子上，增加了故事的神秘性。她把兩手放在他的肩上，他輕輕地摟住她的腰。

「你在聽了這個故事以後，答應原諒我嗎？」她問。

「我當然會原諒你的。」

「即使是天大的事？」

「也沒有關係。」

「在我們結婚以前和訂婚以後的那一段日子，」她說：「我已經是屬於你的了。我對於自己能够守身如玉，非常有把握，因爲我已經清白地過了廿年了。

「不過，你知道我有一樣很壞的嗜好，喜歡喝酒。這種嗜好，或者與遺傳有點關係，我的父親成天都在醉鄉，我母親也能喝幾杯。在我幼年的時候，常常都有飲酒的機會，有一次在背地裡飲酒，幾乎在柴房間醉死。後來我的父母禁止我喝酒，但我還是偷着喝，一直到我成長爲止。

「我們雖然在城裡同了幾年學，但我相信你不會知道我有這種嗜好的。因爲我從來沒有在你面前喝過酒。

「我們訂婚以後的第三個月，在剛進入夏季的那幾天，我的一位堂房伯伯家裡做喜事，請了許多客人。我的堂哥哥請了他的朋友和同學到他的家裡來。其中有一個人，同我也是朋友，或者也可以說，他是追求過我的人。他家距我們村子只有三里路，所以來去很方便。

「那一天晚上，客人很多，滿滿地坐了三十桌。我們這些年紀輕的人，大家擠在一起，其中有我的堂房哥哥和他的朋友，當然有些也就是我的朋友。大家一開始就興高采烈，隨便談笑，後來就鬥起酒來。我本來是堅決不喝酒的，但酒的味道引動了我。同時，那些人都說女人不能喝酒，如果我喝一杯，他們願意全體陪我三杯。我早就說過，我是個喜歡喝酒的人，酒量決不下於一般男人。他們哄鬧着，故意激勵我。後來，不知怎麼一來，我端起面前的一杯酒，往嘴裡一倒就喝下去了。大家見我喝乾了，都爭着把三杯酒喝下去。

「我是個容易受挑撥的人，而且不大肯認輸。等到這杯酒喝下去以後，興緻忽然起來了。不管是誰與我賭賽，我就同他喝一杯。

「坐在我傍邊的，就是那個追求過我的人。他推說有點咳嗽，一滴酒也不肯喝。我看見他一言不發地坐在我的一邊，不時用眼睛盯着我的臉。

「鬧了一陣以後，他們之中有好幾個被我灌醉了，我自己也醉了。我心裡覺得很痛苦，因爲他們剛才譏笑過我。可是有一個人不認輸，定要與我繼續喝。我那時有點迷惘，忘記會有甚麼後果，就接受了他的挑釁，又喝了幾杯。這時，除了我傍邊的那位朋友以外，統統都醉了。說話沒有倫次，身子斜來斜去，臉紅得像柿子一般。而我，我也醉得厲害，我的血液在沸騰，人影模糊，面前的一切都在那裡轉動。但我的神智還有一半是清醒的，我知道我應該立刻回家去，以免醉倒在地上。這樣想着，我搖搖幌幌地站起來，打算回家去。我相信我可以獨力回去，因爲伯父家同我們住得很近。

「我走的時候，彷彿沒有人注意到我。一直等我走出大門，我才發覺那個朋友在傍邊扶着我。

「『你醉成這個樣子，我來送你回家吧！』他說。

「『不，這樣別人會說話的。你知道我已經訂了婚，應該迴避一點。』我說。

「『沒有關係，現在已經十一點多了，而且天很黑。』他說。

「『那末，你走在我的後面吧，距離得遠一點，如果我沒有跌倒，請你不要走近我。』我說。

「從伯父家到我的家裡，要穿過一塊晒穀場，然後沿着幾家的竹籬笆，我就可以回到自己的家裡了。不過，一方面是天黑，一方面是我醉酒，使我弄不清方向了。我靠着一點星光向四周瞧了一下，認定自己的家就在有白影的地方，我就朝着那個方向走去。

「我差不多走了兩倍的時間，依然看不見自己的家。正在疑惑的時候，我看見面前有一所矮房子。我心裡覺得很奇怪，這到底是甚麼地方？我又轉了個彎，朝着另一個方向走。過了一會，一排黑壓壓的草房擋住了我的去路。我覺得更奇怪了，我在這裡生活了那麼多年，從來也沒有見過這地方。突然之間，我想起了許多人所說的鬼打墻，莫非我也遇到了這樣的事。我心裡害怕起來，很想有人來替我解圍，正在這時，我的朋友走到我的身邊來，說道：『跟着我走吧，你怎樣到這裡來了。』

『啊，』我說：『讓我拉着你的衣角吧。』

「他不聽，緊緊地扶住我。我因爲失去了自制的能力，也沒有堅持。

「我們走了好一會，依然沒有到家，我就問他：『你把我帶到甚麼地方來了？』

「『前面就是了。』他說。

「我漸漸支持不住了，腦子昏沉沉，走路也很困難。我不由自主地跟着他走去。

「一會，我聽見板門響了一下，他說：『到了，你跟着我來吧。』

「我走進去，裡面很黑，而且有一種難聞的氣味——不過，這是我事後回憶起來的事——他領我進去以後，就把我推倒在一堆乾草上，說道：『你醉了，好好地睡吧！』

「我覺得我已倒在自己的床上，甚麼事都不想做，唯一的念頭就是睡覺。

「我迷迷糊糊覺得有人壓在我的身上，我大概說了一句叫他不要打擾我，就不再有知覺了。

「第二天早上，我一覺醒來的時候，發覺自己睡在一間牛棚裡，那條大水牛正站在那裡嚼草。

我吃驚地坐起來，不知道何以會到這個地方來的。再向自己的身邊一看，褲子正放在那裡，更使我恐懼了。我連忙穿回褲子，匆匆地離開牛棚。幸好因爲醒得早，外面還沒有行人。

「我一口氣跑回家裡，就在自己的床上躺下來，唯一知道我整晚不回家的，只有那個老女傭，但她正是我過去的乳娘，不會把事情揭穿的。

「我在床上痛哭起來，我知道那幾杯酒害了我的貞操。我痛悔自己的無知，卑視我自己的行爲。我想起你，想起結婚的時刻，眞是覺得罪大惡極……」

她說到這裡，就伏在他的懷裡痛哭起來。他覺得很難過，似乎不能遵守剛才的諾言了。

「說下去，你說下去吧！」他說。

「後來，在吃早餐的時候，我的父母發覺我哭過，就問我爲的甚麼事，我說沒有甚麼。他們想起昨夜的酒席，就問我幾時回家的，我說回家很晚。他們雖然疑惑，可是總以爲是件小事，沒有追問下去。

「這次以後，他常常藉口到家裡來看我，要我把婚約撕毀，同他結婚。我當時不知道你會不會原諒我，也不知道將來會有甚麼結果。因此，我一再地想，究竟要怎樣才能使自己更幸福一些。然而，我一想到他的卑鄙的行爲，我就恨他。我寧願嫁給一條狗，一個瞎子，也不願意嫁給他。我下了個決心，我願意一生都受你的懲罰，也不改我的初衷！

「我們結婚以後，你一味的信任我，使我的內心感到痛苦，我只是沒有勇氣把這件事說出來罷了。不過我發誓，我一定要把這件事告訴你。爲了減少你的痛苦，我想隱藏到最後的一天，那就是快要死去的時候。而今天晚上，我也不知甚麼緣故，一點也忍不住，我的心迫着我把這段話說出來。現在，我請你遵守你的諾言，來原諒我的罪孽……」

她說完這番話，便縱情地哭起來，把淚水滴在他的衣襟上。他呆立着，一句話也不說。過了一會，他推開她，說道：

「這個人究竟是誰呀？」

「他，他——」她抽噎着說：「是秦方！」

「哦，秦方！好吧，他居然幹出這麼卑鄙的事來！」他氣憤地說。

「其雲，你，你，你——」

「我不能原諒你，這簡直是無恥——你犯了七出之條！」

她抱住他，說道：「可是你剛才說過的，不管是天大的事，你都會寬恕我的！」

「決不是這樣的事，這種事不是任何丈夫所能原諒的！」他推開她說。

「不，不！你宣過誓的！」

「不，那決不能包括這種事，而且是像秦方那樣的人！」

她想纏住他，但他使勁把她推開。最後，她跌倒了，但還是抱住他的腿子不放。

「我信任了你，你不能食言呀！」她哭叫道。

「滾開！不要纏住我，你這個賤人！」

「你不能騙我！」

「你說的是花言巧語，誰知道那是怎麼一回事！」

她像蟲子一樣爬起身，緊抓着他的衣襟，說道：「我發誓不是花言巧語，那是酒害了我！」

月亮從窗口斜照進來，地板上投射着他們的影子。唐其雲覺得有些寒冷，抖索了一下，說道：「你瞧着，我非同那小子算賬不可！」

「不，不，我求求你，那會把事情張揚開來的。到了那時，我就沒有面目做人了！」她懇求着說。

「不，我要打瞎他的眼睛！」他磨着牙說：「他明知道我們已經訂了婚，居然還敢做這樣的事！」

她用手捧着他的臉，把嘴湊近去，懇叫他息怒。

「不，不要用這種方法來表示感情，我非把事情弄到清楚不可！」

說完，他朝着樓下奔，她跟上去，在樓梯口趕上他，拉着他的衣角，說道：「你不能去，你不能去！」

他摔開她，一會兒就在樓梯上消失了。

她伏在樓梯上，傷心地哭起來。她後悔自己過份衝動，居然會把這樁秘密告訴他，而全然沒有顧到後果。

她哭了一陣以後，漸漸清醒過來。她開始想到他現在的去處。她相信時間已經很晚，而秦方的家却在三十里外，所以不可能去找他。那末他一定是躲在暗角裡，獨自在那裡傷心。

她跑下樓下去找他，輕輕地呼喚他，可是尋遍所有的角落，都不見他的影子。後來，她走進了堆草房，用呼那種的聲音叫道：

「其雲，其雲……」

乾草悉索地動了一下，她就懷疑地走進裡面去看看。

裡面很暗，只有靠窻的地方有點月光照進來。

「其雲！」

她一面叫，一面向着裡面搜索。

他躺在草堆上，用手枕着頭，不管她怎麼叫，也沒有理睬她。

她找到他時，就撲倒在他的身上，接連地吻着他，說道：

「其雲，你不要生氣，我但願你懲罰我，即使你要我馬上去死，我也能辦得到的！」

他不再推開她，可是也不接受她的撫愛，他已傷心到了極點，感情麻木了。

「你要甚麼補償，我就給你甚麼補償。」她說。

「甚麼也補償不了我的損失，」他說：「像打碎的瓷器一樣！」

「我對你說出這番話來，完全是想在今後對你忠實。」

「我不相信！」他說。

她爬起身，跪在草堆上，嗚咽着說道：「請你原諒我！如果你不能的話，那末就折磨我吧！在我今後的日子中，你做我的主人，我做你的奴僕好了。」

「你上樓去吧，我不願你站在乾草堆的傍邊。」他說：「我需要好好休息一下，如果有話，也要等到明天再說。」

她跪在地上不肯起身，說道：「你一直都是愛我的！你不能因爲我誠實而棄了我！」

「聽我的話回去，要不然我就按捺不住了。」

她緩緩地爬起來，失望和痛苦絞在一起。然後，她忍住悲哀，獨自回房去了。

唐其雲留在堆草房裡，既憤怒又灰心。他想不到自己所鍾愛的妻子，竟是個失了貞操的人。在婚後的三個月中，他信任她，溺愛她，崇拜她，把她當成一個無瑕的人看待。而現在，一旦失去了這種信念，使他覺得空虛起來。

天明以後，他離開了堆草房，沒有對父母說一聲，也沒有告訴妻子，就去找玷污他妻子的仇人去了。

從他家裡出發，大概要走三十里路，越過幾座高山，才能到那個地方。如果他在那裡躭一會的話，來去正好需要一天。

他與秦方，也可算是間接的朋友。在城裡讀書的時候，他也同他碰過幾次頭，只是沒有機會交往而已。而這一次去，他們之間却成了仇人了。

× × ×

朱良璧一夜沒有睡覺，她對於自己的不智感到後悔。因爲在她說出這樁秘密之前，他是非常信任她和愛她的。既然這樣，爲甚麼非要說出來不可呢？

她這樣想到天明，始終沒有入睡。等到天亮以後，她跑到堆草房裡去，想替他着上一件衣服。可是跑去一看，那裡已經沒有人，堆草上留下他睡過的跡痕。

她害怕了。她相信他是去找秦方去的。這一下，把事情張揚開來且不說，說不定還會釀出人命案件來。她拿着他的那件外衣，呆呆地站在那裡，不知道應該怎麼樣辦才好。

她幻想着可能發生的種種事故：他會殺死秦方或被秦方所殺，他會獨自出走或同她離婚……等等。然而無論發生那一樁，都使她感到恐懼。

後來，唐其雲的父母聽說他突然出去了，以爲他們兩口子起了甚麼衝突，只是隨便問了幾句，也沒有加以重視。

× × ×

唐其雲懷着一股勇氣，爬山越嶺地去找他的仇敵。他本來是被一種憤慨驅使着的，所以就沒有理會這種舉動會發生甚麼後果。等到爬上那座最高的山嶺，在一塊大岩石上坐下來休息的時候，才有機會來靜心思想。他當時就想到，他不能殺死秦方，這會使他招來牢獄之災。而且仔細思量起來，他沒有理由去找秦的岔子。秦方大可以告訴他，如果他不要他的妻子，可以解除婚約。

他想到這裡，就站起身來，打算回頭走，可是走不到一里路，那種不平之氣又回到他腦子裡來了。他覺得有人污辱了妻子，不是件可以隨便了結的事。同時，他已經來到半路上，如果就此回去，一定會使妻子覺得他是個懦弱的人，因爲怕死才中途折回的。

他在路上站住，重新考慮起來。一隻雉鷄停在附近的樹上，向着他啼叫了幾聲。

「我要去找他，」他喃喃地說：「他汚辱了我的老婆！」

這樣，他又回過頭來，準備照着原來的計劃做。

他走近秦方的村子時，快近中午了。他走近一個在井邊打水的女人，探問秦方的家住在甚麼地方。那女人向河邊的坡上指了一下，説是最高的那個白墻頭就是的。

他剛要走近時，忽又趑趄不前，他不知道他憑甚麼去同一個不熟識的人辦交涉，而且這件事又是沒有把柄的。萬一在見了面以後，他應該怎樣表示呢！

他鼓勵着自己，他必須進去找他，同他鬧一塲，帶點傷回去。

他走進他家的大門，碰到一個中年婦人。她問他找誰，他説找秦方。她以爲是客人，就客客氣氣地接待他，告訴他秦方在自己的房裡。

他在房裡找到了秦方，他正在那裡修補他的魚網。他看見他進去，驚愕地站起來。他用不着問明，就能從他臉上看出他的來意了。

他走到他的跟前，恨恨地説道：「你幹的事，良璧已經告訴我了，你這狗東西！」

他朝後退了一步，説道：「你找我幹甚麼？」

他逼近一步，秦方朝後退到墻上，説道：「你打算怎麼樣？」

「我不找你還去找誰？」

「我打算——」他舉起手，咬着牙，對準他的喉嚨掐過去説：「掐死你！」

秦方的頸子被他扼住，忽然透不過氣來，只好抓住他的手，向着一邊倒下去。

他看見秦方的臉漲紅了，眼睛睜得大大的，兩個鼻孔閃動着。他忽然想到他會犯人命案件，便放鬆了他。他從地上爬起來，一面撫着頸子，一面氣喘。

「你現在看到報應了吧？」唐其雲恨恨地說。

秦方喘了一回氣，顯出不在乎的樣子，說道：「本來，我也想回報你這一下的，不過我不願意這樣做，因爲你根本就沒有得到甚麼！」

「我看你就不敢動手，我會叫你活不下去！」他說。

「隨你怎樣說都行，反正你不會得回良璧的貞操！」

「我罵了你，搯了你的頸子，而你一點也不敢動手，這就好了。」

「你有沒有報復到我，等你回去就明白了。」

「我覺得很痛快，我已經報復你了！」

秦方冷笑一聲，說道：「就算你勝利，我屈辱吧——現在你還有別的事要做嗎？」

「這已經够了，你懦弱得像條狗一樣，連吠也不敢吠一聲！」

「是的，你說的對，我不敢吠。那末請你走吧！」

「我愛躭在這裡，就躭在這裡。」

「也好，你請坐吧！」

唐其雲覺得心裡很痛快，那種仇恨好像忽然從他的腦子溜出，煙消雲散了。

他向四周看了一下，然後又罵了他幾句，才揚長地走出去。

他走在回家的路上，氣憤完全平復了。他回憶着他扼住他的頸子的那一下，他是那樣地痛苦。而在事後，他又不敢回手。這一切，都是劫色的報應。而現在，他已經替妻子報了仇，成爲一個眞正的男子漢了。

可是，當他爬上山嶺，在那個老地方休息的時候，這種感覺又慢慢地消散，而另一種感覺，却潛進他的腦子來了。

他想起自己的老婆是個失貞的女人，而造成她失貞的人，就是秦方。他雖然報復了他，可是對事情却毫無補償。不管他如何屈辱，他已經做了這件事。他愈想愈不安，彷彿覺得打死他或許會更公平一點。但往下一想，連打死他也沒有用處。他紛亂了，他恍惚聽見秦方在説話。

「讓你怎麼説都行，反正你不會得到良璧的貞操……你有沒有報復到我，等你回去就明白了！」

他悲哀了，他明白他化了一天時間，走了這麼多的路，忍受着飢餓，然而甚麼也沒有得到。他此刻所有的悲憤，正如出發時的悲憤一樣。

他坐在那裡，陽光照着他的四周，山野是那麼靜寂，只有黃雀鼓噪的聲音。

「我只有回去和她離婚，」他心裡想。「我不能要一個失貞的老婆。我會一生一世想起那件事，永遠覺得屈辱。」

他站起身，忍着飢餓，踉踉蹌蹌地走回家去。

他抵家時，天已入黑，家裡的燈也點上了。他在門口躊躇了一會，不知道外出一整天，應該怎樣對父母解釋，在妻子面前說些什麼話。想到這裡，他又不想進大門了，便溜進堆草房，疲倦得想休息一會。

他在乾草堆上躺下來，思量着面臨的一些問題。因爲過份疲勞的緣故，竟昏昏地睡着了。

他醒來時，已經很晚了，窗外是一片明亮的月亮，疏落的狗吠聲從遠處傳過來。

他悉悉索索地從草堆上爬起來，走到外面去看看。四周是一片憩靜，鄰居的窗子裡已經沒有燈光。

他踏着月色，在附近的路上走走。

一點風踪也沒有，青蛙和小蟲在他的足邊啼唱。遠處是一帶樹林，月光照在上面像積雪一般。

他站着看了一會，深深地吸一口氣，心裡覺得很舒暢，他穿過一塊草地，忽然想起了他的妻子，因爲他們常到這裡來踏月。

我能爲這件事拋棄她嗎？他問自己。

在想了一會以後，他覺得不能失去她，他們彼此都很恩愛。如果他丟棄她，就是說他永遠只有一個人出來賞月。而秦方，一定就會同她在一起了。此外，他同時也想到，她的失貞只是在喝醉酒以後，而不是自願的。

他決定原諒她，像他允諾她的一樣。而也只有這樣，才能使他的愛情顯得偉大，才能過幸福的日子。他發誓不能爲秦方所逞，因爲他說他永不會得到快樂了。

在無意之間，他覺得有勇氣回家了。他以爲他有許多理由，可以向他的父母解釋突然出去這事。

他回去敲門，起來開門的是他的母親，他隨便解釋了一下，他的母親就信了他，因爲她發覺他是好好的，並沒有出亂子。

他輕輕地溜上樓，愛慾在他的心裡滋生着。在進門的時候，他的步子走得很輕，想看看她究竟在那裡幹什麼。

她默默地站在窗口，月光照着她的美麗的臉。使她像一個貞潔的仙子一般。

他走近她的身邊，用手撫着她的肩。他覺得她依然是當初的她，任何人都不能把她污損的。

「良璧！」他熱情地叫道。

她慢慢地回過頭來，眼睛裡充滿愛情的光芒。

「你回來了，其雲。」

她撲到他的身上，以啼哭來表示她的感動。

「我寬恕你了！」他說。

「如果你在兩小時之內不回來，你永遠都見不着我了！」

「你怎樣說？」

「我已下了決心了！」

他明白了，感動地說：「不，你決不能那樣，我永遠都是愛你的！」

「我想那樣做，只是爲了要証明我愛你！」

「我明白，我知道你愛我。」

「我也知道你愛我，因爲你非常妒忌有人侵犯我。」

「如果你不是眞心愛我，你根本用不着告訴我心裡的秘密。」

他們緊緊地抱着，愛的感覺在交流。

「我幾乎走上歧路去了。」他說。

「我也差不多，我拿繩子已經兩次了。不過我在冥冥之中依然相信你會回來，因爲你愛我。」她說。

「忘記這件事吧！」他說：「我承認秦方不能玷污你，除非他能玷污你的心！」

「我對你有信心，我在你面前已經赤裸裸，連一絲隱藏的秘密都沒有了。」

「我知道你沒有保留，我會比過去更愛你了。在我的心上，你比從前更純潔，更像我的妻子了。」

他們擁吻起來，而且從沒有這般熱烈過。

後來，他們對着窗子，去看月下的景色。月光像前一天晚上那樣照着他們。

「今天晚上，」她說：「我覺得比昨天更輕鬆呢。」

「而且，也更可愛了！」他說。

選自一九五七年十二月十日香港《工商日報》

南宮搏

玉樹後庭花

大隋開皇八年的秋天！

分崩離析的南北朝局面，幾乎歸於一統了！英明的大隋皇帝楊堅，篡奪了北周皇朝的江山，孜孜不倦地經營黃河流域。開皇七年，他派兵攻滅了長江中游的梁國，此後，長江以北的廣大土地，完全爲楊氏所掌握。祇剩下江南的陳國，維持着南北朝的名稱。楊堅不能滿足於統一北方的收穫，他在滅梁之後，日夜想着江南肥腴的土地。

在長江的北岸，大隋皇帝派遣了大批工匠建造船隻，同時，他也逐漸集中兵馬。

開皇八年的秋天，一切都準備好了！楊堅命令第二個兒子楊廣負責指揮這一巨大的軍事行動。（楊廣，就是我們歷史上著名的隋煬帝。）

楊廣祇是一個二十五歲的青年人，長安貴族羣中最傑出的人物；雖然他從未指揮過大兵團，但他自信能駕馭，也自信沒有人會比他駕馭得更好！因此，他愉快地接受這一任命。

對於大隋皇朝，這是一次無比重要的戰爭，倘若一戰而敗，就會變成苻堅下江南的故事，後果是不堪設想的！爲此，楊堅調集了左右能幹的人物，參與南征的軍事。他派第三個兒子楊俊和清河公楊素爲行軍元帥，又派左僕射高熲和右僕射王韶兩人輔佐楊廣。徵調的兵馬達到五十萬的數字，分由九十名總管統轄，那聲勢，有些像魏武帝曹操下江南的情形。

曹操統軍八十三萬人馬下江南而遭到挫敗，但楊廣却認爲自己一定會獲得成功的！因爲陳叔寶遠不及孫仲謀，而此時的江南，也缺少周瑜魯肅那樣傑出的人物。

楊廣的中央指揮部設立在淮南，向六合進軍。楊素的一支兵則由長江上游順流而下。楊俊的兵由襄陽出發，此外，九十位總管中最彪悍的兩員將軍賀若弼與韓擒虎，分由揚州和廬州出兵。

數以千計的戰船出現在長江上，江南的歷史悲劇又上演了！當大軍渡江之際，在淮南的楊廣連寫了三十六封信廹陳叔寶投降。

可是，在石頭城亨樂的陳國皇帝，却不肯放棄江山，他展開了以卵擊石的鬥爭。

於是，賀若弼從揚州突然渡過長江，攻佔京口（鎮江）截斷了陳叔寶南方的後援，幾乎是同時，另一位猛將韓擒虎在采石磯渡過了長江，直攻金陵。

江南的末代皇帝此時在高樓之上和兩位美人飲酒賦詩。

楊廣還在長江北岸，當韓擒虎渡江攻城的消息傳到時，他立刻下令南渡。

在樓艦的甲板上，楊廣按劍遠眺江南的堤岸。郎中薛道衡站在他的身邊，低聲喟嘆道：

「從今之後，又多兩個亡國美人了！」

楊廣沒有完全聽清，回頭問他：

「你說什麼亡國美人？」

「噢，殿下——」薛道衡恭敬地低下頭——他有些窘，因爲晉王楊廣是一個對女人沒有興趣的人，而自己却在一位不重聲色犬馬的王爺面前發抒女人的感情。爲此，他不敢説下去了。
「怎樣？你是説陳叔寶那兒的女人？」楊廣爽快地接口。
「殿下也知道……」薛道衡尷尬地笑了。
「爲什麼我要不知道呢？」楊廣輕鬆地說：「我也曾聽人們説起過的，陳叔寶有兩位美人——」
「是的！」薛道衡終於講了出來：「去年，我出使陳國，看到那兩位尤物——就中張貴妃的確美艷無匹！」他説到這兒，迂緩地拖長聲音：「可惜，她配了陳叔寶這樣的人！」
「薛公以爲她該配誰呢？」他興緻盎然地問。
「我當時有一該死的想法，説出來褻瀆了殿下——我想，她和殿下那樣的人材相配才適合！」
楊廣發出一陣縱放的大笑——蘄州刺史王世積聞聲走過來，詢問發生了什麼事？
「道衡説我可以配得上陳叔寶的張貴妃！」
「殿下，我的意思是她可以配得上你！」
「那都是一樣的！」王世積欣然插嘴進來：「那位張貴妃的確名不虛傳，人品好，容貌妍，能歌能舞，也能詩，呵！她的名字叫張麗華，不錯，實在不錯！」
「這樣説，我進了石頭城該見見這位江南的美人了！」楊廣摩挲着劍柄，似乎是惋惜自己的聞見太淺：「我從來沒見過什麼美人——在長安、在洛陽，女人好像也不少！」
於是，王世積笑出來：
「這是由於殿下不關心呀！天下何處無芳草，洛陽長安，都有美好的女子；不過，那又不能和張麗華比，陳叔寶那兒還有一位孔貴嬪，也是絕色，比張麗華大三四歲，但是和張麗華在一起，她又顯得似塵似土了！」

「如此說來，我非見見她不可了！」

「殿下，那個該見見的；不過，張麗華那對眼睛，有勾魂攝魄的力量，殿下見了，只怕……」

王世積聳聳肩——他與楊廣比較熟諗，談話也就比薛道衡隨便。

「你説我見了她會着迷嗎？」楊廣挺一挺胸膛：「那也不是什麼大事呀！失敗者的子女玉帛，自來就歸勝利者所有；曹操平袁紹，取了袁紹的兒媳給曹丕，曹植還和哥哥爭奪哩！我看得那位張麗華好，收歸後房，又有什麼不合呢？」

「這是殿下第一次對女人發生興趣！」薛道衡説。

「江南平了，我們也該由戰爭推展到女人這方面去才對呀！否則，精力又從何處去消耗呢？」

「殿下的妙論！」王世積向江南一指，朗聲説：「那末，我就向殿下推荐張麗華，我也見過她的——她的美，用歷史人物來比，是石崇的綠珠、齊國東昏侯的玉奴底綜合，再往上推，當是王昭君和趙飛燕的綜合！」

「那樣説，我要定了她啦！薛公——」他轉向薛道衡：「你是最先推荐的人，一到石頭城，你替我把張麗華迎來！」

「是，我一定爲殿下做到！」

他們在長江船上議論着女人時，上游有一艘快艇疾駛而來，船頭上，紅旗搖頭。

「又來報捷了！」王世積指着說。

「大約是攻破城了！」楊廣凝看南岸。

「我們這一仗打得眞快呀！」薛道衡興奮地接口：「將來的歷史會大大地記載這件事的！」

「關於張麗華這一筆又將如何記法呢？」楊廣大笑着。

「殿下，」薛道衡忽然正經地叫了一聲：「這要看發展如何了！眞正的英雄，有眞才實學的文豪，如果因兒女私情，不檢細行，歷史上會把它作爲佳話流傳，如以前的司馬相如、曹孟德；倘若名位德業都不够，那末，史臣的記載就不同了！譬如眼前的陳叔寶，我們不能否認他文采風流！可是，他是亡國之君呀！他有了張孔兩位美人，無疑是會被史家詬罵的！」

這一席話使楊廣悚然，他在喉嚨口讚嘆着：可是，他還不曾發出感慨，報捷的船隻，已經迫近；船上，一員副官大聲報告：

「稟殿下，將軍韓擒虎已攻破內城，陳國兵將多數投降，高僕射也已抵外城列營，收受降卒，恭請殿下登陸！」

楊廣笑了！他的南征軍事在輕易中獲得了成功。

帥府的軍令官在樓船上搖動紅白兩色旗，於是，長江上一百多艘大船一齊擂鼓！

鼓聲震撼長江，鼓聲也宣佈了英雄的歲月底輝煌事業。

於是，又有一艘報捷船駛近了！那是報告：將軍賀若弼率師入城的消息。又不久，報捷的快艇接連着來了三艘，第一艘是左僕射高熲派的，第二艘是韓擒虎派來，報告生俘了陳國皇帝陳叔寶！第三艘也是高熲派的，催請楊廣從速渡江。

喜訊接二連三而來，楊廣興奮到了極點，他先命記室起草奏章，隨即下令一百多艘樓船列成縱隊前進。

柳草青葱的長江南岸在望了！

岸上，大隋的軍隊也看清了他們統帥的旌旗。

於是，岸上的鼓聲與江上的鼓聲相應合，織成了雄壯的交响樂。

於是，大隋南征的統帥，晋王楊廣，在萬人歡呼聲中登上了江南的土地。

於是，高熲的兒子高德弘，已趕到江岸來晋見楊廣。他報告陳叔寶被俘，石頭城已經平定。

「哦！」楊廣微笑答道：「請回告尊大人，千萬勿縱兵擾民；還有，陳國君臣，既已歸降，也該善待；江南城邑尚多，我們在石頭城的作爲，和以後的進展有極大的關係！」

高德弘應着是，正要回身時，楊廣叫住了他：

「德弘，陳叔寶的兩位美人呢？」

「聽説一併被俘了！」

「張麗華尚在人間！」楊廣舒了口氣：「那好了，你去復命吧！」

等到高德弘走後，楊廣笑嘻嘻地回顧薛道衡。

「我的計劃可以實現了，你去吧！」

薛道衡有些錯愕——從來不好女色的楊廣，居然認眞要收張麗華了！他以爲船上那些話祇是講笑的；現在奉了命，反而有些猶豫，喃喃地問：「眞的？」

「當然是眞呀！」楊廣豪笑着：「這樣的美人此時不取，將來到長安，我父皇會取的！那還是我取了的好！」

於是，王世積和薛道衡都笑了！

江岸上，大隋的人馬等待着統帥的檢閱；楊廣的一百二十名儀隊已經排列了！接着，他的四百名衛卒也排列了！於是，洋洋得意的晋王跨上高大的白馬，巡閱和慰奬了得勝的軍隊，然後浩浩蕩蕩地進入長江以南第一座大城。寫下了中國史新的一頁——戰亂分崩的南北朝對峙的局面，在他手上結束了！

——那是隋文帝開皇九年的初春。

於是，一連串節目等待着楊廣進行；他接見了高熲，接見了韓擒虎與賀若弼；然後，他高坐在德教殿，接受降王的覲謁。

這樣忙到了傍晚，他才想起了江南的美人張麗華，於是，他立刻着人去召薛道衡。

——在英雄的年月裡，在他生命中最輝煌的時節，薛道衡却帶給他一個失望的消息。

左僕射高熲把陳宮的艷妃張麗華殺了！

「豈有此理！」楊廣跳起來：「我下令不得殺害江南的……」

「殿下，」薛道衡截斷了他的話：「高僕射見了她，驚爲天下尤物，便向左右説：留着她，將來必然悞盡蒼生的，當年姜太公殺妲己，我現在也應該仿效！」

「無恥！」他一拍桌子：「他居然自比姜太公！」

「殿下！」薛道衡暗示他謹慎。

楊廣立刻省悟了！低着頭發出一聲喟嘆。

長久，他才問薛道衡高熲見張麗華的經過。

「陳叔寶眞沒有皇帝的氣派呀！當韓擒虎大軍入城之際，他的左右勸他逃亡，他說來不及了！於是，左右又勸他作最後的抵抗，他說打不過人家。左右沒了辦法，問他該怎樣，陳叔寶自稱有辦法，立刻帶了兩位美人走下臨春閣，奔入御花園。後來，我們的軍隊入宮，遍搜宮苑，不見陳叔寶的影子，大家以爲他逃走了！後來，發覺一口井裡面有人講話，井口也有長繩繫着，我們把繩拉起來，發現陳叔寶和兩位貴妃，半身浸在井內。我們的人問他，爲什麼躲在井內，他說，待隋兵退去，再出來——」

「唉！可憐蟲，他怎能不亡國呢？」楊廣長嘆着：「祇可惜張麗華，跟了這樣一位昏君，最後竟不免橫死！對了，高熲又怎麼見她的呢？」

「陳叔寶出井之後，全身不住發抖，張麗華雖然全身盡濕，但神氣非常鎮定，她侍着這位可憐的皇帝，韓擒虎和賀若弼召見他時，他拉了張麗華在一起；後來高僕射到了！陳叔寶也拉她在一起！高熲起初不認得她是誰，經高德弘說明，才知這就是張麗華，立刻命人拖了去殺頭——陳叔寶還拖住她不放，哀求以身代死哩！」

「那樣子——」楊廣對高氏父子有着不滿，但他深藏着自己的恨意，轉而說：「陳叔寶倒多情呀！」

然而，這個消息終於使楊廣鬱鬱不歡——在他生存的年月中，一切都奉獻給了功業！對於女人雖然有慾望，却從未放縱過一次，他過着清苦的生活，被天下人稱作賢王，於今，他第一次對女人有了需求，結果却落空了！

薛道衡看得出他的不歡，徐徐說：

「陳叔寶身邊，還有一位孔貴嬪，也是出名美麗的——」

「失去了天下第一，難道我取天下第二的嗎？多庸俗！」楊廣喟嘆着：「再說，我又何忍把陳叔寶的所有都奪取呢？江山，美人……」

薛道衡緘默了——他爲這位王爺的仁心所感動。從歷史上說，對於亡國之君施予仁慈的君王太少了。

× × ×

這天晚上，陳叔寶的臨春閣，第一次沒有燈火。

大陳皇朝的存在，也許是由臨春閣上的燈火作爲証明的，石頭城裡的居民，每一個人都會在黃昏時分看一眼高聳的臨春閣。

——黃昏時，臨春閣上已華燈高掛了。

臨春閣的第一層上，留下十二名大陳皇朝的太監，第二層上，留四名太監和四名宮女。第三層正屋關閉着，側間也有四名太監和四名宮女——他們守着江南第一高樓，但是，閣下台址有着自江北來的大隋軍人；他們奉了征服者的命令，不許掌燈。

亡國的宮人在黑暗中抖顫，他們爲皇朝的命運哀傷，也爲自己的際遇而悲懼。

「聽説，他們把張貴妃殺了！」宮娥喜兒低沉地向她的同伴福兒説。

「聽説，皇上哭求他們不要殺，那些禽獸不答允！」福兒充滿着恨意：「他們這樣狠！唉！這樣狠！」

「別講得那樣大聲！」一名太監眨着眼喝斥。

「大聲又怎樣？至多也把我殺了！」福兒挺挺胸：「怕什麼呀！」

「福兒，別發狂！」另一名太監低聲制止她：「被殺了頭沒有什麼好玩的！」

就在此時，守在二層樓的宮娥汴兒悄悄地走上來——在黑暗中移動着，使上面的人嚇了一跳。直到看清了之後，一名太監就斥罵她：

「汴兒，你想害死我們嗎？上頭吩咐，不許上下樓的呀！」

「我有事來告訴你們！」汴兒緊張地向衆人説：「我們這一層上的人商量了，決定放火把臨春閣燒掉！」

第三層上的人都吃了一驚——燒掉臨春閣，自然是自身與高閣同毀，對於侵略者，那是一種消沉的抗議。可是，這樣的抗議能有什麼用處呢？

「不要替皇上增加麻煩！」默坐在一角的老太監顏奴，陰森地開口了：「君皇已經投降，我們在此地放一把火，那後果是不堪想象的！」

「啊！我們沒有想到！」汴兒立刻叫出來。

「輕些呀！」一名太監在旁邊頓足。

於是，汴兒悲愴地旋轉身，拖着沉重的脚步往下走。

夜，壓迫着這羣亡國無依的宮人！

不久，忽然出現了燈光——那是高閣之下，皇宮的樂遊苑兩道上，八對提燈，冉冉地向臨春閣行來。

一、二、三樓的宮人全都屏息着，偷看着。

提燈接近臨春閣的底層了！停止前進了！

大隋的守衛兵士恭敬地、激昂地立正行禮。

於是，有兵器碰擊的聲音傳出——

於是，有皮靴沉重的聲音踏上臨春閣寬廣的台階。

於是，第一層上出現了燈光，不久，第二層上也現出了燈光；第三層上——兩名提燈的兵士前導，後面跟着八名執戟衛士。

衛士們上來之後，巡查了平台、側屋，點上燈，然後，併立在正屋的前面。

接着，又有八名執刀的衛士上來，再搜查了一遍。

又不久，大隋的晉王楊廣在四名侍衛和近臣拱護下，登上高聳的臨春閣最上層。於是，被封鎖的正屋門戶開了。

「這就是陳叔寶住的地方？」楊廣跨進正間問。

「是的，這是陳叔寶和張麗華住的地方！」御史大夫張衡走上一步，低聲回答。

「哦——」楊廣週圍看看：「這屋子的主人不俗氣！」他說着，由正間走向左面的屋子——那兒，有七八件樂器散置着，楊廣緩緩地說：「看來，他們在逃走之前還奏樂哩！陳叔寶倒好整以暇！」

「殿下，韓擒虎打入皇城時，陳叔寶還在此處作樂哩！」張衡指着一排關閉着的長窗：「據陳叔寶自供，他和張貴妃憑欄眺望，看到大軍入城——我想就是這一排窗吧？」

「打開窗來看看！」

窗開了，望外面，街市如棋，看得很清楚，甚至，連城外的長江也可以看到——如果在白天，那也會看得很清楚。

楊廣眺望了長江一眼，緩緩旋轉身來，撫弄着樂器。在此以前，他衹在童年時期接觸過樂器，長成之後，他全心向着軍事政治，對音樂部門，成了完全的外行，此刻，他撫弄豎琴的絃索，意興飄忽。喃喃地問：

「他們的人呢？」

「閣上還有陳宮中的待罪，殿下要見見他們？」張衡問。

於是，楊廣無可無不可地點一下頭——實際上，他深夜上臨春閣，目的是見見陳宮中人，詢問一下張麗華生前的情形。

不久，那四男四女被從側屋中喚出來，跪在佔領者的面前——那像是一種展覽。

楊廣溫和地向這羣亡國戰俘微笑，隨即緩緩問：

「在我們的兵進宮之前，你們是在奏樂嗎？」

「我們是的！」喜兒冷峻地接口：「我們的皇帝不曉得打仗！」

「這女人很倔强：」楊廣微笑着轉向張衡：「大約，你那位貴本家也是的！」

「我那貴本家？」張衡輕鬆地接口：「喂，你叫什麼名字？是不是侍候張貴妃的？」

喜兒仍然保持那種冷峻的神氣，報了自己的名字。

「張貴妃是怎樣的人？」楊廣插嘴問。

「她是一個善良、仁慈、美麗的人！」喜兒帶着驕傲的神氣回答。

「可是，我們把那樣的女人殺了哪！」楊廣脫口說出來，但立刻就發現自己說漏了嘴，在被征服者的面前，是不應該如此講的呀！於是，他轉移題目：「我們的兵來到之前，你們奏的是什麼樂？」

「是我們皇上和張貴妃合作的玉樹後庭花！」

「玉樹後庭花——」楊廣很歡喜這個名目：喃喃地接下去：「你會奏嗎？」

「樂工爺逃命去了——我們雖然會，却不好！」喜兒低聲回答：「我們原是侍候張貴妃的！」

「哦，試一試，奏給我聽聽！」

四名宮女奉命站起來，她們雖然不願意，可是，她們是被征服者，沒有反抗的餘力的。

「好好兒奏——如果妳們願意，我允許你們再去侍候陳叔寶！」楊廣在樂器中間踱着。

對於那四名宮女來說，這是一項恩惠，她們致了謝，細心地調弄絃管。

玉樹後庭花是一套繁複的曲子，分作三個階段，音級是輕快的，如果用時令來比擬這三組曲，第一組是狀初春的景象，第二組最艷麗，是狀仲春，第三組，是濃艷，充滿暮春的情調。

從玉樹後庭花中，他依稀體會出張麗華這人的趣味。

然而，這樣的一個女人，却被殺了；楊廣在樂曲終了時，長長地發出一聲嘆息。

由於這一套樂曲的演奏，他對那四名宮人生出了一種微妙的感情，要她們帶了遍巡內宮。

於是，他在寢宮內看到一幀畫像——一個少女，披散着長髮，拈花微笑……

畫中人有一對明光的眸子，畫中人有一個佻巧的鼻子，一張逗人的小嘴……

「這一定是張麗華！」楊廣對着畫像，肯定地說出來。

「是的！」喜兒在楊廣的身後說：「這畫像是我們皇帝親自繪製的！」

「哦！」楊廣嗟嘆着，轉身向張衡道：「取下來，我帶回去。」他說着，又要人把燈拿近前，細看畫像。同時，他不由自主地哼着玉樹後庭花的調子。

（那四名陳宮的宮女茫茫地看着——她們不知道楊廣的身份，然而，一個征服者，在一個已經被殺了的亡國貴妃的畫像之前不盡低徊，極使她們感到意外。）

畫像取了下來，楊廣搓搓手，想就親自提着，但一轉念間，他終於放棄了！在這地方，他不能不顧到自己的身份。

「你們——」楊廣向着四名宮女：「想不想回到故主那兒？」

四名宮女立刻跪下來應是。於是，楊廣指着一名侍衛吩咐：

「回頭，你着人送她們到陳叔寶那兒！就讓這四個人侍候他到長安去吧！」

「噢，殿下，我們的皇被你送到長安去嗎？」喜兒由於驚悸，脫口說了出來。

「這不是你們應該問的！」楊廣溫和地一笑，「去吧！我祝你們好運氣。」

宮女們在迷茫中走了，楊廣對臨春閣也失掉了興趣，一幀畫像的獲得，使他第一次萌生的空虛的愛情獲得了滿足。

× × ×

回到寢宮，他把畫像放在前面細看，又不由自主地哼着玉樹後庭花曲調。

——畫中人有一對明媚的眼眸，兩道纖秀的眉毛；眉稜骨微微高起，配合着寬平額頭，具有華貴的美麗；但是，她佻巧的嘴與鼻子，那組成的線條又是一種冶蕩的情調，再有她那下巴的線條，是引誘人的圓渾；此外，畫中人的兩鬢青絲，有楚楚的情緻！

在明燈之下，他對着一幅畫像而痴了！他悄悄地叫着她的名字，一種糢糊的意志控制着他，他恍惚以爲：多叫幾聲，畫中人會走來的！來和他自己相親的——

於是，狂野超脫的思念奔騰着，於是，他在幻覺中馳騁，依稀似携着張麗華登山涉水，依稀似携着她倚傍朱欄，看天上的星辰，依稀在古道斜陽中散步……

他全身似沸了，他全身抖顫了！

於是，他的嘴吻着畫中人的嘴。

於是，在一接觸之間使他清醒——真與幻，實與虛，那是無法接近的距離呀。

於是，他推開了畫像；走出中庭。

長廊上，十二名執戟的侍衛守望着。

一種莫名其妙的意念在楊廣的腦中泛起，他脫口問：

「陳叔寶躲在那一口井裡？」

「殿下，」一名侍衛肅立着回答：「在這殿的東面一百多步的地方，那是一口很大的井！」

「哦！我去看看——」他說着，就向東走。

侍衛們立刻攜了燈籠跟上去，但是，楊廣却不願於此時受人干擾，他走了十來步，就制止侍衛跟隨：

「不妨事，我獨自去看看！」說着，他自侍衛手中接過一盞燈籠，徐徐向前。

一口四方的井，白石的井欄——他對着井凝想：一個亡國的君王，一個絕世的美人。……

他想着井水浸着張麗華……

於是，他伸頭望井——井中漆黑，他連自己的倒影也看不到！於是，他把燈籠放在井口——他看到自己的面孔了！他也慨嘆了——「我竟得不到她！」

相思如渴，相思也如潮——他忽然想了解一些她前後的情況了！於是，他招手叫侍衛。

「他們從井中出來是怎樣的？」

「稟殿下——第一個被拖出來的是孔貴嬪，她縮着頭，好像很怕。第二個是陳皇帝；第三個是張貴妃，我們拖她剛上井口，她就自己伸出雙手爬上來——大約她用力不出，嘴唇還貼着石欄干，眞奇怪，她貼過的地方留着一個紅痕，我們用力沖了一下，沒沖掉哩！」

「唇痕？」楊廣有些緊張，强作鎭定地問：「在什麼地方？」

人間，有時也眞會有奇跡的，楊廣在白石井欄上看到兩片唇痕，嫣紅的——使人萌生幻想的。美人的唇痕又孕育起他的痴念；他想：「這是她留給我的嗎？」「我不能得到她，唉！我祇能看她的唇痕嗎？」

「這是上蒼的意思嗎？不然，怎會有洗不掉的唇痕？」

當侍衛們再度退出之後，他在玄思中不能自持了！他故意踢息了燈籠，俯下身，悄悄地，把面頰貼向石欄，又慢慢地把嘴唇湊上去，吻張麗華留下的一個朱印。

在幻境中，他好像吻了她的朱唇，他依稀享受到色與香與味和溫暖，也依稀聽到玉樹後庭花的樂聲……

直到長夜將闌時，鷄啼聲才把他驚醒，他離開了石井，但是，他的魂魄却留在井邊了！

回進寢殿之後，他親自研墨鋪紙，寫下「陳胭脂井」四個字，立刻囑人立碑在井邊，並且下令把這口井劃爲禁區，不許人汲水，也不許閒人接近——因爲井欄上留着他想象中的愛人唇上的胭脂！

胭脂井，紀錄了晉王楊廣生命史上的一頁。但是，這也是他第一次失望：

他自幼至長，從來不曾想望得到過一個女人，他的王妃蕭氏，是由父皇代他選擇的！後梁國君的女兒，他一直很喜歡妻子，可是，他從來不曾關心到妻子的美與醜！他曾經想：一個妻子的美與醜，和自己創造歷史是毫無關係的呀！

然而，在石頭城內，在他事業的頂點，在胭脂井畔，他終於因一個女人而惆悵了！

他沒有見過張麗華，可是，他莫名其妙地愛着，也莫名其妙地以爲自己失去了她！

當大軍自江南凱旋而還時，他意興闌珊，一路上要陳宮的樂人奏着玉樹後庭花，以紀念一個不相識的愛人。

選自一九五八年一月十三日香港《工商日報》

倪匡（衣其）

不是傳奇

（上）

我愛上了她，深深地愛上了她。

如果天地間一切運行都正常的話，我們每天可以有二十分鐘的時間在一起。這二十分鐘是我一天中最幸福的時間。我們只是默默地相望，一句話也不相交談。但如果有一天我不能見到她時，我就如失去了我的靈魂一樣。我相信那時我的行動一定像個夢遊病患者，在路上，我會連連地和路人碰撞。他（她）們有的客氣地向我瞟上一眼，有的鬧我：「行路怎麼不帶眼！」我知道，我的失魂落魄只不過是因為一天沒見到她而已，所以我知道我是深深地愛上她了。

她？她是誰？

我不知道！

我不知道她的姓名、她的性情、她的家庭、她的……一切，但我愛她。並且我們每天可以有二十分鐘的時間在一起。

大家或許會感到奇怪，但說穿了就會恍然。每晚，我從深水埗過海回香港，到達統一碼頭的巴士站時，她總是剛從三號巴士上走下來，再和我一起踏上到筲箕灣的二號巴士。

快一年了，時間永遠是那麼地準——九點十三分開出的那輛巴士，總是我先到，然後她才來。起先我以為是偶然，因為你能在任何地方遇見那麼多的姑娘——香港姑娘的美麗是世界聞名的——你怎能把她們的臉型都記住呢？但時間久了，天天見面，大家就不免有點注意。於是，她的形狀就深深地嵌入了我的心裡。

夜晚，渡海輪在海面靜靜地駛行，船頭的浪花汩汩作響。我把自己安置在角落裡，望着黑黝黝的大海，思念着她。海灣中閃耀着大洋輪和小漁船的燈光；雲和黑藍的天是亘古以來就不能夠形容的美；身後的九龍和前面的香港如兩顆彩色的寶石給造物之神鑲在隱秘的黑綠色的大海中。但是，所有這些大自然的美，雖然會使詩人搖頭，卻都比不上她。因為她已把宇宙間所有的美都凝合起來，而且變為有生命的美了。她在她的同伴中就如月娥，她整個身軀上的那種青春明艷的光輝使人的眼睛自然而然地向她轉去，莫名其妙地為她所吸引。

她的臉是萍果型的，似萍果一般艷，似萍果一般甜，似萍果一般地有一股醉人的氣息。她的身材是典型的東方美、優雅、窈窕，尤其是她喜歡着旗袍。她的雙眉如悠遊在海面上的海燕的雙翼，彎彎長長地斜飛到鬢際。她的嘴，那個似笑非笑、似嗔非嗔的神情，和朱紅的豐滿的嘴唇，會使人忘卻一切醜惡而相信美好。她的眼睛，唉！她的大眼睛呵！在她的眼珠中流沔着的光華，猶如深海！不，海太單調；猶如夜香港？不，夜香港太蕪雜而且輕浮；猶如——猶如什麼呢？對了，就像兩顆絕純絕純的黑色的鑽石！自她眼中發出的那種雍容大方、矜持華貴、像被春風吹皺了的小池那樣盪漾而又像萬丈碧潭那樣澄清的光華，只好用黑色的鑽石來比擬了。黑鑽石實際上是不存在的，她的美也找不出任何的存在足以與之比擬。

時間一天天地過去，她的大眼睛也時時碰向我了，我也不只是把她當作芸芸眾生中的一員，而是把她當作我所不能一日不見的愛人了。這一切不是太像傳奇小說了麼？在巴士上相遇的女郎，結識，然而……可是小說是人生途中的一面鏡子，誰不相信鏡子中反映出來的自己的身影呢？

我不敢死盯住她看，因為我不願意使我所愛的姑娘認為我是一個專看女人的人。有時她吃力地站着，渾圓的手臂拉住吊環，隨着車的顛簸而搖擺如風中的荷花。這時我雖然感到比自己站着還辛苦，卻不敢讓位給她，怕她以為我是專向女人下功夫的人。所以，我只好在窗子的玻璃的反光中看她，我看到她也在頻頻地注視我，但我卻想也不敢想我會自我介紹去認識她。

從我的外表看來，好像應該是女孩子陣中的英雄，因為我體格魁梧，相貌英俊，而且精通各項運動。但實際上我對異性存在着一種莫名其所以然的恐懼。恐懼兩字或許不太恰當，但是每當我面對女孩子時，我舌頭就像打了幾千個死結，說話吶吶不清。唉！為了這個緣故，我至今還沒有女友。而且時下一般女孩子所感興趣的是髮式、衣服的花樣或者尤伯連納的頭和白潘唱的那種怪腔怪調的歌曲，我在她們眼中猶如十五世紀的僧人，我們機關中最活躍的葉小姐甚至當眾宣佈我永遠不能娶到妻子！可是現在，她的苗條的、皓潔的、嫻雅的影子在我寂寞的心底深處，培植了一棵茁壯的情苗。那棵情苗一天一天地往上長，使我苦惱，使我心慌，使我食而不知其味。

我並不是自作多情，因為她的眼睛和我相遇的次數太多。如果只是一個毫無關係的同車搭客，這樣的情形是不可能的。我更直覺地感到她是運用眼珠的流轉在對我說話。但是，我始終沒有勇氣去開始和她交談，我已經說過了，在女孩子面前，我就是這樣糟糕的一個人，我猜度她可能是在一家大學唸書，因為她手中總是拿着厚厚的書本。

就這樣，我愛上了她，我深信自己愛情的專一，但我不能把我的心聲傳遞給她。

我曾在輾轉不眠時起床寫信給某雜誌的人生信箱去請教，得到的回答是要有勇氣打破互相沉默的僵局。為了鄭重起見，我又向另一個由一位愛情專家主答的信箱請教，回答卻說愛情的降臨就像江河入海一樣，只要是應該在這兒入海的，任誰強求它在另一處入海都沒有用。在這兩個相反的回答中，我更不知何進何從了。我每天寫就一封給她的信，傾瀉我的感情，並準備交給她。但每晚回來那封信總還是留在我的口袋中。我下了不知多少次決心：快把信拿出來交給她吧！但，巴士一站一站地過去，到旋宮戲院那一站時，她下車了。而信卻還緊緊地捏在我出汗的手中。

我一次又一次地思索她注視我的原因，是不是因我有什麼惹人發笑的地方呢？還是為了我的傻勁她才多看我幾眼？如果我貿貿然把我的求愛信給了她，她會不會把我當作見了女人就追逐的阿飛呢？或許她一怒之下從此不再看我，我就再也得不到那兩顆包含着整個世界的黑鑽石對我的顧盼了。至於她右頰的那個笑靨，更不會因我而出現。我將失去了幻想和憧憬，失去了一切樂趣！

翻翻自己的日記，自從決定以情書來互通欵曲起，已經一個多月了，但還是一點進展都沒有。於是我擰着自己的手指，叫着自己的名字，又作了一次決定。撕去了大半本信紙，我得到了一封短短的自認為最得體的小函：

「小姐：

我並不認識你，就這樣寫信給你不會太荒唐吧？然而你是真善美的化身，誰能說一個追求真善美的化身的青年人是荒唐的呢？

願你終身幸福，小姐，如果你討厭我，請勿厭惡我——一個愛你的人——的祝福。

慕容石山」

那一晚，看見她上了巴士之後，我的臉又紅又燙，整個心情已變為絕不相同的兩個，一個在挖空心思地找尋反對把那封短函交給她的理由；另一個卻在大聲疾呼：「給她！給她！單戀的痛苦你還沒嘗夠麼？懦怯的男子能得到愛情麼？」這樣，我自己頭昏腦脹地鬥爭着，車子一站一站地過，眼看她已站起來準備落車了。我正好坐在車尾的那個座位，破例地，她甜甜地向我微笑一下。突然，我不知從哪兒尋到了我的勇氣，我站了起來。我只感到渾身飄飄浮浮地，像給雲托起來一樣。她奇怪地望着我，我終於摸出了那一封信，也不知聲音的大小，只記得說了兩個字：「給你！」

她閃避了一下，把雙手放到背後，低聲說：「做什麼？」

一霎間成了僵局，我既不能縮回已伸出的手，而她又不肯接過我的信。

「給你。」我只好重複地說，眼睛直視着她，她好像是無可奈何地收下了，立刻落了車。

我不知道當時是否有第三者在注意我們，只感到在我重又坐下時好像每一個搭客都在交頭接耳的議論我，我低頭坐着，像被關在動物園裡任人觀賞一樣地難受。我的心中，所有的思潮就像開水沸騰時一樣，翻上滾下，考慮着我會得到什麼樣的結果。

是否如我的希望，她立刻會回我一封纏綿的回信，把她少女的心呈現在我面前？還是完全相反呢？我於是在等待她的判決，如果她不能在我的信函中看出我的真心，我將連欣賞她與暗戀她的機會都失去了！這一夜我忡忡不安地做了不知多少美夢和噩夢。終於，天色在憂慮中漸明，是第二天了。

第二天，當碼頭上的大鐘的長短針指向九點十分的時候，我上了巴士。天氣並不熱，因為正逢雨後，甚至還有點涼爽，不知從哪兒來的汗，已經濡濕了整條手帕，還不斷地從額角滲出。

一分鐘都不差，巴士將開行時，她上來了，但是她後面卻緊跟着一個面目可憎的男子。她好像打獵獲勝一樣，眼中流露着殘酷的作弄和報復的神色，這是我以前從未在她的美麗的眼中發現過的；但是又時時顯出哀怨和無可奈何的樣子，這是我以前時常可以在她臉上找到的憂鬱的霧。

我感到事情有些不妙，果然，她和那面目可憎的男子點了點頭，那傢伙就逕直地走到我座位旁邊，惡意地望着我。我求助地看着她，她扭轉頭看着窗外。

「哼！哼！」那傢伙突然開口說話了，嗓子就像雄鴨給人踩住了腳，使人聽了難受到牙齦發酸。「這年頭色狼的花樣也越來越多了，你說是不是？」

他雖然是朝着她說話，可是他的膝蓋卻有意無意地向我猛撞，我竭力忍着，裝着不關我事一樣，可是心裡痛苦極了。

「自作多情。」她也開口了，聲音就像翡翠和翡翠相擊一樣地清脆悅耳，可惜的是這個美麗的聲音是在罵我。

「癩蝦蟆想吃天鵝肉！」雄鴨嗓子又得意地接下去，把他的頭直伸到我面前，露齒怪笑：「嘿！嘿！癩蝦蟆！」

我再也忍不住了，看着那可憎的臉上的揶揄之色，我的被作弄的痛苦化作了憤怒，我伸手把那顆討厭的腦袋推開，甚至還趁機在他頭上用力地整了一下。

那顆腦袋立刻連頭皮都漲紅了，惡狠狠地瞪了我一眼，說：「有膽量的跟我下車！」

我立刻站了起來，作為答覆。

我們三個一起跳下巴士，那正好是銅鑼灣行人較稀的一段。那小子搶先一步，劈開兩腿擺好了打架的姿態。我再一次地看她，她像看鬥蟋蟀般地毫不在乎兩個男人即將為她打鬥。現在情形已是箭在弦上不得不發了。我估計着對方的實力，我們在空地上彎住腰轉來轉去，和對方保持一定距離而又緊盯着對方。我魁梧的身材並不能嚇倒他，這說明他是打架的好手；而我在大學時也得到過拳擊和摔角的冠軍。想起摔角，我記起了我的體育老師的話：先發制人！

既然想到了先發制人，我就不再怠慢。於是我一個箭步向他竄去，伸手抓住了他的腰帶，來回一抖一鬆手，那傢伙站不穩，摔倒在我身後，我更不敢稍息，轉過身就騎在他身上。我和他本來沒有什麼深仇大怨，可是我今晚自尊心受了太大的傷害，我不顧他的呻吟，狠狠地落下我的拳頭，直到我累了才放他起來，由他踉蹌地逃去。

我定了定神，發現她正倚在一根電燈柱上，咬着手帕。她的形態美妙極了，又憨，又甜，像小女孩般的天真又像少婦的嬌媚。在這一刹那間，我覺悟到我自己完全不懂得她，因為我從未想到她會如此悠閒地來看一場打鬥，而且這場打鬥竟然是由她掀起的！

我整了整恤衫的領子，急促地從她身旁走過，沒有多餘的勇氣去看她一眼。我才走出幾十步遙，又轉了一個彎，突然聽到後面傳來一陣急驟的腳步聲。「那傢伙邀了人來報復了！」我立刻作如是想，同時跑到牆邊，轉過身把背靠住牆以防止來自身後的襲擊。但追來的卻是她！

她在我面前站定，晶瑩澄澈的眼睛望着我，我比遇到了十個打手還緊張，喘了好幾口氣才迸出一句話：「小姐，還有什麼事？」

「事多着呢！」她幽幽地回答。

我為她善變的態度而迷惑：「你已經請了一個人來打我，還不夠嗎？」

「我想一個人有權保護他的嫂子不讓別人侵犯的吧！」她冷冷地回答。她的話像晴天霹靂，太突然也太出乎意料之外，我怔怔地反問：「你有了丈夫？」

她點點頭。

我仍怔怔地問：「你結婚了？」

她搖搖頭。

我又迷糊了，不知她葫蘆裡賣的是什麼藥：「你——」

「不要問了！」她突然抽搐地哭起來：「你沒有權利來審問我！我恨你！恨你們男人！」

我不知所措地站着，今晚的一切已夠尷尬，然而最尷尬的還是現在。

她不斷地哭着，雙肩劇烈地抖動，幾綹秀髮因淚水而緊貼在臉頰上，又美又楚楚可憐。我走近她，她如小鳥依人般地靠住我，任由我替她抹淚。她的臉龐在街燈下猶如一幅稀世的名畫，她的髮際和週身都發出一股不可形容的幽香。我不知說什麼才好，只是笨拙地重複式：「不要傷心了，不要傷心了。」

她終於止住抽噎，哀怨地說：「沒有你，我已經夠苦了，那堪更加上你！」

我愕然，她繼續說：「但我恨你們男人，一個男人使我苦命，你更使我苦上加苦。」

「你是說——」路上有行人走過，打斷了我的話。

她向四周看了看，說：「今晚時間不早了，明晚七點你在尖沙咀碼頭等我！」

說完，她踮起腳，在我頰邊吻了一下，慘然一笑，消失在路角上。我忘了去追她，只是傻子般地站着，撫着被她朱紅的柔唇吻過的發燙的臉頰。

這一天一夜我不知如何度過的，五點鐘下班我就趕到尖沙咀碼頭，目睜睜地看手錶的秒針一格一格地移動。昨晚的意想不到的結局和她所表現的兩種完全不同的性格，使我跌入撲朔迷離的境地中。我甚至想起了神話，她真是仙女下凡麼？不然為什麼那樣不可捉摸，那樣地飄渺呢？想着想着，時間就到了七點，又是一分鐘也不差，身後傳來了她的聲音：「等久了吧！」

是她！和平時沒有兩樣，可愛得使人要忘情地將她擁抱。我們走進就近的一家咖啡室。

「我是逃學來會你的。」才坐下她就告訴我。

「為什麼？」

「因為我是一個賣給了人的人。」她的語調似乎在嘲弄這世界上的一切。

「賣？」我更迷惘。

「我唸書只是為了打發這難熬的時光，卻想不到因為唸書而認識了你。」她不理我的反問，自顧自說下去，聲音越來越悲哀。咖啡室中的燈光雖然很黯，但我仍看到二顆圓圓的淚珠從她睫毛上滾了下來。「更想不到你也會注意到我，可惜的是我後天就要走了。」

「走？」我簡直一頭霧水。

「到我的買主那兒。」她又恢復了嘲弄的語調：「貨既然訂下了，就應該及早送去，不是嗎？」

「你說什麼？我不明白。」我握住她微微發抖的手，懇切地問。

「我父親為了維持他的事業，把我嫁給一個在美國的華僑了，現在你明白了吧！」她盡了最大的克制力才說完這幾句話，到末一句時已是慘厲的呼叫，說完之後淚如泉湧，因氣噎而粉臉通紅。

我靠近她，輕輕地在她背上擊拍，幫助她緩過氣來。一切我都明白了。她是一個被犧牲了終身幸福的少女！怪不得她時時有憂鬱的霧籠罩着；怪不得她恨男人；怪不得她有昨晚的反常的性格。她是有愛的權利的啊！任何人都有權利愛自己所愛的，但她不能。

「你不能走！我……我愛你，你也愛我，你不能走！」我歇斯底里地頓着腳。

她苦笑着，她連苦笑時都是扣人心弦的美，悽然吟哦：「還君明珠雙淚垂，恨不相逢未嫁時！」

「不對，我們相逢在未嫁時，正是未嫁時！」

「遲了，我不能眼看父親破產。」

「那你願意嫁給一個素不相識的男人？」

「男人能娶素不相識的女人，女人為什麼不能？」她反常地嘲弄自己的命運。

「求求你，不要這樣！」我內心的焦痛無法形容，只好哀聲懇求。

「沒有法子，家父已經受了聘禮。」

一陣難堪的沉默。

「石山，我還未曾告訴你我的名字，我叫淩燕。」

「淩燕。」我低呼。

「嗯」，她輕應。

「我們為什麼會相遇？」

「上帝的意志。」

「我們為什麼又要別離？」

「上帝的意志。」

「我們何時何地能重逢？」

「也要看上帝的意志。」

「燕。」我仍緊緊地追問：「你是愛我的，不是嗎？你能離開愛而生活嗎？」

「不要逼我了！」她把頭埋在臂彎中，我撫着她的柔髮，時間在無聲中滑過。

九點鐘，她抬起頭來：「愛，後天來送我上飛機。」

我點點頭。

我們從開始交談到離別只有短短的三天，而這三天中我們在一起又僅僅二個多小時！這是世界上為時最短的也是最斷腸的羅曼史了。羅米歐和朱麗葉的戀愛也有五天呢！上帝是拿我們在開玩笑？唉！我默默地陪她過海，一上的士我們就緊緊地擁吻，一直到北角才鬆開。甜？酸？苦？辣？我竟不知是何味。

第二天我沒法見到她，第三天清早我就趕去機場，一群送行者圍住濃裝的她，使我無法走近。這是最後一眼了！我一眨不眨地看着她。她在上機時不斷地揮手帕，只有我一個人知道她向誰在揮手帕，只有蒼天知道我倆的心情！

我忍受不住絞一般地痛苦，走出機場，在街頭躑躅。一架銀色的客機在我頭上掠過，飛走了。凌燕，連同她的哀怨，連同我們來得太遲而又去得太早的愛，飛走了。

（下）

以上那一段的下半部的悲劇結尾，只不過是我的幻想。事實上，那天我並沒有鼓起勇氣把那封短短的信交給她，直到現在仍然天天決定要給她而沒給！所以她並沒有認識我和去國外，我們依然天天晚上在巴士晤面。她的眼睛越來越熱情了，有時我們四目交投時我感到的熱情正漸漸地在熔化着我的羞怯，可是我仍不敢毛遂自薦！我把一天中所有空閒時間都用來想念她。大家知道，一個懦弱的人容易在幻想中認為自己勇敢，所以就有打退雄鴨嗓子的場面：同時一個神經質的人的幻想大都是悲劇，所以我也不能例外。

我不止在幻思中構成了一個故事，而是千個百個。她在我虛構的故事中充當了各種角色，從純真的女學生到女性復仇者。但是我揀了上面那一段寫成小說。當雜誌上刊出我那篇小說的那一天，我真是又驚又喜。驚的是不知她會不會看到這篇小說？因為我所構寫的她的形象至於地點時間，都能使她知道我寫的是她，她會滿意我把她寫成那樣嗎？喜的是如果她知道我寫的是她，那麼我一年來一直埋藏在心中的感情可以給她知道了。她可以藉此以知道我的心情、我的愛。

晚上，老時間，她和一位女同學一起上了巴士。我的天！她手中正拿着那本雜誌，而且正翻開在我那篇小說上！我偷偷地望了她一眼，她並無不悅之色，相反地調皮地和我眨眨眼，小酒渦深深地掛在臉頰上，笑吟吟地和她的同學交談。

她的聲音越提越高，高到能使我聽見。她對那一位女郎說：「你知道嗎？我們這輛巴士是一篇小說的背景呢，你看，九點十三分開出的到筲箕灣的巴士。」

「是一篇什麼樣的小說？」那個問。

我豎起耳朵，仔細捕捉她說的每一個字。

「一個悲劇，完全是不着邊際的幻想，可是我愛讀它。」她回答。

我透了一口氣，她並未惱我把她幻化為小說中的悲劇人物，她也並未因為我在小說中直截地向她道出愛情而躲避我，相反地她那兩顆黑鑽石艷瀲得更炫麗了。

巴士停在樂聲戲院門口時，她突然離位而出，她的同學問：「你上哪兒？」

「到維多利亞公園女銅像下面去等一個人。」她邊回答邊望了我。「那朋友有點傻氣，不知他會不會來？」

她的同學神秘笑笑：「愛人嗎？」

她也報以神秘地一笑，同時向我斜睨：「也許是，不過還說不定呢。」

她顯然已知道一切了，而且知道我有點傻氣。我立刻在她下車後一站落車，向維多利亞公園飛奔。

那是一個明澈的夜，黃色的路燈和天上的星星在爭艷，熱帶樹在月色下顯得更高聳、更莊嚴。公園中遊人很多，我一口氣跑到銅像下，果然她等在那邊。

我喘了喘氣站定，她低着頭把那本雜誌合攏又打開。這個我整整夢想了一年的時候終於來到了！但是怎麼辦才好呢？我們都低着頭，有時抬頭時四目交投，立刻又把頭低下。結果，還是我最先打破僵局。

「我姓慕容，一個幾乎不為人知的雙姓。」

「我叫麥黛春。」她眼睛向我一閃，立刻又瞧住地面，低聲回答。

我想找出幾句適合的話來交談，但是絞盡腦汁，也尋不出一句，到後來沒奈何，只好照實說：「在沒有認識你前，總以為有很多話要和你說，現在認識了，又一句話也沒有了。」

她用腳踢弄着地下的小石子，回答道：「我認識你快一年了，也沒有聽見你講過一句話呢。」

我們都笑了，我趁着向她要雜誌看的時候握住了她的手，我像被雷殛一般地震動。

「黛春，我把你寫成這樣的悲劇人物，你不惱我嗎？」

「不。」

「我……我，」我停頓了一下，調勻急促的呼吸：「我所寫的上半截都是真的，你知道嗎？」

「是嗎？」她故意裝着不信。

我從恤衫口袋中拿出那封寫好了不知多少天的信，把信紙攤開了，遞給她：「不信？看這個！」

她捏住那張皺得很的信紙，自言自語地說：「想不到真是真的！」

她講完了之後又把信紙摺好，用雙手握着放在胸前。她今晚穿的是恤衫和黑底碎花的裙，又苗條又輕盈，尤其是因為今天她的芳心因愛情而開放，使她太撩人了。我看了看周圍，遊人都很知趣地不注意我們，幾絲微雲也正好在這時飄來把太亮的月亮遮住。我用顫抖的手，托起她的下頰。啊！一年來夢裡縈迴的情景啊！是真的實現了麼？在我面前的就是她！眼微睜着，鼻孔因緊張而張翕，吐氣如蘭，像萍果酒一般地醉人，挺秀的鼻樑和朱紅的唇……薄雲飛過月亮，使天地間較為昏暗時，我就俯首吻她。她手中的雜誌不知在何時落到了地下，我撿了起來，說：「這會是一個永遠的紀念品嗎？」

「會的」。她毫不遲疑地回答。

…………

那天以後，同事對我的性格的變化大感吃驚，連我自己也對自己的勇敢感到驚奇——那天在她家中我竟能對她的二個妹妹侃侃而談！看來，我的神經質和羞怯症已給她完全治愈了。

她真有那麼大的本領嗎？有誰不信的話，不妨抽空上我家來坐坐，我給大家介紹黛春，讓大家自己去下判斷好了。

或許大家會說：「別上當！恐怕和第一段一樣，全是慕容石山這小子的幻想呢！或許壓根兒連這個姑娘都是他想出來的！」

我感謝大家有耐心看完我的敘述，至於真、假、有、無，我想大家看過《紅樓夢》這本書，太虛幻境中的那副聯說得很透徹：「假去真來真勝假，無原有是有非無。」

或者大家也都看過簡姬杜主演的「美女霓裳」，那個在法院門前徘徊的老人胸前掛着一塊紙牌，上面寫着：「什麼是真實？」

看來，世界上真實的事太少了，但有一件我確知是真實的，那就是：我將永遠地愛她。

選自一九五八年六月三十日香港《工商日報》，署名衣其

王桂菴

——聊齋故事新編

一

時間已經是下午了，滿載着活蹦活跳的魚兒的漁船，已經緩緩地從遠處駛回來。白色的帆，與天際的白雲相映成趣。江水一如往日地湍急混濁；金山和焦山，也一樣地屹立在江心，任浪花拍擊着它們山麓下的岩山。山上的寺院，傳出來聲聲梵唱，江雞在水面上低低地掠過。

「江南真是好地方啊！」王桂菴坐在船艙中，一面欣賞這如畫的江景，一面喟嘆着。

「相公！」舟末的一個船老大接口道：「鎮江的風景還不算最好的。你反正是要到姑蘇去，到了那裡，風景才算真正的好呢！」

「噢？」王桂菴詫異着，起初是為了江南的船民，談吐竟然也如此文雅；後來是為了他想旋過頭來看看那個船老大，但是眼光卻被泊在自己船旁的一艘小船吸引住了。

「是的嗎？」他一面敷衍着船老大，一面在驚異小船上那位漁家女兒的美麗。「在我們河北，大名府是最繁榮的了，但也找不到這樣的景致呢！」

那船上的漁家姑娘像是注意到了王桂菴的高聲談話，身子微微地挪動了一下，於是王桂菴看到了她完美的側面。

她正聚精會神地在刺繡着。看手工的樣子，像是為她自己在繡鞋面。窄窄的，那麼小。王桂菴不禁有些想入非非起來。他感到這樣公然地窺看人家有點不好意思，所以將身子挪過了些，只讓自己的眼睛，從船艙的窗中穿過去，注視那位少女。

看那位少女，雖是普通裝束，但是十指纖纖，又白又嫩，絕不類一般的漁家姑娘。她因為專心一致地在繡花，所以頭也垂得很低，露出了雪也似白的一段脖子。一頭烏溜溜的秀髮，只是鬆鬆地挽了一個髮髻，更顯得神韻秀美。王桂菴生長在北方，初次到江南來，雖然久慕江南女子美麗，然而見了許多姑娘，也都平平無奇，還未曾見到一位美麗動人到如此程度的。

王桂菴忽然又想到了自己的妻子。那是憑「父母之命，媒妁之言」而娶的，兩人結婚之後，一絲感情都沒有。因此，她在幾個月前因病去世之後，他也沒有什麼悲哀可言。他望着那位漁家女，自言自語道：「若我能娶到這樣的姑娘做妻子，和她白頭偕老，也就不枉這一生了。」

王桂菴儘管在目不轉睛地看那位漁家女，但那漁家女卻仍是毫不知道有個男人在暗中窺視她，依然聚精會神地做她的女紅。王桂菴越看越覺得那位姑娘可愛，不知不覺之中，情愫已生，再也忍耐不住，乾脆走出船來。這時，船上的人都上岸去了，有的去喝幾杯，有的去準備晚飯的菜。鄰船上也像是除了那位姑娘外沒有其他的人。王桂菴的膽子不覺大了起來，在甲板上來回踱了幾圈，又故意高聲咳嗽了幾聲，但是都無法吸引那位船家女兒的注意。王桂菴不禁着急起來。尋思了一晌，猛地想起江南地方，人傑地靈，文風盛極一時，何不以詩挑之？想到這裡，不禁得意非凡，暗暗祝告道：「昔日司馬相如以琴挑卓文君之心，如今我王桂菴要以詩來打動這位姑娘的心，上天啊上天，你若令我等成其好事，豈不為人間留下一段佳話？」

他想了一會，便朗聲吟哦道：

「洛陽女兒對門居，

才可容顏十五餘；

……

畫閣朱樓盡相望，

紅桃綠柳垂簷間。」

這原是王摩詰所作著名的詩句。詩句既美，又極貼切目前的情形。果然，王桂菴反覆唸了幾遍之後，鄰船上的那位姑娘，像是知道王桂菴是為她而誦詩似的，緩緩地舉起頭來，向他望了一眼。但隨即又復低頭如故，做起女紅來。

那位姑娘雖只輕輕一瞥，然而王桂菴卻覺得一股明艷之光，直逼過來。他剛才看了那麼多時候，並沒有見到她的正面，這次一打照面，更是呆在那裡，不知自身在何處。若非礙於禮儀，真要立刻跑過船去，拜倒在石榴裙下了。

王桂菴心想，船家女兒，大抵生活都很清淡貧困，繼動之以詩，何不再動之以金錢？這樣，才顯得我不但文才了得，而且還是世家子弟呢！主意打定，在袖子摸出半錠金，約莫有一兩來重，放在手中把玩一會，擲了過去，正好跌在那位姑娘的衣襟上！

王桂菴正在得意，但那船家女竟然好像不知道落在她衣襟上的東西是金子一樣，隨手拾過來就向岸上拋去。王桂菴不禁沮喪萬分，悶悶地上岸，拾了回來。回到船上，才想起自己真正混蛋。

試想一想一錠金子，女兒家要來何用？真是一點也不懂得女孩兒家的心理了，怎能不碰一鼻子灰？想起自己南來的時候，曾有友人羡慕江南銀匠手工的巧妙，託自己打了幾副金釧兒在此，何不拋一個過去？

他一個人越想越覺有理，立刻回到船艙，找了那副金釧出來，揀了一個打造得最為精緻的，懷着走了出來。一看，那船家女仍是坐着不動，心中大喜，遠遠地又將金釧拋了過去。只見金光閃閃，那金釧兒正好落在那位姑娘的裙腳旁邊。

王桂菴眼見金釧已拋了過去，但是那姑娘卻仍然好像不知道一樣，依然低着頭做她的手工。王桂菴不禁大大地着急起來，隔着一條船，在指手劃腳，想告訴她腳旁邊有東西又不敢高聲喊叫。而那女郎，卻裝成不知道，不理不睬。任那金釧在腳邊閃閃發光。王桂菴正在着急時，忽然見到船老大和另一個老年船民從岸上緩緩走來。王桂菴知道糟糕了。果然，和船老大並排走來的正是那條船的主人，王桂菴心裡更加着急了，老人說不定就是那位姑娘的父親，若是給他看到自己女兒腳下的金釧，向女兒詰問起來，自己這勾引良家女子的罪名如何逃得脫？真是越想越急，正在滿頭大汗無法可施時，那老人已上船了。王桂菴再向那位姑娘一看，只見她從從容容，兩隻腳挪動了一下，長長的裙邊就將金釧蓋住了。

王桂菴這才鬆了一口氣，暗暗地感謝那位姑娘。但是那老人上船之後，立刻鬆纜揚帆，將船兒順流放了下去。王桂菴心中悵悵不已，站在船頭，一直到帆影在視線中消失為止。然後，他又向船老大去詢問關於那條船的事了。

船老大正在艙尾殺一條活躍活跳的鮮魚，見到王桂菴走來，慌不迭洗手端凳。他知道王相公出手豪濶，包了他的這隻船兒，已給他賺了不少錢了。

王桂菴坐定之後，問道：「老大，剛才和你一起回船來的那位老人家，他是——？」

船老大搖搖頭，答道：「相公，我們是在岸上碰到的，我不認識他呀！」

「什麼？」王桂菴幾乎跳了起來，「你不知道他是誰？」

「是的。」船老大看到王桂菴着急的樣子，但也無可幫助，仍然只好搖搖頭。

「啊呀！」王桂菴站了起來，焦急地搓着雙手一面連連道：「這可怎麼好！這可怎麼好！」

船老大正想講話，一面看見船上的兩個夥計都回來了，看樣子一定是喝了不少，走路都踉踉蹌蹌了。船老大指着他們說：「問問夥計看，是不是知道？」隨即扯直了喉嚨叫道：「小二！小三！快點走！有事呢！」

兩個夥計聽到了老大的叫喚，加快腳步走了上船，其中一個大着舌頭問道：「什麼事，老大！」

王桂菴忙不迭地搶着問道：「今天泊在我們船旁的那個小船，是什麼人的，你們知道嗎？」

兩個人對望了一眼，搖了搖頭說：「不知道！」其中另一個更說了句：「我上岸時，看到這船上有位姑娘，漂亮極了！就是不知道是那家的！」

王桂菴急得連連頓足，向船老大說：「老大！立刻起纜去追，追到了我有賞。」

船老大不敢怠慢，立刻吩咐夥計開船，很快就順流而下。王桂菴回到船裡，不禁懊喪萬分。早知船上人不知那船來歷，就該自己過去向那老人家請教才是，卻為何輕輕失了大好機會？他腦中又浮起了那位姑娘可愛的倩影，越想越是後悔。

黃昏很快到來，當夕陽在江面上激起萬道金花，使得江水成了無數金絲的時候，那條船兒還是連影子也見不到。船老大進艙來請示是到姑蘇去還是繼續追時，王桂菴沮喪地道：「算了吧！不追了。」

那一晚上，王桂菴獨自站在船頭。對着那倒映在水中的月亮，他感到無比的悵惘。對那位他並未交談一語的姑娘，他越來越不能忘懷。無論是閉着眼睛，或是睜開眼睛向江水凝望，他總感到那位姑娘在他面前一樣。

「可愛的姑娘！」他喃喃自語道：「難道我就和你緣盡一面？不！我一定要將你找到，無論你在哪裡，無論要化多少時間，我一定要把你找到！」

夜，越來越深了，星星無言地霎着眼，像是在同情王桂菴那惆悵懊喪的心情。

二

王桂菴在姑蘇辦畢了應辦的事，匆匆忙忙地又溯江北上。一路上見船就問，可是，沒有一個人知道有這樣一條船和這樣的父女兩個人。回到家以後，對那位姑娘的想念越來越強烈。家中以至田地的事務，一概無心料理。神思恍惚，人像是痴了一般。

無論人生是痛苦還是幸福，時光總是過得一樣地快。一年，很快地就過去了，而王桂菴，也就受了一年相思的煎熬。他顯得消瘦了，憔悴了。

他感到不能再忍受那想思之苦，他已無法忘懷那位自己一見鍾情的姑娘，他決心再次南下，專為尋訪她而南下！

這次，王桂菴更仔細了，當船隻進入江蘇省境起，他就不斷地詢問每一個人，可是得到的回答總是那三個字：「不知道。」但王桂菴也絕不灰心，他乾脆將船當成自己的家。在江邊長住起來。幾個月過去，在江面上來往的船隻，他都熟悉了。然而，就是找不到那父女倆的小船。

半年，又很快地過去，王桂菴川資已盡，才不得已地帶着鬱鬱的心情，回到了自己的家鄉。

虛假的愛情，會隨着再三的挫折和時間的過去而消失；然而真正的愛情，卻像黃金一般，永遠會閃着它那耀眼的光芒。王桂菴對那位僅僅邂逅一面的姑娘的思念，並沒有因為挫折和時間的過去而淡薄，相反地更加熱切了。無論在什麼時間，無論做什麼事情，他都會想起她來。他想她低着頭在刺繡的情形；想她當聽到自己朗聲誦詩時那多情的一瞥。「她是不是也在想念我呢？」王桂菴時時這樣地痴問自己。

相思，本來是夠苦的事了。而像王桂菴那樣，所想念的人兒還不知在天涯海角那方，那滋味就更不好受了。然而他忍受着，他有一股自己也莫名其妙的信念：一定能找到那位姑娘！

有一天晚上，王桂菴做了一個奇怪的夢。

他夢到自己在江邊的船上，因為無聊，到岸上去走走。忽然來到一農家的門前。用竹子編成的籬笆疏疏地圍着幾間房子，他一逕走進門去，當門就有一枝夜合花，綠葉紅花，掛滿樹上。王桂菴暗忖道，有一句詩是「門前一樹馬纓花」，大概形容的就是這樣的境況了。

他不知不覺地又向前走，看見北面有三間房舍，全都關着門，南面有兩間房子，房外種着芭蕉，他走近去一看，房裡的衣架掛着的全是女孩兒的衣服，知道是女子的閨閣。忽想起偷窺女子閨房，該當何罪？忙不及退出時，已經給人發覺了，衹見從裡間轉出一個女子，王桂菴一見之下，歡喜莫名，原來就是那個搜尋了兩年之久而未得一見的船家女！

王桂菴喜出望外地說：「真想不到我們還有相逢的日子啊！」一面說，一面竟急不及待地想跨窗而入，忽聽得身子後面有老人的咳嗽聲，回頭一看，原來就是那船上的老頭兒，不禁嚇得魂飛魄散，一下子就驚醒了。

醒來之後，他幾乎不相信這是一個夢境，因為所夢見的一切，全都歷歷在目，他也不敢和人講起自己做了這樣的一個怪夢，怕被人家笑自己想女人想昏了頭。

這樣的日子又過了一年多，王桂菴對這位衹見了一次面的姑娘仍未能忘情，想去尋找她的心也未死去，終於，他又僱了船來到了鎮江。

在鎮江，王桂菴的一位姓徐的世伯，曾官為太僕的剛好罷官回鄉，住在鎮江的南門。聞聽得王桂菴來了，差人到船上來請他吃飯。王桂菴上岸，租了一匹馬前去。沿途欣賞江南風景，不知不覺間走岔了路，到了一個小村莊。使人奇怪的是道途景色，極為稔熟，好似以前曾經到過的一般。忽然看見一農家門前有一枝夜合花，宛如那個怪夢中所見的一般。王桂菴不禁又驚又喜，跳下馬來，走進門去。所見到的一切，都與夢境完全相同，於是他不再疑慮，直向靠南的房子走去，果然，他那朝思夕念的可人兒正在房中哩！

那姑娘看到有陌生男子闖了進來，嚇得連忙躲在門後面，嬌叱道：「那裡的野男人，在這裡亂闖！」

王桂菴還不相信這是真的事實，只當了還是夢。因此也不理會那女孩兒的叱罵，逕向房中走去。房中的女孩兒急了起來，「砰」地一聲關了房門。

王桂菴黯然道：「好姑娘！就不記得三年前丟金釧給你的人了嗎？這三年來，我找得你多苦啊！我在河北大名府，可是我三番五次地南下，都是為了想見到你，想必上天也知道我一片真情的，去年，我做了一個怪夢，就夢見這裡的一切，不然我還不會來到這裡的，小姐！你就這樣不理我了麼？」

那姑娘在房中問道：「你姓甚麼？」

王桂菴聽得問話，慌不迭答道：「我姓王，名樨，字桂菴，家父在京作官，原是世家子弟，絕不是輕薄漢子！」

祇聽得屋內「噗嗤」一笑，那姑娘接口道：「誰問你那麼許多！我問你，你既然是世家子弟，一定早就娶了妻子的了，還找我做甚麼？」

「唉！」王桂菴嘆道：「若不是三年前見到了你，我當然早就娶了。」

屋內沉默了一會，才說道：「果真如此，足見你是有心人。嗯……我雖不能將在江邊見過你的事告訴父母，然而，幾次有人來做媒，也都被我推卻了。」

王桂菴大喜過望，結結巴巴道：「小姐，你，你……」

「你甚麼？」屋內接口道：「那件金釧兒還在呢！我，我一直暗暗地在祝告。」說到這裡，聲音似不勝嬌羞：「祝告有情人終會再逢的。父母剛好到親戚家去了，很快就會回來的，你，你託媒人來吧！一定會如你所願的！」

王桂菴聽了之後，這份歡喜就不用提了。三年了！三年來的相思是多麼痛苦啊！然而，這三年的痛苦有了代價，卻又是怎樣地令人欣喜啊！他急急地答應說：「好！小姐，我一定照你的話去做！」說了轉身就走。

那姑娘在後面開了門，喊道：「王郎！我叫芸娘，姓孟。我父親別字江籬，記得嗎？」

王桂菴一回頭，正好看到芸娘的半邊臉，在門縫中掩映，他連連點頭，道：「知道了！知道了！」

他心不在焉地在徐世伯家裡吃完了飯，一看時間還早，心想以自己的門第，去娶一位船家的女兒，如委人做媒，被徐世伯知道了定要斥為荒唐。不如學「毛遂自薦」的故事，親自去求婚吧！他忙策馬來到孟家，孟江籬剛好在門口，王桂菴下馬來，上前就一揖到地。

孟江籬驚訝道：「相公素不相識，為何行此重禮？」

王桂菴臉一紅，答道：「小生姓王名樨，字桂菴，聞老伯家有女未許，願自薦為婿。」說畢，從馬鞍上解下包袱，取出一百兩黃金，道：「些微聘禮，還望老伯不要見辭。」

孟江籬臉色一沉，道「小女已有了親家了！」

王桂菴大吃一驚，說：「我打聽得清清楚楚令愛並未許親的啊！」

江籬一聲冷笑：「就是今天才許下的，相公請回去吧！」

王桂菴這次頹喪，真比前三年遍地尋訪芸娘不到還要難過。「祇差了一天呀！」他自怨自艾道：「為甚麼上天要這樣開我的玩笑呢？芸娘啊芸娘，我們當真如此無緣麼？」當晚回到了船上，失魂落魄一般地喃喃自語。又想起了芸娘臨別時情深款款的一聲「王郎」，「唉！常言道有情人終成眷屬，但我和芸娘卻為甚麼好事多磨呀！」

天還未亮，王桂菴就上了岸，他想，事到如今，也說不得了，祇好去找徐世伯，他是本地鄉紳，或許還能有辦法挽救。

徐老見到王桂菴一清早就來，驚訝道：「賢姪，一清早有何貴幹呀？」

王桂菴躊躇了一陣，終於將所有的事實全講給了世伯聽。徐老聽了之後，奇怪道：「孟老兒和我還是親戚呢！但他雖然不甚富裕，可也不致於操舟為業啊！賢姪，這其中怕有誤吧！」

「不！不！」王桂菴連忙否認：「昨天我已見到芸娘，不會錯的！」

「好，」徐老呵呵大笑：「那我就叫大郎去問問孟公看吧，芸娘並未許親，我知道的，賢姪放心好了！」

王桂菴忙向大郎作揖，道：「有勞大哥！」到這時，才心中落塊大石，深悔昨天不先和世伯商量，以致白焦慮了一晚。又想世伯未必深知孟家之事。或許芸娘真已許字他家也未可知，一時之間，如十五個吊桶打水——七上八落，真有點坐立不安起來。

徐老在旁看了，不禁暗暗好笑，打趣他道：「賢姪！想必芸娘天仙化人，才令賢姪如此顛倒！」王桂菴紅了臉不敢作聲。

不一會徐大郎從孟家回來，笑着對王桂菴說：「世兄！如何謝個媒人？」

王桂菴喜出望外地問道：「大哥！事成了麼？」

大郎仰天大笑，好一會，才喘着氣說：「世兄昨天一見孟翁，出一百兩金子來作聘禮。孟翁怪你不識好歹哩！他說他家裡雖窮，不致於因為一百兩金子而把女兒賣了呢！」

王桂菴連連頓足：「是的！我真是太不懂事了，後來孟老伯怎說？」

大郎笑道：「還叫孟老伯呢！該叫岳父了！有家父做媒，他已許了芸娘，將婚事答應下來了！」

王桂菴長長地舒了一口氣，向天嘆道：「皇天！你究竟是不負有情人的呀！」

三

王桂菴和芸娘的婚禮，就在徐老的家中舉行，張燈結綵，當然一番熱鬧。王桂菴三年宿願一旦得償，自然得意非凡。就是芸娘，自見到王桂菴之後也無時無刻不在縈念這個年輕人，只不過她是女孩兒無法有所行動吧了。

三朝過後，王桂菴帶着芸娘乘船北上，要回大名府去。晚上，正好泊在三年前他們相逢的地方。

王桂菴想起了三年前他們第一次相逢的第一幕，笑着向芸娘說：「那天在這兒遇到你，心中就想，像你這樣的女兒家，實在不應是船兒。那時你在船上幹什麼來呢？」

芸娘抿嘴一笑，答道：「家叔住在江北，借了一條船去看看他家！我家雖稱不上富貴，也不致於見錢眼開的呀！可笑你長着眼睛不看人，動不動就拿黃金來炫耀於人。起初，聽到你吟詩，還當你是風流文士，後來只當你是淺薄子弟吧了，倘若那時讓父親看到了你丟過來金釧兒，你早就被人打落江中去了。還不謝謝我？」

王桂菴聽了哈哈一笑，說道：「芸娘啊芸娘！你固然算得聰明機智，但是也不免上了我的大當呢！」

芸娘吃了一驚，問道：「上你什麼大當？」

王桂菴神秘地笑笑，說：「這可不能說給你聽的！」

芸娘不依道：「你說不說？不說我就惱了！」

「唉！」王桂菴嘆了一口氣，「不說也不行了，到家你總會知道，我早已娶了妻的了，是吳尚書的女兒呢。」

「啐！」芸娘將頭一側：「誰信你的鬼話！」

王桂菴本來只存心開芸娘的玩笑的，一見芸娘不信，板起了臉說道：「這也騙得人的麼？不過也不要緊，到家之後你們好好地姐妹相稱就是了，我不會難為你的。」

王桂菴這樣裝腔作勢，不由得芸娘不信。因此芸娘聽了，半晌作不得聲，可是臉色已經煞煞白的了。王桂菴正在得意間，芸娘突然站起來，向船頭奔去。王桂菴驚了一下，立刻追出去看時，已經遲了一步，衹聽得「撲通」一聲，芸娘早已跳入江中了。

「救人呀！」王桂菴慘叫一聲，也要向江中跳去，但已驚動了船上的人，牢牢地將他拖住，有水性好的立刻跳下江去，但是半個時辰後，仍然沒有芸娘的蹤影。

王桂菴悲痛得連話也講不出來，只是怔怔地望着江間。江間是黑黝黝的，滿天繁星，在水面不斷浮動。

「芸娘！芸娘！」半晌，王桂菴才「哇」的一聲哭了出來，聲嘶力竭地喊着：「芸娘！我是和你鬧着玩兒的呀！」

然而，江水只是沉靜地捲起一絲絲的微波，不能給他以任何答應。

失去了芸娘，王桂菴等於失去了人生的意義。他停在江邊三天，着人打撈芸娘的屍骨，但是，上天似乎對他的懲罰特別嚴厲，連芸娘的屍骨，他都無法打撈得到。

他對世界上的一切，全都灰心了。在幾天之中，他幾乎變成了另一個人。瘦削，憔悴，沒精打采，甚至連腰也彎了。為了後悔自己的戲言，為了思念投江的芸娘，他形銷骨立了！

他已提不起勇氣來再回自己的家鄉。本來，他可以和芸娘一起返回家鄉過着快樂日子的。可是，現在……他不能想，也不敢再想。

王桂菴命令舟子，轉向河南，他住在姐夫的家裡，不知為着什麼而生活着，整天，不是呆呆地坐着，就是在外面亂走。誰能知道他心裡的悲痛呢？他的痛苦，向誰去訴說呢？這樣，又一年多過去了，他的姐夫勸他回家去，用心攻讀，以待來年上京趕考。他也不置可否，帶了僕從，走回家去。

一天，正在趕路，忽地烏雲遮天，眼看要下大雨，王桂菴急急地走到一戶人家中。只見房舍極為整潔，舍下有一個老婦人，正逗着一個才牙牙學語的小孩在玩。那小孩生得方頭大額、肥肥白白，很是可愛，王桂菴見了他便將一年來的煩惱稍拋開了些。那孩子看見王桂菴，非但不怕陌生，而且趕上前要他抱。老婦人喚他，他也不理。

不一會，雨就停了，王桂菴將小孩交給了老婦人，走了出去，準備再趕路。誰知才走了幾步，那男孩忽然從後喊：「爸爸！爸爸！」

老婦罵小孩道：「呸，你這孩子，爸爸也是亂叫得的麼？」

王桂菴心中感到奇怪，不禁回過頭來仔細打量那孩子，孩子見了他又要索抱，老婦人正大聲喝止，在嘈吵間，房間忽然走出來一個女子，王桂菴一看大叫一聲：「芸娘！」

那出來的，正是芸娘，原來她投江以後，被老婦人一家救了起來的。芸娘罵道：「負心賊！現在留下那麼一個孩子，你準備怎樣？」

「芸娘！芸娘！」王桂菴歡喜得淚都流了出來：「我是和你鬧着玩的呀！我可以指天發誓的！」

芸娘看到王桂菴消瘦到這般模樣，也不禁滴下淚來，叫道：「王郎！」

經過了如許曲折的經歷，芸娘和王桂菴才真的永遠在一起了。

真的愛情，雖然波折再大，時間再久，但只要真誠的愛，總會結出美麗的果實來的。

選自一九五九年十二月二十一日香港《工商日報》

董千里

雪山情〔節錄〕

十三

昂巴被帶到一間精緻的暖室。范將軍留在門外，讓他獨自進去。厚軟的棉帘掀開，一陣暖氣撲面，明晃晃的幾支巨燭使昂巴一陣目眩。然後，他看到白衣少女的背影，烏亮的長髮披散肩背，她對燭默坐，除了珠朗瑪還有誰！

棉帘在昂巴的背後落下，他們是在一個房間裡，此外沒有別人。珠朗瑪恍如不覺，只管呆呆的對着燭光。昂巴看了她一會，慢慢的走過去，近了，這才低喚：

「珠朗瑪——」

她的臉上突現一種不能置信的驚喜，還是沒有轉頭。

「珠朗瑪！」他再叫，「是我。眞想不到我們會在這裡相見！」

現在她可以確定不是幻夢了。她霍地回頭，顫巍巍的站起，叫道：

「大哥！大哥——」

他搶前一步，雙臂張開，正好接住她撲來的身體。這一次擁抱好長！良久，她才吸一口氣，幽幽地說：

「大哥，我是在做夢？」

「不，是眞的，珠朗瑪。」

「那末你可以保護我不受惡人的欺負了？大哥，就是上次在羊卓雍湖被你打走的兇惡漢人，他們叫他范將軍。」

「你怎會落在他手裡呢？珠朗瑪。」他輕輕撫摩她的長髮。

「你去了，我多想念！」她低聲説，「我天天騎着大黑到你殺豹的地方，想着我們初見的情形覺得仍然和你在一起。我還唱歌呢！不知你有沒有聽到？」

「説你的事呀！珠朗瑪。」

「那天一早，我又騎了大黑出門。爹媽和兄弟都知道我心裡煩，也沒叫我幫着做事。大黑馱着我在草原上跑了半天，我看牠累了，心裡不忍，就下馬洗脚，隨牠自己飲水吃草。後來不知怎的睡着了，在夢裡和你相見，看到你週身是傷。大哥，你有沒有受傷呢？讓我看看——」

他輕輕一縮，不讓她看到身上纍纍的傷痕，却頻頻催促道：

「怎樣呢？珠朗瑪，你怎樣醒的？」

「還不是那個惡人范將軍！」她氣鼓鼓的説下去，「他一手牽着大黑站在我身邊，還有三個兵跟着，也不知已經偷看了多少時候啦！我一醒就跳起身來，打他手裡搶回韁繩，我怕他把大黑偷去！」

昂巴明白了，范將軍認出了大黑，由此找到珠朗瑪。如果自己把大黑騎到拉薩來，也許珠朗瑪可以逃過大難。

「那惡人范將軍笑着說：『姑娘，你愛馬，我可以送你一百匹。』我說道我不要，跳上馬背就走。不想他叫那三個兵搶住韁繩，不許我回家。大黑踢傷了一個，還有兩個害怕起來，把我從馬上拖下。我又咬傷了一個，後來被他們綑住手脚，押到這裡來。大哥，這是什麼地方？你怎知我在此趕來救我呢？」

昂巴扶着她一齊坐下，柔聲道：

「他們沒有傷了你？」

「誰近我就得讓我咬一口，除非他們一輩子綑住我的手脚。到了這裡，那個惡人才說出要我嫁給他。說他是個大官，結髮妻子老了，他要和她離婚，娶我做一品夫人。我啐了他一大口，誰稀罕什麼一品夫人！我以爲他準會殺了我，誰想他一點也不着惱，倒把面上的唾液伸舌舐去。說他愛我如命，一定要我回心轉意，才歡歡喜喜的成親。所以他替我鬆了綁，一天總得來囉唆幾次。在這裡就是逃不出去，別的倒也沒有什麼。要不是知道你定然會來救我，大哥，我早已一頭撞死啦！」

昂巴聽她嘰嘰咕咕的說了一大段，那清脆的語聲好聽極了，不覺心曠神怡，忘記了此時此地所處的環境。直等她說到最後幾句，才驀然省起，嘆息道：

「珠朗瑪，我不是來救你的。」

「你，你說什麼？大哥——」

「我是來求你救我的，珠朗瑪！」他不敢向她看，硬起心腸說了這兩句話。

「我救你？大哥，我有什麼本事救人呢？你是怎樣啦？」

「我行刺失手，他們就要殺我。如果你肯嫁給范將軍，他就會放我出去。珠朗瑪，我的生死豈不是在你手中嗎？」

珠朗瑪呆視不瞬。她怎能相信眼前這人就是神勇無匹的昂巴？她的大哥竟會因求活命而要她嫁與惡魔？而一字一句她都聽得明白，他眞的是這樣要求，自己怎麼辦呢？

她可以拒絕。她可以失聲痛哭。也可以破口大罵。而她忍了又忍，終於沉着地說：

「好！我答應啦！」

「多謝你！妹子。」他顫聲說，「這次我們眞的是永不再見了！我明天就逃出西藏到內地去謀生。我會按時寄信給你，不要相信別人的傳言！你好好的過日子，不久就會習慣和漢人一起生活。」

「你放心！我會活得高高興興的。」她冷冷地說。

他站起，心如刀割，又說：

「妹子，再叫我一聲大哥！這是最後一聲了——」

她再也忍受不住，迅卽就饒恕了他的「薄情」，一歪身倒在他懷裡，哭叫着：

「大哥！大哥！」

「我去了！妹子。今晚——今晚你就嫁他吧！這樣我明天就能脱身。我去了！妹子，你千萬等我的信！千萬——」

棉帘一閃，他像逃一般的竄了出去，還聽得珠朗瑪在背後哭叫：

「大哥！大哥！」

范將軍迎面截住，滿臉獰笑。

「我已經勸她今晚就從你了。」他平靜地說，「再給我兩小時的生命！我預先寫好幾封信留着，你們每個月郵寄給她一封，她就不會自殺了。你希望她活着，我也一樣。」

十四

眼看着昂巴頭也不回的掀帘而出，珠朗瑪哭倒在地；那不單祇是生離死別的悲哀，更重要的是他居然貪生負情！她也想好了，爲他，既然他那麼想活，就把自己的清白身體救他一命吧！

范將軍眼看衞士押着昂巴離開，忙着來討珠朗瑪自己的口氣。見她倒地抽咽，要扶又不敢，站得遠遠地說：

「告訴你一個喜訊，我正在命人辦手續，趕在今晚把你的大哥釋放。你，你有什麼地方不舒服嗎？」

「你替我找個醫生來！」她慢慢坐起說：「讓他醫好我的心痛，才能嫁你。」

范將軍滿心歡喜，答應着傳下命令。不久醫生來了，范將軍囑咐了幾句退出。珠朗瑪親自關上房門，低聲說：

「醫生伯伯，我求你一件事情！」

她的艷色與少女的嬌憨能把任何人的心腸軟化，唐醫生微笑點頭道：

「姑娘有話請說！」

「醫生伯伯，我其實沒有什麼病。爲了救一個朋友，我希望你給我一點藥。這藥吃下去要甜甜的，可是明天就死。你有嗎？」

「我沒有毒藥，就有也不肯給你。」唐醫生沉吟道：「姑娘，你拿毒藥給誰吃呀？」

「我自己。」

「爲什麼呢？你應該好好活下去！」

「醫生伯伯，我也想好好活下去，可是人家不許又有什麼辦法！總之我求求你給我這種藥，我死了也感激。」

「姑娘，你看我的眼睛！」唐醫生柔聲說道：「如果你能夠相信我是個好人，就把你的困難告訴我，也許我可以幫你一點忙。」

她盯着他看了半天，點頭說：

「我相信你是好人。」

「那末說吧！」

她把范將軍怎樣迫她，昂巴又怎樣求她，這些事情原原本本的說了一遍。

「我明白了。」唐醫生點頭道，「你等范將軍放了你的大哥，然後接着身死，這樣不必失去貞操，却一樣救得了你的大哥，對嗎？」

「對啦！醫生伯伯，你答應了？」

唐醫生爲這份至情所感動，摩着鼻子想了一會，嘆息道：

「姑娘，你們兩人眞該是一對。他爲了要你活下去，明知你洞房之時就是他的死期，還是勸你順從。你也一樣，決心自盡，却要在看着他恢復自由之後。」

「什麼？」她跳起來，「醫生伯伯，你說他一樣要死？」

「而且死得早點。否則他們會留着他的性命，至少在你不死又不從之前。」

「那末我應該活着？」她茫然問。

「你自己決定。」

珠朗瑪想了半天，忽然笑道：

「醫生伯伯，我想明白啦！我還是早點死了的好。請你給我一點藥，吃了立刻就死的毒藥。我死後到雪山頂上去等他，那時就沒有人可以把我們分開了。」

「你說得眞美！姑娘。」

「毒藥呢？醫生伯伯，快點呀！」

唐醫生從大皮包裡取出三顆白色的丸子，輕輕放在她暖柔的掌心裡，說道：

「這是雪山頂上特產的雪蓮丸，它不是毒藥，只是賦性奇寒，任何好人服了都會在十二小時內凍僵而死，但是絕不感到痛苦。我在西藏這些年，也只製成六顆，本想帶回去治南方的熱病，現在我也不想活着回去了。這三顆你回頭服下，大概天明就死。還有三顆我去給你的大哥，免他槍彈貫腦的痛楚。你們死後，我會想法子把兩個屍體學漢人那樣葬在一起，讓你們永遠同在！」

珠朗瑪呆呆的望着掌中的三顆藥丸，忽然向口裡一送，苦笑道：

「醫生伯伯，你眞好！你是我所見的第一個好心的漢人。」

唐醫生教她睡在床上裝病。出來找到范將軍，說珠朗瑪患了寒疾，他沒有醫這病的藥。如要救她，得派飛機越過喜馬拉雅山到印度去買特效藥，而且不能遲過廿四小時。

范將軍驚得面無人色，忙道：

「我立刻通知空軍出動。唐醫生，別人去恐怕不行，就煩你走一趟了。」

唐醫生不料因此獲得出走的機會，連聲答應。趁范將軍忙着發號施令，藉辭走開，來到昂巴的囚室裡。

昂巴正在寫留給珠朗瑪的第十封信。他想珠朗瑪看到此信，總在一年以後，那時她大概已經習慣了做一位將軍夫人了。他寫完突然抬頭，正見唐醫生進來。

唐醫生三言兩語的告訴他經過情形，並把賸下的三顆雪蓮丸放在桌上。

昂巴先還發了一會怔，漸漸想明，倒覺得這樣也好。他把三顆藥丸一顆一顆的吞下，說：

「唐醫生，我們對你都是衷心感謝。這些信請你留着，找個機會把這故事告訴外面的人，讓大家知道：我們原本可以快快樂樂的活着在一起，爲什麼死了。」

唐醫生把十封信收在皮包裡，答應把這件事辦好，便告辭走出。

昂巴自行躺到床上等死。奇怪！他不料死前的心情居然可以這樣平靜。後來他漸漸明白，那是因爲珠朗瑪也在同樣的情形下等待着死亡，而死後他們幾乎是必然會在一起的。

選自董千里《雪山情》（「小説報」第六十一期），香港：虹霓出版社，缺出版日期，料為一九五八年出版

朱愚齋

竹竿姻緣

俗語云：千里姻緣一綫牽，其語意謂男女間之結合，皆爲命中註定，雖迢迢千里，從不相識，然一綫之牽，竟能成爲夫婦，此俗語雖爲無稽，而證諸事實，往往有如此者。吾粵武術五大派劉家宗師劉三眼，以誤碰墮一晾衣竹竿之故，而得美而勇者爲妻，則俗語所云，良非無所憑藉，而淆惑人之視聽。

劉三眼以五郎八卦棍一技，享重名於武壇，爲後世所宗，一日茗罷緩步歸，途中腹痛欲洩，往厠大解，將畢事，忽其鄰有人頻爲歎息，自語喃喃，聽之，其聲沉細不可辨，異而竊窺之，則其蹲厠上，以碎瓦劃壁作書，按諸俗語，行路唱梆子，出恭寫大字，必定是乞兒一語，彼其所爲，正犯此病，奇之，不欲再視，及其人事畢，過三眼所蹲處，始見其淚痕隱隱，猶未盡拭去。因異之，再觀其貌，年約卅許，俟其出厠，起視彼所書，其書云：「想起當初事與因，猶如萬箭射吾心，汝今快活吾今苦，無怪人言女似針」，辭句俚俗，如廟宇中籤語，知爲男女之私，乃一笑置之。迨出厠門，而其人猶躑躅道左，顏色沮喪，若懷重憂，尋轉入一僻巷中，良久不出，三眼好奇，潛往窺視，則其人已自縊於破屋簷下矣。三眼夙性仁厚，不忍袖手旁視，乃前而救之，先以石交疊，乘縊者之足，然後抱持之，徐徐以手解其繫頸之索。三眼今之所爲，乃深諳救治之法，蓋凡救治自縊者，切不可以刀剪驟然斷其繫頸之索，必須以物先乘其足下，然後以輕力爲之解結，不然，索驟斷，則自縊者之身必然下墮，則其繫於頸上之索結，必乘下墜之時，狂力一抽，索結加緊，其人即氣絕死矣。三眼深諳此理，所以徐徐解索，既解下，復擁抱其人於懷，以膝抵其肛門，又以掌心擦揉其左右太陽穴及胸部。既畢事，其人已悠然而甦，微啓目視三眼曰：「吾樂於死，君救吾胡爲。」三眼慰之曰：「禽獸昆蟲，尚樂生惡死，況爲人乎？汝當一念父母養育厚恩，歷盡艱難，汝始克長成如許，焉可以稍受刺激，遽爾輕生，知汝所事，亦未必能憫汝，不知汝所事者，益目汝爲世之愚人。」其人泣謂：「君所言雖有理，奈吾生不如死何？」三眼異而叩其必欲死之故，其人始言姓陳名海，以小販爲業，日肩婦女零星用品，呼售於途，雖屬拾利蠅頭，亦頗能維持衣食。三眼曰：「汝既不愁凍餒，何故必欲尋死？」陳海太息曰：「懷恨無力自雪，所恨又爲極可恥之事，故以死了之，終較偷生於世間爲愈。」三眼再三撫慰，陳海遂大感動，不禁縷縷自述尋死之由。

陳海雖爲街頭小販，但其爲人能和藹婉轉迎人意，故得婦女歡，多有俟其至，而後市所需者。某日於橫巷中喚賣，以售物之故，與女傭阿月相識，阿月喜其和藹可親，每有所市，則與之交談。久之，交誼益洽，漸談及身世，各知猶未有對象。阿月於交談間，時時流露其心所蓄，陳海非爲愚人，聞言觀色，已知其心若何矣，遂師毛遂故智，自言尚未有室，如不嫌魯鈍，願納汝爲婦。阿月大羞，舒手掩面，俯言不語。陳海覩狀，知其芳心默許，胆頓壯，乃擁而吻之，阿月不拒，閉目咻咻，任其所爲。私盟已訂，阿月遂辭職來陳海之居。陳海倒屣以迎，市酒肉以誌此事，自是阿月視陳海之居如其家，悠悠年餘，相安無異，一日午，阿月蹲門次浣衣，忽有人語之曰，吾覓汝久矣，汝匿居此間耶，阿月仰視之，語者乃爲其金蘭姊妹阿寬，大驚，棄衣奔返屋內，而阿寬亦隨之入屋，阿月益懼，舉足欲逃，然已無及，衣領已為阿寬所執，阿寬憤極，揮掌批之，罵曰：「汝忘恩負義，遽背金蘭之約，今入吾手中，不擊死汝，誓不爲人。」又曰：「汝誠樂矣，每夜有心愛人伴宿，無怪汝當吾已死，吾甚悔平昔有目無珠，誤與汝結手帕交。」且言且舉拳毆擊，阿月自審理虧，不敢還手，祇哀乞其勿過於聲張，致事揚於外。阿寬冷笑曰：「如汝懼事揚於外者，又何敢公然爲此，今者非汝死我活，則此事終無了結之一日。」至是，又舉拳毆擊，拳拳着肉，阿月不能永受擊而不還手，遂起自衛，奮臂反抗，兩下糾纏，皆鬢披衣裂，纏鬥之間，陳海忽以事歸，將入門，遙聞室內有搏鬥叫罵之聲甚厲，異而奔入察視，乃見阿月與一婦糾纏於室中，陳海以阿月爲人毆擊，焉有不爲之助，急奔前助戰，舒手握阿寬之髮，阿寬無備，髮爲其所握，急視助阿月者爲誰，乃爲不相識之男子，然亦知此人必爲阿月姘夫，豈爲不懼，且順勢伸手疾攫其私，陳海以來手向要害攫來，急縮身避讓，但袴襠已爲其手所撕裂，白鳥鶴鶴，從裂縫寬出，陳海惡其毒辣，亦以手裂其袴，砉然一聲，阿寬遽以玉帛相見，禁地示人。阿寬視爲奇恥大辱，更拚命與陳海糾纏，但其力終不及男子，尋爲陳海制伏於地，而陳海又見其股臀之肉，皆甚白也，斯時阿寬氣竭力疲，自知不敵，遽張口狂呼救命。阿月慮聲達於外，急以手掩其口，念此事如爲鄰里所聞，必成笑柄，曷若卑辭謝過，使其氣先平，而後以利害動之，則較糾纏爲愈。遽命陳海釋手，然阿寬自顧衣袴盡裂，所有禁地盡露無遺，憤恨之心復起，即撲前扭執陳海衣襟，亂擊亂咬，阿月急張身阻之曰：「寬姐，吾知罪矣，今有言欲告，言之諒姐亦以爲然，此事吾誠對不住姐姐，但此事已不可收拾，願彼此盡釋前嫌，言歸於好，如不然，事必搖揚於外，而姐亦難免波累，顧細思之，毋貽後悔。」阿寬聽之，心內雖亦以爲然，但不能頓時接納，遂仍作狀恨恨罵曰：「吾何懼事揚於外，汝雖舌巧如簧，吾亦不爲汝所動。」又曰：「吾袴盡裂，所有禁地，已爲彼一覽無餘，汝亦知之，吾之肌膚，焉可示於人者，此恥縱不生啖其肉，亦須挖其兩眼。」阿月亦知凡婦女肌膚，皆視爲禁地，最忌公然布露，今陳海盡見其全身肌肉，亦難怪其有此盛怒，乃力爲陳海謝過。阿寬不恤，怒罵如故。但其聲已不甚張，而其肌膚，仍任隱約於裂縫中不掩。阿月非爲愚人，據所見而思，則阿寬必別有用心也。如不然，又何故如此者，且彼方自謂肌肉不能給男人觀看，今何故一任肌肉，復入於陳海之目，其事可思也。因命陳海至其前謝過，藉此以探其心，陳海遂向之長揖謝過，阿寬反身面壁，不語亦不罵。至是其心所蓄，益自布矣。阿月睨狀，即以目向陳海示意，並厲聲語之曰：「寬姐之怒，豈一揖可解乎，汝其再叩頭望乞恕。」陳海會意，乃僞爲乞恕狀，膝行而前，匍匐於阿寬足下，乘間把其踝而吻之，阿寬恚而罵曰：「汝隻死野，一罪未已，二罪續來，豈眞欲死乎。」語雖惡而色不愠，足亦不稍移動，一任陳海把而吻之不釋。阿月遂狂笑曰：「寬姐，吾知汝欲何如矣，今與平分春色如何？」阿寬佯作忸怩曰：「汝已知我是食齋之人，不慣與男子接近。」阿月笑曰：「汝雖食長齋，齋期以外，可以食葷矣，間或一嘗，其味更美。」

於是帶笑命陳海扶阿寬入房更衣，阿寬似甚疲，斜倚陳海肩膊，閉目而行，久久始出。阿月觀之，已眉黛春生，桃花布臉，歡顏相向矣。由是三人大歡於心，各自慶艷福非他人可及。悠悠數月，一無間言，皆甚樂也。其後陳海於茶肆中結識（　）（　）子柯輝，一晤傾心，相見恨晚。柯輝拙於辭令。且衣服甚都，陳海閱世未深，引爲至交，日非一晤爲談，則感不快。相見既久，漸談及家世，陳海言家有二婦，身雖勞頓，得其慰藉，亦不覺苦。柯輝以其月入甚微，焉有餘資，連納二婦，因疑其中別有故在，後而叩之。陳海以爲好友之前，凡事不應稍諱，且告始末，而不知大禍之作，乃基於此。柯輝盡聞其事甚羡之，乃託辭謂：「彼此既成知交，兩位嫂嫂，安可不往拜謁，幸甚。」陳海貿然偕之歸，既相見，柯輝執禮甚恭，從而偷窺阿月、阿寬之貌。二人貌頗不俗，且肌膚潔白如雪，俗語云，一白壓三醜，況其貌不俗乎，因甚羡陳海不破一文錢，而得此兩美婦。初尚能碍於友誼，祇懷歡慕而已，然美色迷人，最易陷人於不德者。久之，柯輝心癢不可復耐，以爲美肉當前，不食者是違天，違天烏乎可，又計陳海之二婦，乃姘頭而已，姘婦愛情，頃刻變易，其誰不可染指。茲念一生，遂不計及友誼與不友誼，朝夕傾思，圖遂所欲，終乃思得一法，誘陳海赴奴艇尋樂，召小舟划河面，先爲獵艷，欵乃聲中，忽有果皮擲來，中於陳海衣上，二人視之，爲一艇妓所爲，遙詢其以果皮擲來之故？妓爲媚態以手相招曰：「倘欲知其故者，請登吾舟，始能相告。」柯輝命舟人移舟近其旁，相與登其艇上，妓迎入艙內，詢其芳名，則答曰：「儂名牛奶。」又詢其何故以牛奶爲名？曰：「母乳不足，以牛奶爲繼，故名牛奶。」既自述其名之後，柯輝又詰其以果皮擲來之故，牛奶笑謂：「如不以果皮擲汝，則以何法誘君等登吾舟。」

是時柯輝已蓄謀於中，乘間密語牛奶，云：「陳海爲茲土富商，今來遊，乃物色如意者耳，宜善遇之，則不啻財星拱照。」牛奶領之，曲意奉迎，盡其所能爲媚。陳海平生未嘗有此，引爲大樂。及夜，肴酒雜陳，柯輝又密囑牛奶，須與陳海多飲，陳海酒量本不豪，不敷觥已頹然欲睡，柯輝乃起作別，給三十金償此夕各費，瀕行時，還留語須善事陳海。毋致其不歡，牛奶點首謂：「毋須過慮。」柯輝去後，牛奶欵陳海於艙，爲其寬衣去帶，擁之而眠，陳海盡情享受，歡娛甚至，而不知此夕之歡，乃中柯輝之謀，旦日起別，牛奶送諸船頭，匪特不索一文錢，並牽衣致囑：「有暇速來視我也。」陳海諾之。歸途中追維昨夜之事，以牛奶爲娼婦，娼婦必拜金，今乃不然，終夜侍奉如姬妾，又不索一錢，彼何故厚遇我也。既不自解，神亦爲之不寧，歸家則飾辭以誑阿月、阿寬，言與友別謀事業，終夜聚商，仍未得決，所以不能返家。二人以其曾未有此，皆信之不疑。日午，柯輝來訪，陳海恐事洩，急偕往茶肆而始談，盡舉昨夜之事告之，乞其爲白其故。柯輝笑拍其肩曰：「此乃君之艷福，初事涉足花叢，便獲奇遇，苟有暇輒往，艷福更不可量矣，雖然死心塌地以愛君，其情不可負，如負之，神鬼亦不祐汝，有暇當往慰之，毋使其望眼欲穿也。」

陳海入世未深，甚以爲然，誌其語於心不釋。柯輝以其中計則再進一步，期大功之速成。於是獨往面牛奶，給以五十金，稱爲陳海贈於汝者。又云：「陳海賦性怪僻，最忌人於其前索討夜度資，汝今後須特別審愼，不則財神已臨門內，汝將之送走矣。」牛奶謝而諾之。其後，陳海追懷牛奶遇己之隆，同嚼味甘，時與牛奶歡聚，沉迷顚倒，無心復理小販事業，精神彷彿，若有些心事。阿月、阿寬異其舉動，詢之，陳海謂爲謀事業，仍未有頭緒，於心不忘，故如此耳。然欺人之語，焉可持久。未幾，陳海覺時隱隱作痛，越數日，其痛益劇，蓋已染梅毒，病發矣。但仍迄自隱諱，不敢予阿月、阿寬知之。一夜，阿月忽市蝦蟹助膳，陳海不敢下箸，强之亦不食。阿寬年長，頗有見聞，據狀生疑，念人言凡染有花柳病者，必不敢稍食蝦蟹。今陳海不敢食蝦蟹，豈其患有花柳病耶。如其然，吾等何難爲其傳染，不早揭發，爲禍無窮。遂突詰陳海何以不敢食蝦蟹，豈已生花柳病耶？語中其隱，陳海面色大變，所持之箸，自墜桌上。阿寬睹狀，冷笑曰：「汝不必再事隱諱，汝今確爲患有花柳病無疑，吾非兩目已盲，觀汝日來舉動，已了然于胸又何待汝今之不敢食蝦蟹，速言罪尚可恕，否則自討苦吃。」陳海知不可復隱，乃忸怩而言曰：「非患有若何花柳病，祇邇時感痛楚而已。」阿寬聞言大怒，罵曰：「有是哉，其是濁病也。濁爲花柳病之媒介，其性能變易他病，遺禍不可測，吾與阿月同事于汝，汝猶未足耶，尚拈花惹草以召病，幸發覺尚早，否則吾等亦染此毒。以是推測人之無良，莫斯為甚，汝之肉寧足食乎？」遂趨前力捩陳海之耳，而阿月亦恨之，亦執其臂嗌咬。陳海不敢稍抗，祇卑辭乞恕，二人不恤，捩之咬之如故，維時柯輝又來訪，及門，聞至內有詬誶聲，知有故事，伏門左竊聽之，既盡聽其語，非常高興，自計染指於鼎，爲期不遠，遂入內佯作詫異之色，曰：「兩位嫂嫂，何故如此，即有事亦可互商，何須將之亂打亂咬，打與咬亦不能攪出道理也。」二人見柯輝來，始釋手，恨恨作聲曰：「茲事乎，吾等不捩斷其耳，咬落其肉，不足以洩吾憤，吾恥爲彼言之，言亦須漱口，倘欲悉其故，可詢問之。」

柯輝以二人甚怒，乃引陳海於門外，始叩其所以。陳海謂：「已受牛奶之惠，發生濁病，不幸爲彼二人發覺，致遭斯辱。」柯輝慰之，力言無傷，吾爲君召醫治之，但以此病非能速愈，非多日不能竟功，苟在家療治，勢必爲二人責罵，病中受罵，其苦倍增，究不如往舍下療治，病愈後，始歸家如何。陳海大感，幾欲泥首以謝。柯輝復入屋內。又代爲排解，始偕陳海往己所居。是時柯輝正藉陳海留居其家，延醫治病，得以乘間獵取其婦。故未及二日，即懷數十金，往面阿月、阿寬。二人肅之於座，即問陳海病狀如何？柯輝蹙額言：「其患處已漸潰爛，醫士云其受毒甚深，非療治一年，恐不易奏功。而愈後，亦必如寺人，故特來告於兩位嫂嫂。」二人聞言大悲，淚流滿面曰：「彼如久病不愈，吾等之衣食，將何以爲繼？」柯輝慰之，稱毋過慮，吾與陳海既爲知交，焉有坐視嫂嫂受困，今後兩位衣食，吾願負其責。言已陳所懷金於案，二人皆大感，咸謂柯輝是好人。其後柯輝每來，必有餽贈。二人因感而異心遂生，阿寬語於阿月曰：「良人者，所以仰望而終身者也；今若此，烏能與彼偕老。」阿月曰：「然。」又曰：「如之何則可？」阿寬曰：「吾等與彼結合，非有媒妁，既彼無良於前，我輩繼之，亦不爲過，今後當求下半生安樂。」阿月又問何所適從。阿寬還舉柯輝日來舉動，似甚有意我輩，彼如非有心，則殷勤必無如此，不顧夫其每來必遺金乎。如非有所圖者，錢銀非是泥土，以是推測，其心如何，亦可知矣。雖然，彼亦多情人也。夫多情之人，最足予人愛慕，與之相處，饑渴可忘。且其又爲富人，與陳海相較，不待智者，已知孰爲佳士。彼果有心於我輩，乘間一潤其渴，此生安樂當能復續。阿月又問以何術取之，阿寬笑言其不來則已，如其來，必陷我術中不得脱。二人安排妙計，以俟柯輝之至。

越日，柯輝復來談，辭語之間，偶有不檢。二人不以爲忤，且歡顏相向，蓋藉此誘發其心。柯輝以二人皆無慍色，胆量頓壯，益入以游辭試之，二人仍不以爲忤。故柯輝遂大動於心，談至傍晚，猶不起別。阿寬乃留之晚膳，柯輝謝而諾之。二人進厨烹調爲備晚食，有頃，二人捧肴酒陳諸案上，各盥手易衣，陪柯輝於座，阿寬注酒壽之，云毋嫌肴薄酒淡。柯輝謝後，接觴飲之。於是三人言笑飲食甚懽，柝聲二報，始罷飲食。阿月出鮮果以解渴吻，復相與爲談。有頃阿寬以目向阿月示意，阿月會意，乃於辭語間，突以手按腹，傴僂疾入房內，未幾呻吟之聲迭作，阿寬入房視之。良久出語柯輝曰：「阿月遽患腹痛，腸捲如抽，雖以藥照塗擦，亦未奏效，敢問君解救之術否？」柯輝久懷大慾於中，今有此機會，安有不藉其言一親阿月芳澤之理。乃曰，腹痛腸抽，此疾不可輕視，不速治之恐生他變，吾雖不解醫術，追憶幼時，亦曾患此病，延醫療治，醫生並不施藥，衹以兩掌自相揉擦，從掌心發熱，則乘熱氣未退，蓋按臍上數次，病果應其手而愈。她既罹此病，姑一試之，或能奏效。但此舉最困難者，應爲男女之別，倘不以掌按摩其臍，可奈何？」阿寬曰：「救死焉有別男女焉，君亦曾讀詩書，嫂溺援之以手乎一章。聖人亦有時勢之恕。」彼有此言，柯輝精神爲之一振，遂入房擦掌爲阿月治腹痛。才數爲之，阿寬忽倒臥床上，亦稱腹痛，乞柯輝以掌蓋按其臍，於是柯輝左右逢源，兩手甚爲勞動，阿寬忽起吹滅油燈，房內頓昏黑如墨，暗中擦摩，風味尤佳，由是三人身心皆慰。

而於此時，陳海猶未知視爲良友者，已代行其職權矣。三人爲姦之後，阿寬畧具權謀，以姦情非可持久，遂告於柯輝，曰：「離此方可久娛，否則事必外洩，汝宜爲吾等覓地他遷。」柯輝亦以爲然。即貲遠處房舍，以藏二人，日夜據之爲樂，月餘後，陳海之病愈矣，久別家人，焉有不思歸家，遂揚言請別，柯輝匿不會面，命僕代爲致語，贈十餘金爲善後補助之費。陳海猶未知其已奪其二婦，出門歸家，至則門庭依舊，而阿月、阿寬已不知何去。大驚，急詢諸鄰人，中有好事者，據月來所見所聞具告之，言自汝離家後，汝之好友，時時來汝家作談，或夜深不去，日前彼携汝兩婦他遷，留言返鄉視汝病況。吾輩鄰人，無權干預，衹任其自去。陳海急問偕婦他徙者爲誰？曰：

乃汝日稱爲好友之柯輝也。陳海聽之，中心如剜，手足顫抖，氣結不能爲語。至是始悟柯輝前之惠我者，乃有謀於其間，始則誘我狎娼，致罹淫病，疾發偕吾至其家療治，凡此所爲，便其行事而已。我之兩婦，雖屬姘合，但已相處二年，不啻爲吾之室，豈圖人心叵測，事有出人意料之外，彼竟乘危奪吾所愛，玆誠可恨之事。知吾內幕者，尚慮不免微言；不知者必譏吾頭上已掛綠頭巾。綠頭巾其誰甘戴，此恨眞過於不共戴天之仇，倘不往聲討其罪，尚屬男子血性耶。遂至其居，指名索柯輝出見，閽人反眼若不相識，橫目呵斥，言不速退，則縛付諸有司。陳海自顧財力皆非能與柯輝敵，啞認自去，沿途憤恨交集，將至己居，里人皆微笑而視，陳海益羞，不敢返寓，投客店暫歇，市酒遣悶，酒入愁腸，苦悶益甚，遂出市鮮果，且啖且行，藉以自遣，忽腹痛欲瀉，急入厠大解，追思其事，憤恨不已，在無可奈何中，拾碎瓦劃字壁上，用寄其恨。又投僻巷破簷下，解帶自縊求死，以得大解脱，豈圖爲三眼所見，而來搭救，復詢問所因，遂盡情相告。

三眼聞陳所訴，始悉其自縊圖死之由。憫其所遭，加以勸慰，曰：「據汝所述各節，汝之二婦姘合而已，得之易者，失之亦易，世之姘婦，烏可以伴終身。彼今捨汝而去，非汝祖宗積有陰騭，不易有此，汝當自賀，悒悒奚爲？」陳海歎曰：「所言良是，奈吾今有家歸不得何？吾今已爲鄰里譏爲甘戴綠頭巾矣，不啻唯是，年來所有積蓄，皆爲二婦捲去，不能自保朝夕，後顧茫茫，生不如死。」辭哀且凄，三眼亦不禁爲其言所動。遂曰：「汝既有家歸不得，可暫居吾武館，徐圖事業如何？」陳海頓首曰：「公惠我如此，此生當圖犬馬之報。」遵從三眼返武館。

其時陳海得苟安其身，衣食暫可不慮，但觀三眼訓徒練技之時，則有所思，蓋其絕不忘所恨。

然自顧身爲貧人，窮焉能與富敵，苟欲報復，除習武外，實無他法。又以旣能日親三眼，胡不飾辭，乞其傳授，倘能如願，仇可自復。乃乘間請於三眼，言病後精神萎靡，稍動即覺疲倦不堪，亦自知爲血氣衰弱之故，側聞人言，病後調理，莫良於習拳，習拳則血脉暢適，舒筋活絡，五體百骸，靡不爲拳法所活動，其功效遠出諸補藥之上。今偶憶及，所以不忖冒昧，求賜以武技，使頑軀得以回復。公古道照人，沐人如浴，當能納我所請。

三眼不知其隱，亦以其所請爲然。還授以拳技。陳海報仇心切，功勤不苟，技之猛進，殊出三眼意料之外。亦喜其能耐勞，益以技授之，年餘，陳海念所學拳技，業已嫻熟，不往報復，尚待何時，追思前事，舊恨沸心，歷歷如在目前。但仍不敢露辭色致啓人之疑。越數日，請於三眼曰：「年來得師卵翼，感德無旣，惟自顧長日坐食，無事可爲，則與犬豕無殊，師縱不較錙銖，而弟子亦有所不安，來日方長終非善策，故欲另謀出路，自計夙業小販，貿易頗有心得，乞假我二十金爲本，市什物貨於市，雖蠅頭拾利，終較長日坐食爲佳。」三眼賢其所請，遂給以二十金。並曰：「如不敷用，無妨再告我。」陳海拜謝，取其金重操故業。整日街頭喚賣，顧其今所爲者，豈以此謀自完衣食乎。實仗此以偵查阿月、阿寬之踪跡，凡天下之事，在專恒二字耳，能專與恒，則事無不可遂其願望，況區區偵查阿月、阿寬踪跡哉。月餘，其偵查之心，始終不衰。一日午，途中雨驟至，乃奔避一家門簷下，有一婦自內奔出，疾收拾所曝衣，陳偶一眨，彷彿其貌似曾相識，異而注視之，則爲阿寬也。阿寬收拾衣服尚未畢，屋內又有一婦出，爲其接收曝衣。陳海又視之，此婦又爲阿月。目睹心跳，全身顫動，少頃，阿寬、阿月，各挾衣入內，反手關閉門戶。陳海呆立街上，思潮起伏，憤悵雲湧，幾欲毀門進內殺之。轉念手刃淫婦，而姦夫尚逍遙法外，阿月、阿寬今寓於此，諒柯輝必來爲樂，姑事隱忍，一俟併得柯輝，而後一齊殺之，否則顧彼失此，於是日夕懷利刃，伏伺其附近，一日傍晚，有男子自遠緩緩至，凝神細視，其人則爲柯輝，仇人見面，遍體熱血沸騰，手按刀柄，躍躍欲動，柯輝猶未知大禍逼於眉睫，已有人按刀窺伺道左，施施然入屋。匆忙間，忘下門鍵，戶還虛掩，陳海遂得以乘虛而入，既入屋內，匍匐蛇行，伏於暗隅，先爲察視，維時天已昏黑，屋內燈堂，陳海伏身暗隅中，未易爲屋內人所見，祇有陳海能覩室中人所爲，從燈光掩映中，乃見柯輝擁阿月、阿寬於左右，連坐爲戲謔，所爲不堪入目，陳海觀之，兩眼冒火，殺機頓起，乃乘其無備，拔刀撲前，疾刺其胸，柯輝措手不及，迎刃而倒，阿月、阿寬，覩狀駭絕，欲避，足軟不能行，口欲呼不能聲。陳海恨甚，並殺之，事後，不忍波累他人，割阿寬衣角少許，染血書數字於牆，曰：「殺人者乃陳海所爲。」其時柯輝受重傷，尚未即斃，少頃復甦，啓目仰視，見陳海立其旁向壁上作書，因亦乘其無備，舒手疾攫其私，持之奮力往下一擊，睪丸應手脱落，陳海狂叫一聲，氣絕而死。一室之內，屍橫燭影，儼如鬼窟，其後有過其門者，訝其夜深猶未閉戶，探首向內窺視，室內黑暗無人聲，振聲喝問，亦無人答應，知有事故，急報於鄰里。里人得耗，紛紛秉燭來觀，見屋內屍體縱橫，血跡滿地，皆大驚駭。鳴諸有司，有司率役檢視，發覺墻上有血書數字，云殺人者乃陳海所爲。急訊諸里人，陳海究爲何人，中有人恍然悟，曰：「陳海乃劉三眼之徒。」有司以此案，當與三眼有關，命役往捕，以期事白。三眼消息靈通，捕者未至，已有人奔報。三眼得訊大驚，急檢拾細軟，星夜逃亡，急急如喪家之狗，從間道奔離廣州，奔逃一晝夜，計距廣州已遠，始敢畧市食品充飢。但以身犯命案嫌疑，深慮不能倖免，除遠走他方外，則無其他辦法，乃奔逃如故，一日至一村落，欲覓茶館小歇，然此村落位於僻區，絕無茶肆，不得已赴一住戶門前，乞水解渴。匆忙間，偶而不愼，誤觸墜一竹竿，竹竿穿有衣袴數件，乃浣淨曝於日下者，既墜地上，不免沾染坭土，三眼拾起，將復置原處，陡覺腦後有風，知有人伸手向己頭上暗算，急反身察視，有一女子，怒容滿面，正伸手欲奪己髮，急低首躲避，退後一步，再相其貌，此女子年約廿許，眉宇間滿佈英銳之氣，不類尋常鄉村女子，遂詢其何乘人無備，然後施以暗襲。

女子哂曰：「何得謂爲暗襲，實欲擒汝。汝知之乎，本處數十里外，誰不懼吾父女二人，汝猶敢來此作小竊。」三眼辯言誤觸竹竿，致衣服墜地，正拾原處，非爲小盜也。女子罵曰：「汝猶欲以巧言脫罪耶，如不將汝嚴懲，則無以警其他。」言已撲前向三眼一拳打去。三眼尚欺其是女子，縱諳幾手拳脚，亦非男子之敵。因不以爲意，攘臂迎架，甫事接觸，覺其橋馬不凡，打來之手，皆含有勁力。始爲之驚訝，何敢忽畧，致遭挫辱，搏鬥中，又覺其攻勢兇惡，着着向己要害打來，則益審愼應付，纏鬥多時，尚未分勝負，三眼遂改變手法，期速取勝，退後一步，誘其搶入，運拳橫撞其面，女子俯身避讓。笑曰：「牛角鎚乎，庸而已，烏足以制我，汝且看本姑娘之本領。」又曰：「汝其注意吾手之來。」遂以陰陽手法滾進，法甚縝密，起伏如風。三眼急退後，察覺其攻來之勢殊類拳技中所謂破牌手，破牌手爲拳技中掩護上中門戶，最縝密之法。此乃保護上中門戶，而後出擊，陰陽並用，兩手互相照顧。此女今以此法進擊，三眼以其無隙可乘，又不得不以倒拔垂陽一法期制勝，遂猝蹲下舒手，疾襲其前鋒馬，欲提面翻跌之。顧此女子武功湛深，視三眼突然蹲下，即防下三路受襲，退舉臂劈落，三眼急回手偷步，從側次以虎凭豺狼一法，欲制其臂，進馬逼跌之。幸手尚未及，攻勢已爲彼所避，於是三眼益驚，不能不抖擻精神與戰，酣戰間，忽聞有人喝曰：「大妹，汝以何事而與人鬥毆，速言於我。」女子徐答曰：「此賊敢來吾門前盜竊，父親速來共擒此賊，倘不將其痛毆一頓，彼則不知吾父女之厲害矣。」三眼方欲申辯，祇見一老叟縱步搶前，舒兩臂橫亘其中，使兩人各分下，來勢疾且有力，二人皆退下數步。三眼仍防其合力鬥己，因展勢以備不虞。

老者見之笑曰：「毋須如此，老朽非來助鬥，鬥亦不能鬥出事之道理，汝其言因何事而致鬥毆。」三眼急爲辯白，語尚未已，老者哈哈笑曰：「觸墜晾衣，何足掛齒，小女性烈，遇事不能隱忍，殊對不起先生，今既相遇，如不嫌蝸居簡陋，造內一談如何！」辭婉而有禮，三眼亦長揖謝過，從之入進，畧事寒喧之後，老者自言姓羅名宇，居此間有年，妻喪無子，祇有一女。又言，頃於門外得瞻君之身手，似爲名家餘緒，敢問尊師爲誰？」曰：「吳玄也。」羅宇聞言，沉思有頃，曰：「吳玄是否爲江湖上人稱之爲八臂蠄蟧者？」曰：「然」。羅宇撫掌曰：「同是一源，幾成水火，尊師與老朽爲故交，君既爲其徒，乞以姓名見告。是時三眼乃逃亡避禍之人，老者言雖如此，亦何敢直說，祇易姓名以告。羅宇爲江湖老者，明察秋毫，以三眼遽聞其詢及姓氏，面色驟變，而自道其姓氏之時，又不能爽快直說，一若計慮之後，始敢言之，察言觀色，已知其言必僞。因正色語之曰：「君以老朽爲何如人，胡驟以誑語見加。頃之所告，必爲欺人誑語，我輩江湖中人，亟須相對以誠，毋效市井人所爲，倘再爲之，我則不歡矣。察君眉宇間，若懷有重憂，汝亦須言之無隱，方是江湖人物。」三眼聽之，面色大變，但仍沉吟未敢遽說，羅宇益引以為異，苦詰不已。三眼無奈，始喟然告之曰：「今不得已，言吾所隱於長者也，在下實名劉三眼，為拳師於廣州，十餘年來，曾未作惡於社會，私謂仗吾師緒餘，可以安身立命。不幸誤收一人為徒，發生命案，致彼牽累，乃逃亡至此耳。知公仁厚，諒不加害，故敢不諱所隱。」

羅宇又問：「汝既逃亡避禍，今欲投身何所？」曰：「孑然一身，無所繫念，今後亦不自知寄身何所矣。」羅宇聽之，默無一言。有頃始曰：「君自謂孑然一身，無有繫念，是否猶未有室？」曰：「然。」羅宇顏頓霽，欣然置肴酒相待，酒過一巡，羅宇撫鬚曰：「老朽別江湖事業以來，弱息猶未有所寄託，幸天假以緣，與君萍水相遇，而又知君為故人弟子，願以弱息見累，能不嫌鄉村陋質否？」三眼起座拜曰：「公之言雖甚可惑，奈某今為捕逃之人何？不敢見累令媛也。」羅宇笑曰：「此乃天作之合，違之不祥，汝毋再辭。」遂贅三眼於家。成婚後，琴瑟甚歡。悠悠數十年，有子生孫矣。其後遷居韶州，築室數椽，以招待來往仕商為業，優游泉石，以度餘生。

× × ×

某年北闈武試，有武舉人曰鄭鵬舉者，功名心切，束裝北上會試，時舟車未通，凡晉京者，均取道切韶州。鵬舉既至韶州，投三眼所設之店歇足，三眼藹然迎入，鵬舉解刀置於案，命殺鷄為饌。三眼領命入厨，已而鷄熟酒熱，一童捧肴酒列於案，鵬舉就座飲食，連飲數觥，豪態忽作，拔刀出鞘，拂拭叩之而歌，意殊雄邁。歌甫已，忽有笑聲出於座後，愕而反視之，則為捧肴酒之童，笑容猶未斂，因詢其發笑之故？童曰：「笑客官之刀耳？」鵬舉奇其語，詰以吾刀之可笑者奚在？曰：「重笨如此，安得不笑。」語未已，三眼遽出呵童，命其退去，三眼拱手謝過，並致歉辭，且謂稚子無知忤客，諸希勿怪。鵬舉曰：「丈毋須如此，敢問此童子爲丈何人？」曰：「老朽之孫也。」鵬舉又問其有店伴若干？三眼言祇老朽及子媳與孫而已。在言談間三眼知鵬舉此行乃赴京會武試，並知其武藝不凡，巧讚之曰：「君誠勇武。然探丸鳴鏑之徒，其中非無抱奇能異技者，請勿輕量天下士也，老朽則無能，今出小孫，與君一角爲戲，如能勝之，則君北上之途，眞可無須憂矣。」鵬舉聞言。不禁自訟於中，以其言如非妄，則必懷有奇技，我今方爲此豪語，又安可示人以弱。乃允之，三眼即向內呼曰：「阿才汝來。」一童應聲出，曰：「喚我何爲？」鵬舉視之，則爲頃捧肴而出之童也。三眼呼童至其前囑曰：「汝試與此位客官相撲爲戲，許客官劍汝，汝則不能或傷客官。」童唯唯取巨棒至。三眼笑曰：「此乃戲撲耳，安用此物，汝其往取平昔慣用之鼠尾棍可矣。」旋又語鵬舉曰：「相搏時，請毋須留情，每出手可用最毒辣之法，雖斃吾孫，亦無所怨，且吾已囑之，君能創彼，彼則不能傷汝，君可安心相鬥，無所顧忌矣。」語已，又密告於童，當以五郎八卦槍法爲應付，不必雜以他法，左券之操，必屬於汝。

當是時，鵬舉以三眼之言，含有輕視意，惡之，乃拱手曰：「間或有失，乞恕孟浪。」遂提刀逕出屋外草場中，挺刀蓄勢以俟，童亦提棍出，三眼則坐於屋外椅上而觀，於未鬥之前，童挺棍先察鵬舉守勢，鵬舉亦引目視童，見其棍小如竹竿，長不及四尺，胡能與我相抗。蓋吾刀重且鋒利無已，遂謀先斷其棍，而後創之。乃縱步飛刀，向童亂砍，但童之身形手法，殊出鵬舉意料之外，刀未砍落，而其棍已回，鵬舉以其矯捷，改用溜步逼近，提刀橫撇直劈，童退馬，施用下馬垂絲架式，挺棍反攻其私，鵬舉急沉刀掩救，刀甫沉下，而童之棍，已轉化半步蓮足，滑脱斜走。鵬舉以其退避，並提刀向之砍下，着着欲先斷其棍，然終不能如願，已汗出如漿，氣喘不勝矣。童見其如此，即乘勢將棍一彈，向其臍下直搗，攻以下門滴水棍法。鵬舉急仗刀救護，童立搦棍轉點其拇指，並順勢疾鞭其刀，鵬舉措手不及，刀爲其棍擊墜。至是，三眼起座止之曰：「可矣，勝負已見矣。雖然，童子無知，誤傷君指，老朽之罪也，幸毋介懷。」鵬舉此時豪氣都消，自審己技確不如人，乃輸誠折服，訂交始別。

越年重訪其廬三眼已死久矣，鵬舉聞之，不勝悵悼，乞爲引往弔諸其墓，太息而歸，一代武術名手，從此長眠一抔黃土之內，其當年盛事甚多，茲篇所紀，乃其中之一而已，彼以逃亡誤觸墜竹竿而得婦，是其千里姻緣一線牽也。

選自一九五八年二月六日香港《工商日報》

依　達

雪地情仇（節錄）

布黛西亞靜靜地凝視着亞强，她分析着他的話，而且把它們熔到心上去，她要記着它。她一直以爲亞强很傻，但在這一方面，她發覺他比她懂得更多，了解得更透澈。

「謝謝你，亞强，」她説：「你教了我一些書本上讀不到的見解，我想慢慢地會體驗到你的話是對的。」

「你很聰明，你會體驗到的。」

她覺得他這一刻顯得更完美更着實了，就以他剛才的那段話來看，亞强要比她理想的情人優越得多。

瞬息間，她想起了老頭子，於是她急急問亞强：「你爺爺有個仇人，他説要殺掉他，那是誰？」

亞强身子震了一下：「這是爺爺告訴你的？」

「不錯。」

「沒這回事。」他否認着。

「這分明是他告訴我的，你還要想抵賴。」

「請你不要問這些。」亞强垂着頭。

「你爲什麼要瞞我?」布黛西亞盯着問他。

「——」

「你爲什麼不說?」

亞强抬起頭,吼叫起來,充滿着恨:「好!你聽着!那人害得我們家破人亡,害我沒爹沒娘,還害得爺爺變成殘廢!」

布黛西亞聽呆了,心想世上那有如此兇惡之人,她急問:「那人是誰?」

「那人住在布萊鎮!」

她大驚失色:「布萊鎮數百戶人家我都認識,誰?」

「我求你不要再問好嗎?」我不想再提這些。」他抬起頭央求着,聲音細得像蚊叫。她見到他眼中含着的淚光。

她很想再追問下去,但却不想他哭出來,所以止住了。但她已明瞭爲什麼老頭子一提起布萊鎮面色就陰森的原因了。亞强悶悶地想着心事,她知道那是傷感的事,所以牽着他的手,走到湖畔去。她還說了許多話,逗得亞强忍俊不住直笑出來。

湖面結着很厚的冰,像磨沙玻璃,很好看。亞强指着湖面說:「湖邊的冰厚得像磚,堅得像鐵,但湖心的冰却薄得像紙,脆得像餅,它簡直受不起一隻飛鳥的體重。」

「我不信。」布黛西亞搖搖頭。

「不信你就試試。」亞强笑着說。

「試就試！」布黛西亞果然踏上冰去，向前走了三步。

亞强連忙把她拉住，呼道：「你不能去，有危險的！」

布黛西亞一扭腰，掙脫了：「我偏要去試試。」

她又走了兩步。

亞强急得差些跪下來求她：「請你回來，我求求你。再走前去你會死的！」

「我死與你何干？我偏要去。」

亞强見她舉步又要前走，不顧一切的撲上去，把她抱起來向湖岸走去。布黛西亞掙扎着，用拳搥他的胸膛。

亞强把她往雪地一拋，指着她責備：「布黛西亞你自己不要命，也不用這樣來嚇我的。」

她笑起來：「我死了怎會嚇着你？這簡直是笑話！」

亞强默不作聲，含情地凝視她。她又感到心慌了，眼眨幾眨，忙把頭別過去。

「因爲——」亞强跪下來，把嘴俯在她的耳邊，終於溫柔地說：「我愛你。」

布黛西亞心又跳起來，她很喜歡亞强這樣，她希望他再說幾次。但她故意裝傻：「你愛我什麼？」

「我愛你的人，你整個的人。」亞强想一想說。

「我也愛你。」布黛西亞也照樣說。

「你愛我什麼？」這次是亞强問她。

「我愛——」她咭咭嬌笑起來：「我愛你傻，整個傻人！」

「你玩弄我！」亞強撲上去，布黛西亞一翻身，從雪地爬起來，拔腳就逃。

亞強撲了個空，馬上跳起來，追她。

布黛西亞格格大笑，在雪地上奔着，她奔得很快。亞強在後緊追，他追得更快，像一支脱弦的箭。

布黛西亞被他捉住了，倒在地上打滾。亞強強健的體軀壓着她，使她動彈不得，祇能開口直叫。亞強掩住她的口，發出勝利的微笑。

那一刻他又見到布黛西亞睜得老大的眼珠了，他又開始迷惘，開始激動了。

他愛瞧她的眸子，因爲它清澈可愛。他又怕瞧她的眸子，因爲它使他迷惑。他把手慢慢放下來，他要看看她那片潤濕的朱唇。布黛西亞心頭又像滾水在沸騰，她忘記了嘶叫，默默地注視着他。

亞強把頭湊過去，對她說：「請你不要取笑，我說的是衷心話，我眞的需要你，我……愛你。」

布黛西亞高興得幾乎掉下淚來，撫着他的面孔，含情地說：「我喜歡聽這句話，請你再說一次。」

「我愛你。」他又輕輕再說了一次。他說得那麼輕，但布黛西亞聽來却是那麼地響；它震動她的內臟，她的心！

「我也愛你。」她輕柔地回答。

喜悅在他的臉上泛現出來，他把唇湊上去，差些就與她的唇貼在一起了，但他却又停住了。他猶豫起來。

「我能够吻你嗎？」他問。

「我渴望你吻我。」

他把唇貼上去，他吻了她。但衹短短一瞬，他便移開了。

「我吻得對嗎？」他傻氣地問。

「很對。」她答。

「吻得好嗎？」他問。

「很好。」她答。

「那麼，」他又把唇貼上去：「讓我們再來一次更好的……。」

布黛西亞無數個晚上所想及的那些甜夢終於實現了，她現在已經得到亞强，也已嚐到愛情了，愛不再是迷惘的，因爲她能觸到它，聞到它、見到它，「愛」字比她想像中更美更甜更光彩——她注視着亞强的雙眼，她找到了她該抓牢的愛，她要掌握它，她願把自己所有的一切來換它。

他忘記了他是中國人，她忘記了她是蘇格蘭人，因爲兩個異國的男女，兩顆純潔的心已經融洽在一起了。

但是他們必須分開，因爲天又黑了。

於是亞强提了風燈，又把布黛西亞送出樹林。

在坡上，布黛西亞要與亞强吻別，但他說：「我送你下坡去。」

布黛西亞握着他的手說：「已經距離我家不遠，不用送我了。」

亞强堅持着，他說：「我一定要送你下坡，那樣可以多看你一陣。」

布黛西亞拗他不過，衹得依了。

馬車還沒來，雪又下起來了。亞强見到坡下的那塊木牌，眼睛牢牢的注視着，不出一聲。

布黛西亞指着木牌，畧帶驕傲地說：「這些就是我將要得到的財產了！」

「什麼？」亞强面色驟變，鐵青着臉，猛然問道：「布黛西亞，你姓什麼？」

「我自然是姓布萊呀！」她莫名其妙地回答。

「是你！」他驀然退開去，面部表情痛苦得就像有人剖開了他的心，他指着她，身子顫抖起來，退得遠遠。口中低喃道：「你說你母親是自殺的；你說你姑姑不准你近湖畔一步，這我早該知道是你！但我爲什麼這樣蠢？還要愛上你！」

他雙手掩着臉，痛苦地啜泣起來。

「這是怎麼一回事？」她如墮在五里霧中，急急奔過去，攬住他那抽搐着的身子，想安慰他。

他猛地把她一推，叱喝着：「別碰我！我恨你！」

她接觸了他的眼光，立時楞住了。她再也見不到那縷從他眸子中吐出來的情絲，她能見到的是一團烈火——充滿憤恨的怒火。她再也聽不到他那陣陣輕柔的情話，她能聽到的是一聲聲野獸似的咆哮——震她耳膜嗡嗡發响的厲喝。

亞强淚珠滾滾而下，面色却很强硬：「你可記得誰是我們的仇人？誰使我沒爹沒娘？誰又使我爺爺變成殘廢？哼！我的仇人。你就是我的仇人！我恨你！」

布黛西亞剛才迷惘，現在却大吃一驚：「你說什麼？」她正要扯住他問，他把手一摔，飛奔上坡去了。

「亞强——」她呼叫着，但亞强頭都沒回，睬也不睬。

她像失落了些什麼，她知道她再也抓不住亞强的愛了，本來她空虛的心塡滿着亞强的愛，現在却完完全全的都漏掉了；空虛的仍舊空虛着。但爲什麼他的愛會漏得這樣快？爲什麼它不慢一點緩一點的漏出去！

布黛西亞沒有哭，她想不到這時應該哭，她在狐疑着，在思索着。她弄不明白亞强爲什麼一忽兒對她愛，一忽兒又對她恨？她想起他曾提及母親的自殺，難道母親跟他們有關連？難道長輩們跟他有仇？

她思量着，又推測着。

「布萊小姐！」管工遠遠地在招呼她了，但她沒聽到。

她回到了家。她不曉得管工問過她什麼，也不知道她答了他些什麼。她茫茫若失，頭昏腦脹，她想了許多事情，却沒有一樣想得透。

她在園中抬了一張竹梯，搭上露台，爬進房去。姑姑要關禁她一天，門是不會開過的。她溜進房間，姑姑一定不會曉得她曾出去過。

她開始坐在床沿發呆。她不曉得過了多少時候，也不曉得呆了多久，但房門砰的一响震醒了她。一邊濃光直透射進來，開門的是嘛嘛，托來了一大盤晚餐。

「餓壞了吧？」她急急跑過來：「你姑姑也眞刻毒，竟忍心把你關上一天，現在才給我鎖匙開門。」

「咦？」她見到布黛西亞的服飾，奇怪地問道：「你出去過？」

「我在露台溜下去，」她坦率地說：「我到湖邊去。」

「你又去了！」嘛嘛慌張起來，壓着聲調問：「爲什麼你還要去？」

「因爲我愛上了他。」

「你愛上亞强？」嘛嘛歎口氣：「作孽，作孽。」

嘛嘛的話使布黛西亞詫異起來，她眼睛盯着嘛嘛問：「你怎知他的名字？」

「那，那——」她支吾着，最後說：「那不是你昨晚告訴我的嗎？」

「胡說！」布黛西亞叫起來：「我分明從沒提過他的名字。」

嘛嘛這時不知如何是好，急得坐立不安。

「嘛嘛，我得問問你，」布黛西亞說：「我的長輩可有作過什麼孽嗎？」

「沒有，沒有。」嘛嘛雙手亂搖，急急否認。

布黛西亞一把提着她的胸襟，兇狠地道：「別騙我！媽媽可有迫害過人？」

「沒有，眞的沒有呀！」嘛嘛喉嚨更沙啞了，聲調在震抖：「你媽媽是天下第一好人，怎會迫害別人呢？」

布黛西亞把她放下來，心頭一陣煩亂焦急，撫着頭哭了。她哭得很傷心，嘛嘛忍不住過去撫慰她。

「我愛他，」她啜泣着道：「他却恨我。」

她又哭出聲來，嘛嘛衹能搖着頭。她嚥下一口口水，哽咽着說：「我出生以來衹有你一人愛我，我很寂寞，我要去愛人，也需要別人來愛我。亞強愛我，但當他知道我是布萊家族的人後，他罵我是仇人！嘛嘛，我不能失去他！」

嘛嘛撫着她的秀髮說：「我眞的不知道你們家族與別人有什麼深仇。」

「你服侍我們幾代，你沒理由不曉得這事！但你老是瞞我，甚至不告訴媽媽爲什麼自殺！」她發覺自己的家庭一定有着不可告人的隱事，而自己一直像活在夢裡，毫不知情。現在這一來，她非要拉開這烟幕不可！

「小姐，我請你別迫我，這已經過去了……」

嘛嘛這麼說，她確定知道嘛嘛是知道實情的，她激動起來，居然跪了下來：「嘛嘛，請你講出來，我求求你。」

「小姐，你別這樣。」嘛嘛忙把她扶起，淚珠滾下來了。

「請你告訴我。」

「你難道非要知道不可？」嘛嘛面孔忽然嚴肅起來，聲調也提高了。

「我非要知道這事的前因後果不可！」她肯定地說。

「好！我也積悶着已有十九年了，」嘛嘛咬一咬牙：「你就聽着！」

選自依達《雪地情仇》（「環球小說叢」第一三四期），香港：環球圖書雜誌出版社，一九五九年九月十九日

夏商周（李輝英）

香溪奇緣（節錄）

十六

我和老婆婆招呼一聲，慢慢退出來。

我走出門口，小街上靜悄悄的，熱哄哄的，茶館裡的茶客，躺在竹椅上打瞌睡，連門前的狗，都懶懶的闔攏了眼睛，一任長長的舌頭搭拉出嘴牙的外面，呼呼吁吁的喘着氣。

我走到江邊，無聊的東望西望，不是橫枕的高山，就是奔竄的江流，太陽把夏天的光熱，完全投擲到地面上，使你感到窒息。

回到小房間去嗎？更無聊。信步所之，我又移向夾谷。我在那棵熟悉的大黃桷樹下停停，然後又走到竹林邊，反而更爲悶熱。我忽然異想天開，想到溯谷而上，找個更合適的地方，鑽進溪裡洗個澡，然後還可以晒晒太陽，豈不更好。小溪雖然只有一尺多深，躺在水裡足可以祛熱的了。

我隨即在沒有路徑的草叢中，林木中前進，主要的目標是溪流，溪流有些地方暴露出石灘，有些地方鋪出細沙，有的時候沒入兩岸連結的樹枝下，有如一個拱廊。我忽然感覺，這裡實在是個幽美的地方，也許沿溪再進，可以進入不知漢、魏的桃花源的。這年的軍旅生活，一切都那麼刻板，實在又太乏味了。在南陽的時候，偶而玩半天臥龍崗，就等於獲得一份意外的享受，其實這夾谷才更具幽情呢。

大約溯溪走上約有一里路的光景，四野無人，但聞鳥聲和水聲，我脫下上下身的軍衣軍褲，選擇溪水深有一尺半的水潭，盡興的開始洗澡。然後，我躺在那裡，只露出個腦袋，枕着腦後扣緊的雙手，我一無牽掛的看天上的白雲，看天上的飛鳥，看近處樹葉搖盪，看溪上的蝴蝶飛，全然是脫除了塵世，一身都是輕鬆的。

這種享受，我小時是享受過的，唐白河水有深到三尺的地方，一群孩子在夏天的晌午，不顧家人的吵鬧，紛紛的跳到河裡去，亂打亂鬧一陣，再上岸去，睡在大椰樹下，忘去人間的一切。如果哪家孩子抱來一捧黃瓜，只消用水擦擦黃瓜刺，洗也不洗就大吃起來。可是那樣的日子過去了，再也拾不回過去的情趣了。

僅只是一瞬間的事情，我忽然想到自己，若不是去重慶出差，夢也夢不到這實際的情景罷？可見一個人不但未來的事情不能預卜，就是足跡所到，也無法做硬性的規定。但我的喜歡遊山玩水，則又是受了徐霞客的影响，和我這軍人氣質是不相近的。香溪這地方，有山有水，確乎不算壞，只是四面環山，不開朗，那是無法改善的。

但香溪的可貴，並不在山水，在——在於有柏琴。我的頭腦一經晃了柏琴的影子，有如打過一針興奮劑似的，一躍而起，想穿起衣服，還是回去看看她的好。不多看幾眼，等到一上船，想看也只是白着急了。

我穿上衣服，決定回旅館。當我蹲下身子捧水洗臉，準備洗完臉就歸去時，讓我發現有兩三顆石子擲到我的身邊來，其中一顆落到溪中，擲出低沉的响聲。太突然了，嚇我一跳，我馬上站直身子，向四處搜尋。用一句軍語解釋，這是發生了情況，第一步是戒備，第二步是準備迎擊。

當然這裡不會是發現了敵人，最大的可能，是孩子們在做打仗的遊戲。孩子們是喜歡飛石子的，我小時常常幹這事，有時打得頭破血出，回到家裡不但得不到大人的安慰，還要挨打挨罵。此刻飛來的石子，不是孩子們兩陣對壘，就該是他們向我這外鄉人做有目的的攻擊。但他們到底藏在什麼地方？既不見人影，也聽不到聲音，他們進入了做好的掩體不成？

我搜尋的結果，一無所獲。石子不飛了，一切歸於平靜。眞是活見鬼！我忍不住大聲的喊道：

「誰？誰朝我拋石子？」

沒有動靜，看不出任何的跡象。見鬼麼？方才幾顆石子不會是假的。搜索到人搜索不到人還在其次，現在該當我離開這邊了。因爲，我忽然想到了最壞的事情上，可能是柏琴平居就不大老實，鄉井惡少，和她如有瓜葛，那麼，這傢伙眼中的我，簡直成了他的情敵，我和柏琴的往來，他不要恨得咬牙切齒嗎？這般一想，我實際上等於陷入了重圍，身臨絕地。情殺的發生從來都不擇手段的。使我不明不白的犧牲在異域，任務不能完成，這可該怨誰？

爲什麼我竟然大胆到深入不毛之地，一點也未顧及惡劣的後果？孤軍深入，全不了解情況，誰說不是犯了兵家大忌？除此之外，還有什麼人找着來暗算我？

一點不錯，這是屬於暗算的行爲，我極端暴露，對方完全掩藏起來，捉捕不到，這一仗怎麼打得下？

越想越有道理，越想越危險，我在慌亂無主中，只是想到一條撤退的道路：向江邊撤，只要撤出這一里多的夾谷，到了江邊，那裡就可以望見香溪，來往的人多些，便等於解了圍。

我的耳邊一陣呼隆呼隆的直响，宛若遭到了沉雷；我的呼吸十分緊迫，上氣不接下氣；我的心臟激烈的跳動，近乎爆炸的邊緣；我的身上打起冷戰，周身都是泛起的鷄皮疙瘩。我辨識不出天上地下，看不出南北西東，只是一邊機械的喊叫：「誰？誰扔石子上前來！」其實倒是我一直不停的像隻狗似的亂衝亂撞，怎樣搜索對方，怎樣掩護自己，完全都顧不到了。

我的頭腦中迴旋一個簡單的念頭，逃。只要逃得快，就可以得救。我彷彿覺察身後眞的趕上來追兵，草叢、樹林一直都在响出追逐者的脚步聲，而當我盡力掙扎逃到江邊時，汪汪汪的一陣狗叫聲，傳到我的身後，我清清楚楚看見追上來的一隻大黄狗，正是揚子旅館的看門狗。

牠要咬我嗎？不像。

牠是保護我的嗎？也沒有可能。

什麼都不管了，什麼都不理了，我總算停了脚步，長長的緩着氣，一面把軍衣的鈕扣解開，敞着懷，接受江上吹來的風，一面掏出手絹，不顧頭不顧臉的亂擦一陣。羞慚啊，我通身上下，完全變成了一個汗人，腿脚軟得不能邁動了。

天，我總算闖過了一關。

十七

一經回到揚子旅館，我連臉都顧不得洗洗，一下子把自己摔到床上，就像自己是個被擲的包裹。太緊張了，太驚恐了，太疲勞了，我如果不好好休息一陣，恐怕要失去色、香、味的諸多感覺。若干年來，就算把戰場廝殺算在內，我都沒有這般疲勞過。人躺在床上，軟癱癱的活像一個棉花球。

「柏琴呢？」我一念及此，抬頭望望對面的廂房，沒有人影，也沒有動靜。

還是不要想她罷，事情全都由她而起，女色不可貪，佔人家便宜，就該得到報應。人在外邊，一切都得小心。就算柏琴存有邪念，自己也得有個分寸。快點上船也好，一上船萬事皆休，儘早離開是非之地，不明不白死在陌生的地方，不但對不起自己，又何以慰藉年老父母的盼待？

但我翻來覆去睡不着，身體雖覺疲倦，精神反而特別興奮。無可奈何，只得點燃一枝香煙，拚命的吸，吸，吸個不停。

一直到連吸了三枝香煙後，我這才感覺恢復過來疲倦，心神鎮定，睡神速颺，聽到樓下的街道上，嚷出一片人聲，我止不住好奇的走到窗口邊，看是發生了什麼事情。是一個賣甜瓜的人，和黃瓜人發生了爭執，引起一陣嗽嗽不休的吵叫，當爭執不下時，簡直兩方都在擺出架子，準備動手了。旁邊一些看熱鬧的人，不但不加勸解，反而兩面燒火，惟恐天下不亂。後來大約走來一個聯保主任之類的人物，才算把事情壓伏下了。在散開的人群消失踪影後，讓我看見柏琴端着洗衣盆回來，後面跟着大黃狗，牠不時的嗅着地面，或不然一邊搖尾，一邊發出嘖嘖的聲音。

她大約又去江邊洗衣服了。也不怕天熱。果然，在她身後不出兩丈的距離，跟上一個年輕的伙子，看樣子不過二十四五，琉璃琉球，口中唱出低級的小調，可能他就是柏琴的相好，可能他就是方才向我擲石子的壞蛋！他們保持兩丈的距離，一前一後的前進，柏琴則不時向後回頭，有如在說什麼私話。後來走到柏木船的停船處，那年輕伙子不管不顧的跳上船，三划兩划就划到江中去了。

我心裡想，單單他一個人，我才不怕他半點分毫，問題是因爲他藏在暗處，我立在明處，對峙的情勢便全然不同了。一定的，方才是他朝我攻擊的，這壞蛋，看他那種無賴勁兒，我是柏琴才不愛他呢！

柏琴走進大門，在天井中晒好衣服，我目送她上樓，因爲不想理會她，不值她的所爲，不想多惹麻煩，便假裝睡熟的躺上床，生怕她來驚動我。我屏息呼吸，靜聽她的動靜。據我猜想，她可能來敲打我的房門的。如果她敲門不見我的動靜，必然推門而入，那時，她既然入室，我不便把她趕走，一切由她，反正我是就此止步了。我可以向天老爺賭上一注，她不來敲門，我今後不當軍人。因爲她在和她的相好人有了交談之後，不是那傢伙責她負心，得新忘舊，就是她極力聲明，她對我別無任何企圖。而當那壞蛋攻打了我，精神取得了勝利，甚而迫她還得堅決時，她由於和我有了過往，至少也不能不在矛盾的心境中，覺着兩面不夠人，苦悶，焦燥而羞愧。她就大有可能要來找我，或是就此談談，或是看看風勢的。

但我這賭注，虧得對手是上天，否則我失敗得全然無可挽救。柏琴確乎在長久時間內，也未敲門，但我却可以聽出來她在屋中做活碰撞出的聲音，雖然那些聲音很微細，譬如罐罐罈罈的聲音，桌子磕碰的聲音，扇子落地的聲音，腳步踐踏樓板的聲，聽在我的耳內，却都像沉雷一樣重。……

柏琴不來找我，自然很好，我可以免去多少麻煩，而且我和她，根本就是風馬牛，她是茶房，我是旅客。但是，我居然又在制耐不住的想，她如能來看看我，我還是歡迎不盡的。世事實在不必過於認眞，人生幾十寒暑，難得遇上幾件有意味的事，難得遇上稱心的人，及時行樂，早已就是古訓，上了船，水分東西，人分兩地，一切皆成過去，那麼，只有天大的傻瓜，才把自己封鎖起來，折磨自己了，這又何苦！

想到這裡，我一躍而起，全然改變了主意。什麼危險，什麼攻擊，單對單我誰都不怕！我不趁未行之前，找柏琴消磨有意味的時間，還要等離開香溪後自己向夢中求解脱嗎？不但如此，那壞蛋敢向我挑戰，我眞的可以跟他決鬥，只怕事態大，與她的名譽不好，我不能不顧慮罷了！

我偷偷的隔窗望望對面的厢房，發現柏琴似在收拾東西，怪不得磕碰出一些聲音來。她一會蹲下，一會起來，一會開箱子，一會又關橱門。她幹得那麼起勁，全然不料還有我在窺看她。

我轉到正面窗口邊，江上的漁船張起一簇簇的褪色的風帆，天陰了，太陽隱在雲層中，似乎又要襲來一陣暴雨。天氣都這麼多變，忽然而晴，忽然而雨，人世的驚險，又算得什麼？我實在要笑自己太迂了。

我不能等待柏琴來找我，我可以主動的去找她！她收拾東西，我還可以幫她伸伸手。免得她太過勞累。

想到就辦，我輕手輕腳的走到她的門口，輕輕的拍門。門是虛掩的，稍一推動便打開來。

「林先生，是你？」

柏琴像有點驚訝的樣子，又像很爲忙亂，她的臉上滲出汗珠，短衫的後背全都濕透了。她趕忙歇下手，拉過一條白手巾擦臉。

「你收拾東西？」我不答的只顧問。

她點點頭，摸起扇子只顧搧個不停。

「收拾完了，」她說，「林先生，你看我這醜樣。」

「醜？明明是醜，落在你的身上也是美的。」我走進屋，却又難於下脚。屋子裡顯然彌漫着灰塵的氣。「別客氣，我可以伸手幫幫你嗎？」

「眞的收拾完了，」她笑了，「不過你站無站位，坐無坐處，林先生你在客堂間等等我好嗎，我一會就來，半天不見你，好像有好多話要說的。」

「是嗎？」我的心中一動。

「你看你這人。」

「那麼好，我客堂間等你，我也像有話要跟你說的。」

我到底有什麼話要跟她說？又憑什麼跟她說？

在退到客堂間時，我在飯桌邊坐下，開始吸煙。客堂間前面一排窗子，完全敞着，不時吹來層雲罩籠下清涼的風，滿討人歡喜。窗框邊的裂縫上，爬滿了翻翻滾滾的螞蟻，那樣的忙忙碌碌，彷彿大禍臨頭的樣子。這恰好也給我一點啓示：天大約要下雨了。山雨欲來風滿樓，馬上襲來幾陣狂風，更給我以很好的証明。

「不好，又要落大雨！」柏琴喊了一聲，衝出門來，她已然洗好面孔換好衣服了，「林先生等等，我下去收拾衣服。」正好樓下的婆婆，感覺天氣不對，也連聲喊叫柏琴快點收衣服。

她撲登撲登下了樓，一陣竹竿响聲，我自上而下看她收好衣服，送到老婆婆的屋內。我想她該就上樓來了，誰知她留在屋中，半天也不動身，好像和婆婆開始了長談，偶而還叫我聽到兩個人嘻嘻的笑聲。她們遇上什麼喜事，這樣的高興？

啊，我知道了，一定是柏琴把那壞蛋擲石的事情，學給婆婆聽了，兩個人因此當成笑柄，大笑不止。這是在笑我呀，我還有什麼心情等她見她？這是不是侮辱我，欺負我？我還能忍受嗎？

心裡一急，重行跑回室內，卡嚓一聲打出一個响雷。雷使我吃了一驚，我也將使柏琴吃一驚！雨傾盆般落下來，我把淋雨的那面窗子關起。暴雨打在房瓦上，打在土地上，打在窗框上，响出很大的聲音來。我也聽到了敲門聲。

知道是柏琴來了，本不想開門的，心一軟，仍然伸出手去。

「怎不在客堂間等我？」她進屋之後說，有點奇怪的樣子。

我也沒有好聲氣的說：

「誰叫你半天晌不上樓。」

「哎喲，林先生，你倒生了氣了，人家婆婆媳婦還不行有點話說說？」她倚着門邊。噘着嘴。

「有話説，怕不是譏笑我，笑的那樣起勁！」我仍然不服軟的衝口而出，實在火氣不小。

「林先生，你聽見我們笑了？不錯，我們笑了，可是那並不是譏笑你！」

「不譏笑我，難道是笑的投石子？」

「投石子？你說的那裡話？」柏琴退出門口，退到客堂，我慢慢的挪出去。「你知道投石子了？」

「我怎麼不知，是你主使你相好的，跟我搗蛋，我就要問你的。」

「我相好的？我相好的難道不是你？」

「別嘴甜心苦了，剛才我洗澡，幾乎被謀害。」

「到底是怎麼一回事？」她不噘嘴了，笑着拉我坐在桌邊，「有話慢慢講好不好？」

這一來，我只有慢慢的消氣了。我便把方才的經過，一五一十的報告給她，並責罵那壞蛋的陰險。

「就爲這事嗎？」她笑得半天半天彎着腰。「告訴你說罷，那擲石的人就是我！我找到你，看見你光身，不敢近前，等你穿好衣服，就跟你開開玩笑，我聽到你問誰，也看到你慌張的樣子，開開玩笑，何必生那麼大的氣？」

「是這樣？」我如夢初醒的叫道，「那麼，你剛才在樓下，又笑的什麼事？」

「婆婆笑你，二十七歲的男人還不結婚，一定是個大傻瓜。我們就是這麼笑起的。笑的是你，可不是譏笑你。」

「現在我不傻，想結婚，又有什麼辦法？你婆婆能不能把你送給我？」

「她倒很希望有你這樣一位好女婿。」

暴雨過去了，天涼了，但天上却雨斂雲收，露出大大的太陽來。

選自夏商周《香溪奇緣》（「海濱小說叢」第五十一期），香港：海濱圖書公司，缺出版日期，料為一九五〇年代出版

作者簡介

洛　風（唐　人）（一九一九──一九八一）

原名嚴慶澍，另筆名阮朗、顏開、江杏雨、陶奔、高山客等。江蘇蘇州人，青年時期入成都燕京大學新聞系當工讀生。一九四六年在上海加入《大公報》，一九四七年曾被派往《大公報》台北分館（業務機構），同時參與撰寫報道和通訊等工作。一九四九年後調回香港《大公報》，一九五〇年參加《大公報》新辦晚報《新晚報》創刊工作，直至一九七八年因心臟病去北京就醫，一九八一年病逝於北京。所著《人渣》，原以「某公館散記」刊於《新晚報》，署名「本宅管事」，一九五一年成書，才改名《人渣》，筆名洛風，是另樹一幟的反共文學。另一部名聲大響的則為《金陵春夢》，署唐人，是部所謂「反蔣小説」，在左右對陣中，這書最為暢銷。以阮朗筆名發表的社會傳奇小説甚多，為普羅大眾所識。

龍　驤（一九二八──二〇〇七）

方龍驤，原名方棠華，祖籍浙江鎮海，生於上海。一九五〇年代初來香港，以龍驤、盧森葆（後改為盧森堡）、丁辛、常舞天等筆名發表小説，大多數為奇情偵探小説，亦有文藝愛情小説。在《南華晚報》副刊連載，以盧森葆筆名寫的《貓頭鷹鄧雷故事》最知名。更在一些雜誌如《偵探世界》發表短中篇作品，甚受歡迎。筆耕之外，先後在《新生晚報》、環球圖書雜誌出版社及《天天日報》任編輯。亦曾參與電影編劇，七十年代導演過三部電影。晚年熱愛鑑賞與收藏古董。

林濤

生卒年不詳。原名林國雄。逃來香港，易名林覺紅，報人、小說家、雜文家。三十年代崛起於廣州報界，廣州陷日後，逃來香港，易名林覺紅，開始以林濤的筆名撰寫小說，以艷情短篇最為拿手，多發表於戰時的《大眾周報》；並以依挹的筆名寫諷刺時事雜文。小說以淺白文言書寫；時事雜文則摻雜了大量粵語。香港光復後，先後於《果然日報》、《紅綠晚報》任副刊及新聞編輯。

等閒少年

生卒年不詳。原名莫冰子，另有筆名抱鳳、培苗、擁翠等。一九三〇年代入報界，與傑克分屬老友。他嗜看小報，愛以塘西風月、茶花瑣事為題材，行文謔而不淫。一九五〇年代，在《小說世界》撰寫「熱的拉篇」，與同期的林濤，成一時瑜亮。

曹聚仁（一九〇〇—一九七二）

字挺岫，號聽濤，曾用筆名袁大郎、陳思、彭觀清、丁舟等。浙江人，畢業於浙江省立第一師範學校（今天的杭州大學），一九二二年到上海，任教於愛國女中、暨南大學、復旦大學等校。曾主編《濤聲》、《芒種》等雜誌。抗日戰爭爆發後，任戰地記者，曾報道淞滬戰役、台兒莊之捷。一九五〇年移居香港，任新加坡《南洋商報》駐港特派記者。五十年代後期，主辦《循環日報》、《正午報》等報紙。著有《中國學術思想史隨筆》、《萬里行記》、《現代中國通鑒》、《魯迅評傳》、《採訪本記》、《採訪二記》、《採訪三記》及自傳《浮過了生命海》等。在港期間，並促成了周作人《知堂回想錄》的出版。二〇一五年，天地圖書出版《曹聚仁卷》，為「香港當代作家選集」叢書其中之一。

念佛山人

生卒年不詳，只悉死時六十七歲。原名許凱如，本經商。民國十七、八年間，廣州報界流行小品欄，許凱如最為愛讀，從商之餘，握管為文，投於《公評報》「大羅天」和《越華報》的「快活林」副刊，署名禪普君子、謙謙，深得編者垂青。日寇南侵時，許凱如避居香港，仍從事筆耕。廣州淪陷後，《國華報》遷港復刊，闢技擊小說欄，許凱如交遊廣闊，在黃飛鴻徒弟林世榮的首肯和口述下，以念佛山人的筆名始撰《黃飛鴻門下群英譜》。他更與武術界過從甚密，發掘了不少寫實技擊小說的題材。作品除黃飛鴻事蹟外，尚有《廣東十虎傳》、《花槍白頭保》、《白眉三下峨嵋山》、《紅船雙傑》等。除長篇說部外，還擅寫筆記體武俠短篇；另涉連圖武俠小說。

幽草

原名王中嶽，另有筆名王香琴。報刊編輯、小說家。初在香港的《大同報》、《中和報》、《超然報》連載小說；後在廣州的《民生報》、《公評報》寫清宮歷史小說，聲名遂大播於省港。後在香港的《興中晚報》寫俠艷小說，文名更盛；文類還涉神怪、玄幻。日寇南進，恥作順民，歷經桂粵，勝利後返港續筆耕，各大小報刊，稿約飛來；主力則放在《成報》，同一版中，以「王香琴」撰社會奇情小說，以「幽草」寫武俠小說，可見受讀者之歡迎。

劉以鬯（一九一八—二〇一八）

原名劉同繹，字昌年。祖籍浙江鎮海。一九四一年上海聖約翰大學畢業。一九一八年十二月七日生於上海，二〇一八年六月八日在香港去世。一九五七年定居香港。曾任《香港時報·淺水灣》、《快報·快活林》、《快報·快趣》、《星島晚報·大會堂》和《香港文學》雜誌總編輯。一九三六年開始發表作品，主要作品包括小說集《酒徒》、《對倒》、《寺內》、《天堂與地獄》、《打錯了》、《多雲有雨》；散文和雜文合集《不是詩的詩》、《他的夢和他的夢》；文學評論集《端木蕻良論》、《看樹看林》、《暢談香港文學》等。他為稻粱謀，寫了不少通俗作品。包括三毫子小說等。

高雄（小生姓高、凌侶）（一九一八—一九八一）

本名高德熊，一稱高德雄。另有筆名三蘇、許德、史得、經紀拉、旦仃、石狗公、吳起等。報人、小說家、雜文家。原籍浙江紹興，生於廣州。曾在中山大學主修政治經濟，未畢業。一九四四年來港，翌年到《新生晚報》工作。除了創作通俗小說，還以「三及第」文體撰寫「怪論」專欄，名聲大響。此外，亦曾為電台廣播劇「十八樓C座」寫劇本。成書有《經紀日記》、《天堂遊記》、《新寡》、《報復》、《香港二十年目睹怪現狀》、《給女兒的信》等。

夏伯（一九〇五—一九七九）

本名陳霞子，字全昌，號夏聲，另有筆名筆聊生、阿夏、阿霞等。報人、小說家。廣東南海人。歷任廣州《民生報》、《群聲報》、《誠報》、《越華報》編輯；香港《南強報》編輯；澳門《大眾報》、《市民日報》編輯。後加盟《成報》。一九五六年創辦《晶報》，任社長兼總編輯。陳霞子最拿手的是「借殼小説」，如在《成報》寫的《八仙鬧香港》、《香港商報》的《大話西遊》、《海角梁山泊》等。自從辦《晶報》後，便將「筆聊生」這筆名轉予林壽齡續寫小說。

孟　君（一九二四？——一九九六）

原名馮畹華，另有筆名浮生女士、屏斯。一九四六年在廣州《環球報》設「浮生女士信箱」，為讀者解答疑難。一九四九年來港。一九五〇年創辦《天底下》周刊，開始以孟君筆名撰寫長篇小說，較知名的有《最後一個音符》、《求婚》、《第二代》、《瘋人院》、《煙火人家》、《公寓》、《地獄邊緣》等。

我是山人（？——一九七四）

本名陳勁，又名陳魯勁。報人、小説家。原籍廣東新會。初在鄉中執教鞭，寫些幽默文章，投諸報刊獲賞識，遂入廣州《廣東七十二行商報》任編輯。七七事變後，逃來香港，任職《中華時報》，並致力話劇演出，還執筆編劇。抗戰勝利後重返《廣東七十二行商報》，掌副刊，以「我是山人」筆名撰《三德和尚三探西禪寺》，一炮而紅。此後專注撰寫少林故事。大陸易手後重回香港，入《環球報》，筆耕不輟。我是山人的技擊小說，成書甚多，知名者計有《三德和尚三探西禪寺》、《佛山贊先生》、《洪熙官大鬧峨嵋山》、《洪熙官三建少林寺》等。

南　郭（一九一四——一九九七）

湖南湘鄉人，本名林適存，筆名南郭。一九三〇年南京中央軍軍校畢業，歷任軍職。後轉入新聞界。一九五〇年赴香港，在報刊撰寫小說和雜文。一九五四年赴台灣定居，主編《中華日報》副刊。一九五五年，以長篇小說《第一戀曲》獲中華文藝獎，一九五九年再以長篇小說《巧婦》獲教育部學術文藝獎。

傑克（一八九九—一九八三）

本名黃鍾傑，又名黃炎、黃天石，筆名寂寞黃二、惜珠生、傑克等，其中以傑克最為知名。出生於廣東省番禺縣，祖籍安徽。少在上海攻讀電機工程，未畢業即被聘到粵漢鐵路工作。十九歲投身報界，歷任廣州《民權報》、《大同報》、香港《大光報》總編輯。一九二一年與黃冷觀合編《雙聲》雜誌，第一期發表他在港最早的一篇白話文小說〈碎蕊〉。一九二二年，赴雲南任唐繼堯顧問，一九二六年赴日本，習日本語文化。一九二七年回港，重返《大光報》任總編輯。一九三二年，應邀赴馬來亞編《南洋公論》，任霹靂埠《中華晨報》社長，吉隆坡栢屏義立學校校長，一九三四年回港。抗日戰爭期間，居桂林、重慶。戰後回港，大寫流行小說。一九五五年創立「香港中國筆會」，出任會長凡十年，並辦《文學世界》雜誌。黃天石著作等身，計有鴛鴦蝴蝶派小說《紅心集》、《紅鐙集》、《生死愛》等，另如《紅巾誤》、《春影湖》、《一曲秋心》、《名女人列傳》等，俱膾炙人口。

宋喬（一九一七—一九八〇）

本名周榆瑞，字予寥，福州閩侯人。畢業於北平師範大學文學系，通英語，略曉日語。曾任教西南聯大。先為中共情報界工作，一九六一年宣示脱離共產黨，成「反共文人」，是個爭議人物。所著《侍衛官雜記》，是部揭露抗戰前後國民黨高層勾心鬥角、光怪陸離的故事。影響力據云不弱於唐人的《金陵春夢》。另著有《徬徨與抉擇》等。

馮宏道（一九〇八——一九九九）

原名梁寬，祖籍廣東順德，出生於佛山。筆名除馮宏道外，尚有宋敏希、吳嘉璈等。曾就讀於廣州嶺南大學。廣州陷日後來港，加入《大公報》，負責翻譯英文電訊、編輯及撰寫評論文章。抗戰勝利後，先後任香港《工商日報》、《新生晚報》、《真報》總編輯，同時為報刊撰寫專欄、小說。傳他是三及第文章、怪論的始創者，不確。一九五九年移民美國，以自由記者、作家身分為香港、星馬、台北、曼谷等地報刊撰寫特約通訊和評論。

徐　速（一九二四——一九八一）

本名徐斌，字直平。一說本名徐質平。曾與慕容羽軍合用筆名王先生。江蘇宿遷人。在家鄉上學至初中。抗戰爆發，投考中央陸軍軍官學校砲科。畢業後出任青年遠征軍參謀。抗戰勝利後隨軍進駐北平，在北京大學中文系旁聽文學課程，參與創辦《新大陸》月刊，發表第一篇小說。一九五〇年到香港，任自由出版社編輯，並在《自由陣線》發表連載小說。其中《星星、月亮、太陽》後來由電懋公司拍成電影。一九五一年與余英時等創辦高原出版社，主要出版文藝書刊。一九五二年擔任《人人文學》編委。一九五五年創辦《海瀾》，並參與籌組「香港中國筆會」。一九五六年創辦《少年旬刊》。一九六五年創辦《當代文藝》，舉辦文藝函授班。一九六九至一九七一年間，任教珠海書院，講授中國新文學史及創作研究。一九八一年在香港病逝。

梁羽生（一九二四——二〇〇九）

本名陳文統。另有筆名陳魯、馮瑜寧、梁慧如等。廣西蒙山人。自幼從外祖父學習古文和舊體詩詞。抗戰時期在桂林中學讀高中，對新文藝發生興趣，開始向報紙投稿。一九四五年考入廣州嶺南大學經濟系。一九四九年到香港，任《大公報》翻譯。翌年轉任副刊編輯。一九五一、一九五二年兼任私立南方學院講師，講授中國近代經濟史。一九五四年開始撰寫武俠小說，在《新晚報》連載《龍虎鬥京華》。至一九八三年止，共寫了三十五部武俠小說，被譽為新派武俠小說的「開山者」。除武俠小說外，還有文藝隨筆、歷史小品。一九五六年與金庸及百劍堂主（陳凡）在《大公報》合寫《三劍樓隨筆》專欄。一九八〇年代移居澳洲，後在悉尼逝世。

鄭慧（一九二四——一九九三）

原名鄭慧嫻，廣東中山人，在上海出生及成長。一九四〇年代後期，在上海投稿《西點》雜誌而步入文壇。一九五〇年代初移居香港，繼續投稿寫作，很快成為受歡迎的流行小說作家，《四千金》、《紫薇園的秋天》等多本小說改編拍成電影，風行一時。到一九六〇年代開始減產，一九七〇年代退出文壇。

俊人（一九一七——一九八九）

本名陳子雋。原籍廣東番禺，三〇年代隨父來港，先後任職《大光報》、《工商日報》、《華僑日報》、《星島晚報》、《中文星報》等報社，負責編務、撰寫社論以及政評。早期以筆名俊人在報章發表言情小說，成書逾二百三十種，多部作品還改編為電影。後來以筆名萬人傑在《星島晚報》撰寫政論專欄，並在一九六七年創辦政論周刊《萬人雜誌》，一九七五年再創辦《萬人日報》，一九八四年移居美國。一九八九年逝世於香港。由其小說改編之電影《畸人豔婦》（岳楓導演）與《永恆的愛》（丁善璽導演）分別獲得一九六一年亞洲影展最佳編劇獎、一九七八年亞洲影展最佳劇情影片獎。著有雜文集《萬人傑語錄》、《大人物與小人物》、《左道旁門》等。

金　庸（一九二四—二〇一八）

本名查良鏞。另有筆名林歡、姚馥蘭、姚嘉衣等，浙江海寧人，抗戰後期考入重慶中央政治學校外交系，未畢業即離校。後在中央圖書館閱覽組工作。至抗戰勝利，入杭州《東南日報》擔任外勤記者。一九四六年轉往上海東吳法學院插班修習國際法。同年秋任上海《大公報》國際電訊翻譯。一九四八年，香港《大公報》復刊，奉派來港工作。一九四九年十一月在香港《大公報》發表第一篇國際法論文，此後接連發表同類文章。一九五二年，《大公報》旗下的《新晚報》創刊，任該報副刊編輯，以姚馥蘭、林歡等筆名撰寫影評。一九五五年，第一部武俠小說《書劍恩仇錄》在《新晚報》連載，迅即走紅，至一九七二年，在《明報》撰完《鹿鼎記》後封筆，共創作了十五部武俠小說，被譽為新派武俠小說發揚光大者。一九五六年與梁羽生、百劍堂主（陳凡）在《大公報》合寫《三劍樓隨筆》專欄。一九五七年離開《大公報》，進入長城電影製片有限公司，以筆名林歡撰寫劇本，並為電影插曲填詞。一九五九年辭職與沈寶新創辦《明報》，出任總編輯兼社長。一九六六年辦《明報月刊》。一九六七年分別在馬來西亞和新加坡創辦《新明日報》。同年又在香港創辦《明報周刊》。一九八九年辭去《明報》社長職務，一九九四年初退休。二〇〇五至二〇一〇年在英國劍橋大學攻讀歷史，取得碩士及博士學位。

夢中人（一九二一—一九八六）

林嘉鴻，又名林壽齡，筆名除夢中人外，尚有林迪、香港阿Q、筆聊生等。筆聊生本是陳霞子四、五十年代的筆名，因林嘉鴻和他乃姻親關係，又好文，陳霞子事忙，便由他沿用筆聊生補稿、撰稿。一九五四年，陳霞子籌辦《晶報》，那才將筆聊生讓於林嘉鴻。《晶報》的筆聊生〈西遊回憶錄〉全由林嘉鴻執筆。林迪著有《寃鬼余》、《半生牛馬》等書。

歐陽天（一九一八——一九九五）

本名鄺蔭泉，廣州法政專門學校畢業。上世紀四十年代與劉以鬯一同在上海《掃蕩報》（一九四五年十一月十二日孫中山先生八十誕辰起改名《和平日報》）工作，任電訊主編。一九四九年前後來港，入星島報系工作，任《星島晚報》副刊編輯主任，後任《星島周報》執行編輯，其後任《快報》創刊總編輯、社長，至一九九五年病逝。歐陽天作品多為報紙連載小說，發表在《星島晚報．星晚》副刊為主。他在「星晚」連載的〈人海孤鴻〉，後來更被拍成電影。歐陽天在《星晚》連載小說改編的電影，還包括：《孤雛淚》、《難為了媽媽》、《痴心結》等。

司空明（一九二一——一九九七）

原名周鼎，又名周為，別字紀英。廣東人。另有筆名謝無咎。報人，小說家。抗日戰爭爆發後，於《星島日報》胡好在內地的機構任職。香港重光後，入《星島日報》，除任新聞編輯外，兼主編副刊「星座」至一九四七年止，後專職新聞工作，由編輯升任編輯主任、副總編輯、總編輯，一九九〇年退休。期間，以司空明筆名在《星島晚報》、《明燈日報》等報連載小說。成書甚多，計有《鶯飛草長》、《頭條新聞》、《梅香劫》、《殘月驚魂》、《江湖客》等；散文集有署名謝無咎的《臨窗絮語》。

潘柳黛（一九二六—二〇一七）

滿族人，北平出生。十六歲已寫小說投稿報章。一九三八年畢業於河北省高級女子師範學校，曾當教師。一九四〇年代先後在南京、日本、上海任記者、編輯，筆耕不輟，成為上海著名的女作家。另有筆名南宮夫人。一九四九年到香港，為報刊及電影雜誌撰稿和寫小說，也參與電影的編劇、演出、宣傳及國語時代曲的填詞。一九七二年任嘉禾公司旗下刊物《嘉禾電影》的副總編輯。一九八八年移民澳洲至逝世。

胡　招

生平不詳。

黃思騁（一九一九—一九八四）

浙江諸暨人，畢業於上海復旦大學，一九五〇年到香港。最初參與自由出版社工作。一九五一年任《人生》雜誌編輯，一九五二年與于平凡（許冠三）創辦《人人文學》，並任主編。一九五五年參與籌組「香港中國筆會」。一九六〇年赴馬來西亞，任《蕉風》月刊編輯。一九六三年回港，七十年代任教於樹仁學院。作品以小說為主，也有散文。一九五〇年代在香港發表的作品見於《自由陣線》、《人生》、《文壇》、《人人文學》、《中國學生周報》、《祖國周刊》、《文學世界》、《大學生活》、《海瀾》等。

南宮摶（一九二四——一九八三）

本名馬彬，字漢嶽。浙江省餘姚人，另有筆名史劍、許劍、馬兵、碧光、齊簡等。浙江大學畢業。曾任《掃蕩報》編輯，重慶《和平日報》編輯主任，上海《和平時報》總編輯。一九四九年後來香港，開始寫作，擅寫歷史小說，並創辦南天出版社。後赴台灣從事新聞工作，曾任《中國時報》社長兼評論撰述委員。部分作品有英文、法文、西班牙文和日文譯本。一九八三年十一月二十六日，因肝癌逝世於被他視為第二故鄉的香港。

倪　匡（衣　其）（一九三五——二〇二二）

本名倪亦明，後改名倪聰。另有筆名衛斯理、沙翁、岳川、魏力、洪新、危龍等，浙江鎮海人，一九五一年入華東人民革命大學，隨後加入中國人民解放軍及公安幹警。一九五五年自願到內蒙古呼倫貝爾盟開闢勞改農場種植水稻，其後因事被指控為「反革命」，遭隔離軟禁數月。一九五七年經大連、廣州、澳門逃亡到達香港。最初在漂染廠當雜工，晚上在大專院校進修，後投稿到《工商日報》、《真報》。後獲《真報》聘用，歷任校對、助理編輯、記者、政論專欄作家。一九五七年十月二十七日第一篇小説《活埋》發表於《工商日報》，翌年開始寫作武俠小説，其後擴展至科幻、推理等類型，以及雜文、電影劇本等，作品數量驚人。又為「香港中國筆會」會員。一九八六年與梁小中（石人）、哈公、黃維樑、胡菊人、張文達（林洵）等創立「香港作家協會」。一九五〇年代在香港發表的散文見於《自由人》、《中國學生周報》、《大學生活》、《論語》、《展望》等刊物。二〇二二年病逝於香港。

董千里（一九二一——二〇〇六）

生長於江南，一九四〇年代末畢業於中國新聞專科學院，任上海《申報》記者。一九五〇年移居香港，專事寫作，包括小說、雜文、電影劇本、政論。歷任國泰及邵氏兩間電影公司的編劇主任。散文集計有《舞劍談》、《人間閒話》、《讀史隨筆》、《項莊雜文》、《有情有理》，歷史小說《董小宛》、《成吉思汗》等。晚年移居加拿大。

朱愚齋（一八九五——一九七六）

原名朱棠，自改名為朱愚齋，齋公本為筆名，其後朋輩多以此作稱呼。作家、武術家、醫師。廣東南海人。自小失學，潛心習武，師從黃飛鴻弟子林世榮，並學跌打傷科，後懸壺濟世。文事則勤勉自修，一九二〇、三〇年代從報人蘇守潔遊，得以指點，於是執筆為文，著有《粵派大師黃飛鴻別傳》、《少林英烈傳》、《珠海群雄傳》、《嶺南武術叢談》等；並刊行《鐵線拳》、《虎鶴雙形》，宣揚師門絕技。

依　達（一九四三？——）

本名葉敏爾，另有筆名韋韋、梵爾。原籍上海。一九五三年移居香港。中學年代開始寫作，十六歲在《環球小說叢》發表第一篇小說〈小情人〉，逐漸走紅。中學畢業後專職寫作，是六〇至七〇年代甚受年輕讀者歡迎的流行小說作家，不少作品被改編成電影和廣播劇。另以筆名韋韋發表艷情小說。後期作品更涉及雜文、隨筆、食經、遊記、影評等多方面。二千年後據說從商，不問文事。

夏商周（李輝英）（一九一一——一九九一）

本名李連萃，又名李輝英、李冬禮，筆名除夏商周外，尚有冬籬、西村、南峰、北崚、蕭平、李既臨、葉知秋、梁中健、梁晉、魯琳、齊魯、松泰、季林、林莽、李君實、蜀山青、李唐、林山等。原籍吉林永吉，一九二九年考入上海中國公學中國文學系，開始創作小說與散文，並籌辦文學刊物。一九三二年在《北斗》發表短篇小說〈最後一課〉，一九三三年出版長篇小說《萬寶山》，同年參加中國左翼作家聯盟。七七事變後，一九三八年參加中華全國文藝界抗敵協會。戰後曾任長春市政府主任秘書長與長春市教育局長，並在長春大學以及東北大學的中文系任教。一九五〇年來港，為了生計，曾寫通俗小說。一九六一年創辦中南出版社，一九六三年任教於香港大學，一九六六年被聘為香港中文大學聯合書院中文系講師，一九七四年出任該書院中文系主任，一九七六年退休，一九九一年病逝於香港。著述甚豐，居港時期主要作品包括《中國現代文學史》、《中國小說史》、「抗戰三部曲」之《霧都》（再版）、《人間》與《前方》，《四姊妹》、《鄉土集》等。

《香港文學大系一九五〇—一九六九》編輯委員會鳴謝
以下人士及單位，資助本計劃之研究及編纂經費：

李律仁先生

•

香港藝術發展局

•

香港教育大學 中國文學文化研究中心

香港藝術發展局
Hong Kong Arts Development Council 資助

香港藝術發展局全力支持藝術表達自由，
本計劃內容並不反映本局意見。

香港教育大學
The Education University of Hong Kong

中國文學文化研究中心